英俊的少年

唐顿 著

南方出版传媒
花城出版社
中国·广州

图书在版编目（CIP）数据

英俊的少年 / 唐顿著. -- 广州：花城出版社，
2020.10
ISBN 978-7-5360-9197-9

Ⅰ. ①英… Ⅱ. ①唐… Ⅲ. ①长篇小说－中国－当代
Ⅳ. ①I247.5

中国版本图书馆CIP数据核字(2020)第156892号

出 版 人：肖延兵
策　　划：汪　黎
责任编辑：夏显夫
技术编辑：凌春梅
装帧设计：姚　敏

书　　名	英俊的少年 YINGJUN DE SHAONIAN
出版发行	花城出版社 （广州市环市东路水荫路11号）
经　　销	全国新华书店
印　　刷	佛山市迎高彩印有限公司 （佛山市顺德区陈村镇广隆工业区兴业七路9号）
开　　本	880 毫米×1230 毫米　32 开
印　　张	11.375　　1 插页
字　　数	300,000 字
版　　次	2020 年 10 月第 1 版　2020 年 10 月第 1 次印刷
定　　价	39.90 元

如发现印装质量问题，请直接与印刷厂联系调换。
购书热线：020－37604658　37602954
花城出版社网站：http://www.fcph.com.cn

目 录

第一章　/ 001
杂草垛高中

第二章　/ 019
孤岛少年

第三章　/ 036
闪闪发光的少女

第四章　/ 060
我不但会帮你训练，还会帮你赢

第五章　/ 096
无论失败多少次，他总能重新归来

第六章　/ 143
以英俊之名而战

第七章　/ 165
我要打败你

第八章　/ 187
孤独的人，有他们自己的泥沼

第九章　/ 194
他和班花一起吃饭，心里却很悲伤

第十章　／220
人生就像游戏，但你只是个NPC

第十一章　／237
那个女孩，从不会输

第十二章　／265
温一壶乡愁，将往事喝个够

第十三章　／280
冲锋吧！杂草军团！

第十四章　／310
种子的力量

第十五章　／334
让我保护你

第十六章　／345
谁，都是独自学会勇敢

第十七章　／353
尾声

第一章 杂草垛高中

1

陆以名真正注意陈英俊,是在2007年8月末,新高一实施暑期补课制度的第三周。那天,风潮湿温热,乌云倒扣在杂草垛中学上空。

晚上七点零五分,高一六班的数学晚自习安静得反常。在一片哗啦啦的试卷翻飞声里,陆以名看到嘴里叼着冰棍的关若非怪诞地一笑,冲杵在门口罚站的跟班儿周三水使了个眼色,两个人同时伸手,直取墙上的开关。

清脆的"啪啪"两声,前灯后灯一起灭了。

一场罢课运动轰轰烈烈地拉开序幕。

"抵制补课!"

"还我暑假!"

"同志们!放学啦!"

万恶的暑假补课早惹得学生们群情激愤,口号声和欢呼声惊雷一样炸响,讲台上的拖堂李天王顿时傻了眼。她约莫五十岁,任教三十余年来以一手拖堂绝技独霸杂草垛高中,可这一次却老马失蹄,一节晚自习才上了一半,非但绝技没能施展,就连苦心维持的课堂秩序也跟着轰然坍塌。

幸而她不是唯一的受害者。这次蓄谋已久的罢课运动是场声势浩大的全校运动，关若非为此策划了整整一个礼拜。

不超过三分钟，各教室的灯光便全暗了，原本明亮的教学楼像一艘触礁的大船，渐次地沉入深海，学生们争先恐后"弃船而逃"。至于那些趁乱被丢出窗子的试卷和练习册，它们漫不经心地旋转着，在湿乎乎的路灯底下像硕大的雪片纷飞。

陆以名老老实实待在座位上。作为一名毫无逃生意识的"船员"，这场突如其来的海上暴风雪让他的世界陷入了定格般的黑暗。

在很久很久以后，灯亮了。

于是，他看到了陈英俊。

那个短发的十五岁少女坐在最后一排靠墙的角落，裹着一身秋装校服，邋遢地趴在歪歪扭扭的桌子上，在空旷而寂静的教室里，与位处第一排的陆以名之间拉出一条笔直的对角线。

楼梯转角处的应急报警器突然后知后觉地笛声大作。

"什么响？"

陆以名心惊肉跳。

这时候，陈英俊才把她那颗毛躁躁的脑袋从双臂间艰难地拔出来，抬头瞥了他一眼，凶巴巴的眼睛让她看上去简直像非洲草原上一头好斗的角马，浑身上下都散发着生人勿近的味道。

陆以名的心突突地跳着，太阳穴也突突地跳着，刺耳的蜂鸣像一台刺青机，把这幅画面结结实实钉进肉里。

从此他再也没法忘掉，在杂草垛中学校史上最"黑暗"的那天，他与陈英俊那短暂又漫长的一个对视。

而他们的青春，就这样开始了。

2

要怎么说陈英俊这个人呢？

她实在是个太不扎眼的家伙。

女生们叽叽喳喳结伴去厕所时总想不起她，课间惯例的扎堆儿八卦节目总想不起她，由于她的名字列在花名册的最后一页，孤零零的单独一页，所以有时候，就连老师点名也想不起她。

座位是按照新生入学摸底成绩排的，五十六个人的班级若依此为根据编号，那么陆以名就是一号，陈英俊是第五十六号，什么东西轮到她那儿总是缺斤短两。

新书排队去领，她拿到时准又剩下了折页缺角的。

夏装校服少了一身，只能套着秋装校服汗涔涔地站在课间操队尾的倒霉鬼还是她。

社交恐惧症患者陆以名一度觉得，能以牺牲眼前小利而换取不被关注的大益，也未尝不是好事。可他忘了物极必反的道理，极端不扎眼的结果就是极端扎眼。

时间一长，再逢着点名、发书、做值日，或者其他什么打不打紧的集体活动，总会有人情不自禁地问一句："喂，我们没忘了陈英俊吧？"

每当任课老师魂游天外般说"那个谁，来回答一下这道题"时一大片起哄般的提醒便又会此起彼伏："是陈英俊。"

对了，在 2007 年的那个补课的暑假，陈英俊还有幸被评为高一年级最丑的女生。这个"荣誉称号"是关若非授予的，而"颁奖词"只有一句，那就是——"I hate 丑女。"

这事儿挺值得一提的，因为关若非是这所学校里真正的风云人物，也是杂草垛高中声名赫赫的田径队队长，他健壮，挺拔，体育技能树全开。

若把这人的光辉事迹拿出来讲，逃课、打架、欺负同学、考试作弊、拉帮结派，任凭怎样进行一番排列组合，都会被轻而易举地定性为一个不良少年。

可他有一张颇具欺骗性的脸孔，线条硬净的面部轮廓让他像极了偶像剧里烂大街的男主角，这就意味着，他注定受到无数女生的追捧。

就是这么一号在杂草垛高中堪称呼风唤雨的"大人物",却不知道搭错了哪根筋,偏偏总是和陈英俊过不去。

有一天,陈英俊被叫上黑板听写单词,路过关若非桌子的时候不留神碰歪了他桌上的英语练习册。在众目睽睽之下,关若非粗暴地抓起这本可怜的东西,一把将它丢进讲台旁边的垃圾桶。

"她碰过,我嫌脏。"关若非煞有介事地对年轻的英语老师解释。

班里"哄"的一下炸开了锅。

那么陈英俊呢?

仿佛什么也没发生,她就那样面无表情地走过去,对着黑板狠狠地画字母,白花花的粉笔一寸一寸地被挫骨扬灰。

那时候陆以名真痛恨这所学校。

他倒不尽然是正义感爆棚地替陈英俊抱不平,而是替自己难过。

毕竟杂草垛中学是一所以生源奇差而臭名昭著的收底儿校,顾名思义,收容的是一票距失学仅一步之遥的少男少女,关若非就是他们中的害群之马。

作为一个曾经就读于重点初中的尖子生,陆以名如今不幸地与这群乌合之众混为一谈,这大概会成为让他一辈子抬不起头的黑历史吧。

3

"关若非,周淼,出来。"

就在罢课运动爆发的第二天,教导主任大邢气势汹汹地杀进高一六班。

"快点。"他用食指和中指的关节狠狠地叩着门板。

周淼是周三水的原名,关若非不认识"淼"字,就用"三水"代替了。这个朗朗上口的新绰号也让周三水顺利地从一个跳梁小丑般的角色，摇身变成了关若非的跟班。从此，他对关若非唯命是从。

关若非嚼着口香糖睡眼惺忪地站起来，把椅子向后一踢，大摇大摆地出去了。周三水也跟着起身，步了他主子的后尘。

大邢又接连点了几个活跃分子，一行人鱼贯而出，教室空了三分之一。临走前，他冲讲台上的物理老师点头致歉，物理老师报以一个见怪不怪的微笑，继续在黑板上讲解 F 的分力。

门在几乎要关上的一刻突然停下，像是想起了什么，他把头探回教室："陆以名，你也来。"

"嗯？"陆以名愣了一下，僵硬地直起身子，血液像是被抽空了一半。

和一群"问题少年"一起被老师叫出去谈话，在他的人生里还是头一遭。

陈设简单的一间办公室，贴着墙蹲了一排男生，一班到五班的陌生面孔，一直由窗台底下排到门口的垃圾箱。

大邢指指档案柜前的一方空地，六班一行"嫌犯"自觉地蹲过去，没见过这世面的陆以名入乡随俗地猫在队末。

"谁让你蹲了？"他怒其不争地看着陆以名。

陆以名蒙了，用手揉着蹲麻的小腿试探着站起来。

大邢从桌上拿起一个墨蓝色的硬皮夹子，说了句："跟我来。"

两个人一前一后走进隔壁会议室，大邢把硬皮夹子丢在深棕色的桌面上，伸手替陆以名拉开一把工作椅，然后走到饮水机旁，倒了杯水。

"坐。"他说。

"我看了监控，昨天晚上的事，全校只有你和你们班的那个谁没参与。"他把纸杯递给陆以名。

"嗯……陈英俊。"陆以名握着单薄的杯身诚惶诚恐坐下，一口也没敢喝。他注意到杯子底部粘了一根细弱的茶叶梗，热水一泡，像条横尸的死鱼。

"陆以名,你入学和摸底成绩都是第一名,找你,就因为你是优等生,和他们不一样,所以你不会撒谎。"大邢的语气温和到让人不适应。陆以名于是把纸杯轻轻放回桌子上,手心潮乎乎的。

"你来说说,昨晚到底怎么回事?"

陆以名不敢说,想起关若非在学校里嚣张的样子,他意识到自己那点微薄的正义感在恶势力面前简直一文不值。

"那么让我猜猜。"大邢笑了,"关若非,周淼。"他一下子就点出了罪魁。

"他俩初中就在杂草垛,跟我这儿耗了三年,是何方神圣我可一清二楚。你也可以告诉我,这事跟他俩有关系没关系?是不是他俩牵的头?"

陆以名明显犹豫了一下,低头盯着自己被油性笔墨水染得斑驳的食指。

"别怕,这是一场不会外传的对话。"大邢收买人心似的拍拍他的肩,"是或者不是,点头或者摇头,yes or no。我相信你和他们不是一伙儿的,可别让老师失望。"

"别让老师失望",这句话大概是所有好学生与生俱来的克星。

陆以名心里一抽,像被人捏住了软肋。

于是,他的头虽然没有抬起来,却轻不可察地点了一下。

"嗯,是。"

"我明白了,你先回去吧。"大邢对这个预料中的答案心满意足。

他从桌上那个硬皮夹子里抽出两张平直硬挺的纸,一眼瞥过去,上面烫金的两个大字——奖状。

"这个给你,一张是你的,一张是那个谁的。"语气像是用糖果奖励听话的小孩。

"陈英俊。"陆以名低声补充。

他双手去接,满心惴惴地端着,像端着两个烫手的山芋。

微微低头就看清了那上面因循守旧的字样:

某某同学，你在2007至2008学年度暑假补课期间表现优异，被评为守纪标兵，特发此状，以资鼓励。

　　说谎，他想，上面分明应该写：因没有逃课，被评为标兵。

　　世界上竟然还存在这样一所学校，学生会因为不逃课受到表彰，这真像一个笑话。

　　陆以名不知道的是，就在大邢对这场谈话的私密性做出承诺的时候，周三水鬼鬼祟祟溜出了办公室，蹲在会议室门口窃听了全程。

　　"老大，就是这么回事儿。"他邀功一样添油加醋地转述，生生把陆以名说成了个奴颜媚骨的马屁精。

　　关若非靠墙坐着，脸色难看得像要吃人，半天才从牙缝里挤出一句："陆以名，你死定了。"

　　周围一众狐朋狗党顿时心领神会。

4

　　"陈英俊，那个……邢主任让我给你的。"陆以名把奖状从练习册底部抽出来，递给她。

　　"哦。"陈英俊低着头，安静地补昨天的物理作业。

　　她不接，陆以名就放在了桌子上。

　　"我就说吧，丑人多作怪。"

　　前排一个女生探头探脑凑过来，不出一分钟，以她为圆心，半径两张桌子以内的范围便发出一片恍然大悟般的感慨：

　　"真是这样啊……"

　　"那个陆什么的也是，看着老实巴交，原来是大邢的走狗。"

　　"丑女配狗，天长地久。"

　　不过是预料之中的事情，没什么好大惊小怪的。

　　陈英俊脸上的表情轻得像灰尘。

　　倒是陆以名，在他满腹狐疑回到自己座位的时候，发现原本干净的桌面上出现了两个用鲜红色马克笔涂出的大字：叛徒。

他一时手足无措地站在原地，说不上来是难堪还是气愤。窃窃私语像四合的暮色，把那张桌子围堵得水泄不通。

班长徐斌是个乐于助人的老好人，他攥着一团质地粗糙的卫生纸帮陆以名清理桌面，一边把整件事分析给他听。

"你还别叫屈，罢课运动，全年级的行动，就你们俩没参加，对不对？"

"嗯……对。"

"都被叫到办公室，他们是大刑伺候，你是被大邢伺候，临了还顺了两张奖状回来，这事儿有没有？"

"嗯……有。"

"你告诉大邢，是咱班关若非带的头，害得他被停课一周，是不是？"

陆以名想了想："呃……"

徐斌当他是默认了，满脸沉痛地一声长叹。

"那不就结啦，年级里都传开啦。抵制补课，这是为咱们学生群体谋福利的事儿，就看咱们班，精诚合作，空前团结，你说说，怎么就出了你们这两号叛徒。"

一顿老干部风味的说教，抑扬顿挫。

陆以名这才明白，在这所以秩序混乱著称的学校，那两张荣誉奖状就是一纸官方认证的判决书，罪名是巴结教导主任，通敌卖国。

"哥们儿，做男人呐，得有骨气。"

徐斌意味深长地拍拍他的肩膀，摇着头走了。

5

9月1日如约而至，陆以名被孤立的日子依然如履薄冰。

反倒是那个运动领袖关若非，在停课反思一周期满后，出现在正式开学的第一堂体育课上,并且对陆以名表现出惊人的友善。

初秋的操场干燥地扬着尘。三十三个男生两人一组练习投篮,二十三个女生两人一组打羽毛球。

陆以名毫无悬念落了单。一回头,看见陈英俊同样孤零零地站在操场边缘,手里攥着一只毽子,百无聊赖地玩着抛和接的游戏。

正犹豫要不要过去,关若非便带着周三水出现了。

他从背后热情地搂住陆以名的脖子,冲着五步之外的体育老师灿烂地一笑,露出两排爽朗的白牙。

"老师啊,让陆以名跟我们一组吧。"

"哟,关若非,士别三日,学会团结同学啦?"

关若非转了性一样谦虚:"您哪儿的话,都是邢主任教得好,尊敬师长团结同学,那是当代中学生必须具备的美德。"

体育老师哈哈笑着,把手里的篮球丢给他,他猛地松开陆以名,一把接过来,在白晃晃的太阳底下不紧不慢地运球。

陆以名不会打篮球,体育吊车尾的岁月和他制霸数学考试的历史一样悠久。比起身材立体的关若非,他单薄得像个纸剪的小人儿。所以在运动场上,他从不吝惜对关若非的羡慕。

只见关若非几步蹿到篮板前,一个轻巧的跳跃,手腕一压,可是篮球没有如期待中的那样应声落网,而是以一个诡异的角度,擦着篮筐的外沿斜切了出去,翻滚着弹进操场旁边正在维修的下水井里。

关若非一点儿也不沮丧。他递了个眼色,跟班儿立马会意。

"陆以名,你去。"周三水笑得贼兮兮的。

球就卡在井口,下半截被浑浊的污水浸泡着,才一凑过去,积攒了一个夏天的熏天臭气便不客气地扑面而来。

陆以名强忍着恶心去捡,可回来的时候,关若非已经抱了另一只崭新的篮球在怀里。

还是那潇洒的一跑,一跃,一投,篮球气贯长虹地直奔操场另一端。

"陆以名,去捡!"

陆以名任劳任怨。

接下来的十五分钟,关若非淋漓尽致地展现了他在篮球场上百年难得一见的"坏运气",投篮百发不中不说,十之有九还都跑偏得角度刁钻。

"陆以名!"

"陆以名!球!"

"陆以名!快点!"

"陆以名!等什么呢你!比乌龟还慢!"

坐在沙坑旁边的周三水冲着精疲力竭的陆以名发号施令,笑得合不拢嘴。

陆以名真的不敏锐,他压根就没看出来这是关若非的恶意作弄。直到又一只篮球霸道地越过沙坑,朝着跑道旁边的陈英俊飞了过去了。

在他勤勤恳恳穿越沙坑去捡球的时候,周三水适时地把腿一伸,使了个绊子,陆以名就像一支脱手的标枪,一头狠狠扎进了沙子里。

"这不就是《笑傲江湖》里面,青城派的那个屁股朝天平沙落雁式?"关若非和周三水笑得前仰后合。

那只球萎靡不振地滚落在陈英俊的脚边,她站在跑道上眯起眼睛看陆以名,怎么看,都觉得这个唯唯诺诺的男生刚才跑前跑后的样子就是一副谄媚讨好的奴才相。

把头抬起来,满脸满嘴都是粗糙的颗粒感。

陆以名看见关若非居高临下地冲他伸出一只手,还以为对方是善心大发地想要拉他起来。可关若非最终只是猫下腰,用那只手挑衅地拍了拍陆以名的脸颊。

"三水啊,你看他像不像小明?"

周三水十分配合:"像,简直太像了,扔啥捡啥,真听话。"

关若非露出他那招牌式的灿烂笑容:"陆以名,你和我家小明一样,都是我养的好狗。叫两声来听听?"

"怎么,不会叫?让小明教你啊?"周三水帮腔。

炫目的阳光嗡的一下在脑子里炸开,陆以名全明白了,他攥紧了拳头。

好像有个聒噪的声音冲他的耳朵嚷嚷:揍他!一拳打过去!

可仅存的理智却告诫他:克制!不自量力的行为只会让你加倍丢脸!

于是,那种难堪、气愤且压抑的感觉又来了。

像堵在喉咙里的一团海绵,自上而下生长着,直到塞满他的胸腔。

陆以名一阵干呕,吐出来的都是沙子。

这种让人头晕目眩的情绪使他产生了一种奇异的幻觉:骤然响起的 BGM 雄浑壮阔,他一跃而起,在腾空 360°的旋转蓄力中飞起一脚,正中对方心口,一代恶霸关若非连求饶都来不及,就像只泄了气的篮球,龇牙咧嘴地滚出操场。

然后,像制霸数学考试那样,陆以名轻而易举地制霸了整个杂草垛中学,四海八荒,普天同庆。

可现实里没有 BGM,也没有激动人心的欢呼,陆以名甚至连勇气也提不起。

不过,他真的看到不远处的陈英俊飞起了一脚,但踢的不是关若非,而是那只倒霉的篮球,于是,篮球恶狠狠地砸进关若非怀里。

关若非毫无防备,接连向后退了几步。

接着,在陈英俊的"目光诅咒"下,关若非中邪一样,夸张地捂着嘴蹲下了。

什么情况?

关若非诡异的反应一时间让陆以名旺盛的好奇心打败了愤怒,占据上风。

6

大概整个杂草垛中学都知道,关若非讨厌陈英俊。

但只有关若非自己清楚,他打心眼儿里怕她。

更准确一点儿,他怕她那双厉害的眼睛。那双眼睛只要冲着他认真地一瞪,他就立马变成了受制于紧箍咒的孙悟空,开始犯起牙疼的毛病。

说起来,这牙疼的病根源起于他童年时期做过最英勇的一件事——和陈英俊打了一架。

然后,以他的惨败告终。

那天他躺在被太阳烤得发烫的水泥地上,风裹挟着一小撮灰尘围着他打旋儿,而陈英俊就站在距他头部不足一米的位置,两副身体像钟表上零点与三点形成的直角。从他肿胀的嘴里吐出来的,除了血沫,还有半截棱角分明的断牙。

一向自诩很有骨气的关若非憋了半天才挤出四个字。

不是"有种再来",而是"女侠饶命"。

关若非说这事儿他得记一辈子。

毕竟断牙之仇,不共戴天。

7

就这样,操场上关若非对陆以名的欺压,在陈英俊无声的干预下戛然而止了。

可陆以名倒霉的一天才刚刚开始。

体育课下课的时候,陆以名发现自己挂在看台栏杆上的秋装校服不翼而飞,与他一起丢了衣服的还有陈英俊。

两个人一言不发地从看台一路找到体育器材室,又从体育器材室一路找回去，不出意料，一无所获。

"去那儿看看。"陈英俊突然在塑胶跑道上停下脚步，手指着百米之外的垃圾分类投放区。

"不会吧……"陆以名自言自语。谁跟他这么大仇？

但好的不灵坏的灵。

掀开塑料盖子的那一刻他就愣住了。

两件才洗过的校服，破布一样丢在写着"不可回收"字样的垃圾桶里，上面各沾了几大块牛油一样的黄褐色污渍，滑腻腻的，散发着温热的酸臭。

比起愤怒，更多的是寒意。

就像生吞了一块冰砖，陆以名从头顶冷到脚底。

无论是关若非的打击报复，还是同学们同仇敌忾的恶作剧，想起这群未来三年都要与之朝夕相对的同窗，他觉得这事儿挺可怕的。

考虑到身边还有个女生，陆以名一时想开口说点什么安慰的话，可看到陈英俊那张根本不需要安慰的脸，突然就什么也说不出来了。

陈英俊冷静得吓人，她深吸一口气，将手伸进成堆的垃圾里，一把将两件衣服拽出来，狠狠地抖着，熏天的恶臭烟雾一样迅速扩散。

接着她弯下腰，轻车熟路捡了片硕大的梧桐叶，在那几块顽固的污渍上来回刮蹭。

"愣着干什么？衣服不想要了？"陈英俊抬头看了一眼愣在原地的陆以名。

"哦……"他这才缓过神来，也捡了片叶子照猫画虎。

这时候，上课铃猝不及防地响了。

陆以名手忙脚乱地就把脏兮兮的校服往身上套。

"怕什么，下节是数学，拖堂李天王的课。"陈英俊的声音冷冷的。

这话却有理，拖堂李天王年纪老迈，做事温暾，对学生的态度一向是放任自流。

但陈英俊错了，今天，李天王根本不在教室里。

取而代之的是一个陌生的中年男人，四十出头的模样，身材精干，充满热情的眼珠黑得发亮。

"报告。"陆以名和陈英俊低着头站在门口。

讲台上的男人停下了滔滔不绝的发言，冲两个人愉快地一笑，看上去挺好相处的。

"请进。"他说，继而看着徐斌，"班长，重复一下我刚才的话。"

徐斌积极地从座位上蹿起来："好的，老师，你刚才说你叫谈晋伟，谈……谈是谈笑风生的谈，不是老坛酸菜的坛。你以后接替拖堂李……李老师带我们班的数学，也兼班主任……你做事的风格是……"

"班长，"徐斌意犹未尽的复述被谈晋伟打断了，他的手指轻快地敲击着讲桌，"重复一下我的课堂纪律，第三条。"

"好的，老师。"徐斌粗暴地翻开他的记事簿，照本宣科，"第三条，上课迟到者，本节课黑板前罚站。"

陆以名是在很久以后的一场期末考试里才知道，本科毕业于名校的谈晋伟竟然曾在杂草垛高中就读。这段不平凡的经历让他对付他们这群年轻的校友很有一套，至于为什么调到高一六班任教，大概和那场源自他们班的罢课运动脱不了干系。

总之，这位班主任新官上任的第一把火，烧的就是他和陈英俊。

罚站之前，谈晋伟示意两个人先回座位去拿练习册，他面朝黑板翻开书，打算讲解李天王昨天布置的数学作业，可握着粉笔的手指突然停下了。

"听说你成绩不错啊，这样吧，给你个机会。"他心血来潮地转向陆以名，"你来念答案，都对了，你和陈英俊就都回去坐着。"

陈英俊愣了一下，这还是第一次有老师在上课的第一天就准确地叫出她的名字。

那一章是幂函数，题目一共三十道，最后两道大题解法颇复杂，依着杂草垛高中学生的水准,能解出来就算得上是天方夜谭。

陆以名的眼睛却亮了。

刚想把练习册翻开,"啪"的一声,厚厚的书心应声而落,手里便只剩下了两张薄薄的封皮。把掉在地上的书心捡起来一看,才发现他的数学练习册不只是被人剥皮拆骨,还以狸猫换了太子——数学练习册的皮,英语练习册的心。

关若非远远地坐在位子上,举着一本没了封皮的数学练习册冲陆以名晃了两晃,白花花的,真刺眼。

"老师,他……"

"哦哦哦!"周三水恍然大悟一般恶人先告状,"陆以名,你这是没写作业吧你,演什么呢。"

再一定神,那本证据已经从关若非的手里消失得无影无踪,而关若非正若无其事地跟着起哄。

陆以名急着辩解,仿佛真的做了错事一般脸上发烫:"我写了,我……我还有草稿纸。"

对数学的酷爱让他保持着把草稿纸随手塞进口袋的"恶习",伸手去摸校服上衣,立即有了结果。

"找到了!"

陆以名猛地抬起头,高高举起的手里攥着从口袋里扯出来的救命稻草。

死一样的沉寂,接着,就像绷紧的弦骤然断了,教室里爆发出一场核聚变一样的哄堂大笑。

他握着的根本不是什么草稿纸,而是一片薄薄的卫生巾。

粉红色的包装自带提神醒脑的功效,让人一下子想起那句经典的广告词——"超干爽,无侧漏,用得安心,睡得放心。"

而他这才意识到,自己的校服袖子好像短了点,举手投足之间紧巴巴的。再看陈英俊身上那件袖口开了线的外套,分明就是他的。

一定是情急之下拿错了衣服。

陈英俊的脸青得像个早酥梨,她飞速将陆以名手里的卫生巾夺过来,塞进兜里。

众目睽睽,这举动顿时又引发一大片发现新大陆般的"哦噻",就像世纪灾难之后的余震。

"你俩什么关系啊?"

"丑女配狗,天长地久呗。"

"陆以名,你和陈英俊这样,这也算是为民除害了吧。"

一阵有节奏的敲击黑板声,四周安静下来。

替他解围的人是谈晋伟,他一步跨下讲台,把自己的练习册递给陆以名。

"你说你写作业了,那么证明一下。"

谈晋伟的练习册是空白的,上面一个字也没有。

陆以名的大脑也是空白的,他怯懦地看了陈英俊一眼,猜测自己的草稿纸大概就躺在陈英俊身上的校服口袋里。可他不敢问,生怕这一问,就坐实了他和陈英俊之间不可告人的传闻。

努力平复着狂跳的心脏,于是,昨天晚上跃动在草稿纸上的公式终于渐渐回归他的脑袋。

陆以名攥紧那本练习册,开始用缓慢而稳定的速度播报正确答案。

"第一题是,根号5。"

"第二题……定义域是0到正无穷。"

"嗯……第三题可以画图,k在开区间 -2 到 0 之间时,直线和幂函数没有交点。"

他间歇性地插播解题思路和口算过程。

在一片突如其来的沉默里,谈晋伟开始了他挺拔硬净的板书。

二十分钟飞快地过去了。

"很好。"

一道题都没错。

不，应该说一步都没错。

用一个上扬的笔画在黑板上完成最后一道大题的最后一个根号，谈晋伟回头，褒奖般地冲陆以名一笑。他对陆以名令人赞叹的运算能力极度欣赏。

那个微笑让陆以名好像又回到了他的初中教室，这才是他熟悉的世界，周遭总是环绕着温暖的赞许，整个黑板密密麻麻的字迹，都是他意气风发的青春。

可渐渐地，朝他聚拢的窃窃私语将他拉回残酷的现实。

在杂草垛中学读书，学习好比体育差还要可耻。

没人关心陆以名脱口而出的正确答案，大家才不过刚从卫生巾事件的新鲜劲儿里缓过神。

下课的时候，周三水嚣张地拍着马屁："看到没，我们老大养的狗，会算术？"

关若非正仰着脖子躺在椅子上，闻言哈哈地笑着。

陆以名不指望一节数学课就能改变他恶劣的生存现状。但糟糕的是，虽不是每个人都对他的数学能力印象深刻，却每个人都知道了，他是狗，还是关若非的狗。

至于他和陈英俊闹出的这场乌龙，也让另一句话挂上了高一六班每个好事之徒的嘴边儿。

那句话怎么说的来着？

丑女配狗，天长地久。

8

陆以名正盯着水桶发呆。

今天是他值日，面前的那只被用来涮墩布的红色大桶内，一只烟灰色的帆布书包被泡得发涨，脏水在书包质地粗糙的表面渲染出大片小片的灰黑色图案，像一团上色失败的扎染布。

陆以名认得，这书包是陈英俊的。

他把手伸进桶里，将那只可怜的书包捞起来，四下张望，便瞧见周三水冲着关若非努嘴："老大，你瞧，你的狗又在捡你丢的东西呢。"

后者正痴迷于厚得像砖的《盗墓笔记》，对周三水的提示头也不抬地敷衍："你说小名啊，那当然，他可是我的好狗。"

话音未落，陈英俊就进来了。

关若非关于"好狗"的"夸赞"言犹在耳，陆以名就拎着那只湿淋淋的书包，看上去简直是人赃并获。

她一把将书包夺过来，用一种审问犯人的眼神注视着他。

"你干的？"

"我……不是……"陆以名被陈英俊的目光死死盯着，像被刀子剜进肉里，越是急于辩解就越是词穷。

陈英俊猛地拽开书包拉链，将里面被水泡得面目全非的草稿本和卫生纸取出来，狠狠地摔在讲台前的水泥地上，不等陆以名解释就继续开了口。

"算了吧。"她说。

下一句本来想说"你不是这种人"，可话到嘴边却变成了——"你和他们不是一个品种的垃圾。"

言下之意，你们都是垃圾。

任陆以名再迟钝也意识得到，数学课上他与陈英俊刚刚建立起的那一丝同病相怜的好感，轰然坍塌。

被误解的感觉不好受。

陈英俊抓着书包大步流星地走了，离开教室前，关若非不早不晚地一抬眼，恰巧对上陈英俊眼角冷冽的余光，像被一根韧得发亮的鱼线从门牙中间齐齐地切过去，又是一阵冷飕飕的牙痛。

"要死啊，丑八怪！"他捂着嘴含混地骂着。

第二章　孤岛少年

1

穿过热闹的长江道就是耳环路。

在夏天，那儿整个早晨都会飘着凉薄的花香。

傍晚六点四十分，避开校门口放学的人潮，踩着点闪进耳环路的茂密的行道树后，等着同年级的一群女生叽叽喳喳地从长江道上唯一一家十元饰品店结伴离开。

再沿着长江道向北五百米，拐进一条人迹罕至的巷子，巷口常年蹲守着一条憨厚的棕黄色土狗。

这是一条漫长却难暴露行踪的小路。

一，二，三。

心里默数三下，班长徐斌就会背着他那毫无品位的亮蓝色书包，如约经过巷子尽头的丁字路口。因为参加了学生会的缘故，他总是很晚才离开学校。

"又等人呢？"

试图躲进一座报刊亭背后的陆以名被发现了。

徐斌放缓脚步，热切地冲他打招呼。

陆以名心虚地作答："嗯……对，等朋友。"

一个月以来一成不变的蹩脚谎话。

"有你这种朋友可真是运气。"徐斌由衷感慨，"那你等吧，我先走啦。"

陆以名朝他挥挥手,心里比他还感慨,因为他既没有朋友,也无人可等,还得打肿脸充胖子。

眼见着徐斌走远了,他便长舒一口气。

好了,已经通过最后一道关隘。

把一条不足一公里的放学路走得过五关斩六将,陆以名怕还是杂草垛高中历史上的头一号人物。

他怕和家住学校附近的徐斌同行,也怕在放学路上被任何一个老师或同学撞见,这倒不是社交恐惧症的属性作祟,而是因为他隐瞒着一个绝不能被人知道的秘密。

那就是——

他家住在浅草坪区那栋臭名昭著的小二楼里。

浅草坪区的小二楼是20世纪80年代初为了解决群众居住困难建造的一片简易二层楼房。陆以名从出生起就住在这个地方,十几年的记忆因为和睦的邻里关系而热闹生动。

斑驳的墙,密集地荡漾在阳台上的衣服,女人们热烈的家长里短,陀螺一样灵活穿梭在狭小的过道里的玩伴,冬日清晨此起彼伏的白色哈气,夏天捧在手心里的西瓜,嗡嗡的苍蝇,觅食的黄狗,烟火气十足。

四年前,市政府启动拆迁计划,这片低矮的居民区变成了平坦荒芜的废墟,又由废墟发酵为蚊蝇孳生的垃圾场。

陆以名家那栋破败的小二楼就孤零零地矗在这片垃圾场的中央,摇摇欲坠的,在四周繁华街道的包围下,就像汪洋中的一座孤岛。托了他妈童爱华的福,他家成了这片儿有名的钉子户。

从此,陆以名记忆里那种喧腾的日子就再也没有来过了。

春天,刺拉拉的荒草开始疯长;深秋,平地升起弥天大雾。

钉子户的身份几乎是写进骨子里的耻辱。

最糟的是,杂草垛高中离他家实在太近,这就大大增加了这重身份暴露的概率,让他再也没法像初中时那样,和同学们一起挤地铁或者公交,提前一站下车,假装住在某个体面的中高档小区里。

可更糟的是,就在那个平凡的礼拜五,他在自家门口撞见了陈英俊。

那时候,他的脑子被同一条疑问塞得满满当当——我怎么老是不合时宜地遇上陈英俊?

2

陈英俊是从浅草坪区那家冻品水产批发市场走出来的,手里拎着和干瘦的身材毫不相称的几只大塑料袋,活像个逃荒的饥民。

为抄近路,她打算横穿那片荒草丛生的小二楼"遗迹",于是,便瞧见了迎面而来的陆以名。

想躲已经来不及了。

两人在相距十米左右的时候默契地停下来,对峙般站着。以二人中点为圆心,除了陆以名家那栋突兀的建筑,方圆百米内都是细碎的瓦砾,空阔得像风平浪静的大海。

仿佛即将被人把丑事公告天下,陆以名凭空起了一身白毛汗。他攥紧书包肩带硬着头皮朝前走,过家门而不入。

"那个,你也从这走啊?"再靠近几步,他开始心虚地没话找话。

陈英俊还是那副凶巴巴的样子:"挺巧,你也是。"

现在,距放学早就过去了一个多小时,若沿着陆以名的方向从这儿笔直地穿过去,除了冻品水产批发市场就只有几家大型建材超市,附近既没车站也没住宅,他去那儿干什么?

远处深一脚浅一脚地走过来一个男人,就在陆以名家那栋破旧不堪的小楼跟前找了个角落,大大方方解了个手。

"你不会……?"陈英俊扬起眉毛。

"不是不是!我就是……路过。"陆以名面红耳赤地辩解。

他也不敢看她，只盯着她手里的袋子："那个……不然我帮你拿吧。"

不论是转移话题还是挽回颜面，这句话好像都挺合适的，只是加了"不然"做前缀，听上去总有点儿勉强。

所以陈英俊以行动婉拒，她绕过他，走开了。

"我帮你拿吧。"陆以名重复了一遍，脚心被一块尖尖的碎砖硌着，脸再一次涨得通红。

这一次，女生停下来，头也没回，就冲着斜后方一伸左手，把那只大得像水桶的塑料袋递出去。陆以名忙不迭伸手一接，意料之外的重量让他差点儿没背过气。明显是他高估了自己孱弱的手臂肌群，那只巨大的塑料袋里方方正正摞着两箱速冻鱼豆腐，少说得有十公斤。

陈英俊扭头，眯起眼睛看他："你行不行？"

"行，行。"陆以名边走边咬着牙运气，憋得发白的脸让这个"行"字缺乏基本的可信度。

"算了。"她将右手那只小了一半的袋子换给他。

陆以名接过来，重量轻了一半。

女生提着大包在瓦砾堆中跋涉，男生提着小包在她身后亦步亦趋。

再看陈英俊的背影，陆以名哪里还会觉得她像个逃荒的饥民，简直是个英武神勇的女侠。

低下头，手里那只袋子微微敞着口，里面是散装鱼丸，如珠似玉的白花花一片，冷飕飕地冒着冰柜特有的那种陈旧的寒气。

"买这么多，是要做什么的？"

陈英俊挺坦荡："我家是卖小吃的，我帮我妈进货。"

这一下子让陆以名对她肃然起敬。

在他家，洗衣买菜烧水做饭他妈都不让他做，童爱华嘴里的原因翻来覆去只有一句：万般皆下品，唯有读书高。换而言之，儿子只要会读书就足够了。

陆以名一直把陈英俊送回学校门口的752路公交站。就在即将上车之前,他把袋子递给陈英俊的时候,不知从哪来了个膘肥体壮的冒失鬼,粗暴地从他俩之间挤过去,陆以名酸得发胀的手臂一抖,塑料袋便重重地摔在了柏油马路上。

就像打翻了一盆珍珠,雪白的鱼丸哗啦啦滚了一地。

"等等!"他抬起头焦灼地寻找已经被挤上车子的陈英俊,一边蹲在地上东一个西一个地满地去捡。一辆小型厢货喇叭按得震天响,擦着陆以名额前的碎发呼啸而过,七零八落的鱼丸变成了一地的鱼饼。

"不要命啦!找死啊!"司机把头探出窗子。

当惊魂未定的陆以名再一次抬起头的时候,752路已经缓缓驶离了车站,而陈英俊挤在后半截车厢里,隔着玻璃影影绰绰的,和那些行色匆匆的麻木脸孔在颠簸中混成一片。

陆以名备受挫折地站起来,双腿软得像天边蓬松的云。

他提着空了近二分之一的袋子在原地呆了好一会儿,心底徒生悲凉。

许多年后陆以名才明白,人生最揪心的总是在"将"和"未"之间。

比如将流未流的泪,将爱未爱的人。

再比如,将竟未竟的事业,将至未至的感情,以及,那年将追未追的公交车,和那一地将捡未捡的鱼丸。

但是2007年的少年陆以名并不知道这个道理,他还以为自己悲伤的仅仅是,陈英俊一定要为这场鱼丸事故恨死他了。

3

透过茶色的后车窗,她看到那个瘦得像麻秆的清秀男生失魂落魄地站在铅灰色的马路上,剪影外沿笼罩着一层柔和的暖色雾霭,背景是华灯初上的城市。

她突然有点别扭,眼前这幅景象太像三流言情小说的桥段,矫情得要死。

警惕地环顾四周,幸好没看见杂草垛高中土里土气的蓝白波浪校服,否则被人传出去,又该是一场无事生非。

拥挤的车厢轻轻晃动着,空气里交织着灰尘与烟草的味道,陈英俊抽了抽鼻子。

不过,她想,心眼好的男生,总归没那么让人讨厌。

4

回到家的时候天色已经彻底暗了,而客厅的窗子亮着灯,几只蛾子卖力地撞着窗纱。

这说明家里有客人,因为童爱华一个人在家的时候,客厅总是不开灯的。

但这位客人也绝不是亲戚,因为童爱华总说一句话:穷人是没有亲戚的。

所以,陆以名对来者的身份迅速做出了判断:动迁工作组,或者他爸陆国平。

他更希望是前者,毕竟两害相权取其轻。

"去哪了?"事与愿违,是陆国平的声音。

"没去哪。"陆以名中规中矩回答着,把书包放在门口狭长的鞋柜上,柜顶垫着两张白晃晃的挂历纸,他一眼也没看他爸。

桌上摆着三副碗筷和少见的四菜一汤,稀稀拉拉冒着热气,其中有经年不变的两样,猪肝菠菜和水煮花生。童爱华迷信这两样儿能补脑。

"你们几点放学?"

六点。

但陆以名没说出口。陆国平是明知故问,没什么回答的必要。

他在桌子前坐下，远离陆国平的位置，然后伸手接下童爱华递过来的白饭。他没洗手，手指与手指之间黏糊糊的，于是不动声色地在裤子上擦了擦，同时注意到，陆国平正盯着自己袖口可疑的污渍。

陆国平看了看表，七点四十。

"干什么去了？网吧？游戏厅？"

陆以名手里的筷子在两根菠菜上面停了停，他魂游天外般想起关若非和周三水招摇过市地出入于校门口那家黑网吧的样子，心头山摇海啸地掀起一阵反感。

"不是，是老师拖堂。"半天才憋出一句谎话。

"真的？"

"嗯……"

"没撒谎？"

"嗯……"

"你可好好学习，别给你妈惹事。"陆国平将信将疑，但看上去没有继续追究的打算。

陆以名在扒饭的间隙用眼角悄悄瞟他爸，还是那个平头，还是那双明朗的眼睛和那种棱角分明的脸型。模样上看，陆国平还是那个陆国平，不存在滥竽充数的可能性，可是这两年来，他们之间却丢掉了最基本的信任感。

当然，信任的缺失与建立一样，都是相互作用的结果。

5

与在一家物业公司做保洁员的童爱华不同，陆国平2004年找到了一份体面的工作。

其实陆以名根本不清楚他爸到底是干什么的，之所以说体面，不过是因为有那么几次，他亲眼看见他爸把一辆京牌的高档轿车停在耳环路的泊车位里，然后从车内走出来，身上穿着淡蓝色窄条纹的衬衣和一条笔挺的西裤，得体得像个成功人士。

托了这份工作的福，陆以名家的经济状况终于有所好转。

他第一次吃到了麦当劳，第一次用上了那种心仪已久的滚轮式修正带，还第一次出手阔绰地订了每月要交八十块钱的校餐。

弊端也不是没有，因为这份工作的缘故，陆国平大多数时候都得待在北京。频繁的两地奔波让陆以名被迫习惯了与亲人聚少离多的生活。

2004年，他想。

那时候他和陆国平之间的关系还不像现在这样剑拔弩张。每每从北京回来，陆国平总得给他带点儿稀奇古怪的小玩意，他也最喜欢听他爸说起在首都的种种趣闻。父亲之于他而言，就像春夜里端坐在床头柜上的那盏老式台灯，浑身透着让人安心的暖光。

那时候，他真挂念爸爸。

初二这年秋天，学校组织赴北京的游学活动，从没去过首都的陆以名抱着一丝可以偶遇父亲的侥幸踊跃报了名。

京城正值晚高峰，学校大巴被困在堵得水泄不通的工体北路。

谁料隔着厚实的车窗玻璃，真就让他看见爸爸陪着个穿着入时的女人走出一家商场的大门，有个和他年纪相仿的男孩紧紧地跟着陆国平，亲昵地把手揣进陆国平的夹克口袋里。男孩有张令人印象深刻的脸，眉目俊秀，斯文干净。

就像有人在脑子里空投了一颗云爆弹，蘑菇云轰的一下升起来，那个关于台灯的比喻顷刻间灰飞烟灭。接下来几天，就连做梦都成了TVB那套豪门私生子争夺家产的戏码。

冷静下来一寻思，陆国平既不是大官儿也不是土豪，想得这么复杂挺犯不着的。

所以游学归来再面对童爱华的时候，陆以名对这件事选择了缄口不提，但它就像一粒荆棘的种子，在这个敏感的少年心里扎根发芽，不疾不徐地生长。

他在等待，也许未来会有那么一个契机，能让误解不攻自破，又或者那时的他已经足够成熟，成熟到足以承担获悉真相带来的后果。

可再过半年，等来的却是陆国平与童爱华离婚的消息。

陆国平连面也没露，消息是童爱华传达的。

潮湿的灯光底下，童爱华整张脸都皱皱的。她拉着陆以名说儿子啊，你以后可得懂事了。

陆以名不以为意地"嗯"了一声，然后像往常一样，从暖气片上抓了条干净内裤去冲澡。

不足三平方米的厕所装了个淋浴喷头，洗澡时还要留神脚下的蹲便器。简陋的燃气热水器装在一墙之隔的厨房里，按一下开关，发出隆隆的噪音。

打开花洒，水管里淤积的存货把他浇了个透心凉，整个人都湿乎乎的。他迟钝地躲开水流，用手狠狠抹了一把脸，眼睛又酸又沙，不知道是水还是泪。

可他知道的是，从那天起，爸爸就是他家的客人了。

6

现在，这个客人颇有点反客为主的意思。

陆国平从外套口袋里取出一张薄薄的听课证放在桌上，卡片的塑封里贴着陆以名十一岁时候的照片，毛茸茸的寸头和一副有点儿削尖的下巴。

"给你报了个数学补习班。"他通知儿子，"下周开课，平时晚上去，一周四节。"

陆以名没吭气，静默地扒拉着碗里的白饭。补习班这种东西他从小就没上过，特别是数学，在这门学科上的一贯自负让他此刻觉得备受侮辱。

"补短不如扬长。"陆国平对儿子灌输着他一贯的理念，"你以前数学就好，但这次中考还是砸在了数学上，咱可不能破罐子破摔，从哪跌倒就得从哪爬起来。"

陆以名轻轻地放下筷子，抱起杯子开始大口喝水。

其实他一点儿也不渴，但半只手掌大的圆形杯底可以恰到好处地遮住他的视线，使他有了个冠冕堂皇的借口不去看他爸。

平心而论，陆国平对他的关心比起离婚之前分毫不减，但这种关心让陆以名消化不良。

"从你们学校过去很近。公交车619路，到飞云东路体育馆下，就在体育馆里头。"陆国平自顾自说完，把听课证递过去，陆以名终于躲无可躲。他放下杯子，却没伸手去接。

"我不去。"

最终还是满心惶惶地说出了口，陆以名紧盯着深灰色的水泥地面，不知道等着他的会是怎样一场世纪灾难。

"不去？"

陆国平还没发作，童爱华倒是先火了。

她把筷子一撂："中考考成这样，数学也学成这样，六点下课你七八点才回来，你爸给你花这么多钱报个班，让你上个补习是去上刑啊？都这么大人了，怎么还四六不懂的？"

一口气闷在心里，陆以名忍着没说话。

和程咬金的三板斧差不多，童爱华也只有三招绝杀。第一招就是现在这手，叫翻旧账。第二招叫合纵连横，合纵就是合陆以名之力对抗陆国平，连横就是与陆国平组成联盟一起教育陆以名。可现在他们离了婚，立鼎的三足顿时有了亲疏远近之分，成了客人的陆国平再没资格享受童爱华的数落。从此，没了合纵，只有连横，该着陆以名这个当儿子的倒霉。

"我还不都是为了你？"

"要不是为了你我早就搬家了，一百平方米的安置房不住，我在这儿干吗呢我？要不是为了你我日子能过成这样吗我？"

这就是第三招,也是陆以名最最接受不了的一招,名字叫——都是为了你。

可真是为了我吗?

就像针尖儿直戳心窝,锋利的痛感渐次地加深。

就像被丢进冰窖里的鱼,整颗心一寸一寸地冷掉。

就像蒙受了天大的冤屈却百口莫辩,刽子手的宽刃大刀披着母爱的外套,让他连抵抗的权利都没有。

"我吃完了。"

陆以名最终一句也没有争辩,只是站起来走回卧室去。他也不敢摔门,仅仅把它严实地关上了,压抑得连呼吸都觉得困难。

狭小的房间里,一只行将就木的苍蝇在嗡嗡乱飞,门外恍惚地飘过两声零丁的叹息。

他家为什么会成为钉子户?

他一个初中时的区重点尖子生又怎么上了一所收底儿校?

即便抛开童爱华和陆国平的问题不论,罪魁也该是另外两个人。

一个是已故的外公童当康,一个是发小郑骁阳。

这俩人有个共同的特点——都是坑货。

7

"当康"二字据说是某种通灵神兽的名字。

大概是这名字的缘故,童当康一辈子都坚信自己会在玄学上光宗耀祖,所以早年间便抛家弃子四方云游去了,归来时,就成了个要靠政府救济的破落户。

"好,好,好啊。"

三个掷地有声的"好"就是他回来那年送给外孙唯一的见面礼。

"这孩子一好好在天庭饱满,二好好在耳高过眉,三好好在双目藏神,每一好都是状元之相,等到高考,不是北大就是清华,我敢打包票。"童当康端着只搪瓷杯在折叠餐桌前来回踱步,津津有味地解释。

陆以名一度怀疑他这个连大字也不识一个的外公,这辈子就只知道这两所大学。

可这番话却让童爱华很受用。

算上她和陆国平,两家人祖辈没出过一个读书的。每当她一遍又一遍擦洗某高档写字楼的马桶的时候,一次又一次弯下腰清理笤帚头上那些盘踞成团的长发的时候,她就会把自己庸碌而卑微的一生推诿于文盲家庭导致的先天不足。

每每听说谁家儿子学科竞赛拿了奖,谁家孩子某门功课考了第一,要强的性子加之早年辍学的遗憾,使童爱华望子成龙的心愈来愈迫切,毕竟在她眼里,知识真就是他们这种家庭改变命运的唯一选择。

所以,陆以名必须上名校,也必须出人头地。

实则那个时候陆以名才刚读小学,性格内向,成绩中等,三棍子闷不出一个屁,怎么看也不像个学术界未来的旷世奇才。

童当康解释说按这孩子的命格判断,该是大器晚成那个类型,幸而浅草坪区这片小二楼所处的位置堪称风水宝地,用专业术语来讲叫"状元坟",足以让他逆天改命,在学业上崭露头角不是今年就是明年。

结果陆以名真就在那个夏天的小学生数学能力测验里一战成名,考了全区第三。

这事儿一度在陆以名一家的生活圈里引起不小的轰动。

"哟,童姐,儿子出息啦。"

"听说你们家陆以名数学拿奖啦?抽空给我们家亮亮补补课呗。"

童爱华接连一个月都笑眯眯的,毫不谦虚地将同事和邻居的恭维照单全收。

后来有个老太太神秘兮兮地告诉她,陆以名这匹黑马能在学科测验中杀出重围一点儿也不值得大惊小怪，因为浅草坪区那片小二楼世代出状元的传说确有其事。

至此，童爱华对童当康在玄学上的真材实料深信不疑。

再后来童当康病逝，弥留之际还念叨着外孙将会光耀门楣的预言。

次年，陆以名家就被定为城市旧区改建计划的第一站，动迁工作组一遍又一遍登门拜访，童爱华死守这块风水宝地，说什么也不走。

"童爱华他们家的事儿你听说没？"

"又有大新闻？不就是被封建迷信搞魔怔了吗？"

"嗨，其实就是要钱呗。"

有一次路过耳环路路口的早点摊儿，陆以名听见三个中年妇女聚在一起小声议论。他狠狠地低着头躲开，热辣辣的耻辱感从心底翻滚着升起来，就像童爱华馒头蒸锅里腾出的滚烫水雾。

这话他隐晦地向童爱华转达过几次，希望借此能让他妈屈服于舆论压力，好让他摆脱成为钉子户的命运，和其他小伙伴一样，一起搬到三条街以外宽敞明亮的安置房去。

"封建迷信怎么了？封建迷信能让你考上北大清华，你妈这辈子也值了！"

炒勺闷闷地剐蹭着锅底，热烘烘的油烟里，童爱华的大嗓门聒噪如吵架。她固执得像个英雄母亲，忍辱负重只为儿子他朝大业可成。

再说郑骁阳。

郑骁阳是陆以名最要好的朋友，整个人从里到外都透着股不靠谱。

比如他妈每每让他干个活儿跑个腿，从来都是"噌"的一下遁没了影儿。

又比如，用上那种带手柄的卷笔刀第一天，他就把家里的筷子都卷了个遍。

除了学习成绩奇差以外，这人拍画片打游戏惹是生非简直十项全能，搁现在来讲，就是个童叟无欺的熊孩子。

别看他和陆以名同年同月出生，光着屁股从小玩到大，但就因为这股子不靠谱，在旁观者眼里，他与循规蹈矩的陆以名根本就是两路人。

可不靠谱的郑骁阳对陆以名特别靠谱。

2003年春天，小二楼刚开始拆迁，挖掘机们大模大样地进军浅草坪。有天，半块厚重的水泥板在粉碎锤的努力下自墙体剥离出来，呈自由落体，直袭陆以名脆弱的天灵盖。

郑骁阳狗血地一扑，抱着他滚出五六米远。陆以名因此安然无恙，而代价则是郑骁阳胫骨骨折，被大夫告知要卧床休养三个月。

当时童爱华买了一大堆强身壮骨的营养品带陆以名去医院看他，躺在病床上的郑骁阳开口第一句就把陆以名说蒙了："兄弟，大恩大德没齿难忘。"

他脸上挂着种劫后余生般的笑容，迎着早春杏色的阳光掰着指头在算数："现在是3月，三个月后就是6月，月考每月一次，堂测一周起码三次，期中考试在4月底……算算，加一起少说也得考个四五十场。一学期九九八十一难，你这就帮我解决了一半儿。"

一番插科打诨成功平息了陆以名心里翻江倒海的愧疚。

郑骁阳又补了句："捎带脚还造福了我妈，少签多少字儿，少发多少火儿，这三个月还不得年轻二十岁。"

整个病房的人全被逗乐了。

"倒霉孩子。"郑骁阳妈妈好气又好笑，抬手佯装要打，最终也没舍得，塞了片橘子瓣在他嘴里。

三个月后，郑骁阳出院了，却没再回过浅草坪区，而是随父母直接搬进了安置房。至此，还留守在小二楼里的陆以名终于失去了他的所有邻居。

临近中考的一个下午，郑骁阳来找陆以名玩。

两个人就背靠着坐在一只旧轮胎上，看厚实的云层在傍晚时分红彤彤的天边融化着。

"打算考哪?"陆以名问他。

郑骁阳初中就是在杂草垛中学上的,所以他特丧气地说:"就我这业务水平,你可别闹了,也就是在杂草垛安享晚年的命。"

陆以名说那这样,我高中去杂草垛陪你呗。

郑骁阳猛地一推他,就这么说定了。

其实郑骁阳嬉皮笑脸的,分明讲的是玩笑话。陆以名对此心知肚明,可他是个死心眼儿,考前填志愿的时候就因为这句话,还是一个动念把杂草垛高中填在了最后一栏。前两栏是童爱华和陆国平填的,分别写着一中和实验的大名——两所美名远播的重点高中,一本率97%,排名不分上下。

全市最好的学校和最差的学校同时出现在陆以名的志愿表上,这件事被当时的班主任传为美谈:看看人家陆以名,不成功,毋宁死。

结果陆以名出人意料地考砸了。

童爱华不由分说拉着儿子申请分数复核。一查才知道,陆以名数学试卷反面的大题竟然一道也没做对。

他很愧疚,又有点得意。

愧疚的是害从来省吃俭用的童爱华浪费了七十块钱的核分费,还害她伤了心。

得意的是,他漂亮地完成了人生中第一个独立自主的决定——他是故意考砸的。

就在他最有把握的数学中考上,距离交卷还有十分钟,冷冰冰的清北之梦终于完败给滚烫的朋友义气。于是陆以名算着分数,按步骤将一行又一行新鲜出炉的标答改成了错的。

就差区区十五分,他完美避开了一中与实验交择校费入学的分数线。

那时候,杂草垛高中对他而言还不是什么虎狼之地,恰恰相反,他整个夏天都热切盼望着开学,盘算着如何给郑骁阳一个精心设计的意外惊喜。

可到了正式报到那天,他找遍了张贴在操场主席台前的分班表也没看到郑骁阳的名字。

一个电话打过去,没人接。

第二天再打,依然没人接。

到了第三天,电话另一头就变成了短促的忙音。

陆以名还去找过他。

"找谁?几号楼?"

在小区里漫无目的地绕了几圈之后,陆以名被保安拦住了。

他支支吾吾的,根本说不出发小家的门牌号。看着视野范围内整齐的灌木、洁净的水泥路、每栋楼上风格独特的欧式斜顶,现实与童年记忆之间,好像一下子就有了条不可逾越的阶级鸿沟。

就这样,郑骁阳就像小二楼那些被拆掉的回忆,消失得无影无踪。而陆以名为他所做的牺牲也成了一场无功的徒劳。

接踵而至的暑假下了很多场大雨,浅草坪区上空笼罩着一片愁云惨雾,家里仅有的三只玻璃杯因为陆以名的中考失利被砸得稀碎。

大人们都是天生的谎言家,他们只要结果,不问真相。

童爱华声泪俱下地讲述着一个望子成龙的母亲为儿子成才而承受的一切磨难,听得陆以名也默默地掉过几次眼泪,心硬生生地跟着疼。

可他既不是为了童爱华的付出而感动,也不是为了郑骁阳的失约而伤心,他是在替自己难过。

从小到大,压根没有人问过他想不想当清北的高才生,想不想上一中和实验。

也没有人问过他,究竟想不想孤零零地住在这儿,就像一棵日渐枯死的树,一寸一寸地失去它赖以为生的天空和阳光。

大人们好像总是期待着,期待这个男孩在一夕之间长大,从此规行矩步,谈吐得体,当一个"零失误少年"。仿佛只有这样,才能在这个反复无常的世界里，游刃有余地度过余生。

8

陆以名趴在床上，死死地盯着歪在床头柜上的钟表指针。

隔着单薄的门板，客厅传来一阵椅子腿与水泥地面的摩擦声——是陆国平从座位上站起来的动静，其间好像还踢翻了餐桌底下的不锈钢盆，听上去兵荒马乱的。

那天晚上，陆国平走得很不愉快，一张脸绷得像绣撑上的布，紧巴巴的。

就在四年以前，他爸还只不过是个开夜车的出租司机，每个晚上也是这样匆匆地扒饭，再匆匆地乘着夜色离开。陆以名每每趴在窗口朝外望，都觉得陆国平就是他心目中的孤胆英雄。

想到这儿，心里一阵酸涩。他如梦初醒般跳下床跑出去，谁料追了没两步就一脚陷进一只旧轮胎里。

而这时候，陆国平已经走远了。

灰蓝色的夜空下，父亲的背影模糊成一个黯淡的影子，高大，却有点佝偻。

他的目的地是灯火通明的废墟彼岸，那是光的世界。

黑暗中，陆以名突然有点难过。

第三章　闪闪发光的少女

1

"那个女生，校服。"

再遇见陈英俊是礼拜一早晨，她被戴着红袖章的执勤生拦在校门口，之后把校服拉锁一丝不苟地拉至锁骨，烟灰色的帆布书包依然斜挂在肩头，还是那副与世无涉的潇洒样子。

两个人尴尬地打了个照面，随后都很自觉地绕开了。

说来奇怪，陈英俊自打对陆以名的认识有所改观，再想起这个人来总是有点儿说不清楚的别扭。而陆以名则实属做贼心虚。

他在礼拜日特意找借口去了一趟冰品水产批发市场，冰柜前黄纸白字贴着的价格把他吓得不轻。那种白花花的手打速冻鱼丸一斤要三十块，当时他手里的袋子怎么着也得四五公斤，这就是二百多块，比他从小到大攒下的零花钱加一起还要多。上哪去找这么多钱赔给陈英俊？

好不容易熬到放学，陆以名按着陆国平的意思去补习班报到，他奋力挤上619路公交车，挺高兴地在最后一排找到两个空位，中间隔着条窄窄的过道。

"借过。"

车开之前，一个人影从后车门挤进来，往仅剩的那个空位一坐，当陆以名再回过神来的时候，一条过道之隔的位置已经多了个同样身着蓝白校服的人。

陈……陈英俊？

陈英俊靠在椅背上闭目养神，没有注意到他。那张清爽的脸一如既往冷冷的，上面却分明像是写了两个大字：债主。

惊惶不安的陆以名于是在第二站就下了车，换乘另一辆公交赶往目的地。

可这件事情再发展下去，其恐怖程度竟然远超他的想象。

经陆国平千挑万选看中的那家补习班有个很老土的名字——栋梁课堂。它位于飞云东路一座几近废弃的体育馆内。馆内大多数项目已经停办了，原先留下的办公室改成了补习班教室，教室到大门之间要穿过一座荒废已久的室内羽毛球场。偌大的场地空旷昏暗，森森地透着股鬼气。

东边墙壁镶着一面大的镜子，在经过它的时候，陆以名好死不死地冲里面瞥了一眼，就看见一张清瘦的脸孔白惨惨地浮在挂满了灰尘的镜面上。

他吓得没了三魂七魄，血管仿佛一下子被人抽空了，当场呆在原地动弹不得。等缓过神来再一看，那里面的人竟然是陈英俊！

又是陈英俊。

她不知怎么找上了这个地方，自己阴魂不散地跟了进来。

长时间的提心吊胆让陆以名连上前把话问清楚的勇气都失去了，吓得拔腿就跑。

第二天午自习后的课间，谈晋伟点了包括陈英俊在内的几个同学分发数学练习册。陈英俊冲着那摞练习册一瞥，第一本就是陆以名的。

此刻，趴在桌子上小睡的陆以名恰被一个青面獠牙的噩梦惊醒，他迷迷糊糊侧着脖子，一抬头便迎上陈英俊那张冷得吓人的脸。自她的下巴往上看，诡谲的视角下陈英俊面目狰狞，高高举起的练习册仿佛一块厚实的青砖，好像在下一秒就要恶狠狠地砸下来。

弄丢一袋鱼丸,罪不至死吧!

陆以名腾的一下就精神了。强烈的求生欲使他当机立断,两手在额头前横竖一交叉,夸张地来了个标准的奥特曼式格挡。

"噗!什么情况?"周三水一口水喷出两米远。

"老大!老大!"他冲着关若非一通狂嚎,"你家小名是不是该打狂犬疫苗了?"

最纳闷的是陈英俊:我就是发个作业,你也至于?

总之,陆以名脆弱的神经已经不堪重负,第二天他索性写了封篇幅不长却言辞恳切的道歉信塞进陈英俊的桌斗儿,大意是说鱼丸一事十分抱歉,该赔多少钱你给我个痛快,我一定还你。

陈英俊发现字条的时候恰是上午第二节课课间,正狐疑着要打开,关若非不知道从哪冒了出来,在她背后不怀好意地大声问了句:"怎么着?丑女有情况啊?"

周围一圈人吹着口哨起哄。

先天性好奇心缺失的陈英俊于是看也没看,直接当废纸处理掉了。

放学时候轮到陆以名倒垃圾,看见废纸篓里那张熟悉的作业纸皱巴巴地团成一团,一颗心顿时凉了大半截。

能用钱解决的问题都不是问题,问题是陈英俊不要钱。

完了,看来这厮是铁了心要打击报复。

论个头,陆以名或还有微弱的优势,可论力气,他觉得自己这次凶多吉少。

2

穿过那座阴森的室内羽毛球场一路狂奔,抵达教室门口的时候,李萍的课已经讲了十五分钟。陆以名站在黑黢黢的楼道里喘得像头牛。

他也不敢进去,就扒在前门窄长的窗子边儿朝里张望,讲台上那女人顶着一头过时的卷发,正在抑扬顿挫地骂人。

"……为什么要上补习班?嗯?上补习班是用来给你们锦上添花的,再不济也是查漏补缺的,你们倒好,上我这指着我女娲补天呢?那您不如去找盘古,能开天辟地……"

一个脏字儿没有,骂着还特别带劲儿,再配上她那副极具穿透力的大嗓门,即便放在星期天的菜市场也能所向披靡。

李萍就是栋梁课堂的老师,今年46岁,数学高级教师,网上查有此人。她一年前从市一中离职,全身心搞起了补习业务。

像陆国平一样,为图一个"一中师资"慕名而来的家长不在少数。但陆以名对此并不买账。在他看来,这个"名师"的业务水平远不如谈晋伟,照本宣科的教学风格简直就像个随教材配套附送的有声书。

更重要的是,李萍有个让他深恶痛绝的恶习——给学生分级。

若是在学校,区分优生差生还得凭一场摸底考一局定生死,但在这儿用不着,校服一穿就看出了三六九等:市重点,区重点,一般校,杂草垛之流。

往那一坐,恶劣程度堪比印度历史上的种姓制,阶级全写在身上。

像陆以名这种收底儿校来的"劣等人",迟到就是一项要被口头处刑的死罪。

所以他本来寻思着,打算耗到课间休息再溜进去。结果好死不死,一阵小风飘飘悠悠吹过来,上了年头的门自己就开了。

众目睽睽的,背着书包的陆以名杵在门口,脸红得像块猪肝。

看见他的那一刻,李萍攥着黑板擦的右手僵住了,一脸的不耐烦变为横眉怒目:"我说你猫门口儿干吗呢?开展地下工作?"

一句话勾起教室里一大片窃窃的笑。

"看看人家一中实验的,"她指着教室第一排的几个学生,"人家什么时候迟过到？你再看看你，连着三天晚来，干吗去了？天天扶老奶奶过马路？老奶奶找你办的 VIP 月卡？"

陆以名脑袋嗡嗡地发麻，半天没说一句话。

他倒不是真的不屑于解释，可要他怎么说呢？难不成就说被一个阴气十足的女同学寻仇，走哪跟哪地尾随了三天，他绕远只为保命，迟到纯属意外？

对，阴气十足的陈英俊跟了他整整三天。

熙熙攘攘的公交站是她，学校门口的小卖部是她，就算好容易抵达了目的，在体育馆前面的飞云东路上好好走着，冷不防一个回头，是她是她，还是她。

饱经折磨的陆以名惶惶不可终日，生怕自己一个走神就遭了陈英俊的毒手。高度的精神紧张甚至让他产生了幻听症状。

每当李萍以她一贯乏味的语调将一道数学题讲解得死气沉沉的时候，他总能听见这栋体育馆的某个地方传来咿咿呀呀的怪声，其间还夹杂着男生的呻吟，诡异堪比《盗墓笔记》里的阴兵借道，闭上眼睛，满脑子都是殷商时期的破盔烂甲。

听，这声音好像又来了。

"哎哎，想什么呢你？"板擦猛敲黑板，抖落的粉笔屑像一场纷纷扬扬的大雪。

"看看人家一中实验的学生，黑板上的题个个儿都会，还知道专心听老师说话，你看看你，这题都会做吗？还迟到，还走神！"

还没缓过神儿的陆以名别的也没听见，就听着李萍说起"做题"两个字。他惊魂未定地去看黑板，发现上面潦草的笔迹不过就是个利用单调性求取值范围的填空。

别说，他还真都会。

"1/4 到正无穷……开区间。"陆以名有点儿结巴，但答得飞快。

是正确答案。

李萍愣了一下，显然没料到这么一个差生竟然不按常理出牌。

"你怎么回事儿？我只问你会不会，谁让你说答案了？"高级教师不愧高级，一张脸拉得更长了。

"从你这儿开始，啊，以后你们杂草垛的学生，谁再迟到就搬椅子给我坐到后墙根儿去。"她摆摆手，就像在驱赶一只涎皮赖脸的蚊子。

还行，没被枭首示众，只判了个流放塞外。

陆以名挺庆幸，因为后墙离最后一排课桌还有三米远，算是这间教室里距李萍最远的地方。

他于是默默拉了把椅子，在最不扎眼的墙角坐下。屁股还没坐热，那种咿咿呀呀的怪声便又来了。这次，还清晰得犹在耳畔。

他打了个寒战，就像被11月凛冽的北风扫过牙床。

声音是从左侧飘过来的。

陆以名壮着胆子去找，发现在三只体育器材包装箱后面，藏着一扇不大起眼的门。门板上有方窗子，原本糊着的挂历纸已经剥落了一半，打那儿向外望，是陆以名从未去过的体育馆西半球。

他凑过去，鼻尖儿贴上冰凉的玻璃。

一条四五步宽的走廊，对面是堵厚实的玻璃墙。墙内灯火通明，地板铺着红蓝交织的垫子，几盆翠绿的植物在窗台上突兀地泛着油光。一个穿着运动服的中年男人背对陆以名站着，像是在比画什么。

接着，伴随两声近在咫尺的惨呼，一道白光一闪而过。

有人在飞？

他好奇地瞪大了眼睛。

3

玻璃墙内，女生一袭白衣背对陆以名，站在一块湛蓝的地垫中间。对面有个足比她高了一头的男生。男生表情凝重，一手护头，一手护胸，挑衅似的发出一串咿咿呀呀的李小龙式怪叫，连打出两记陆以名只在电影里才见过的侧踢。

陆以名看明白了,这是高手之间的巅峰对决。

女生一个斜撤步轻巧地躲过去,追出两腿,右脚在落地的那一刻,前脚掌猛地一转,漂亮的旋风踢接腾空后旋直踢头部,干净利落的致命一击。

对手顿失平衡,两声惨呼,整个人狠狠地砸向地垫。

闪着光的白衣少女灿烂得如一道流星,她稳稳地落在地上,脚步轻如羽毛,雪白的道服下摆就像蝴蝶优美的两翼。

整个过程不足十五秒。

她摘下护头,潇洒地甩了甩利落的短发。背景是斑驳的墙壁、窗外无边的夜色和一块立在墙角的大牌子,上面一行华文行楷的打印字体:极真跆拳道馆。

女生从容地转身。

也就是在这一刹那,隔着两层玻璃窥视一切的陆以名准确无误地认出了她的脸。

那张让人过目不忘的脸,带着一种比最勇敢的硬汉更阳刚的力量,喷薄出骇人听闻的生命力。

还有那双眼睛,那双漂亮得像角马一样的眼睛,像豹子一样闪着精光的眼睛——

陈英俊的眼睛。

是陈英俊!

怎么会是陈英俊?!

陆以名的血液沸腾着,像是被滚烫的飓风碾过每一寸骨头。

遥远的七八年前,他挤在郑骁阳的卧室。两个人凭着一台被大人淘汰了的十八寸电视,和一摞被翻得书页卷起毛边儿的武侠小说,没日没夜地结识江湖人物:白云城主叶孤城,飞天蝙蝠柯镇恶,有四条眉毛的陆小凤,圆而不滑的令狐冲……

一个暑假过去,还真以为自己也能当个仗剑天涯的侠客,一把剑一壶酒,一蓑烟雨一回眸,从此沧海桑田,白云苍狗,弹指之间就度过一生。

现在,陆以名有点恍惚。

他如何会想象得到,这个独属于他十六岁的惊心动魄的晚上,竟然成了他一生中与童年时那个武侠幻梦最接近的一次。

他又如何会猜得出,这意料之外的惊鸿一瞥,即将改变他的人生轨迹。

4

古老的九龙路狭窄得像条巷子,整个白天都冷清得像是要被这座城市遗忘了。而一过傍晚7点,这儿就成了一条名声赫赫,热闹喧天的小吃街。

串串香,麻辣烫,白吉馍和烤冷面。

随着一阵锅碗瓢盆的乒乒乓乓,晚归的行人便被染上了十足的人间烟火味道。

陈月霞就住在九龙路幸福里的一栋老式居民楼一层,凭借位置之便,她利用窗口临街的厨房做起了小吃生意,专营朝鲜风味的鱼糕串串。

柔滑雪白的鱼糕叠成三折,穿在竹签儿上,在长方形的不锈钢托盘里整整齐齐码着。为了这生意,她从早到晚都在忙,而在忙碌的一年的三百六十五天里,有三百个日子她都在想念那个叫朴在嵘的男人。

"妈,我回来了。"

进门的时候,陈英俊还穿着那条白色的道服裤子,上身套着肥了一圈的校服外套。她将手里的钥匙串挂上门后的不粘钩,把歪在肩头的书包一丢,开始慢吞吞地换鞋。

如往常一样,没有回应,家里安静得就像空无一人。

陈英俊对此见怪不怪。

她走到餐桌前坐下，朝旁边的厨房一探头。不出所料，这会儿没有顾客，她妈又在盯着朴在嵘的照片发呆。泛黄的黑白照被摆在橱柜上，一张硬净又俊朗的脸，年轻得没有一丝褶皱。

对陈英俊而言，这个自她六岁起就再没见过的爸爸如今已经太陌生了。可让她始终不明白的是，为什么十年过去，北京申奥都成功了，国家体育场都落成了，中国人口都达到了十三亿，陈月霞的思念还是一成不变。

她执迷于此，好像对其他的一切都失去了兴趣。

为这事儿，陈英俊还曾和她吵过一架。

那是2004年，她刚上初中。

有个特有"人文情怀"的小老师登门做家访。每每谈及家庭成员，陈月霞或答非所问，或语焉不详，还时不时对着桌上一个男人的黑白照片唉声叹气。

小老师回到学校稍加杜撰，声泪俱下写了篇不靠谱的家访报告，其内容一传五五传十，再传到陈英俊耳朵里的时候，她这个故事的主人公已经摇身变成了命途多舛早年丧父的励志模范生，还有个疑似精神受创的母亲。

那时候陈英俊还小，尚未练就一身处事不惊的能耐。她恼火得连晚自习也没上，抓起书包一口气儿跑回家，正撞见陈月霞窝在沙发里捧着照片黯然神伤。她一把夺过来，将那副相框猛地朝桌面一扣，木头与木头撞出一阵带着回声的闷响。

"妈，别看了，我爸还没死呢！"

其实这话还有后半句——"他只是不要我们了。"

但当时的陈英俊没说出口，因为在那天晚上黯淡的灯光里，她清楚地看到一圈迷离的红晕从陈月霞的眼角散开，眼底则蓄满了晶莹的泪。

打那儿起，天下就太平了。

陈英俊再也没直截了当地对她妈提起朴在嵘的事情，而陈月霞也自觉地让那张晦气的黑白照远离了女儿的视线。

就像现在，她小心翼翼地将照片放回原处，然后若无其事地揉揉眼睛。

"回来啦？"陈月霞说，"饭菜在桌子上。"

不用她说，陈英俊早就看见了。

一米二宽的方桌中间，一碟西红柿菜花和一盆冷了一半儿的海带汤。凑过去一闻，陌生的卖相，熟悉的配方——不就是做鱼糕串的底汤加了海带。

陈英俊抽抽鼻子，她既不喜欢海带也不喜欢鱼，可仍然盛了一碗，因为她还算喜欢她妈。

没人知道，这么一个旁人看来又凶悍又冷漠的小姑娘，在学校惜字如金，舍不得多说一句话，可每每回到家对着陈月霞，就能凭空长出一肚子新鲜事想跟她念叨。

比如班里换了新的班主任，课讲得很风趣。

比如礼拜三那天，英语课代表戴了个新款的 MP4，她从来没见过。

还有这两天，她总是在放学后遇到那个全班最没用的男同学，一副唯唯诺诺的没出息模样，看见她总是一惊一乍的，就像老鼠遇上猫。

对了，上次就是这个人弄丢了那袋鱼丸。

"妈，那个……"

满腹的谈资，陈英俊组织了半天语言才开口，可厨房里的陈月霞一点反应也没有。抬起头来再一瞧，临街的窗外来了客人，她妈熟练地收钱，打包，从一只塑料罐里哗啦啦地数出几枚硬币找给人家。

一连串机械式的动作就像一道使人噤声的符咒，把陈英俊重新变回一条缄默的鱼，她张了半天嘴，只在水中吐出个无力的泡泡。

"吃完把道服脱了搁洗衣机里啊，也该洗了。"过了一会儿，陈月霞转过脸冲她说。

"哦。"她闷闷地用筷子搅着碗里的海带。

她妈又自顾自地忙去了。

陈英俊有点惆怅,她们之间的谈话总是这样,始于她盎然的兴致,止于陈月霞习惯性的无视。

即便在家,陈月霞也是个太沉默的女人,凡事压在心里,多少年隐忍不发。

而陈英俊又是个太早熟的孩子,除了成绩不好,几乎事事符合期待。

但就算成绩好又有什么用呢?

陈英俊没有本地户口,是个借读生,注定不能在这座繁花似锦的城市按部就班地读书升学,参加高考。陈月霞从小对她寄予的厚望也与学业无关,她只希望女儿能练好跆拳道,走运动员的路子。若是有缘站上国际赛场,没准儿还能使她们与朴在嵘重逢。

又是朴在嵘。

忘了提,朴在嵘是个职业跆拳道运动员,据说20世纪90年代末曾在韩国体坛混得风生水起,后来不知出了什么变故,逐渐在业内销声匿迹了。

谁不想自己的爸爸是个英雄?朴在嵘就挺像个英雄,他穿着一身釜山代表队的道服站在斑驳的相纸中央,笑容爽朗,气宇不凡。

偶尔陈英俊也会想,如果朴在嵘还在她们身边,她的生活大概会比现在有趣得多。毕竟那些单独与陈月霞朝夕相对的岁月太平静了,没有赞美也没有批评,缺乏交心的长谈,也少有愤怒的宣泄。

这种状况常会让她担心,担心大把的青春就在冗长乏味的生活里被浪掷了,担心日子静默得像一潭死水,而她的世界就在这日复一日里,变成死水与死水的无限循环。

5

谈晋伟利用周二的午自习进行了一场数学测验，美其名曰月考之前的摸底查漏，帮助大家亡羊补牢。但若是分数垫底，就要劳烦家长亲自走一趟，协助制订未来的学习计划。

那双乌黑又睿智的眼睛扫过教室，嘴角不着痕迹地上翘。陆以名一下子就看穿了，对方来者不善。

正反面的试卷发到手里，题目水准意料之中的高。十道选择，五道填空，七道解答，草草过目，基本确定就是练习册各章节的经典疑难选编。

陆以名心情好极了，因为他清晰地听到后排的关若非发出一声放弃治疗般的慨叹，而两张桌子之隔的周三水正满脸焦灼地抓耳挠腮。

再朝斜对角一瞥，陈英俊眉头紧锁，在草稿纸上束手无策地涂着排线，怎么看也不像在做题，倒像是个突击艺考的美术生，陆以名打心眼儿里替她着急。

但我干吗要关心陈英俊？

陆以名自己也挺纳闷的。

自从那天晚上意外发现了陈英俊的秘密，陆以名在震惊之余如释重负，也确信了她所谓的"阴魂不散"并不是打击报复，不过是巧赶巧，事儿赶事儿，两个人顺了路。

但也说不清为什么，他反而更加坐立难安起来。

再看见陈英俊，一改之前避之不及的态度，不善言谈的陆以名冒出了有生以来第一次和女生套近乎的想法。

他开始频繁地出现在学校门口的小卖部里、熙熙攘攘的公交站、一辆又一辆619路车上、体育馆门口，或者陈英俊可能出现的任何地方。

可说来也怪，他就这么刻意地寻找陈英俊的踪迹，两个人反而再也没在前往飞云东路体育馆的路上遇到过了。

结果，再也没法偶遇陈英俊的陆以名一病未愈又添恶疾，染上了偷窥的怪癖。

有那么几次，他在李萍上课之前溜去了体育馆西边，透过极真道馆的玻璃墙朝里瞧。正对面挂了三面旗：中国国旗，韩国国旗，以及一面奇特的旗子——中央是个地球的图案，两个穿着道服的小人儿，面对面打出两个漂亮的侧踢。

陈英俊每每走进道馆，总会虔诚地将右手放在胸前，向它们庄严行礼。

很久之后陆以名才知道，第三面旗上印的，是世界跆拳道联盟的标识。

极真道馆的馆长叫郭长青，是个身材敦实的男人，三十来岁模样，剪了个中分八字头。若非一口京片子说得挺溜，挺容易被人当成韩国人。

道馆西侧的墙壁上挂着他一张十二寸彩照，里面的人站在某国际赛事的领奖台上，右手叉腰，左手捏着胸前金灿灿的奖牌，神气十足。照片好像上了年头，斑驳陆离的岁月就像一层太过头的磨砂滤镜，使他整张脸都云笼雾罩的。

另一名教练叫徐显椋。他五官分明，生了一副英俊秀气的刻薄相。

据说这人曾在国家跆拳道队服役两年，最好成绩是世锦赛轻量级的第二名。陆以名将信将疑，观望了这么久，他还从来没见这位徐教练真的出过一拳、踢过一腿。

他总是懒散地歪躺在休息区的塑料椅子上，脸上带着种漫不经心的鄙薄。

一来二去，看多了陈英俊神乎其技的腿法，听惯了脚靶此起彼伏的噼啪声，陆以名对极真道馆的生活简直到了渴望到了朝思暮想的地步。

那种心情怎么说呢？大概比得上段誉遇见神仙姐姐，鸠摩智碰上绝世武功。

但夜路走多了总会撞见鬼。

有一次，为了看清郭长青讲解一个前踢，他胆大包天，猫着腰去道馆门口扒头。不料想，和刚进门也猫着腰脱鞋的徐显椋对了个眼神儿。

"哎！盯你好久了，干吗的？偷师？"徐显椋一把抓住陆以名的袖子。

"不是不是。"陆以名紧张得直摆手。

徐显椋似笑非笑，冲着道馆里一探头："郭馆长，你看看怎么处置？"

一副圆滚滚的肚皮，一件黑色的 Kappa 连帽运动衫配着道服裤子。总是眉飞色舞的郭长青，满身喜感好像与生俱来。可这时候，他脸上却挂着十足的怒意。

他一个箭步迈至陆以名身前，猛地将右肩一震，袖口破风，冲陆以名脆弱的鼻梁就是一拳。向来安分守己的陆以名哪见过这阵势，就像被人强塞进一辆过山车，心脏呼的一下坠入万丈深渊，整个人蹿起一身密密麻麻的冷汗。

可预料之中的剧痛并没到来，战战兢兢地伸手去摸，鼻梁骨还健在。

郭长青那只拳头就像装了副长着眼睛的弹簧，稳稳地停在了距陆以名鼻尖儿不足五毫米的地方，利落狠辣，却没伤他半分。

"想学吗？"郭长青转怒为笑，愉快而真诚地看着陆以名，"我看你对跆拳道挺感兴趣的。"

仿佛在刹那之间同时承受了生命中的大悲和大喜，陆以名呆住了。

"你这身材比例，你这骨架结构，"郭长青围着他转了一圈，"不练跆拳道真可惜，好好学，将来前途无量。"

陆以名低头看看自己那副排骨精似的小身板，将信将疑。但郭长青笑容可掬，看上去比珍珠还真。

"我……真能学吗？"

"两千四一学期，周一到周五晚上，周六到周日整天儿，看咱俩有缘，你有空就来，随来随练。"一席话贯口一样一气呵成，郭长青竖起两根手指在他眼前晃了晃，陆以名却僵在原地。

在那个年纪，两千四百块对他而言堪比天价。

"嗨，谁叫咱俩有缘呢，我再给你打个对折，一千二，还送道服。"

陆以名还是那副样子，低着头一言不发。

见多识广的郭长青于是彻底明白了，眼前这男孩非但没有一千二，可能连一百块都拿不出来。

徐显棕轻蔑地撇撇嘴，像是在说，切，穷鬼。

所以，贫穷的陆以名以逃也似的离开结束了与郭长青的孽缘。

随后一个礼拜，他再不敢出现在极真道馆附近，可却着了魔一样，手里不自觉地多出了不少小动作。

有时候在做数学题，右手奋笔疾书，无处安放的左手就半握拳悬在了下巴底下，像极了陈英俊惯用的实战势。有时候在早晨去学校的路上，一片新鲜的落叶打着旋儿从他眼前飘过去，他抬手就是一拳。

那阵子，夏天的余温已经在10月上旬干爽的空气里急速冷却，耳畔呼呼的气流让人分不出是秋风还是拳风。

就连童爱华也发现了儿子的异样。

某个阳光喜人的周末，她抱着一盆刚洗完的衣服走出厕所，就看见陆以名特庄重地站在客厅暖气片前，右手捂着胸口，冲搭在上面的三块抹布发呆。

"儿子？儿子？是不是哪不舒服？"她一把放下盆去看陆以名。

被抓了个正着的陆以名脸涨得通红，这副模样让颇懂养生之道的童爱华当即断定，她儿子是气虚血淤，经脉不畅，于是抄起一根擀面杖就说要帮他打打肝胆经。

陆以名宁死不从，心想这个什么肝胆经又不是任督二脉，打通也成不了绝顶高手，况且他也没病，不过就是想感受一下陈英俊面对国旗时那种虔诚的武道精神。

事实上，陈英俊总是这么虔诚。

就像现在，她正虔诚地握着一枚硬币对着数学试卷出神。

考试还在进行，陆以名使劲儿摇摇脑袋，迫使自己埋头做题，把那些与陈英俊和跆拳道有关的胡思乱想统统从脑子里轰出去。

教室里只剩下笔尖勤恳工作的唰唰声，时间静得像条没有波纹的河。

约莫过了三十分钟，谈晋伟抬起手腕看了看表，从讲桌后站起来。

"好了，"他说，"时间到。"

翻飞的试卷一排一排向前传，就像退潮时白花花的海浪，而被这片海浪带走了考卷的陈英俊则如同一只丧气的北非鸵鸟，一头扎进交叉在桌面上的双臂里。

她考得不好，陆以名想。

但老天爷挺公平的，武场失意和科场失意，你总得选一样。

6

日子在对未来的期盼中流逝缓慢，而陆以名的跆拳道梦一刻也没有放过他。

某个深夜，当他为了郭长青口中那一千二百块学费辗转反侧的时候，脑子里莫名其妙飘过一句郑骁阳的至理名言：只要你愿意走，脚下都是路。

事实证明，这邪简直不信都不行。

第二天晚上，陆以名正在飞云东路体育馆的男厕所专心致志地释放内存，就听门外响起个特有号召力的大嗓门："……各位，明天是最后一天，有一起来的吗？"

一片纷杂的脚步声里，打火机的噼噼啪啪此起彼伏。

不用说，又是栋梁课堂那群备受李萍排挤的"劣等生"在聚众抽烟。

从门缝向外张望，陆以名一眼锁定了始作俑者——一个来自杂草垛高中的高个儿男生，外号叫耗子。

他见过他，这人常年在校服里穿着件花T恤，看上去流里流气的。托陆以名的福，那条杂草垛学生不得迟到的禁令让这个倒霉的耗子兄十天有八天都孤零零地坐在教室墙根儿。

"你说李萍不会给家长打电话吧。"有人忧心忡忡。

"不可能，一垃圾补习班老师还真拿自己当正主了？四五十个学生她管得过来吗她？我哥们儿总这么干，从未失手。"

陆以名听了一会儿才明白，这群人正在讨论一项发家致富的大计划。

按他们的说法，李萍开课明天才满一个月。依据惯例，一个月内办理退款就能退还80%的学费。一学期一千五，80%不多不少，就是一千二，再把这一千二昧下来，够一个学期的零用。

一千二？

陆以名心里一个动念。

直到外面彻底安静下来，他才冲了水，推门从格子间走出去。

耗子还没走远，正独自靠着楼道的墙壁享受一根风烛残年的烟头，嘴唇噘得像个鸡屁股。

"哟，校友，"他含混不清地朝陆以名打了个招呼，"一起？"

"我不抽烟，谢谢。"陆以名紧张地摆摆手。

耗子眯了眯眼睛，"真屁。"他说。

说出来都没人相信，陆以名人生中的第一口烟和第一口奶一样，都是他妈给的。

那时候他还是个小学三年级在读的正太。有天他看见一群高年级的学生鬼鬼祟祟地围在十字路口，为首的大个儿的一声划着了火柴，用它点燃一支烟，于是，一小缕蓝色的烟雾便慢吞吞地升起来，一群小孩争而吸之。

恰赶上童爱华接他放学，眼看着好奇心过剩的儿子盯着那群吞云吐雾的小子挪不动道儿，平常连块口香糖都舍不得给儿子买的童爱华二话不说，领着他去马路对面的报刊亭买了包白沙，抽出一支，点燃了递给他。

"儿子，用劲儿吸。"

陆以名听话地照做，于是气管儿狠狠地一麻，刺激性的味道呛得他涕泪齐流，当即蹲在路边咳嗽不止。

童爱华也算是女中豪杰，用脚将那支作恶多端的烟狠狠地碾碎在柏油马路上："记住了啊，这可不是什么好玩意儿，谁要抽这个，你可躲他远点儿，把心思都用在学习上。"

领教过了烟的厉害，陆以名心悦诚服地点头如捣蒜。

打那儿起，这种"不是什么好玩意儿"的玩意儿就与他再没半毛钱关系。

想起对他寄予厚望的童爱华，陆以名心里就像被人塞了只去皮儿的柠檬，从内到外都是发苦的酸。

为了一千二百块，真的要这么干吗？

7

耗子果然言出必行。

第二天晚上，距上课还有十分钟，他带着四五个约好退课的学生气势汹汹地围住了李萍的讲桌，宛如清朝末年的西方列强，盯着她那只收款专用的文件袋，眼睛里全是"瓜分"两个字。

李萍板着脸一数人数,直接断了这帮乌合之众即刻分赃的念想:"今天就交听课证,明天带上收据来退钱。"

"行,明天就明天。"耗子将听课证一递,轻佻地吹了个口哨,两手一插兜扭头走了,颇有点农奴翻身当债主的架势。

陆以名坐在第四排,有幸见证了全过程。其间他捏着自己那张听课证,手指骨节一寸一寸崩得发白,直到最后一个人消失在了那扇通向自由平等的大门外,他才把头深深低下去,假装在读卷子上的解答题。

这一刻,他替自己感到悲哀。

李萍的课一如既往讲得无趣,照着一摞补习材料,习题密密麻麻抄了一黑板。之后她停下来,双手抱臂,气焰嚣张地俯视众生。

陆以名朝四周看了看,突然有种不祥的预感。

左边和前面的女生穿着区重点三中和四中的校服,右边的胖子穿着实验的校服,简直群狼环伺。没了耗子一干人等的衬托,他作为杂草垛高中的唯一一个学生,顺理成章成了吸引火力的不二人选。

"陆以名是吧,第一题你来说。"

"答案是 -15。"答题一向难不倒他。

"怎么做的?解释一下。"

"$f(x)$ 在 3 到 6 的闭区间是递增函数……可以得到 $f(6)$ 和 $f(3)$ 的值……"

"嗯,第二题。"

…………

陆以名一口气讲到第五题,李萍还是没有放过他的打算。

"答案是 1。"陆以名说。

"怎么算的?"

"嗯……"他想了想,"最快的方式是用柯西不等式……"

"超纲了。"李萍毫不客气地打断他,"知道什么叫超纲吗?"

她换了一支黄色的粉笔,在刚刚写下的那个白惨惨的"1"上画了个大大的叉,刺耳得就像用钢叉狠狠划过盘子。

"那可以用……"陆以名还想补充。

"超纲就是一分也得不着,零分!"李萍没有给他发言的机会。

"可是……"

"可是什么?会做一道题很了不起?插上个电风扇还真当自己是个直升机了。"

这一刻,迟钝如陆以名也顿悟了。

李萍根本不想从他嘴里听到标答,恰恰相反,他错得越多越好。

半小时前,耗子一行人的所作所为让她丢脸丢得就像签下了一纸丧权辱国的不平等条约,所以现在,她打算从陆以名这儿收复失地。

"咱们这叫栋梁课堂。什么是栋梁?就是好木材,是房子的大梁,是能给国家做贡献的人。但有些人天生就是杂草,杂草是永远长不成大树的,更别提做什么栋梁了。"她明讥暗讽,不依不饶。

陆以名抿着嘴唇站在原地,仿佛有人贴着他的头皮装置了无数个微型炸弹,轰的一下,一层层爆开。

"还是第五题,你来说过程!"李萍用沾满粉笔灰的手指点了点第一排一个一中女生的桌子。女生诚惶诚恐站起来,显然被李萍这咄咄逼人的样子吓得不轻。

"$ac\cdots\cdots ac+bd\cdots\cdots$"她吞吞吐吐。

"别着急。"李萍放慢了语速,循循善诱。

"先看符号,是大于等于,还是小于等于?"

"是……大于等于……"女生做错事一样垂着头,再也憋不出一个字。

可李萍还是那副温柔敦厚和蔼可亲的样子,一点儿也看不出要发作的征兆。

没有对比就没有伤害,这比刚才的含沙射影还让人难堪。那些爆开的微型炸弹迅速在陆以名的大脑里形成了第二次地动山摇般的余震,耳畔是止不住的蜂鸣。

不知哪来的勇气，陆以名突然抓起书包朝讲台走过去，一只手从粉笔槽里捡出个粉笔头，在将近四十双眼睛的注视下开始了一场流利的疾书。

就像臆想中那个叱咤擂台的陈英俊，砍瓜切菜般解决对手，他几乎不假思索地写下解题过程和正确答案，纷纷的议论像早春的种子，肆无忌惮破土而出。

"你干吗？要造反？"

李萍伸手想拉他，陆以名本能地后退一步，一低头，顺势将脖子上的听课证拽下来，朝着一米之外的讲桌上不轻不重地一摔。

"我……我退课。"还是那种压抑而谦逊的声音，因为紧张和愤怒微微颤抖。

没给李萍继续发难的机会，陆以名逃也似的夺门而出，离开教室的时候还顺手带上了门——他也不敢使劲儿，可那天晚上的风好像有意助他一臂之力似的，于是，"砰"的一声巨响，李萍恼羞成怒的咆哮便被吞没在猛烈撞击留下的空旷回声里。

"滚！给我滚！"她遥远得像来自另一个世界。

惊魂未定的少年一路狂奔，贴地而起的疾风灌满了他的袖子，他喘着粗气，觉得自己整个人都要虚脱了。

他在广东路附近一直晃悠到 8 点才回家，并且，充分做好了李萍打电话给他爸，添油加醋告恶状的最坏打算。整个晚上，他都提心吊胆地等着陆国平那通兴师问罪的来电。

可陆以名还是多虑了，这个晚上静悄悄的，什么也没发生。

他像往常一样吃饭，写作业，在童爱华的催促下上床睡觉，之后，是罕有的彻夜难眠。一闭上眼睛，他就好像窥见了属于青春的另一面，叛逆，刺激，又危险重重。

高风险带来了意料之中的高回报。第二天，他理所当然地拥有了有生以来最可观的一笔财富——一千二百块钱。

然后，在李萍要杀人一样的目光之下，陆以名走向极真跆拳道馆的大门。

8

陆以名的第一身跆拳道服奇丑无比,是郭长青给的。

涤棉材质,配合独特的纹路硬得像帆布。山寨的阿迪达斯 logo,180~185 的尺码,比少年陆以名的体型大了一号。

腰带是白色的,把它攥在手里,他依然欣喜若狂。

那天,陆以名就穿着这身僵硬又雪白的道服一路走到道馆门口,脱掉鞋袜,踩上地垫,虔诚又正式地向那三面旗子敬了个礼,然后站在陌生的队友们面前,认认真真鞠了个躬。

"大家好,我叫陆以名。"有点紧张地说完最后一个字,忍不住悄悄抬起头去看陈英俊的眼睛。

陈英俊愣了一下,继而朝他微微一笑。

9

家里的白炽灯坏了。

陈月霞换上了临时灯泡,瓦数特别低,昏黄无力的,它就像一团小小的花,在墙皮剥落的天花板上吐出火苗一样的蕊。

陈英俊整晚都盯着它,因为它让她想起另一个人。

一个看上去也是这样孱弱,渺小,微不足道存在着,内心却又好像燃烧着一团火焰的人。

陆以名。

真的是陆以名吗?

整个晚上,陈英俊脑子里都翻来覆去飘荡着前阵子从女厕所听来的那条八卦:据说栋梁课堂有个学霸不满老师歧视,当堂造了反,不但直接退了课,还顺手解了一黑板的课后习题,简直猖狂得要命。

结果那老师气得七窍生烟，把板擦一摞，花了整节课盯着板书挑他的错儿。谁知难度堪比鸡蛋里拣骨头，学霸下笔之处，全是标答。

"哎，你也是杂草垛的吧？"

那天在楼道里，三中一个的女生神秘兮兮地拉住她，"学霸就跟你一学校的，真看不出来你们学校还有这路神人，简直要帅爆了。"

杂草垛？数学好？还在这上补习班？

陈英俊一下子就想起了隔三岔五在这儿出没的陆以名。

第二天在极真道馆看见他，陈英俊既兴奋又意外，特想破例给他个旷古烁今的灿烂笑容，可不知怎么的，最终仅让一个不痛不痒的表情停留在了脸上。

这倒实在怪不得陈英俊，谁叫陆以名学霸光环太盛，偏偏优势科目又是数学。一看见他，陈英俊便情不自禁地联想起上次那场倒霉的数学摸底测试，让她瞬间对一切丧失了兴趣。

陈英俊成绩不好，数学尤甚。自小到大对学业的疏忽导致如今积重难返。可再怎么说，她也从没差到过像关若非周三水那种引人注目的地步。

这次考试，怕是不垫底都不可能了。

七道大题勉强会做的只有一道半，硬币大法也没能拯救她面对"ABCD"的选择恐惧症。在草稿纸上记下了各题目的分数明细，潦草一估，就算把看见"解"字加一分的判卷福利都考虑在内，充其量也就三十分的水准。

她爬上床，用力将脸埋进松软的枕头中间，假装自己已经窒息身亡。

此刻，陈月霞正站在厨房里紧锣密鼓地码着鱼糕串儿，丝毫没注意到女儿的异样。半米之外的煤气灶上，鱼糕串的底汤正咕嘟嘟地冒着泡，鳀鱼、胡椒和熟洋葱的味道浓烈而新鲜。再过三十分钟，鱼糕和丸子就可以下锅了。

陈月霞打了个响亮的喷嚏，惊起窗外灰黑色的群鸟。

陈英俊听得有点儿心烦，闷闷地翻了个身。

10

陆以名也翻了个身。

他使自己躺平，把脖子从蓝色格子的枕巾上抬起45度，从胸口的徽标向下瞧。身上崭新的道服雪白平整，让他看上去活像挺尸。

但陆以名不觉得，因为一种巨大的满足感正一浪高过一浪地冲击着他那颗飞速膨胀虚荣的心。他特想拍张照片，好让郑骁阳看看他这副嚣张的模样。

可他干吗要给郑骁阳看呢？

好端端地干吗要惦记这坑货？这厮薄情寡义，铁石心肠，要是再见到他……

算了，陆以名气不打一处来，这种人还是别见为妙。

窗外闪过一束邈远的亮光，像公交车高高的前灯。他吓得一个激灵从床上蹿起来。今天童爱华临时加班，还没回家，一定不能被她抓个正着。

陆以名赤着脚跳下床，飞速扯下腰带脱掉道服，一把套上他那件浅灰色的套头衫，再将道服和道裤仔仔细细叠起来，紧紧卷成一个卷儿，塞进书包底部。他一只手去抓作业本，可另一只手还塞在书包里，恋恋不舍地摩挲着粗糙的布料。

世界静默无声，只有墙上老掉牙的表盘，秒针嘀嗒地走个不停。

一声刺耳的鸣笛，车灯渐行渐远，窗外的天色黑得吓人，像是有无数看不见的云团堆垒着，吞噬了一切。

天空仿佛睡着了，但梦想依然亮着。

第四章　我不但会帮你训练，还会帮你赢

1

"老大，你的狗怎么了？今天怪怪的。"体育课的时候，周三水冲关若非努努嘴。彼时，他刚要把一只篮球递给他的主子。

关若非眯起眼睛，目光越过周三水的后脑勺。

远处，陆以名和几个引体向上零分的男生一起，正挂在单杠上享受体育老师的特训。一分钟以前，他一个没抓稳，摔了个狼狈不堪的屁股着地。

明明是出糗，所有人都在笑，结果那个一向脸皮很薄的陆以名却颇不以为意，反而跟着大家一起笑了。

关若非见不得他这副自娱自乐的样子，他接过周三水手里的篮球猛地砸过去，正中陆以名脑门。可陆以名还是那副若无其事的模样，将球反丢回来，一身率意坦然。

"有毛病啊。"关若非挺挫败的。

那时的陆以名正处在他一生中最好的年纪，一点儿在成年后看来微不足道的快乐就能点亮他的全部生活。跆拳道的存在就像一团火，给了他新的朋友和新的希望。

其实极真道馆的生意并不好，算上他和陈英俊一共只有七个学员，其中两位与陆以名格外投缘。

一个是小胖。

多亏了他喜欢打抱不平的毛病，有意无意中帮陆以名解了不少围。

"陆以名，你好好的补习班不上，跑来上了流氓学校，你爸知道吗？"

有天陆以名穿着一身道服才出男厕所，就在走廊撞见了李萍，李萍青着一张脸，一番刻薄之词说得挺有水平，不但旁敲侧击地褒己贬彼，还搬出他爸，敲山震虎。

这也的确是他的死穴，提到陆国平，不擅长说谎的陆以名就像生吞了块铅坨。

"他爸当然知道呀，他爸说流氓学校上好了，中考铁定能加五分，高考能降二十分。你那个什么名校补习班这么厉害，你能给我们加几分？"

趁着李萍张口结舌，小胖那只肉乎乎的手一把拉住陆以名，撒丫子就走。

此等恶劣行径让陆以名顿觉亲切，因为这基本就是郑骁阳的行事策略，骂完就跑，不给人还嘴的机会你就赢了。

凭这股子亲切劲儿，陆以名和小胖迅速熟络了。

人如其名，小胖是个刚上初三的小胖子，大名叫秦浩宇。

他妈也不知怎么想的，中考迫在眉睫才想起体育加分这码事。眼看儿子吹拉弹唱都不行，唯独对电子游戏挺魔怔，稍加了解，也不过就是几个小人打来打去的玩意儿，于是当即就拍了板，那就学个武术吧。

结果送到武馆门口，教练说您这佛脚抱得也忒临时了，孩子年龄太大，练武术有点儿晚。最后还是门房大爷出了个主意：学跆拳道呗，就衣服不一样，不都是成天喊打喊杀的。

他妈一听，觉得颇有道理，便就近送来了郭长青这儿。

另一个叫李东泽。

特勤奋一高二男生，自认为是个武痴，平生最崇拜李小龙。

他常挂在嘴边儿的一句话是，你别看我赢不了陈英俊，那是我的家传绝学还没使出来——百发百中扫堂腿，所到之处，无人匹敌。

眼见道馆这群人都不爱搭理他，李东泽盯上了新来的陆以名，有事儿没事儿拉过来搞搞跆拳道的知识普及教育。

"我给你讲讲跆拳道的等级。"他说，"最低是白带，往上有黄带、绿带、蓝带、红带和黑带。每两种颜色的腰带之间还有一个混色带，加一起有十个级别。白带是十级，红黑是一级。你看，我就是蓝带，小胖就是黄带。而黑带以上就不叫级了，那得叫段。陈英俊就是一段。"

陆以名一点儿也不觉得新鲜，因为那张跆拳道等级规则的说明表就钉在道馆门口的墙壁上。此刻，李东泽正一字一字指着它现学现卖，照本宣科的样子简直像李萍的亲传弟子。

"知道吗？练跆拳道，一般高手也就止步于三段四段，四段以上就是凤毛麟角，而七到九段的，那都得是对跆拳道事业作出贡献的大师级人物。"

这事儿墙上倒是没写，陆以名不明觉厉点点头。

"我的目标就是黑带九段。"

"那你要对跆拳道事业作什么贡献？"

"让扫堂腿成为国腿呗。"李东泽目光中充满热忱。

"啊？哪国的国腿？"

"韩国呗。"

"你一中国人，管天管地管得了外国人拉屎放屁？踢你的脚靶吧。"徐显椋一个护头狠狠地丢过去，李东泽一缩脖子，老老实实闭了嘴。

但除去这群志趣相投的小伙伴不提，陆以名跆拳道生涯的开端其实哪哪都不太称心。特别是每当他站在陈英俊面前的时候，总会产生一种梦想照进现实的幻觉。

他就是现实，陈英俊就是梦想。

而现实和梦想的落差着实有点儿大。

比如热身运动要做连续双飞。

陈英俊迅速转胯，两腿交替，一系列动作如行云流水。可轮到他的时候，超不过三步两腿打结。

有一次腰带没系紧，一头儿长长地拖在地上，把他绊得摔出两米远。

徐显椋指指陈英俊，轻蔑地冲陆以名一笑："她比你踢得好，你比她飞得快。"

再比如折返跑的体能训练。

陈英俊快得像支箭，陆以名则慢得像条虫。

只有那么一次，铁了心不争馒头争口气的陆以名铆足劲儿，一个弯道超车甩开吊车尾的小胖，破天荒与陈英俊一前一后到达了终点。

站在原地气儿还没喘匀，才露出个守得云开见月明的灿烂笑容，郭长青就满脸慈爱地拍了拍他的肩膀："继续吧，人家比你快了三圈。"

当然，最艰苦莫过于压腿。

坐在地垫上进行横叉俯压，两腿向左右两侧分别打开。陈英俊是 $180°$，李东泽是 $150°$，小胖是 $120°$，到了陆以名这儿，他是个标准的 $90°$。

四人排成一排，完全符合等差数列的通项公式。

"陆以名啊陆以名，人家练的是下腰，你练的那叫摔跤，人家练的是压腿，你练的那是卧轨。人家连着骨头的是韧带，你连着骨头的是铁皮。"郭长青一脸无可奈何，"瞧瞧你的柔韧，我以前带过三十岁的学生都没你这么僵硬。"

陆以名骨子里也要强，听郭长青这么说，不甘人后地使上半身努力向前趴，徐显椋火上浇油地往他的后背一坐。陆以名使出吃奶的劲儿才没叫出声，这一刻，简直觉得自己这辈子都要断送于此了。

那年的他太年轻，大概还要走过许多路，吃过许多苦，再回看青春年少时事与愿违的那些日子,才会发觉它们美得就像生命里最好的一天。

趁着没人注意,陆以名在休息时去请教陈英俊,我怎么才能练得像你一样?

陈英俊说简单啊,学过的腿法每天一百腿,你踢一礼拜试试。

这句话其实不过是信口胡来,一方面她还在为自己的数学成绩忧心忡忡,一方面她料想着这事儿陆以名做不到,即便做到了也未必真有什么实效。

早熟的陈英俊在十来岁的年纪就已经明白了一个道理——从起点到达终点之间的路从来不会是直线,它跌宕起伏,变化无穷,根本不是三言两语便可量化的埋头苦干就能顺利到站。

但陆以名心眼儿实,他想着陈英俊这么厉害,一准儿也是这么练的。

于是,陆以名朝练夜练,反而身体力行地证明了另一条真理:虽然他一口吃不成胖子,但胖子一定是一口一口吃出来的。

不出一个礼拜,陆以名腿法的标准程度已经与比他领先了一个暑假的小胖不分伯仲。而较之小胖,他又有绝对的身材优势——体重轻,速度快,腿还长,前踢横踢打出来都更显得平直好看。

"啪"的一声脆响,陆以名的中段横踢正中脚靶,小胖既惊讶又羡慕。

郭长青冲他竖起两个大拇指:"你小子可以,还真有点天分,我没看错人。"

"这才哪到哪?不过是瞎猫碰上死耗子。"徐显椋歪坐在椅子上,一脸的不屑一顾。

就在陆以名结束了他第一周的跆拳道训练的时候,郭长青将两张A4白纸贴在了道馆门口,标题是醒目的黑体字:"2007年芳姿杯跆拳道新人赛报名动员书。"

"哟,有比赛!"

跃跃欲试的小胖第一个领了报名表。

陆以名盯着"报名条件不限"和"给新人提供机会"这两行字，内心一阵蠢蠢欲动，可转念想想，又打起了退堂鼓。

有阵子，他爸和他妈总在争论先有蛋还是先有鸡的问题。他妈说自信是鸡，成绩是蛋，有了自信才有成绩；他爸一下急了，说没成绩哪来的自信？

陆以名和陆国平一样，都是实干派，深知想要成绩就得有实力，以他现在的实力大概还轮不到谈鸡和蛋的问题。

"陆以名！陪我一起比赛吧！"小胖一推他，"你现在练得比我好，进步嗖嗖快。"

"我练的时间太短了。"陆以名摇摇头。

"你看看，"小胖用手指着那张比赛动员书的最后一段，"11月底比赛，还有一个多月，够你好好训练的，怕什么？"

"不过……"他还是迟疑。

小胖的下一句话就直戳心窝："谁练这个不是为了比赛加分啊？练好了去打全国赛，中考加五分，高考降二十，这种小比赛你不积累临场经验，以后怎么拿名次？"

陆以名愣了一下。

他练跆拳道的确不是为了加分的，可陆国平替他报补习班的初衷却是。

以他次次接近满分的数学水平，恐怕再怎么个补法也难以在卷面儿上多出个一二十分。但若是高考前，他真能凭借跆拳道名次拿下加分的政策优惠，不就既满足了陆国平和童爱华的期待，还弥补了他因"挪用公款"而引发的愧疚之心？

一旦成功，他就再犯不着纠结先有鸡还是先有蛋的问题。鸡和蛋，他二者得兼。

陆以名那点心思全写在脸上。

小胖看在眼里，手腕一抖，变魔术一样从自己那份报名表底部抽出一张空白表格递给他,邀功似的嬉皮笑脸:"帮你领了一份儿,怎么样,对你好吧?"

陆以名接过来,怔怔地盯着那张纸,有点感动。

而陈英俊则偏偏在这时候拖他后腿。

"比赛,你就别想了。"路过陆以名身边时,她开了口。

陆以名没反应过来:"啊?为什么?"

陈英俊沉吟了好一会儿,一副欲言又止的样子,实在有违她说话处事干脆痛快的常态。

"没有为什么。"她说,"一场比赛能说明什么呢?"

不知怎么了,那天晚上的陈英俊简直老成得像个得道高僧,好像每句话都在告诉他,奖章和名誉不过是琐屑之物,修身养性才是立身根本。

她还拿自己举了个例子,她说你看,我就没报名。

结果陆以名试探着去问原因,陈英俊一不留神就说漏了嘴,她的理由是——这种比赛我看不上。

陆以名当即恍然大悟:就像看不上这场赛,陈英俊怕是也看不上他。

于是,陈英俊的好言相劝生生变成了一出教科书般的激将法,让陆以名觉得,这名他非报不可。

然而,新的困难接踵而来。

在他拿起笔的那一刻,才注意到表格底部一行细细的小字——报名费人民币三百元整,10月31日前缴纳,过时不候。

三百块。

就算断了学校的伙食费,也得三个月才凑得齐。

不如借钱?

从小到大,自尊心极强的陆以名没找人借过钱。

找谁呢?小胖?

小胖不行。平常他妈看得紧,还动着让儿子减肥的念头,克扣粮饷也不是这一天两天的事儿了。

那么李东泽呢?

李东泽也不行。这人上礼拜连着三天找他借一块钱买雪人吃,至今都没还。

那就陈英俊……

脑袋被驴踢才会想起陈英俊。别说是借钱,弄丢那袋鱼丸没找他赔,人家对他就已经算得上仁至义尽。更何况她"看不上这种比赛"的论调言犹在耳,向她开口恐怕是白嘴磨皮。

陆以名无能为力,他将报名表丢在一边,听天由命地躺在地垫上,只能把眼前壮志难酬的窘境归咎于一个亘古不变的真理:物以类聚,人以群分。

2

星期四下午的大课间热闹得像市集。

但今天,市集的焦点是关若非。

此刻,他正懒散地坐在教室的最后一排,使椅子的两条前腿悬空,平直的椅背狠狠地靠在刷着半截绿漆的墙壁上。

在他面前,两张课桌被拼成一张,A3 大小的打印纸密密麻麻写满了繁复的规则,平铺在桌面上。四个骰子在桌角摞成一列,垒得整整齐齐。

这是他从读大学的表哥那弄来的新鲜玩意儿,他把它叫作:勇敢者的游戏。

"瞧一瞧看一看,玩不了吃亏玩不了上当!"周三水卖力地替他主子吆喝。

不一会儿,桌子周围聚拢了一大票围观群众,有人把规则从头到尾读了一遍,大家面面相觑,个个都还是云里雾里。

其实这就是个掷骰子的游戏,胜出有奖,失败受罚。

但玩法却远不止这么简单。

参与者需要将四枚骰子同时掷出,掷出的四个点数自左至右排列得到一个初始值,依大到小排列得到一个最大数,最后,再由小到大排列得到一个最小数。

以最大数减最小数便是参与者的"幸运值"。

如果幸运值为0则直接胜出,否则,需要拿幸运值与初始值再次做减法,其结果最高位从1至9分别对应不同的惩罚策略,项目千奇百怪,赚足了噱头。

比如:1就是要生吃一头大蒜,2表示连喝三瓶矿泉水,3意味着要在左右两颊上各画一只乌龟……

当两者相减为0时,同样算作胜出。

从第二位参与者开始,每个人既可以选择通过掷骰子的方式得到初始值,也可以继承上一位参与者的幸运值作为初始值。

游戏将在出现首位胜者时宣告结束。

而胜出的奖励就是——

"三百块!"关若非掏出三张红色的票子拍在桌子上,一副财雄势大的派头,"我捐三百当彩头。"

三百块?

陆以名没忍住,抬起头朝着关若非的方向望了一眼。

"这不就是考验手气呗。"自诩有点小聪明的周三水一副恍然大悟的模样,"其实只要四个骰子点数相同就能赢。"

仔细一想,好像是这么个道理。

亏了周三水的小聪明,关若非的桌子跟前立马沸腾起来,跃跃欲试者甚众。

不一会儿,陆以名就看见徐斌垂着头,灰溜溜地回到自己的座位,脸颊上还多了两只歪歪扭扭的乌龟。另一边,两个一向自认为运气不错的女生开始涕泗横流地合伙消灭一头生蒜。

教室里,热烈的气氛疯狂蔓延。

只有陆以名,他坐在自己的位子上发呆。

若真依周三水的说法,要掷出四个骰子点数相同,理论上概率只有 1/216。

所以这到底是个什么奇怪的游戏,难不成就是关若非为了整人搞出来的恶作剧?

不对,四个骰子,就是四个数字。

陆以名像是想起了什么,他猛地从座位上站起来,差点儿打翻桌上的水杯,引得斜对角的陈英俊报之以狐疑的一瞥。

"你知道数学黑洞吗?"陆以名敏锐地捕捉到了陈英俊的眼神,于是咧嘴一笑,远远地问她。

"嗯?是数学还是黑洞?"

陈英俊丈二和尚摸不着头脑,可陆以名全明白了。

表面上看,这是一个拼手气的骰子游戏,只要掷出的四个点数不是完全相同,那么大数减小数的做法就一定会受到惩罚。所以,每个人都在祈祷要掷出相同的四个点数,而受过一次惩罚的人,往往不愿意去吃第二次亏。

陆以名却知道,这个看似繁复的游戏规则不过是个数学黑洞的障眼法,想赢就得先输,要拿到奖励就必须连续玩。

而关若非显然对此全无所闻,这才将好好一个暗含玄机的数字游戏玩成了博人眼球的整蛊盛事。

这道谜题的关键,就是 6174。

"我要去试试。"陆以名说。

他胸有成竹的样子简直像变了个人。

就像……就像什么呢?

就像陈英俊每一次面对对手,胜券在握的时候。就像她每一次穿上道服,心中开花,脚下生风的时候。自信的少年,浑身上下都闪着光。

她放下笔,目光始终在他身上。

"哟，老大，你的爱犬来了。"周三水识趣儿地替陆以名让出一条路。

乌烟瘴气的高一六班，深绿色窗帘就像厚实的苔藓，整间教室充满了阴郁的空气。陆以名坐下来，一群牛鬼蛇神跟着起哄，这让他觉得自己像是走进了一间有去无回的地下赌场，眼前的课桌仿佛变成了一张巨大的实木赌桌，当中嵌着翠绿的平绒。

他一言不发，看了看桌子当中的"残局"。

刚刚以失败告终的英语课代表留下了四个点数，分别是：4，3，5，6。算下来，幸运值是3087。

陆以名在脑子里飞速地做了个减法。

"我就用3087开始游戏。"他说。

以上一个玩家的幸运值作为初始值，陆以名是第一个吃螃蟹的人。

可任何一个明眼的都看得出，这是一场必败的赌局。

看客中间发出一阵议论，已经有人开始兴致勃勃地在纸上寻找对应的惩罚项目。

"5，5是什么？"

"喝醋！5是喝醋！"

8730减去0378是8352，而8352再减去3087，首位是5，陆以名愿赌服输。

有备而来的关若非从脚下的塑料袋里取出十只餐馆专用的小醋包，周三水"嘿嘿"一笑，一包接一包撕开，倒进一只纸杯里，足有大半杯。

"请吧。"他乐得落井下石。

陆以名接过来，深吸一口气，屏住呼吸一饮而尽。浓烈的酸味就像燃烧的液体，灼烧着他的食道。

"下一位！"眼看着纸杯见了底儿，周三水打算送客。

但陆以名没动，他留在原地继续着他的下一轮减法。

"你还来？"关若非扬起眉毛，"行，有点意思。"

他巴不得陆以名多输几局。

8532 减去 2358，幸运值是 6174。8352 减去 6174，首位是 2。

"2 是连喝三瓶矿泉水。"

周三水幸灾乐祸地从关若非的百宝袋里拎出三瓶娃哈哈。

将近两升的矿泉水灌进肚子里，有效稀释了刚才的醋酸，却让陆以名的胃里翻江倒海地一阵难受。他猛咳了两声，用手捂住嘴，平息了几欲翻涌而出的午饭。

还差最后一击，眼前已经是胜利的曙光。

"我要再来一次。"他说。

陆以名定了定神，在一张草稿纸上开始进行新一轮的计算。这一次，他故意将数字写得很大——6，1，4，7。

最大数是 7641，最小数是 1467。二者相减，还是 6174。

6174 再减去 6174，答案呼之欲出。

陆以名微微笑了一下。

6174 就是一个数学黑洞，以任意一个非各位相同的四位数，连续按照最大数减最小数的规则进行运算，七个轮回之内，这场游戏必定会掉入 6174 的死循环。

"是 0。"陆以名的声音轻而清晰，"我……赢了。"他说。

关若非猛地从椅子上站起来，不敢相信自己的眼睛。

刚刚过去没多久的十一长假，关若非那个数学系的表哥没少用这套手段恶整他们这群表弟表妹，他光顾着起哄高兴，怎么就偏偏忘了问问，究竟如何才能从中取胜？

这下可好，陆以名出了风头还赢了钱，而他，则赔了夫人又折兵。

现在，关若非被十几双眼睛盯着，骑虎难下。

为了维护威望，他大度地举起那三张崭新的红色钞票递过去，皱巴巴的一张脸说不出是怨恨还是威胁。陆以名伸手去接，就在指尖即将触到钞票的节骨眼儿上，关若非手腕骤然一抖，那三张薄薄的纸币就借着他的手劲儿，回旋地落在周三水的脚边。

看在等钱救急的份儿上，陆以名秉承忍一时风平浪静的原则闷着气弯腰去捡，关若非居高临下地看着他，笑得满脸鄙夷："肥水不流外人田，我的狗，自家人。"

此刻，陈英俊在纳闷。

她脑子里翻来覆去都是同一个问题：陆以名究竟是怎么做到的？

这个男生身上好像藏着一大堆秘密，时而唯唯诺诺，时而得意扬扬，一会儿文弱得像个酸腐秀才，一眨眼又威风得宛如江湖豪侠。

可陈英俊的胡思乱想在谈晋伟推门而入的那一刻戛然而止了。

他怀里抱着一摞白花花的东西站在门口，一边用右手手背短促有力地敲击门板。

"没听到铃声吗？"

正如玉皇大帝颁了道顿纲振纪、肃清山河的圣旨，一众妖魔鬼怪闻风丧胆，各自归位。关若非猛地将桌上那张纸塞进桌斗儿里，骰子哗啦一下滚了一地。陆以名也惶恐不安地回到座位上，把那三百块钱草草塞进口袋，手心长出一层细密的汗。

教室里，一片肃然无声。

谈晋伟走到讲桌前，然后——"砰"的一声。

陈英俊一颗心跟着那声巨响掉进了急冻柜。

因为她看清楚了，被他毫不客气地摔在桌上的那摞纸，正是她迟到了一个礼拜零一天的厄运——那摞难度指数超标的数学摸底试卷。

"上次测试充分证明了一件事，"谈晋伟的笑容值得玩味，"什么是数学？你们不会的就是数学。"

陈英俊听得头皮发麻，对她来说，这还真是句醒世恒言。

3

窗外，玫瑰色的夕阳沉没在淡紫色的雾霭里，天空一下子变得灰蒙蒙的。

陈英俊就站在那张办公桌的左侧，桌上摆着一本台历、一只水杯，以及一排贴着隔断码得整整齐齐的数学参考资料。而谈晋伟正坐在一把黑色的办公椅上翻阅她的卷子，专注得宛如拆解一台精密仪器。

就在两个小时以前，他毫不客气地没收了关若非的骰子，然后从那摞卷子里摘出正反面两组典型大加评判。反面教材就是关若非和周三水，一个27分，一个25分，两个人当堂被勒令请家长。正面榜样则是陆以名，惊天地泣鬼神的一张满分试卷，让谈晋伟直感慨杂草垛高中今年准是行了大运。

"陈英俊。"

最后，正如陈英俊预料之中的那样，谈晋伟点到了她的名字。

她深吸一口气站起来，像个即将被押赴刑场的死囚，满脸都是视死如归。

但预想中的疾风骤雨并没有到来，谈晋伟反倒笑了："让你发个卷子，你还挺不情愿。"

陈英俊当即愣在原地。

只是发卷子？

直到走上讲台，把那摞沉甸甸的试卷抱在怀里，她才如梦初醒般意识到自己在做什么。

"没及格的同学，利用今天和明天这两天的课间来办公室找我。"

其实没及格的是大多数，谈晋伟双手按在讲桌上，轻描淡写一句话就让满心惴惴的陈英俊随了大流。但后者并没因此感到任何劫后余生的庆幸，恰恰相反，她更加不安起来，因为她草草一翻就看到了自己那张可怜的试卷，总分一栏填着个硕大又鲜红的23。

比关若非还低，比周三水还低。

直到五十六张卷子过手，陈英俊终于确认无疑，她的分数比所有人都要低，她就是那个独一无二的倒数第一。

接连的两个课间，谈晋伟办公桌前比肩接踵有如赶集，陈英俊如坐针毡地挨到放学，这才终于找到个没人的时候慷慨赴死。

教师办公室给她留下的记忆并不美好。

初三那年，也有个和今天差不多的傍晚，也是这样一间小小的办公室里，有个德高望重，任教三十余年的语文老师三言两语便刺伤了她的自尊——"你这点分数上什么高中，根本不是读书的料，跟你妈一样卖鱼丸算了。"

她特怕再听到类似的话。但好在谈晋伟很有师德，没有冷嘲热讽，没有祸及家人，他甚至连头也没有抬。

"这道题答案是根号3，你原来写的是对的，后来改错了。"他用食指和无名指轻轻地弹了弹卷子，干净而薄韧的纸面卷起一阵微风。

"这里也是，你原来选B是正确的，后来怎么划掉了？"他点点选择题旁边寥寥的两笔草稿，有点可惜地慨叹，"思路也是对的，但算错了。"

两道题都是幂函数。

其实这部分陈英俊学得不太差，自认为公式和性质都烂熟于心，可一到真刀真枪上阵杀敌的时候，屡做屡错的惯性便又开始积极地发光发热。

"你说说，这么低的分数，到底是哪里出了问题？"

离开讲台的谈晋伟收起一身锋芒，像个淡泊名利的江湖老郎中，语气轻巧得仿佛在问"哪不舒服"。

但这问题却让陈英俊犯了难，好一会儿她才说："粗心，紧张。"

"没说到点子上，再想想。"

"听课不够认真，讲过的题还错了。"陈英俊老实交代。

谈晋伟依然摇头:"不全是。"

她于是继续发扬批评与自我批评的精神:"我基础比较差,初中时就没太好好学……"

谈晋伟有点哭笑不得地放下卷子,打断了她的追根溯源:"陈英俊,你最大的问题是不自信。"

他真诚地看着她的眼睛:"但你很认真,和周淼他们不一样,我看得出来。"

突如其来的认可杀了陈英俊一个措手不及,那一瞬间,她简直感动得想哭。

"谈老师!"

一个清脆的女声从背后响起,生生让陈英俊将一大把酸酸的眼泪鼻涕憋了回去。

出现在办公室门口的人是韩嫱和杜云舒,前者是班里的物理课代表,个子小小的,后者是她的死党,英语课代表,特别热衷校园八卦。

陈英俊一下子紧张起来。

她那张试卷此刻就赤裸裸地躺在光天化日之下,任凭谁走过来,随便一个探头,23分的笑话就要人尽皆知了。她于是突然发现,自己也不过就是个色厉内荏的纸老虎,在要面子这件事儿上不见得比陆以名争气多少。

可这时候,也不知有意还是无意,谈晋伟突然伸出闲置的左手,作势要去翻堆在办公桌角落里的某份陈年旧账,袖口便恰到好处地遮住了陈英俊试卷上刺目的分数。

"老师,今天的作业没发我俩。"一眨眼,韩嫱已经站在了眼前。

谈晋伟"哦"了一声,左手还在原位,右手却准确无误地从一本数学参考书底下抽出两本练习册,笑了:"在这儿呢,看我这脑子。"

两个女生一前一后接过来,叽叽喳喳地走了。

谈晋伟这才把手收回去,若无其事地继续与陈英俊的谈话。

"该加油了。"他说,"多做题可以帮助你建立自信。"

他把试卷还给陈英俊:"卷子上的题目大多都在练习册上,有不会的就来问。下礼拜四之前再找我一趟,我给你张空白卷儿,重做一遍。"

陈英俊把卷子攥在手里,感激涕零地点点头。

她在离开办公室时故意夸张地转了个身去关门,伺机又看了谈晋伟一眼,他正埋头于教案,头发就像那双深邃的眼睛一样乌黑。

楼下的操场传来一片男生的欢呼。此刻,高二年级的篮球赛正如火如荼地进行着,更遥远的地方是一阵晚高峰的汽车鸣笛,此起彼伏地夹杂着呼呼的晚风。

陈英俊突然觉得,安静的谈老师与这座浮躁的学校格格不入。

4

那天晚上的训练,从不迟到的陈英俊足足来晚了四十分钟。

她才走进极真道馆便瞧见一幅奇景。

一列齐刷刷的脚靶将整个训练场地按照3∶1的比例一分为二。

左边,徐显棕和郭长青带着一群人热火朝天地训练。而右边,陆以名正孤零零地坐在地上发呆,那副潦倒相简直酷似困守孤岛的海难幸存者。更糟的是,这人一看见她,无辜又厌得掉渣的一双眼睛灼灼闪光,仿佛看见了救命稻草。

"陈英俊!"陆以名猛地从地上爬起来,因为太着急,还结实地撞上了旁边的沙袋。

被吓了一跳的陈英俊当即有了自己的判断:无事献殷勤,非奸即盗。

事实上,在遇见徐显棕之前,陆以名这一整天都顺利到了极点。

他数学考了满分,拿到了三百块报名费,在来道馆的公交车上得到了一个弥足珍贵的座位,一下车还破天荒地捡了五块钱。而一向使他难堪的关若非不但破了财,更遭遇被请家长的大劫。

陆以名大肆挥霍着积攒了十来年的人品,那种痛快劲儿不亚于一夜暴富。

但运气这事儿有时候就像个天平,出来混迟早是要还的。

陆以名交了钱,趴在极真道馆休息区的塑料椅子上笔走如飞,潇洒地在报名表末尾签下自己的大名,徐显椋下一句话就泼了他一身冷水:"你还差五百,赛前集训费。"

"集训?什么集训?"陆以名像是在听天方夜谭。

徐显椋不耐烦地指指旁边的墙,在零星的小广告中贴着一张小黄纸,印刷得特别简陋。

首排四个海报体大字:集训报名。

底下两行黑体小字:赛程说明,规则解读,实战演练,技术提高。

最后留着郭长青的电话,咨询:郭馆长。

这排版特别眼熟。

陆以名于是想起来,几年前浅草坪区有个驾校,就开在他家附近,所以那阵子楼道内外都贴满了这种宣传单。

第一排通常是:代办驾照。

底下也是两行黑体字:全国联网,终身有效,免学免考,出证迅速。

最后是电话,咨询:罗经理。

再一寻思,遍布大街小巷,牛皮癣一样泛滥的"房屋出租""疑难杂症""专业搬家"好像全是这个路数。

就这么一张混淆视听的集训报名动员糊在花花绿绿的墙上,他想看见都难。

"我没看见。"陆以名挺有底气地辩解。

徐显椋颇有深意地一笑:"那你现在看见了?报不报?"

陆以名顿时哑口无言。

事实上，为学员组织赛前集训是极真道馆的惯例，原则上自愿报名。

但之所以没人跟陆以名特意提起这事，是因为以往从来没人不参加。

除了起跑线思维根深蒂固，更重要的是，谁不报名就会与如今的陆以名落得同样下场——直到比赛之前，都得一个人利用空余场地自行训练。

特立独行，往往是被孤立的另一种解释。

"陆以名，你不会真以为凭你这点本事就能上场比赛了吧。"徐显椋没好气儿地进行游说工作，"你裸赛不要紧，别砸了极真的牌子。"

陆以名既不认为自己有什么大本事，也不想砸了极真的牌子。他不参加集训的理由特单纯，就是没钱。

怀着种抱团取暖的心态，他想起了陈英俊。

毕竟作为极真道馆唯一一个没有报名比赛的学员，陈英俊自然不会参加集训。结果他找了一圈才发现，陈英俊今天压根没来。

另一边，集训班已经开始上课。一群人围着郭长青盘坐在地上，听他滔滔不绝地讲解比赛规则。

陆以名发扬起郑骁阳的不要脸精神，凑过去也想听听，这就看见徐显椋抱了一摞脚靶，慢吞吞地在垫子上摆出一条笔直的三八线。

"你，别过界。"他指指陆以名，再指指地上的楚河汉界，然后凶巴巴地走了。

倒是郭长青更亲切近人，他将陆以名求助的目光照单全收，再用一个无可奈何的表情告诉他，自己爱莫能助。

陆以名无比挫败，考场上那点帮着他驰骋沙场的智商如今阳寿已尽，他束手无策地在原地坐下，接着，就看见了出现在门口的陈英俊。

那个一样没有上集训班，而能救他于水火的陈英俊。

5

但陈英俊显然也等着陆以名江湖救急。

她连道服也没换,在门口把鞋子一脱,赤着脚一路气势汹汹地走到陆以名面前,先下手为强般开了口:"陆以名,你能帮我补习数学吗?"

"啊?数学?什么时候?"陆以名丈二和尚摸不着头脑,这都哪跟哪的事儿。

"对,数学,反正你不参加集训,不就有很多时间帮我补习?"陈英俊哪壶不开提哪壶。

"为什么要补习数学?"

"因为我下次月考一定要考好。"陈英俊言之凿凿,把挺正常的一句话说得像立了个毒誓。

其实少年心性最简单不过。还没走上社会,人和人的相处之道大多时候还依然是单纯的投桃报李,以牙还牙。谈晋伟对陈英俊的尊重,在她心底埋下了一粒能长出太阳的种子。

"你想好到什么程度?"

"全班前五名那种。"

其实陆以名本打算答应下来,可猛地听到这话,一个几欲脱口而出的"好"字又被他吞进肚子里,差点儿憋出内伤。

作为老实人,他一向秉承做不到就别应承的立身处世原则,现在距月考不到一周。陈英俊的数学水平实在不尽如人意。学校再差,他们班数学学得凑合的也能点出七八个。人家又不傻,凭什么就要把前五名的位子拱手相让?

这难度怕是不亚于他能在比赛中拿到名次。

等等,比赛拿到名次?

陆以名咽了口唾沫,盯着陈英俊看了好一会儿,然后昧着良心开了口:"也不是不行,就是我……我……"

"你不就是在发愁集训吗?"陈英俊比他痛快,"集什么训,我帮你单独训。"

这一瞬间,陆以名觉得陈英俊特别仗义。

6

其实在很长一段时间里,陆以名都搞不清楚跆拳道与数学到底有什么关系,冥冥之中就把他和陈英俊的距离越拉越近。

他也搞不清楚前踢、后踢、横踢到底与幂函数、指数函数和三角函数的难度有没有可比性。回顾起来,只觉得这场合作的开端简直困难重重。

陈英俊是个特别简单的人,对她而言,万事都是同一套方法论,那就是不废话,直接上。所以那天她走到训练场角落的柜子前,利索地抽出一套小号的红方护具,三下五除二套在身上,再把两只手从护具底部伸进去,用手肘将贴着前胸的护具撑起来。

"我得先看看你的实力。"陈英俊侧过身子,身体前倾,让自己变成一座人肉靶。"踢我试试。"她说。

陆以名听话地摆出个标准的实战势,一手护着头部,一手护着躯干,结果僵硬地在原地跳了两分钟都没踢出一腿。

打那一刻起他就顿悟了——腿法练得再好,踢活人和踢沙袋也完全是两回事。

"你第一步都迈不出去,怎么上场比赛?"陈英俊万般无奈地放下两只手。

陆以名有点尴尬地辩解:"我没打过实战。"

"实战没打过,架总打过吧。"

陆以名觉得这简直是种赤裸裸的侮辱,他本想宣泄不满似的回一句"打架谁没打过啊",结果陈英俊一个瞪眼他就如实交代了:"我……我真没打过架。"

"那你就猜猜,打架的要诀是什么?"陈英俊卖了个关子。

陆以名在大脑里键入"打架"二字,飞速检索着他十六年来的人生经验,结果竟然得到了一个令人匪夷所思的答案——跑?

对他来说,打架的要诀就是跑。

还记得小学二年级某节活动课,郑骁阳一时兴起,抢了几个小姑娘的皮筋儿,跳的那种,结果被一群女生连打带骂绕着操场追了三圈,这就奠定了他一生的逃亡基调。

从那往后,每每和人发生冲突,郑骁阳都是气焰嚣张地放嘴炮,骂完就跑。后来他把这套独门绝学传授给陆以名,结果陆以名活学活用,青出于蓝胜于蓝,还简化了一个步骤,他骂都不骂,直接光速撤退。

但这事儿陆以名可不敢提,否则这辈子都别想在陈英俊面前抬起头来。

"我不知道……"他说。

陈英俊一秒开启答疑解惑模式:"打架的要诀就是使劲儿,只要你使劲儿,打哪他都疼。"

话音没落,她就学着陆以名的样子,冲他大腿来了一记算不得特别标准的横踢,陆以名龇牙咧嘴地往地上一蹲,发觉陈英俊的确没骗人,疼,真疼!

平心而论,陈英俊这套流氓教学法实在让人不敢恭维,十几分钟的言传身教非但没改变陆以名怯场的现状,反而给他造成了不小的心理阴影。

好在这事儿很公平。

就像陈英俊从来没真的当过跆拳道教练,陆以名也没当过数学老师。

"我也得看看你的实力。"

在陈英俊脱下护具的时候,陆以名抱着种想要扳回一局的奇怪心态，壮着胆子提出了一模一样的请求。

合作贵在坦诚，陈英俊很坦诚。

她从书包里抽出自己的试卷递给陆以名看，然后咬着牙威胁："泄密者死。"

陆以名当时差点没绷住，第一反应就是想笑，但大腿上敏感的痛觉神经正源源不断向他发出警告，告诫他千万别跟自己的人身安全过不去。

陆以名一想也是，歧视同学是不对的。

但他的第二反应就是发愁，这事儿显然比想象中还要棘手。23分的数学能力要在一周之内考进前五名，那就是活生生一出凡人修仙，逆天改命。

陆以名趴在垫子上，试图用一支签字笔撑着下巴，面前摊煎饼一样摊着一大片试卷，他没什么语言天赋，面对无边题海一时不知从何讲起。

"先说选择题吧。"陈英俊伸出食指点着卷面儿，特别善解人意地替他出主意，"反正我都做不对。"

陆以名从善如流。

"第一题和第二题，这两道是基础题，太简单了，不用讲了吧。"他有点紧张地看看陈英俊。

陈英俊皱着一张脸，一句话也没说。

"咱们……再看第三道，口算一下就知道，肯定不是A，C也错得很明显，D就不说了，所以答案是B。"

陆以名本打算顺着这个思路继续讲下去，结果一抬头瞥见陈英俊正看着他冷笑。

那言下之意分明是：有话好好说，别把送分题讲成送命题。

强烈的求生欲让陆以名一秒会意，仿佛上课开小差撞见教导主任大邢从后门扒头，他的态度立即端正起来："我是说……这个，这个A不对，是因为……"

他扯过一张草稿纸演算给陈英俊看，节奏飞快，思维跳跃，再配合堪忧的表达能力，让陈英俊宛如听了一场天书奇谈。

陆以名也很绝望，他心想对面可是陈英俊，在武学方面颇有造诣的一代女侠，只怕是上辈子放火烧了祖冲之的房子，这辈子才会报应在了数学上。

"那个……你到底听懂了没？"他耐着性子问。

结果陈英俊艰难地摇了摇头，毫不留情地批判："陆以名，你的讲课水平和你的跆拳道水平一样高。"

费力不讨好的陆以名在这一刻发自肺腑地原谅了李萍那一副尖嘴毒舌，毕竟，当个老师真不容易。

"别是在心里骂我呢吧？"见他发呆，陈英俊一张脸冷下来，高高挑起的眉毛让她看上去像个欺男霸女的市井流氓。

"哪敢哪敢。"陆以名理智尚存，当即反驳。

"好了，今天就到这儿吧。"郭长青拍了拍手，集训班一干人等噼里啪啦一阵击掌响应，之后他们互相鞠躬，宣告下课。

"算了，我们也到这儿吧。"陈英俊从地上爬起来。

陆以名胡乱收了卷子，塞进书包，好一会儿才发现陈英俊没走，站在原地看他。

"啊，我们要不要……？"

"要。"陈英俊斩钉截铁，"礼义廉耻，忍耐克己，百折不屈。"

这句话是跆拳道的精神概要，第一个字就是"礼"，代表着凡事要礼始礼终。

所以，两个人面对面，特庄重地互相鞠了一躬。

但距离没算好，头顶与头顶毛茸茸地蹭过去，陆以名耳蜗深处好像就凭空冒出了个电视剧里特有的尖细嗓门："夫妻交拜！"

他俩不约而同地抬起头来，不小心一个对视，就双双轻而易举地窥破了对方目光里的嫌弃和嫉妒，这感觉特别异样。

嫌弃的是，对面平时看上去脑子挺正常一个人，怎么一沾上某些自己做起来易如反掌的事情，一下子就变得极其低能。

嫉妒的是，就好像你下定决心要做成一件大事，历尽千难万险，结果那边儿突然来了个天赋异禀的妖怪，一伸手就把这事儿做成了，不费吹灰之力。

两个人心里都犯嘀咕，这么不靠谱的合作，能成吗？

7

月考比想象中来得还要快。

那个时候，陆以名替陈英俊制订的补习计划才执行了不到一半。从来不知考试综合征为何物的他坐在教室里，破天荒地满心凄惶。

他按部就班地依照要求清理桌斗里的书本，在谈晋伟的指挥下开始打扫考场，然后一边在考试前夕就着台灯下笔如飞，抓紧最后一秒替陈英俊整理笔记，一边感慨自己即将食言，一生清誉毁于一旦。

考号是完全随机的，陆以名的考场在高一二班，靠墙的第三排。才走到门口，刚好看见陈英俊在靠墙第二排落了座。

"咱俩一个考场，"陆以名惊讶地挠挠后脑勺，"挺巧的。"

陈英俊朝着最后一排努努嘴："跟他也挺巧的。"

陆以名向她示意的方向一望，竟然是关若非。

一时不知这话茬该如何优雅地接下去，他从包里翻出数学笔记递给她："那个……后面有些题型是我昨晚整理的，还有时间，你赶紧看看。"

陈英俊抬头瞥了一眼墙上的表，距开考还有三分二十秒。监考老师端着一只冒着热气的玻璃茶杯悠然走上讲台。

她把笔记接过来，却没打开，看陆以名的眼神像看怪物："现在突击复习也管用？还是你这笔记本在文庙里开过光？"

上午九点半，考试正式开始。

看到卷子的那一刻陆以名就傻了眼。

题型与谈晋伟的摸底差不多，题目也简单不少，但糟糕的是，他那种东一榔头西一棒槌，想到哪讲到哪的补习方法果然还是出现了重大的教学事故，不但多数内容还没来得及帮陈英俊复习，而且他拍着胸脯说一准儿不考的两道大题竟然真就印在了试卷上。

这时候他才意识到，教书育人不但是门学问，更是项工程，稍有差池就毁人不浅。陆以名很有担当地想，陈英俊其实挺努力的，要是这次又考砸了，他也得负一部分责任。

距离考试结束还有十八分钟，陆以名完成了最后一道大题。在一大片沙沙的答题声里，他闲来无聊，有点忐忑地去瞥陈英俊的卷子。

敏锐的第六感让陈英俊察觉到了背后的异动。

怎么，学霸自己做完了，还想替她检查卷面儿？

那会儿她才刚刚写完最后一道填空，第一道大题密密麻麻的描述看得人心烦，再加上陆以名添乱，她的思维早就游出了试卷之外，恨不得立即召唤一伙儿恐怖分子破门而入，最好再朝着她和陆以名的桌子丢下两颗炸弹，然后轰的一声，天下太平。

陆以名哪知道陈英俊这些活络的心思，他只觉得眼前这个伏在桌子上埋头苦干的背影特别悲壮，突然被激发的个人英雄主义让他猛地意识到，其实自己还有第二个选择，可以拯救陈女侠岌岌可危的数学成绩。

像是鼓足了勇气，他重新抓起签字笔，开始颤抖地在草稿纸上誊写答案。

紧接着，只有动画片里才会出现的那种一黑一白的两个小人钻进了他脑子里，开始大打出手，一个说要守法，一个说要守信。

所以，一张多灾多难的小抄写了划划了写，被他蹭得皱巴巴的。

"这位同学，咱们这是草稿纸，不是草纸。"监考老师看不下去了，用手指点点他的桌面。

陆以名还以为自己被抓了个现行，吓得手一抖，签字笔叭一声掉在地上，滚了两滚。结果对方只是摇头叹气地走开了。

"老师……"陆以名咽了口唾沫，举起手。

"什么事？"

这场惊吓帮他迅速做出了决断。

"我想再要一张草稿纸。"他说。

借监考老师转身走向讲桌的机会，陆以名将手里的纸团成一团，朝陈英俊脚下轻轻一丢。

"咳咳。"他夸张地清清嗓子。

后知后觉的陈英俊弯腰去捞那张小抄，手指冰冷得不像活人。

她麻利地将它在试卷底下展平，开始了一场争分夺秒的奋笔疾书。直到铃声大作，最后一道证明题的结论终于以一行龙飞凤舞的鬼画符宣告完成。

监考老师开始毫不留情地清理无数学渣未做完的试卷。

而教室里，喧扰的人声渐起，几个成绩还不错的同学已经迫不及待地扎堆对起了答案。

"你也会作弊？"陆以名正在伸懒腰，就看见陈英俊转过身趴在他的桌子上，笑得特别诡异。

他面红耳赤，把手指压在嘴唇上使劲儿"嘘"了两声。

"还不是为了你……"他用一脸埋怨对陈英俊得了便宜还卖乖的行为表示抗议。

陈英俊闻言，好像发现新大陆一样扬起了眉毛。

陆以名一张脸更红了："你可别误会，我是说我信守承诺，言出必行，但今天的事儿只此一次，下不为例。"

陈英俊忍着笑故作正经："那当然，下不为例。"

于是，陆以名也笑了。

可他俩谁也没想到的是，托了陆以名的福，这次月考竟然使在学校一贯不扎眼的陈英俊遭遇了她入学以来最大的一场危机。

8

仅仅一天后,谈晋伟就抱着一摞试卷出现在教室门口,高一六班哀鸿遍野。

谈晋伟倒是挺谦虚:"别激动,别紧张,也别谢我,这是咱们年级所有任课老师一起努力的结果。"

卷子啪的一声放在讲桌上,他的表情意外地柔和:"事实证明,上次摸底测验很有成效,有一部分同学取得了巨大进步,还有一部分同学,在家长的帮助下也取得了一定进步。"

关若非听到这,朝着桌上一趴,假装睡死过去了。

谈晋伟点了两个同学发卷子,然后用手背敲了敲放在讲桌上的成绩单。

"班长,读分数。"他说。

徐斌一向拿谈晋伟的话当圣旨,他一脸肃穆地走向讲台,活脱脱一个主持祭祖大典的皇太子。

"陆以名,119 分。"

120 分满分的卷子,陆以名毫无悬念地又考了第一。

"第二名是⋯⋯"徐斌好像愣了一下,他回头看了看谈晋伟,又低头看了看成绩单,"陈⋯⋯英俊?101 分⋯⋯"

"谁?多少分?"原本心不在焉的关若非一下子来了精神,他猛地放下跷着的二郎腿,差点从座位上跳起来。

这副样子让陆以名立即想到了"垂死病中惊坐起"七个字。

"老大!陈英俊!101!"周三水用数学书卷成个喇叭冲关若非千里传音。

就像有人朝水杯里丢了一块金属钠,高度浓缩的话题开始急速沸腾、扩散,在教室里掀起一大片嗡嗡的议论。

"怎么可能?抄的吧?"

"肯定是抄的，韩嫱数学挺好的，才考了86。"

那一撮以成绩优秀为耻的无良群众反而率先嫉妒起来。他们断定陈英俊作了弊，而占不到的便宜比学不来的本事更容易引起公愤。

"别闹，别闹。"徐斌一派老干部作风，"大家好好学……都能考高分。"

他有点儿磕巴，一番话毫无说服力。

"抄的，肯定是抄的。"宛如屁股上装了副弹簧，关若非蹿起来，"谈老师，我举报，月考的时候陆以名就坐在陈英俊后面，他俩肯定有问题。"

四周一片恍然大悟般的感慨。

谈晋伟用手掌拍了拍黑板，没有说话。

直到班里安静下来，他才示意徐斌读完了剩下的成绩单，然后开始若无其事地讲解试卷。

于是，一场关于科场舞弊的抗议示威，就这样被谈晋伟的冷暴力强行镇压了。

可不知怎么的，陆以名总是觉得不踏实。

"填空第三题和选择第五题属于同类题型。但这道题设了两个陷阱，全班只有两个同学做对了，我想请他们来讲讲。"谈晋伟将试卷折成两半，在手里轻轻一抖，纸页发出一阵细碎的脆响。

上课回答问题从来属于被动状态的陆以名，心里突然涌起一种不祥的预感，仅仅片刻的犹豫后，他便破天荒举起了手。

但意料之中的事情还是发生了，谈晋伟的目光停在了陈英俊身上："陈英俊，你这次进步非常大，给大家讲讲你的思路吧。"

关若非喜笑颜开，他半张脸贴着桌面，冲陆以名比了个"走着瞧"的口型。

于是，那阵才平息了不足十五分钟的骚动又开始窃窃地发酵，好像每个人都在等着看陈英俊原形毕露的笑话。

陈英俊站起来，双手按在桌子上，低头盯着自己干干净净的卷面儿。

她还清楚地记得，这道在考场上浪费了她太多时间的填空题，她在草稿纸上足足算了三遍，结果得出了三个截然不同的答案。陆以名的小抄字迹又特别潦草，有个数字似"5"非"6"，最后能写对，一半儿还得归功于运气不错。

这道题到底是怎么做的呢？

沉默，还是沉默。

她脸上既没有不知所措，也没有惶恐不安，就只是一汪死水一样的沉默。

"装，继续装。"

"就是，直接承认算了。"

在旁人看来，陈英俊不过是在故作淡定洒脱。

"谈老师，陈英俊绝对有问题。"周三水胸有成竹地下了定论。

"谈老师，"陆以名不知道哪来的勇气，也突然大声地说了句，"我给陈英俊补过课，她……没作弊。"

关若非呆住了，慢悠悠地抬起头看他，这算什么？行侠仗义还是英雄救美？这厮包什么时候变得这么有胆色？

"陈英俊？"谈晋伟温和的声音好像把沉浸在自己世界里的陈英俊唤醒了。

她抬起头，窗外的阳光暖暖的，谈晋伟的目光也暖暖的。

这目光她很熟悉，不是怀疑，不是质问，而是鼓励，只有鼓励。

然后好像有个声音对她说：陈英俊，你在数学上最大的问题就是不自信。

她径直走向讲台。

"老师，"她说，"我写出来吧。"

她握着粉笔面对黑板，仔细想了一会儿。

这道题她会，真的会。

就在考试结束那天，陈英俊趴在极真道馆一块厚实的手臂靶上，眼睁睁看着陆以名从数学书里抽出了他在考场上要来的第二张草稿纸，还特嘚瑟地朝她晃了晃。

"我把考试题抄下来了。"他狡黠地一笑。

他们花了整整一个晚上的时间，对着那张手抄试卷，把所有题目剥皮拆骨，研究得明明白白。

陈英俊深吸一口气，开始了她锋利又缓慢的板书。

一共十五个步骤，用的是最笨的办法，但胜在一丝不苟，合规合矩。

约莫十分钟以后，她终于得到了那个板上钉钉的答案——558。

"很好。"谈晋伟从不掩饰对学生的赞许，"大家看到了，这就是进步。"

一场几乎犯了众怒的作弊风波，一下子就变成了一段激动人心的励志故事。

谈晋伟面对大家，将双手放在讲桌上，笑容颇有深意："我必须告诉你们，上一次，陈英俊是咱们班数学摸底测试的最后一名。她基础不好，缺乏自信，但这一次，她是全班的第二名。我想说的是，身在这么一所不被看好的学校，我们每个人都是陈英俊，越是生于逆境，就越不能自暴自弃，抛掉对自己的成见，大干一场，才能不枉此生！"

一番话说得荡气回肠，再配合陈英俊这个活生生的例子，影响力简直成倍增加。

徐斌既是班主任忠实的拥护者，也是个性情中人，带头鼓起了掌。

接着，稀稀拉拉的掌声从四面八方聚集，就像无数细流汇入大海，最后，热烈地响彻了整间教室。

陆以名热血沸腾，鼓得特别起劲儿，比自己得到认可还高兴百倍。

可只有陈英俊，她一言不发地僵在讲台上，抿着嘴，一张脸红得像是要滴出血。

谈晋伟毫无保留的赞赏重得像一座五指山，压得她快要窒息了。

她有什么资格享受这名不副实的荣誉？

她不过是个可耻的骗子，一桩舞弊案的罪犯。

做得出题又怎么样？只有她和陆以名才知道，全都是亡羊补牢，过不抵功。

她麻木地离开讲台，回到自己的座位去。在距离关若非不到五米的时候清晰地看到了对方那副嗤之以鼻的小人嘴脸，然后听到他说："假的就是假的，走着瞧，迟早拆穿你。"

猝不及防被人戳到痛处，陈英俊对他怒目而视。就像骤然拉下了电闸开关，酥麻的酸痛爬过关若非脆弱的门牙神经线。

该死！关若非捂着嘴，在下课铃响起的那一刻把一句话说得宛如诅咒："丑女，下次考试走着瞧，我就不信你还能装一辈子，抄一辈子，我盯死你了。"

可是陆以名不知道什么时候走到了她的身边，他轻轻抓了抓她的手臂，在她的校服上留下一片柔软的褶皱。

"别担心，"他说，"我帮你补课。下次你一定会考得很好很好，而且是真的很好很好。"

陈英俊看着他有点发愣。

一瞬间，满腹的忐忑、懊恼、愧疚、不安，好像都随着心跳停止了，它们悠悠地融成一摊水，然后，催发了一树新芽，春暖花开。

"陆以名。"仿佛过了一个世纪，陈英俊才低低地开口。

"嗯？"

"以后放学一起走吧。"

"好。"

9

从那天起，陆以名和陈英俊开始了结伴而行的日子。

走到校门口的时候，陈英俊突然停下来。

"说真的。"她歪歪脑袋，"你干吗要参加这次跆拳道比赛？不就是一次业余比赛嘛，高考可加不了分。"

陆以名仔细想了想，好像真的没有特别单一又特别笃定的答案。

为了爱好？

为了梦想？

为了证明自己？

为了下一次比赛做准备？

为了对陆国平和童爱华的愧疚？

似乎都是，又似乎不都是。

"可能就像你想学好数学一样吧。"他模棱两可地回答。

其实在很多年后的某一天，已经习惯了赛场生涯的陆以名才发觉，生命的浓度在于一次又一次的挑战。

后来他又无意中在首都机场一家书店看到了这么一句话：

> 我之所以战斗，理由在于要让他人承认这样一个事实，我甘冒危险，因此我是自由的，是一个真正的人。

他注定是要一生战斗的，而且这场旅行好像一早就开始了。

就像那天他站在陈英俊面前，坚定得如同一名战士。

"我懂了。"陈英俊笑得特别好看，然后把下一句话一字一顿说得极其郑重。

她说的是："我不但会帮你训练，还会帮你赢。"

10

关若非一直目送他俩走远了。

他满心不忿,一脸苦相,于是照着教学楼的外墙一拳捶过去以示宣泄,活像苦情戏里饱受命运摧残的男二号,结果疼得把那只手甩了五分钟。

"哟,老大,锻炼呢?"周三水不知从哪冒出来,笑得特别谄媚,"我知道这个,降血糖的十全甩手操。"

"滚!"关若非一声咆哮,周三水立即消失得无影无踪。

世界上怎么会有像陈英俊这么讨厌、冷漠又翻脸不认人的女生?

这几年来不管他做什么,奉承或者讽刺,示好或者侮辱,不论怎么招摇过市刷存在,她都可以视若无睹,假装从来不认识他。

但曾几何时,关若非和陈英俊可比陆以名和陈英俊在一起还要默契得多。

他们是真正青梅竹马式的儿时玩伴。

那时候陈英俊还没搬家,和她妈妈小陈阿姨一起住在桂花路126号的长寿里,关若非家的对楼。

儿时的关若非比如今的陆以名还尿。

七八岁正处于人嫌狗不爱的年纪,别的男孩满世界乱窜,喜欢玩个刀枪剑戟,满腔雄心壮志都是当奥特曼守护地球。就他,整天宅在家里看《格林童话》,觉得自己毕生心愿就是安静地帅成一个白马王子。

当他第三次用枕巾将家里的熊玩偶装扮成白雪公主的时候,他妈终于忍无可忍,坚定了每天下午轰儿子出去玩的决心。

可关若非特别不合群。

和女孩玩,他不会跳皮筋翻花绳。

和男孩玩,他又不喜欢和泥巴挖沙子,打打杀杀。

有个盛夏的午后，他正一个人站在树荫底下发呆，不知道从哪钻出个特别英气的小姑娘，穿着一件漂亮的小花背心，蹦蹦跳跳地跑到他面前咧嘴一笑，然后小大人一样伸出一只手说，你好，我叫陈英俊，咱俩一起玩吧。

英俊？

年少无知的关若非愣住了，他一度还以为这是世界上最好听的名字，所以当即做了个大胆的决定，以后就跟着她混。

其实长大后的关若非才知道，在这个世界上，太多人越缺什么就越喜欢把什么标签往身上贴。

比如他们那栋居民楼最穷的邻居后来改了个名李富贵，小学时最矮的男生叫高大伟。再比如，姑姑家那个成绩比他还要差的表妹名叫朱清华。

过年时家族聚餐，席间姑父如是解释：给女儿起这么一个名字，是因为他有名校情结，希望清华争气，有朝一日考上清华。

关若非觉得这事儿特逗。他当时正在吃蹄筋，嘴上一时没把住门儿，接了句："那不如叫朱牛津。牛津可比清华好，而且猪筋牛筋都有了。"

他爸二话不说，一记铁砂掌照着后脑勺招呼过去，关若非差点被一口嚼了一半的蹄筋噎死。

其实他说这话的时候脑子里想的还是陈英俊。

日子越久，他就越发觉得陈英俊的英俊才是真正的名副其实。

她帅气，痛快，干脆，还特仗义。

如果不是十岁那年发生了那件事，没准儿他和陈英俊现在还是一样要好，一起练体育，一起做功课，一起考上更好的高中，将来一起去北京读体育大学，然后再一起名震体坛，不是黑白双煞就是神雕侠侣。

现在他长高了，变帅了，也勇敢了，体格发育得特别棒，还成了学校的田径队队长。男生们都叫他老大，谁也打不过他，他却失去了陈英俊这个曾经最最要好，儿时最最珍惜的朋友。

可发生的就是发生了，过去的就是过去了。就像三岁的玩具汽车、八岁的小霸王游戏机，十八岁得到了也不快乐。

一切无可弥补，也不能挽回，只能任凭记忆和懊恼恣意生长，历久弥新。

我们究竟要怎么长大，才能赢过时间？

第五章　无论失败多少次，他总能重新归来

1

那阵子跆拳道比赛正在闹规则改革，陈英俊不知从哪找来块白板，一路哗啦啦地推进道馆，然后用蓝色的马克笔在上面画了个大大的简笔小人。

"比赛就像考试，剖析政策对制订训练计划很重要，不然就你这点三脚猫功夫，没点儿取巧的手段怎么赢？"陈英俊振振有词。

陆以名有点汗颜。

还记得中考之前，各学校专门组织有关老师进行试卷解读。

郑骁阳那时候就说，试卷解读的目的就是为了钻出题人的空子。数学解答就是挤牙膏，哪步分多编哪步；英语听力都靠排除法，第一个听到的单词准是错的；物理选择全凭经验，不是 BBACD 就是 BDDCB；至于语文，想考出高分，那得看风水。

陆以名当时还挺生气。他认死理，说学习不仅是为了应试，更是为了自己，何况应试也要讲究公平，郑骁阳这种做法根本是投机取巧，不值得提倡。

可如今风水轮流转，跆拳道之于自己就像学习之于郑骁阳，再想起这话，只觉得脸疼。

"一般的跆拳道竞赛每场三局，每局三分钟，局间休息一分钟，青少年比赛每局两分钟，局间休息一分钟。"陈英俊将手中的马克笔

翻转过来充当教鞭,一丝不苟地替陆以名扫盲。

"比赛期间,攻击违规部位会被判警告,使用抓、搂、抱、推的违规动作也会被判警告。两次警告扣一分。而攻击到有效部位就可以得分。"

说到这,她转向白板,对着上面的小人用一支红笔分别在腰和颈的位置画了两条凌厉的横线。这一下子让陆以名想到了砍头和腰斩的酷刑,道服的领口凉飕飕的,他下意识摸了摸自己的脖子。

"有效部位就是被护具保护的部位,腰部以上到锁骨以下,还有脖子以上,"教鞭敲了敲小人的头部,"也就是这里。但跆拳道不是拳击,头部只允许腿法攻击。"陈英俊继续解释。

"击中有效部位得多少分?"陆以名举手发问。

"问到点子上了。"陈英俊咧嘴一笑,在白板上飞速写下三个时间点:2002年,2005年,2007年。

她指指那个硕大的"2002":"2002年,击中躯干计1分,踢中头部计2分。"

她又指了指"2005":"2005年,如果击中头部,对手倒地或失去意识,可以追加1分,也就是3分。"

最后,她重重地敲了敲"2007":"现在,有效得分的判定新增了两条。旋转技术击中躯干护具得4分,旋转技术击中头部护具得5分。这意味着什么?"

即时思考的学霸天赋让陆以名一秒就得出了答案:"这意味着……跆拳道比赛鼓励参赛者使用旋转技术。"

陈英俊对陆以名的表现很满意:"规则在鼓励运动员使用力度更大的腿法和难度更高的技术。归根结底,是为了更激烈的赛况和更好看的观感。"

陆以名点点头。

这道理浅显易懂,任何竞赛都是一样,有观赏性才有市场。

就像金庸武侠剧之所以大行其道,原因之一就是他的打戏演绎出来十分好看。

令狐冲有独孤九剑，郭靖有降龙十八掌，陈家洛有百花错拳，各个有典有故有招有式，比画起来，你来我往特别带劲儿。可到了古龙那儿，大侠堪比大神，万般招式化繁为简成一个"快"字。气势和意境极佳，观赏性却差了。

"你看那边。"陈英俊指指旁边的集训队伍。

徐显椋做人不崇尚花哨，但他显然深谙其道。所以整个集训班，一群人现在正扶着墙吭哧吭哧地练习难度颇高的后旋摆腿，很典型的旋转技术。

陆以名恍然大悟："我知道了，你是说，我也得像他们一样，练一些好看，加分又多的腿法。"

"我可没说。"陈英俊毫不客气地白他一眼，"还真当自己是武林奇侠？这种你搞不定的腿法，一个也别练。"

陈英俊式的直截了当让一番话听着有点儿尖酸，陆以名觉得备受歧视。他干巴巴地张张嘴，却意识到人家只是有一说一，最终，半句辩解之词也没说出口。

陈英俊接着补充："但要学会怎么防守。"

其实她的思路很简单，一切炫技一样的转身腿法都有个共同特点，精通难，防守易。意思就是虽然不好练，但打不中和被防守成功的概率往往很高。

只要转身就会暴露后背，视线就会出现盲点。而后背就是空门，盲点就是破绽，再加上复杂的动作流程带来的先天速度缺陷，除了速度力度和临场经验样样出类拔萃的专业选手，像小胖，乃至李东泽这种半吊子，即便练会了，在场上也根本没法完成得面面俱到。这对陆以名这种新人而言绝对是利好。

陈英俊讲得头头是道，陆以名评书一样听得津津有味，他彻底被说服了。

"那我现在要练什么腿法？"他老农民一样搓搓手，浑身上下每一个细胞都跃跃欲试。

"横踢。"陈英俊说。

"还有呢?"

"没了。"

"那以后呢?我是说……下周呢?"

"还是横踢。"

"下下周呢?"

"陆以名,"陈英俊盯着他的眼睛,一句话绝了他所有的念想,"直到比赛前,你都得练横踢,而且只练横踢,扎扎实实一分一分得,别想什么花活。"

在陈英俊看来,凡事没有速成法,有限时间内想实现收益最大化,强化单一技能比广开技能树更行之有效。

论好看,有金庸。但论实干,还得古龙。"快准狠"在一切搏击项目里都是颠扑不破的真理。就像《圆月弯刀》里的丁鹏,只那一朝天外流星,十余年勤学苦练,看过的人都觉得平平无奇,可人家就是百战百胜,所向披靡。

陆以名仔细想了想,确实也是至理名言。

直到很多年后,他终于赶上了成功学大行其道的时代,才发现那些天花乱坠的制胜捷径都是假的。凡事三天学不会,七天搞不定,二十一天摆不平,三十天干不掉。这时候,他便难免会暗自庆幸,把这一身青春都奉献给了竞技体育。

因为体育训练往往最公平,付出努力见效奇快。同一种腿法一百腿是量变,一千腿说不定就是质变,踢到一万腿,没准儿就飞升了。

陈英俊说,跆拳道国家队的专业运动员每天就是一万腿,所以他们实战才能像神仙打架一样好看。

国家队?

极真道馆不就有这么一位不显山不露水,从国家队退隐的世外高人吗?

现在，陆以名看了看徐显棕。徐显棕还是那副懒散的德性，泥一样摊在椅子上，刻薄地关注着陈英俊的教学进度，然后投来个不屑一顾的眼神。

一万腿有什么用？

陆以名想，腿法是练好了，人却练疯了。

陈英俊一个脚靶招呼过去："想什么呢？"

他把一脑门的胡思乱想收敛起来。"我们是不是可以开始了？"

陈英俊抱臂站在原地："腿法是要练，但最大的问题还没解决。"

"什么问题？"

"说这么半天，你敢打人吗？"她长呼一口气，脸上的表情无奈极了，"你不会真想靠仁者无敌打比赛吧？"

想起上次的事儿，陆以名一秒就泄了气。

他怎么偏偏就忘了，自己还是个连打人都下不去手的厌包。

"别怕。"陈英俊笑了，一副成竹在胸的样子，"我有一套为你量身定制的精神训练法，就和……武侠小说里的内功心法差不多。你熟记于心，自然会有脱胎换骨的变化。"

真有这种事？陆以名将信将疑。

"现在，我就把这套心法的要诀传授给你。"她神秘地冲他一招手，就是武侠剧里那种典型的"附耳过来"的手势。

陆以名听话地凑过去。

可他万万没想到，陈英俊所谓的至尊心法只有四个字。

那就是——"全、听、我、的。"

2

飞云东路体育馆后身有条逼仄的巷子，那里人迹罕至，杂物堆叠，尽头一盏湿哒哒的路灯像被夜色浸透了，终日泛着潮黄的光。

传言这儿是方圆十里有名的是非之地，小学生勒索案频发。

此刻，附近一所学校的初中生正三五结伴地路过那儿。一个瘦弱的男孩不经意朝巷子里瞥了一眼，就见证了一桩罪案的诞生：两个气焰熏天的"不良少年"围着一个胖子，为首的步步紧逼，胖子节节后退，最终退无可退，往墙角一蹲，恨不得缩成一团柔软的棉花嵌入墙缝里。

男孩夸张地打了个寒战，然后抓紧书包肩带，埋下头，视若无睹地走了。

而那个瑟缩在巷内角落的受害人可怜兮兮地抬起头，竟然是小胖。

小胖捂着口袋哭丧着脸："老大，老大，您大人有大量，高抬贵手，放我一条生路。"裤兜里露出一个清晰的矩形轮廓，显然就是对方的觊觎之物。

一边的陆以名也慌了："陈英俊，这种事我不做，你也收手吧。"

陈英俊踩在路灯狭长的投影上，一张脸忽明忽暗，像浮沉在水面的鱼。可她仍朝着小胖迫近，整个人罩着层森森的冷光，丝毫没有放下屠刀的意思。

"陈英俊，要不……算了。"陆以名试探着去拉她的袖子。

"我就是借东西，又不是打劫，你俩也至于？"陈英俊突然火了，一副备受误解的样子比小胖还委屈，"就借两天，行不行，给个痛快话。"

小胖撇着嘴嘟囔："我二叔刚给我买的，这才玩了一个礼拜。"他把口袋里的东西掏出来，警惕地揣进怀里。

陈英俊却突然有了主意，冷峻的一张脸和颜悦色起来。

"小胖，你不是想学我的旋风踢？"

小胖抿抿嘴，他的确挺想学的。

"你的后旋总打不高，想不想知道原因？"

小胖咽了口唾沫，他特想知道原因，省得徐显椋和李东泽那两张不饶人的辣嘴毒舌总让他腹背受敌。

"最近你们实战,你总输给李东泽吧,想不想知道怎么赢?"

这简直是小胖做梦也想扭转的困局。

夺命三连问,招招切中要害。再加上借陈英俊排山倒海般的气势和为陆以名两肋插刀的说辞,小胖的心理防线轰然坍塌。

他把一个蓝莹莹的东西交出来,外面还套着一层透明的硅胶套:"行,那就两天,但你可得说话算话。"

陈英俊自己就是最好的信誉招牌,她一向言出必行,在极真道馆很有威信。

这是一部 NDS,任天堂发售的第三代便携式游戏机,巴掌大的蓝色机身小巧精致,漂亮极了。

可陆以名不敢接。

从小到大,童爱华都不让他碰游戏。

小时候有一次和爸妈去郑骁阳家串门,郑骁阳那厮正捧着向他表哥借来的小霸王游戏机打马里奥,看见陆以名,特豪爽地贡献出手柄招待他。

陆以名兴高采烈地接过来,谁料对上童爱华一个饱含警示的眼神。他内心百味杂陈地摆弄按键,结果马里奥一个心不在焉的小跳步,轻而易举交了郑骁阳的最后一条命。郑骁阳在一边儿不停抱怨,可陆以名连惋惜的表情都不敢挂在脸上。

如今把这东西带回家,要是被童爱华发现,后果不堪设想。

"老大,这可不赖我,是他不要的。"小胖小心翼翼地看看陈英俊。

陈英俊怒其不争,将那部悬在半空的 NDS 塞进陆以名手里:"想赢比赛,就得记住我的心法口诀。"

3

狭小的卧室,靠墙摆着家中唯一一张写字台,距床大约五十厘米。

陆以名像往常一样坐在床沿，埋头于两摞参考书中间，手头却专注地摆弄着 NDS。那款名叫《飓风之刃》的格斗游戏，就是陈英俊留给他的作业。

卧室门是关着的，他现在很安全。

晚上九点半，一门之隔的客厅传来老式波轮洗衣机极富节奏感的噪音，这让整栋房子听上去都像是一列绿皮火车摇摇欲坠的车厢。间或飘过一阵哗啦啦的水声，童爱华还在忙于家务。一间五十二平方米的蜗居，好像囤积着无穷无尽的待办事项。

家里的座机就装在卧室的桌子上，陆国平一通电话来得猝不及防。

几年异地而居的生活让陆以名越来越不适应父亲不定时的突然袭击，但陆国平却好像乐在其中。

开场依然是一连串例行公事般的提问：

在学校有没有认真听讲？

补习班老师怎么样？

讲得好不好？

上课有没有收获？

陆以名一套程式化的标答应对如流：听讲了，挺好的，还可以，还行吧。

他百无聊赖，在他爸的喋喋不休的空当儿信手用触控笔去戳 NDS 屏幕上的游戏清单，一个手贱打开了《太鼓达人》，欢脱的电子音乐骤然响起来，吓得他猛地敲了十几下关闭按钮。

于是，陆国平被迫中止了他滔滔不绝的说教。

"你在干什么？"他问。

"……是收音机。"陆以名沉默了好一会儿才开口，"我妈在听。"

"作业写完了吗？"

"写完了。"陆以名干巴巴地回答。

"已经高中了,该收收心了,这么差的学校,不努力是考不上名牌大学的。"

又是成绩和名校的问题。

就像喉咙里忽然闯进一只苍蝇,陆以名咽不下也吐不出。

其后的十分钟时间,他在"嗯嗯啊啊"的敷衍中听完了陆国平剩余的絮叨,依然是"好好努力"的结尾和互道晚安的程序。继而,听筒那头传来仓皇的忙音。

他放下电话,心有余悸,特别颓废地在床上坐了一会儿,然后再次拿起那部蓝色的 NDS,试图借此将陆国平赶出他的脑子。

可不知怎么的,内心深处对游戏重燃的那一丝来之不易的热情已经彻底冷却。不过只是一个电话的工夫,就好像让他错过了整个呼啸的青春。

他最终兴味索然地将它塞回书包,然后摸出厚厚的习题簿,继续替陈英俊整理新章节的数学题型。所以,当童爱华推门进来,把一只盛着一个苹果的陶瓷印花碗放在桌子上的时候,没有瞧出丝毫异样。

"你爸?"

"嗯。"

陆以名头也不抬,唰唰地誊写习题。典型的学霸字体,笔画硬挺,纸面干净。

童爱华很欣慰,她儿子还是中考前那副乖巧的样子,连背影都透着品学兼优的气质。

"一会儿把苹果吃了啊,想上清华北大,那可不只是智力上的较量,也是体格上的比拼。"

翻来覆去还是这套考名校的说辞。卡在喉咙里的那只苍蝇好像在巨大的压抑中,慢慢地,被他囫囵吞了下去。

直到童爱华走了,陆以名才站起身,一只手越过书桌去推窗子。

10 月末的空气里,依然流淌着夏季的潮湿。

八个月前才破土而出的杂草们如今即将死于秋季,可闻上去,它们仍然保持着出生时的新鲜,新鲜得就像瓷碗里那个黄澄澄的苹果。

有好长一段时间,陆以名总分不清春天和秋天的区别,就像他日复一日地撕着日历,也算不出青春究竟有多长。

4

"所以打游戏到底和跆拳道比赛有什么关系?"

上午第二节课后的大课间,陆以名在陈英俊的前桌坐下,将藏在校服袖子里的 NDS 插进她宽敞的笔袋。

而后者没有及时回答,她正为一道求取值范围的填空题煞费苦心。

看见陆以名,陈英俊利落地将练习册垂直翻转,推到他的面前,指着第三十七页的最后一行的铅字:"函数 $f(x)$ 在这个区间里到底是增还是减?"

"是……"陆以名习惯性地打算答疑解惑,可他最终忍住了,同时佩服起陈英俊这种顾左右而言他的本事。

"是我先问的。"他说。

陈英俊也不强求,她将练习册收回来,然后抓住他的手腕。

她的手指修长,温软却有力,很匹配她柔韧的拳风。突如其来的近距离接触让陆以名一颗心猛地停跳了半拍,然后,整张脸红成了 8 月的李子。

陈英俊悠悠地把那部 NDS 塞回他的袖子。

"想有训练成果,就需要搞清楚训练目的。"她说,"打游戏和打架有时候是一回事儿。可到底是怎么一回事儿,你得自己悟。"她故意卖了个关子。

陆以名对这答案不甚满意,他不大自然地将两只手放在桌子上,然后顺势拽过陈英俊的数学作业,打算以其人之道还治其人之身。

"你说得对极了。"他指指横尸在她练习册上的那道填空题,"想做对题，就需要搞清楚出题人的想法。至于出题人到底是什么想法，你也得自己悟。"

陈英俊沉默了一会儿，像是在思考，也像是在抗议。最后，目露凶光地把一句话咬得特别认真："出题人可能是想让我死。"

"……是递增，我演算给你看。"

不得不说，与陈英俊的结盟除了有效地帮助陆以名提高实战技巧之外，还使他兼练成了一套登峰造极的察言观色的本事。

到了晚上，小胖和李东泽跟着集训班的大部队开始艰苦卓绝地钻研后旋踢诀窍，极真道馆内一派热火朝天。而陈英俊则敦促陆以名继续用功，奋战那款该死的《飓风之刃》。

郭长青无视小胖的龇牙咧嘴，用一只脚靶将他的右腿抬到胸口位置，势必要把他磋磨成一个柔软的胖子。他巴巴望着一旁为通关吃尽苦头的陆以名，无比可怜又极其羡慕。

那部小小的 NDS 里装载的游戏世界俨然成了一座围城，里面的人想出来，外面的人想进去。

诚然，陆以名对这种考验操作技巧的游戏深恶痛绝。

况且游戏不是考试，玩的是及时反馈，根本没有检查和纠错的机会。对就是对，错就是错，动辄手残，手残则死。

特别是陈英俊正趴在一边儿写数学作业，时不时朝他这望一望。她窥探的眼神好比死亡凝视，怕出丑的心态让他精神压力骤升，十根手指立马失去控制。

磕磕绊绊地打到第二章风之战歌，结果，陆以名卡在了那个叫西索的 Boss 身上。在那一瞬间，他最想不通的竟然是，为什么所有的影视和游戏，反派永远拥有最酷炫的装备。

西索也不例外，那家伙一袭红色的斗篷，再配一柄夸张堪比青龙偃月的宽阔长刀，一副凶残相。而反观自己的角色，麻衣草履，相貌平平，典型的孱弱小屌丝，从气势上就先输了个七七八八。

"不行不行。"在第四次尝试失败之后，陆以名放下手，一副欲哭无泪的表情,"我玩这个不在行,总是死。"

"好吧,我帮你试试。"陈英俊挺义气地接过来,与西索开始了一场鏖战。

3B 加 Y 能打出连击,5A 就是超长的连续技。

出乎陆以名的意料,陈英俊的架势简直像个专业的电竞选手,纤长的手指翻飞如蝶,一系列操作行云流水,挥洒自如。可问题是……她的大招百发不中,闪避对手的必杀又总是慢半拍,一场好好的决斗在她的摆弄下变成了一出原地视觉表演,结果……一言难尽。

但陈英俊不是陆以名,她屡战屡败又越挫越勇,短短半个小时内实现了一百种死法的反面教学,战况一度无比惨烈。

最后,连战五渣陆以名也看不下去了。

"这 Boss 不该是你这个打法。"他忧心忡忡地对着屏幕指指点点,"这样下去,你得输到什么时候?"

"怕什么?"陈英俊突然停下手里的动作,抬起头来白他一眼,"就像西索,他输了就是死了,再也不能复活。但是你,无论你在游戏里输多少次,总能从头再来。你说,谁才是 Boss?"

她的语气轻飘飘的,却像一把吹毛立断的利器,直刺心扉。

陆以名在原地蒙了好一会儿,一时间觉得这话朴实无华又暗藏玄机,可想了半天,却好像又找不出一个凝练的句子可以概括它的中心思想。

事实上,直到很久很久以后,成年的陆以名才明白了"出题人"陈英俊的良苦用心。

当一个养尊处优的平凡人直面一场决斗时,其恐惧不外乎两个原因,一是怕疼,二是怕输。

可大多数人都不怕疼。

幼儿园摔过的跟头,小学时打过的预防针,骑自行车时磨破的手肘,在煤渣跑道上擦伤的膝盖,每个离家出走的晚上掉过的眼泪,以及在青春期暗恋过的那些女孩,没有一场成长不是三灾八难又痛彻心扉，过来者早就习以为常。

但怕输，却几乎是所有人难以根治的慢性病。

然而输了又怎么样呢？

1976年的地震，20世纪90年代末的下岗，2008年的金融危机，大到壮阔的社会变革，小到个体的命运波折，永远有人置身漩涡中心。他们一次又一次输得一败涂地，也一次又一次重新整装待发。

只要一息尚存，他们好像总能重头来过。

既然如此，那么对于人生而言，谁才是最终的Boss？

年少的陆以名还没有如此深沉的觉悟。

可在2007年，那个绿化带里开始摆起非洲菊的秋天傍晚，这句话就像一道离奇的咒语，让他那些莫名其妙的心理负担被一扫而空。

再看见NDS三英寸显示屏里那些闪烁着像素点的小人，就连西索挑衅玩家的程式动画也变成了一场热情洋溢的邀约：人生就是游乐场，请尽兴。

这是陆以名在告别那年死于他手的马里奥之后，第一次放肆地享受游戏的乐趣。

他趁热打铁，又连着试了几把，特别不擅长电子游戏的少年飞快地深陷其中，其间，还误打误撞地触发了一个隐藏连招。

在陆以名第八次Restart，即将击败Boss的那一刻，陈英俊一把将NDS从他手里夺过来，独断专横地关了机。

"今晚的训练到此结束。"她说，"现在咱们该做数学作业了。"

"可是……"陆以名心有不甘又意犹未尽，"我还没赢！"

"你当然没赢游戏。"陈英俊一屁股坐在书包上看他，"可你已经赢了Boss，而你就是Boss。"

"陆以名，"她有点儿俏皮地眨眨眼睛，"我该说恭喜吗？"

5

陆以名很快接到了来自陈英俊的第二项挑战。

他在上午第三节物理课上收到了她的字条——是陈英俊借着班里分发作业时的混乱,将字条插在一支2B铅笔上,一记陈氏飞刀飞过来的。

铅笔恶狠狠地戳中他的作业本封面,然后直挺挺地倒下去,看得他心惊肉跳。

打开条子,两行小字。

第一行是:如果谁再说你是关若非的狗,你就揍他。

第二行写的是:这是训练计划的一部分。

虽不知道陈英俊葫芦里究竟卖的是什么药,可陆以名本能地就想回一句:看在契约精神的分上,你可以驱使我的肉体,但绝不能奴役我的灵魂!

并非他厌,只是这条指令所传达出来的内容,基本等同于要他在学校公然闯祸。

然而墨菲定律无处不在,陆以名越提心吊胆地避免与人发生冲突,就越有不开眼的想来蹚这趟浑水。

"陆以名,刚才发的作业借我抄抄。"

"先借我吧,我写得快。"

下课前,物理老师要求全班学生在午自习结束后将更正的作业重新上交,并捎带脚号召大家向陆以名学习——数理化不分家,他的物理作业是班里唯一一份零错误的标答。

此言一出,陆以名暂时性地成了抢手的香饽饽。

"都闪开!"周三水从一群讨论黑板报的女生堆里挤过来,一副愤世嫉俗打抱不平的模样,"围着干吗呢?想要作业自己写去,不劳而获算怎么回事?"

一时间让陆以名听愣了。

老实说，周三水这副屁颠屁颠又说话讲理的样子真让人讨厌不起来，可他下一句话就犯了忌讳："而且打狗也得看主人不是？陆以名是我们老大的狗，当然是我们老大先抄。"

当时围观者甚众，人群中爆发出一片压抑的笑声，陆以名埋下头去，脸上发烫，心里噌噌地蹿起一股燃烧的火苗。

可仔细一想，为这事儿发作实在不合算。

如若打输了，必然会落得鼻青脸肿的下场；要是打赢了，那就会成为教导主任大邢的重点关照对象。再加上好学生的惯性使然，陆以名本着忍一时风平浪静的原则，决定得过且过算了。

但就在这个时候，有只游魂似的手从背后伸过来，轻轻拍了拍他的肩膀。

"咳嗯……"特别低又特别刻意的清嗓子。

他连头也没回就感受到了陈英俊那股王者之气。

总之，陆以名也说不清究竟是陈英俊的出现给了他勇气，还是言出必行的包袱使他被迫做出这样的决定。那天他硬着头皮从座位上站起来，然后脑袋一热："我不是狗！"

高度紧张之下，整个人宛如一支按在弦上的箭，一句话连个拖泥带水的尾音都没有，说得特别痛快。

然而，料定了对方将挥拳相向的陆以名万万没有想到，他这副破釜沉舟的样子反倒让那群唯恐天下不乱的男生警惕起来。

结果一场几欲爆发的正面冲突胎死腹中，各路围观群众自觉没趣儿地散了，连周三水也没敢再吭半声，若无其事地抓起校服外套，下楼去上体育课。

就这样……结束了？

陆以名半天才缓过神，可当他环顾四周去找陈英俊的时候，却根本不见了她的影子。陈英俊的座位空荡荡的，干燥的秋风掠过桌子上的薄薄书页，发出大风刮过防水篷布的声音。周遭的一切平静得像场幻觉。

于是，他狐疑地收拾好课桌上的书本，打水，下楼，穿过课间教学楼热闹喧天的大厅。直到途经篮球场门口的时候，才似梦初觉地意识到论及校园社交手腕儿和生存规则，自己还是太年轻。

两米宽的水泥路中央，田径队一伙儿人拦住他，为首的正是关若非。

"老大，物理作业他说他不借。"周三水凑在关若非跟前，正斜着眼睛看他，"陆以名还说了，他根本不是老大你的狗。"

陆以名一下子就明白了，什么叫阿谀奉承趋炎附势，什么叫人前人后八面玲珑。周三水的确比他聪明，既然抱上了关若非这条大腿，自然不用凡事自己出头，只管把一腔不满嫁接到关若非身上，此后，不论打赢还是打输，都是陆以名和关若非的事儿，周三水既不用鼻青脸肿，也不用成为大邢的关照对象。

关若非扬了扬眉毛。

"小名，那你说说，你不是我的狗，是谁的狗？"

他有点夸张地故意扭头去问身后两个男生："你的？还是你的？"

一高一矮两个跟班儿就像电视剧里跟在大人物屁股后边儿的木讷保镖，特默契地站成一排，一个忙不迭摇头，另一个轻车熟路拍起马屁："队长，我可不像你这么好心眼，我家不收流浪狗。"

陆以名僵硬的表情泄露了胸中翻腾的怒火。

"哟，还不乐意了。"关若非耸耸肩，仿佛在看马戏团里一只逗趣的动物，"我说他不是流浪狗，而是杂种狗。"

杂种狗。

这三个字有如一只高空坠地的啤酒瓶，"砰"的一声在大脑中炸裂，震得陆以名太阳穴突突地跳。他意识到自己的思考能力正在减退，然后猛扑过去，照着关若非的鼻梁就是一拳。

那时候，陆以名尚没机会系统地练习拳法，更不知道还真有"乱打战术"这一说，脑子里就只有陈英俊那两句金玉良言。

一句特别励志：谁才是 Boss？

一句特别真实：只要你使劲儿，打哪他都疼。

可陈英俊没教给他的道理却是：一旦打起来，绝不是使了劲儿就能打中目标的。狠和准，根本是两码事儿。

所以，陆以名一连出了三拳，两拳直奔关若非的鼻梁，一拳直奔关若非的下巴，拳拳竭力却拳拳落空。而关若非为应付他这一系列闹着玩似的进攻做出的所有防御措施，仅仅是慢吞吞地向后仰了仰肩膀，向左一歪头，再斜着一闪，顺势扯住陆以名的手臂，狠狠一甩。

陆以名来不及做出任何反应，整个人就像一只被专业运动员投掷出去的实心球，在学校新铺的人造草皮上滚了两滚，然后摔了个实打实的五体投地。

现在，看热闹的人群呼啦一下聚集了一大片，论数量，比刚才教室里围着他争借物理作业的伸手党还要多。

关若非潇洒地弹弹袖口上的灰，一副满不在乎的样子，仿佛自己刚刚只是例行公事地完成了一场大扫除。

"你们说说，我的狗，这练的是哪家的功夫？"他不怀好意地向众人发问。

"要我说，队长的狗练的这是七伤拳。"

"这可厉害了。《七伤拳》这部武学典籍讲的是先练伤己后练伤人的功夫，真没想到，他这么短时间就已经练成了前半部。"周三水上赶着接茬。

关若非笑得特别开怀："什么七伤拳，我看是狗吃屎。"

在陆以名即将爬起来的那一刻，他闲庭信步般走过去，一手揪住他的衣领。

"不是想练七伤拳吗？"关若非歪歪嘴角，脸上挂着鄙薄的笑意，"后半部，我教你。"

说罢，他挥起拳头朝着陆以名那张毫无攻击性的面孔砸了下去。拳风凶猛，但速度不算太快，起码比郭长青要慢。就是这么一个快不过郭长青的动念间，陆以名将头一偏，竟让关若非失了手。

关若非气急败坏地补了第二拳，陆以名本能地往下一蹲，被拽着的领口滴溜溜地一转，他从那件校服里挣脱了出来。

躲闪，还击，一系列动作如肌肉记忆般的条件反射。

陈英俊单一腿法的训练策略成效卓著。

凌厉的横踢像条收放自如的鞭子，又准又稳地击中了关若非的大腿。陆以名尚是瘦弱的少年，他力气不大，但无比的震惊却使关若非对自己的伤情出现了误判。他猫腰驼背，一脸苦相地捂着伤处。

之后，是震耳欲聋的一声咆哮——"你他妈是找死！"

现在，关若非真的生气了。

所以，陆以名也瞬间清醒了。

他一下子想起了郑骁阳教他的那套屡试不爽的逃跑大法。但关若非没给他这个机会，他从背后抓住陆以名的外套，将陆以名整个人掀翻在地，然后自己也蹲下身，高高在上地俯视他。

似曾相识的画面，似曾相识的视角，似曾相识的镜头感。

这让陆以名回忆起开学第一节体育课上那一出"精彩绝伦"的平沙落雁。而关若非显然也很念旧，他像上次一样，冲着陆以名"友善"地伸出了右手。

一种不祥的预感在陆以名心头聚起一片电闪雷鸣的雨云。

果然，那只代表着"友谊"的右手在陆以名眼皮子底下异常缓慢地攥成了拳头，青白的关节发出一连串脆响，凸出的青筋在太阳底下纵横交错，一场暴行一触即发。

但事实证明，反派不但死于话多，还会死于嘚瑟。

这人逮着机会就大摆造型的毛病给了陆以名可乘之机，他借着这个空当儿，破釜沉舟，扑过去抱住关若非的手臂恶狠狠地就是一口。

关若非"嗷"一嗓子，从地上蹿起来，一脚踹开陆以名，忙不迭去撸袖子，原本肌肉线条流畅的小臂，多了两排触目惊心的血印。

周三水还算有点义气，抄起斜靠着篮球场围网的羽毛球拍就要替他老大报仇雪恨。眼看那把亮闪闪的铝合金一体拍就要在陆以名的脑门上开花结果,那个总是出现在陆以名臆想里的大侠,竟然真的现了身。

没有胜雪的白衣,也没有雄浑壮阔的BGM,陈英俊矫捷的身影一跃而起,在腾空360°的旋转蓄力中飞起一脚,正中对方……不,没有中。

但那只被控制得极好的右脚,最终悬停在了周三水的鼻尖儿前。

有那么一瞬间,呆若木鸡的周三水就像被武林高手封了穴道,高高举起的球拍僵在半空。下一秒,来不及刹车的他便彻底失去了平衡,陈英俊那条腿不轻不重地戳了一下他的肩膀,她连力气都没使,周三水就软绵绵地倒在了她的脚下。

陆以名看着她,突然咧嘴一笑。

在他看来,关若非那0.1倍速的慢动作攥拳大法和陈英俊的悬停旋风踢没有任何区别,都是摆造型。

但显然,正派人士的嘚瑟没有酿成任何恶果,这是不是充分说明了邪不胜正的道理?

"喂!你们几个干吗呢?"

一句话把陆以名拉离了刀光剑影危机重重的校园江湖,带回了现代社会,循声一瞧,是拖着器材筐的体育老师。看热闹的人群顿时散了一大片。

体育老师走近了,严肃地审视眼前这几个是非头子。

"关若非?"

尾音拖得很长,充满了怀疑和质问。

身为田径队长的关若非一向是体育教研组的宠儿,但也因此,他们对这少年的恶劣行径也知之甚多。

关若非右手捂着左手的牙印,左手捂着隐隐作痛的门牙,又懊恼又憋屈。

反倒是刚要爬起来的周三水率先发挥起他见风使舵的本事。那厮重新往地上一躺，摆出一副积极碰瓷儿的嘴脸："哎哟，老师，哎哟，我们这是正当防卫。"

关若非恍然大悟，立即提供火力援助："对，老师，陆以名先动的手！"

一句话说得理直气壮，整个人看着特别真诚。更遑论关若非这个先告状的"恶人"这次也真没白口胡诌，的确就是陆以名先动的手。

体育老师上下打量着陆以名和陈英俊，对关若非的说辞将信将疑。

但不幸的是，从表面上看，关若非和周三水的现状，凄惨程度更胜一筹。

"我……"

陆以名刚想辩解，轻飘飘的一个开头便被吞没在了响彻操场的上课铃里。

"上课！"体育老师把哨子塞进嘴里，嘹亮地吹了个集合的口令，随后一把抓住打算列队的陆以名，再朝着三米开外的帮凶陈英俊扬了扬下巴。

"你俩，"他依然叼着哨子，抬起一只手指指跑道，命令下达得含混不清却颇有威严，"十圈，跑完再上课。"

"老师，您英明。"周三水谄媚地竖起两根拇指，十足的小人得志。

陈英俊冷冷地剜他一眼，吓得那两根拇指老老实实缩进了袖子里。

陆以名在这一刻突然明白了一个道理，那就是之前根植于他脑海里的那种锄强扶弱的正义，未必就是真正义。

如果正义的执法者总是更倾向于同情弱势群体，那么强者的正义谁来维护？

更何况，他这个"强"字，不过是狐假虎威罢了。

6

十圈的长度就是四公里,比陆以名从学校回家还要长出四倍多。

若是在以前,搁他这副小身板,要他一口气在学校到家之间跑上两个来回,简直是天方夜谭。但现在,陆以名站在起跑线上,蓄势待发,无所畏惧。

不足一个月的时间,日复一日却成效初显的横踢训练,突破心理障碍打过的 Boss,面对强敌百折不屈的勇气……统统让他明白了一个道理。

那就是——不论多艰难的挑战,多漫长的旅途,只要在路上,终点就不远。

"第一次打架,感觉怎么样?"行程不过百米的时候,一旁的陈英俊突然问他。

"啊?"

陆以名从没想过这个问题,从小受到的教育让他本能地排斥一切打架斗殴的不良行为。所以他特不能理解某些人对暴力美学的崇拜,包括郑骁阳。

小学毕业那年,陆以名怀着满腔读书改变命运的热望,问郑骁阳未来的梦想是什么。结果郑骁阳一副二流子的模样,瘫坐在学校门口冷饮摊的长椅上,跷起二郎腿说——我想当个社会人,大金链,小手表,三天一顿小烧烤,有肝有胆,打遍一方。

当时陆以名觉得他有毛病,谁料那厮却表示,你不理解这种江湖豪气就是因为书读太多,所以书就不是个好东西,忒矫情。

"问你呢?"陈英俊偏过头,特别生动的一张脸,窄窄的下巴,光洁漂亮的皮肤,发丝柔软而乌黑,非但一点儿也不丑,还挺好看的。

陆以名觉得自己的确矫情,这么简单的一个问题,他想了半天也没想到恰当的答案。

为了掩饰尴尬,他抬起手挠挠后脑勺,这才意识到自己的袖口在推搡中裂开了线头,脑后肿起一个大包。现在,眉角在痛,屁股在痛,手肘关节在痛,不知怎么的,脚踝青了一大片,也在痛。

"疼。"半天憋出一个字,但是特真实。

陈英俊一下子笑了:"还有呢?"

还有呢?

许久,陆以名才从牙缝里挤出另一个字——"爽。"

不等陈英俊回应,他便放开步子,生怕被人笑话似的蹿到她的前面,开始了一场放纵的狂奔。

这时候,解脱般的快感才真正山呼海啸般地袭来。过去三个月里受到的羞辱和非议被一扫而空,整个人脱胎换骨一样痛快。

何止是爽,简直爽爆了。

可陈英俊没有笑他。

她从后面追上来,和他齐头并进,一双眼睛亮晶晶的。

"也不是那么难,对吧?"

"但是,"陆以名低低地嘟囔,"打架总是不太好……"

他本以为这话会招致陈英俊的调侃,没想到,对方认真地点了点头。

"当然……"她肯定地说,"不过为了尊严而战,这不能算你说的那种打架。"

这次,陆以名特别果断地"嗯"了一声,然后狠狠地将凉飕飕的空气吸进肺里。他由衷地高兴,因为这场战役不但为他赢得了尊严,还让他与战友达成了共识。

两双腿齐刷刷地跑过塑胶跑道,陆以名只觉得阳光万里,每一寸土地都鲜花怒放。

从那天起,学校这群好事之徒真没再提过陆以名是关若非的狗这码事。

他们既怕提到这条不听话的狗会引起关若非的怒火,从而为自己招致无妄之灾,也怕这条"疯狗"狂犬病发作,跳起来咬人。

而陆以名中学时代那点耻辱的往事,也就此连同"小名"的外号一起,被扔进回忆的炉子,然后,火光烈烈,灰飞烟灭。

7

关若非站在通往主席台的第三级台阶上,居高临下俯视整个校园。

10月末的天空湛蓝得像一块凝固的油漆。太阳外热内冷,扁平的云层补丁一样打在天上,倏忽飞过的黑色群鸟,宛如外婆细密的针脚。

他一言不发地站了好一会儿,目光始终追随着操场上那两个奔跑的身影,好像被乱入的伏地魔施了一记厉害的夺魂咒。

周三水同样欣赏着这场漫长的罚跑,一边邀功请赏般地自吹自擂,可关若非郁郁寡欢,丝毫没有预期中扳回一局的愉悦。

事实上,他压根也想不明白,自己对陆以名那种与日俱增的反感,究竟来源于他与陈英俊日益亲密的关系,还是仅仅为了那本该死的物理作业。

2002年,关若非所在的桂花路小学和陈英俊就读的秋山道小学,在教育部撮合之下进行了一场包办婚姻一样的并校。

其结果是,"秋小"并入"桂小"。

关若非所在的2班还是2班,而陈英俊所在的2班变成了7班。可正如包办婚姻往往缺乏感情基础那样,两所学校的孩子都特排外,转瞬间势成水火。

彼时二校校服尚未统一,课间操往楼下一站,帮派便被划分得清清楚楚。

从各班负责的校园值日区,到每个周末由教导处颁发的流动红旗,再到活动课时操场上的健身器械使用权,样样都成了争夺目标。

这场明争暗斗导致的后果是，关若非和陈英俊坚不可摧的友谊，生生变成了一出罗密欧与朱丽叶的莎翁大戏。班级大义和个人感情在关若非激烈的思想斗争中拼得你死我活。

他毫不顾虑世俗眼光，坚持和陈英俊一起上学下学，自己把自己感动得一塌糊涂。结果没一个礼拜，这事儿就在他们班被八卦得尽人皆知。

可喜可贺，本来就不太合群的关若非一下子成了众矢之的。

"叛徒！"

口号是他们班中队长带头喊起来的。她是学校的子弟，一个膀大腰圆的女生，因为个头与力气均遥遥领先于众人，顺理成章代表桂小成为两军阵前的冲锋主力。

"叛徒！卑鄙无耻！"一群女生跟在中队长身后摇旗助威。

若只是追着骂人也就罢了，可这伙"正义之师"的所作所为却变本加厉。

有天在中队长的教唆下，一个外表挺文静的小女孩儿抓起关若非的书包撒腿就跑，然后，直接丢进了女厕所。

她屁股后面的男生女生跟着起哄，关若非又急又气，眼泪憋在眼眶里打转儿。

那时候的陈英俊就像个仗剑天涯的江湖游侠，她趁着大课间去上厕所，撞破了这桩滔天恶行，当即选择拔刀相助。帮关若非夺回书包不提，顺手还抄起一块瓷砖，一头儿按在厕所门口一堵空花墙墙体凸起的方砖上，一个手刀，劈成两截儿。

还看动画片的小学生们哪里见过这阵势，一众人顿时吓得作鸟兽散。

但万万没想到的是，陈英俊的仗义之行却加剧了关若非生存环境的恶化速度。

他因此获得了一个新外号——

"小白脸！"

"小白脸！不要脸！"

那个年代的小学生尚未受到信息大潮的冲击。关若非对"小白脸"三个字一知半解，只是模模糊糊地意识到，这话在心怀恶意的人口中，就是一个极尽侮辱意味的称呼。

就在这场冷暴力的狂欢达到顶峰的时候，五大三粗的中队长找到了惶惶不可终日的关若非，并且，把一瓶从她妈办公室顺出来的碳素墨水凶狠地磕在桌子上。

"给你个机会，"她半是威胁半是诱惑，"你要敢拿这个泼她，我们就相信你俩不是一伙儿的，而且，你不是小白脸，否则，你等着瞧。"

关若非盯着那瓶墨水愣了一下，脑子里瞬间闪过两个耳熟能详的寓言故事：农夫与蛇，东郭先生与狼。

倒T形的墨水瓶就像一座小小的坟包上竖了块墓碑，仿佛在友善地提醒他，什么民间传说、历史演义，背信弃义的小人其下场总是殊途同归的一个"死"字。

年幼的关若非打了个寒战。

但是，可以不再被追着骂小白脸，不再做被同学孤立的叛徒，不再是全班针锋相对的目标……对于一个小孩子而言，这诱惑实在太大了。

何况，他心存侥幸地想，他和陈英俊这样要好，陈英俊也未必就会真生气的。

于是就在6月1日那个举行儿童节联欢演出的下午，他死死攥着那瓶拧开了瓶盖的墨水，在中队长的一再怂恿下溜进了后台。

"关若非！"陈英俊兴奋地冲着他招招手。

那天她可真好看，化了妆，穿着一条明晃晃的黄色连衣裙，额头上贴着一枚亮闪闪的电光纸装饰。她特别自信，特别神气，好像整个人都熠熠地闪着光，就像一只……

像一只什么呢？

词汇量打小就特别贫瘠的关若非想,就像一只黄色的虎皮鹦鹉。

可正当关若非专心致志地愣神儿之际,身后却凭空多出了一只特别有劲儿的手,猛地一推……

8

从四百米操场的一个弯道转过来,陈英俊瞥见了主席台上的关若非,她一个恍神的工夫便回溯到了七八年前。

所以,她现在有点心不在焉。

"陈英俊,那个……"陆以名吞吞吐吐。

"关若非总是针对你,你怎么……"他深深呼了口气,"我是说,你怎么不反击?"

憋了很久的问题终于说出口,整个人却好像更紧张了。

对于陈英俊其人,了解愈深,陆以名就对她与关若非的关系越纳闷。

陈英俊虽在学校低调得不露半寸锋芒,可她骨子里敢爱敢恨,敢作敢为,绝不是轻易会被欺负的主儿。但她明里暗里的,却好像总是在纵容关若非的作恶多端。

思及此,陆以名内心的感觉特别异样,有点儿酸,也有点儿别扭。

他不是舌灿莲花的周三水,套话的本事几近于无。好在,陈英俊在这个问题上,保持了她一贯的坦然作风。

"我们以前认识。"她率意地回答。

"其实他不是很多人看上去的那么坏。"陈英俊一边跑一边补充,每个字都在风中跳跃,"而且,我也对他做过很过分的事情。"

陆以名还想继续追问,可陈英俊以一句结论式的陈述结束了这场谈话。

"我俩扯平了。"她说。

9

陈英俊是那种具备着典型水瓶座特质的女生——白天花木兰,晚上林黛玉。

已经过了午夜,她依然没有入睡,非但失眠,还有些沮丧。

此刻,她无比希望自己大条的神经可以再大条一点,宽广的胸怀可以再宽广一点,或者,对父亲偶尔的挂念可以更偶尔一点。

这样一来,再有人提起关若非那段陈年旧事,她便可以挺直腰杆儿,然后特别洒脱地说——都是过去式了,我永远不会忘记,却再也不会想起。

但很不幸,她做不到。

那条黄裙子是朴在嵘到目前为止送给她的唯一一件礼物,依她来看,很可能也会是她爸这辈子送给她的唯一一件礼物。

它来自北京一家名不见经传的街头小店,特别好看,但尺码整整比当时的陈英俊大了四个号。所以,为了穿上那条裙子,她等了足足三年。

秋山道小学与桂花路小学同属一个区,两所学校一街之隔、比邻而居。但二者阶级立场天差地别。后者是货真价实的市重点,可前者即便是放在普小里也差了两等。它师资力量极弱,设施建设奇差,学生也不多,家长大多属于外来务工人员。

陈英俊就是在那儿度过了小学生涯的前四个年头。

其间,最深的记忆当属儿童节。

每年六一,旁边儿的桂小总是热闹非凡,什么集体舞、大合唱、艺术节和话剧表演。家长学生齐动员,一整个下午,自行车和小轿车都会在校门口浩浩荡荡地排成蜿蜒长龙。

用童年陈英俊匮乏的词汇量来形容,就是1999年春晚小品里的那句:锣鼓喧天,鞭炮齐鸣,红旗招展,人山人海。

可秋小呢？

秋小唯一的六一庆祝活动就是听着人家桂小的喧天的锣鼓、齐鸣的鞭炮，一边吃学校分发的糖果。

最不讨人喜欢的是那种廉价的玉米硬糖。它们通体金黄，带着浓烈的香精气味，在嘴里融化的时候黏得像一团鼻涕。

最好吃的叫秀逗，有七种口味，紧实又厚重的激酸，慢慢在舌尖的打磨下一厘一毫地消磨殆尽，到最后，终于尝到了中间儿一点弥足珍贵的甜。

在那个懵懂的年纪，陈英俊便已经隐约地意识到，这像极了最真实的人生。

亏了两校合并，陈英俊有生以来第一次参加了六一儿童节的校园活动。

经历一番师资调动之后，他们的新班主任杨老师一改白雪公主灰姑娘的老套路数，另辟蹊径，排演了一出《石竹花》的舞台剧。

班里最好看的女生演善解人意的石竹姑娘，体育委员扮演英勇无畏的王子。而陈英俊也凭借超群的面瘫天赋一举拿下了石竹一角。

全剧下来只有一句台词——我是石竹花，是一朵花。

杨老师和蔼可亲地嘱咐她，参演这个角色要准备一条粉红色的裙子。

可陈英俊只有黄色的裙子，但那条黄裙子对她而言，诱惑力胜过世间千千万万的粉裙子、蓝裙子、花裙子，胜过灰姑娘参加王子舞会的盛装。

所以，在那个儿童节的礼拜六，一筹莫展的杨老师望着无论如何也不肯换掉这条黄裙子的陈英俊，给陈月霞打了一通电话。而从电话那头获悉的前因后果好比一出催泪戏码，温柔的女老师听红了眼圈。

最终她笑眯眯地用钢笔在节目单上划去了"石竹花"三个冷冰冰的铅字，换成了一行娟秀的手写体小字。

于是，他们班的节目就由《石竹花》改为了《迎春花》。

直到现在，陈英俊都固执地认为那次登台表演，她是真正的女一号。

可事实上，她根本没有登台。

因为关于黄裙子的期待就在那个阳光喜人的儿童节午后被关若非终结了。

那天，关若非攥着一瓶什么东西，鬼鬼祟祟地溜进后台？一瞧见她，做贼心虚地将两手向身后一背，战战兢兢，如临大敌。

"你藏了什么？"

他只顾着摇头，一声不吭。

"拿来给我看看。"

关若非继续摇头。

"给我看！"陈英俊朝着他伸出一只小手，一副志在必得的样子。

关若非从来没有拒绝过陈英俊的要求，于是他犹犹豫豫地取出那瓶墨水。

陈英俊走过去，刚想看个清楚，就瞧见不知从哪冒出一个满脸横肉的女生，猛地朝着关若非的后背一推，他手里那瓶东西就顺势飞了出去，像一只被惹毛了的墨斗鱼，乌漆墨黑地糊了陈英俊一身。

就这样，黄裙子变成了花裙子，迎春花变成了煤炭渣。

关若非身后霎时响起一片比前台更刺耳的欢呼，桂小的四五个原住民呼啦一下从门外涌进来，庆祝关若非的洗心革面重获新生。

陈英俊一下子就懂了，这不是意外事故，而是早有预谋。

那个推了关若非的罪魁一把搂住关若非的脖子，冲陈英俊耀武扬威一般发出警告："以后离我们学校男生远点儿！"

陈英俊冲过去，猛地推开她，夺门而出。

一天以后，她用残暴的武力手段，终结了与关若非之间的友谊。

再后来呢？

再后来快快不乐的陈英俊越发沉默了。

恰逢陈月霞辞掉超市收银的工作，筹备起鱼糕串串的生意。她们搬了家，住进了距桂花路十五公里之外的九龙路幸福里。而陈英俊也顺便转了学。

新的小学没有桂小丰富的文娱活动，也不像秋小那样乏味无趣。日子如水远逝，生活平淡又安逸。只是，她再也没有穿过裙子了。

有好几次，她本着眼不见心不烦的原则，把那条只上过一次身的连衣裙塞进压箱底的花布包袱里。但托了朴在嵘的福，每一次，陈月霞都得把它小心翼翼地取出来，妥帖地收藏在衣柜触手可及的位置。它本该平整如新，可如今青花一样大片的墨迹让它看上去像一沓褶皱而老旧的信纸。

它被陈月霞洗了太多次，直到密实的针脚洗出了线头，柔软的布料泛起旧色，那大团大团的污渍还是顽固如毒瘤一般生长着，提示着陈英俊曾经发生过的事情。

不是所有的伤口都能愈合。

在这个世界上，比破镜重圆更耳熟能详的故事，是破镜难圆。

而且……她想，关若非早就把它抛诸脑后了吧。

可她永远也不会知道，关若非终其一生都将记得那条裙子的模样。

10

那条裙子是鹅黄色的。

关若非躺在床上想，自上而下掺杂着乳白的渐变，迎春花一样细小的花瓣开满整个裙摆，风吹过的时候连绵起伏，像山花烂漫的冈峦。

泼墨事件发生的第二天，在长寿里小区花园中心的空地上，关若非被陈英俊一记旋风踢掀翻在地。直到陈英俊走远了，他依然一嘴血沫地躺在原处，如同一条躺在砧板上，行将就木的鱼。

爸妈心疼儿子，去医院处理伤势之后，连拖带拽领着关若非去陈英俊家要说法。

小陈阿姨一张一张地数钱,一遍一遍地赔不是,像个韩国人那样不停地鞠躬,然后,声泪俱下地讲着朴在嵘的故事。而陈英俊面无表情,闷在屋子的角落里一言不发。

那个混乱的晚上星光繁密,就像今天一样。

可没有人知道,从墨水瓶被打翻在那条裙子上的一刻起,关若非就好像背上了无法偿还的债。他懊恼而自责,黄裙子变成了一场挥之不去的梦魇,出现在他每一个昏昏欲睡的深夜。

再后来,他把这一些过错归咎于自己的懦弱,这导致他开始变得乖戾又暴躁,看人总是冷嘲热讽,遇事总是争强好胜,逢人就提他的断牙不过是向陈英俊勇下战书的证据,并且大言不惭地宣称——君子报仇,十年不晚。

他以为:在学校越凶悍就越受尊崇,越强壮就越自由。可他还是不快乐。

有一次期末考试,关若非抄了他品学兼优的同桌,加上爆表的运气,竟然破天荒考了个语文全班第一。

暑假全家出游,他妈问他要什么奖励,关若非毫不客气地开出一张购物清单:《变形金刚》里的汽车人,高斯奥特曼的模型玩偶,那双新款的黑色耐克球鞋。

结果正兴高采烈地走在路上,沿途路过一家不大的童装店,透过明亮的橱窗,关若非一眼便瞧见了一条裙摆铺满蒲公英的黄裙子。他指着它当即红了眼圈儿,说什么也不肯挪窝。

最终,他妈自豪的炫耀变成了掩饰尴尬的微笑;他心心念念的玩具和球鞋变成了他爸的一顿暴打;他有高学历的姑姑再三重申性别认同障碍是大问题,应该去心理科挂个专家号,及时就诊;而他那个已经患有轻度痴呆的奶奶则心疼地把他搂在怀里,说着什么男孩女孩都一样的胡话。

这场轩然大波的最后,关若非把自己锁在卧室里,痛痛快快地掉了他小学生涯的最后一场眼泪。

他打针不哭,不是因为他不怕,而是因为每个人都说,勇敢的小孩子是最棒的。

他将曾经用来扮演公主的玩具小熊扔进垃圾箱,不是因为他喜新厌旧,而是因为每个人都说,男孩子不可以玩女生的游戏。

就像他泼了陈英俊一身的碳素墨水,也并不是他讨厌陈英俊,不过只是因为那个小社会里的所有人都告诉他,与被他们排斥的群体做朋友,就是通敌叛国,就是十恶不赦。

于是,关若非就这样在一种无比悲伤的景况下结束了随心所欲任性妄为的童年。

记忆里填塞着时光的奔走、内心的孤独,和成长的无奈。

11

如果生活总是这样简单该多好。

他们将永远年轻、纯粹,不会经历痛彻心扉的爱,也不会品尝存身于世的苦。

生命里好像只有做不完的卷子,上不完的补习班。

只有数学和横踢,早晨七点的课堂,和晚上七点的跆拳道馆。

现在,陆以名正站在道馆的垫子中央,心无旁骛地听陈英俊讲解战术。

考虑到陆以名腿法单一,体能薄弱,打不了持久战,陈英俊在深思熟虑后得出了一个很靠谱的结论:陆以名应该采用先得分战术。

先得分战术,顾名思义,就是要在每局开场时抢占先机,在对手适应比赛之前主动得分,杀他一个措手不及。一旦大功告成,立即转攻为守,以静制动。

这是一场业余赛事,参赛者多数是初出茅庐的新人,纵然练习时间长于陆以名,论临场经验倒未必有什么优势。这套战术既能适应比赛特点，又完美规避了陆以名体能上的劣势，可谓以不变应万变，巧妙制胜。

但对终于克服了进攻障碍的陆以名而言，新问题接踵而至，那就是——他在把握进攻机会这门实战必修课上毫无建树。

每每趁着集训班休息，陈英俊拽来李东泽当陪练，结果一周下来，他与陆以名大战九十九回合，二人的得分分别是：99和0。

徐显椋正闲着无聊，抽了十分钟观战，结果忍不住笑出了声："哟，陈英俊，您在这儿训练沙袋呢？"

实则陆以名很委屈。毕竟他从小受到的教育就是人不犯我我不犯人，每每想主动发起进攻的时候，脑子里就好像冒出了一位《大话西游》里的唐三藏，用他那种扁平而颇具磁性的嗓音，絮絮叨叨讲起谦让是美德的大道理。

于是，陆以名便开始犹豫，犹豫就是犯了大忌。

陈英俊看得干着急，连珠炮一样吐出一大串的实战心得，恨不能把毕生经验都变成馒头，一块一块掰碎了塞进他嘴里。

"陈英俊，心急吃不了热豆腐，"郭长青十分同情地拍拍她的肩膀，"热馒头也一样。"

"啪"的一声闷响，李东泽获得了他的第100个得分。

"那句话怎么说的来着？"他咧嘴一笑，"就算你失败了99次，我也要努力帮你凑个整。"

陆以名暗下决心，迟早要反超过来。较之他，倒是陈英俊更显得挫败。

"刚才的防守本来可以成功的。"她垂头丧气地把格斗中的防守要诀重复了第三次，"防守时，不能看着对手的腿，而要盯紧他的肩。"

说完，她做了三个示范，舒展的横踢，飞旋的后踢，果断的下劈："看见没？凡欲进攻，肩必先行。"

陆以名特别认真地点点头。

"而且，咱们这是先得分战术。"陈英俊继续说，"你要先得分，进攻就不能犹豫，就算要犹豫，也别盯着你要攻击的部位，否则一个眼神就会被识破。"

"我应该看哪？"陆以名问。

他应该看哪？

陈英俊觉得这问题根本没必要回答。看眼睛、嘴巴、耳朵，看桌上的缝、墙上的钟、地上的垃圾桶，或者随便什么他喜欢的地方。只要能打中，看哪都行。

想到这儿，一个念头在陈英俊的脑子里灵光乍现，然后她笑了："不如看我？"

陆以名和李东泽大眼瞪小眼，同时"啊"出了声。

但李东泽特没眼力见儿："你有什么好看的？"

陈英俊恶狠狠地白了他一眼，说出自己的计划。原来，她打算以最简单粗暴的手段破解困局。

跆拳道的比赛场地并不大，她将一把椅子摆在道馆垫子与木地板交界的边缘："假设这儿是教练员席位。"

然后，她向左数出三步："而我就站在这儿。"

除非陆以名背对她，否则眼角的余光可以轻易瞥见她的动作。

陈英俊举起右手，陆以名就攻击右侧，举左手就攻击左侧，如果举双手，那就攻击头部。

"这不犯规吗？"陆以名颇心虚。

"当然不。"陈英俊说，"参赛手册第十二条，教练员可以在不影响比赛进程的前提下做出适当提示。"

她想了想，又补充了一句："跆拳道是一个人的赛场，也是一个团队的战斗。"

陆以名被说服了，他重新摆好了实战势，李东泽还没来得及发出他招牌式的怪叫，陈英俊便突然抬起左手，陆以名忙不迭向前一垫步，前腿起了个横踢——一声脆响，竟然正中李东泽前胸。

"你们这是作弊！"李东泽当即抗议，"我还没准备好！"

陈英俊没理他，冲着陆以名竖起一根大拇指："这办法可行！"

手势与动作的默契训练一直持续到了比赛前三天的晚上。

那个时候，李东泽对于给陆以名当陪练一事已经兴味索然。他精疲力竭地瘫在一摞脚靶上，大呼陈英俊偏心眼儿。现在，他和那个初出茅庐的菜鸟陆以名已经几乎战成平手，今天的成绩是9比10。

而陆以名是10。

三个人坐在垫子上休息，陈英俊突然朝着陆以名的位置凑过去，像一只嗅觉灵敏的食蚁兽。

"干吗？"陆以名警惕地向后瑟缩了十厘米。

"衣服该洗了。"她面无表情地提醒。

陆以名顿时红了脸、"我……我家人不知道我练这个……所以……"

陈英俊没说话，发现新大陆一样盯着他看了好一会儿，一双眼睛由杏仁儿慢慢地弯成了月牙儿："真看不出，有时候你胆子也挺大的。"

所以那天，她将陆以名的道服拿回了家，并且使了个偷梁换柱的手段，在她妈漫不经心的催促下把陆以名的道服塞进洗衣机里。

这可不是做贼心虚，陈英俊自我开解似的想，纯属因为解释起来太麻烦了。

第二天，那身道服被一只透明的塑料手提袋包裹着塞给陆以名的时候，他在粗糙的布料上闻到了淡淡的异香，就像阳光下的肥皂泡泡，也像鱼获丰沛的季节里的大海。

"陆以名，祝你成功！"陈英俊愉快地说。

12

11月10日是个礼拜六。

一整夜，陆以名都觉得自己在打拳。

天刚擦亮的时候，梦中一记高位侧踢正中距床不足半米的桌子腿，一声钝响，狭小的卧室里引起一片低沉的回声，就像谈晋伟正用手掌拍击讲桌。

陆以名瞬间就清醒了，他猛地爬起来，捂住痛感十足的右脚，抬头瞥见了桌子上泛着微光的电子表，5：59。

冷空气像个小偷小摸的贼，不怀好意地钻进被窝，害得他打了个寒战。

"妈？"他试探着叫了一声。

没有回应。

这个时候，赶早班的童爱华已经搭上这座城市的第一班公交车。

他套上一件土黄色的连帽衫走出卧室，没有窗子的客厅昏暗得像座洞穴。桌子上有一碟咸菜和一碟腐乳，小米粥和馒头照例放在锅里。

他打开灯，在桌前坐下，一边胡乱地塞饭，一边开始飞速阅读昨天道馆下发的赛程通知：七点钟赛场集合，七点半准时称体重。

他背上书包，将铅灰色外套的拉链一直拉到下巴。

出门前，还给童爱华留了一张字条：和同学去图书馆了，晚点回来。

13

赛场位于市中心河东大学上了年纪的老校区。体育馆处在亟待翻修的状态，沿着斑驳的外墙拉起了"预祝运动员赛出成绩"的红色横幅，背景是阴郁的天空。

成人组的比赛在主场馆进行，而东侧的室内羽毛球馆撤掉了球网，被临时改造成了青少年组别的赛场。

隔着十来米，陆以名就瞧见了贴着墙席地而坐的极真道馆队友，李东泽已经换好了道服，膝盖上盖着一件红色夹克，远远地冲他招手。

间歇性穿堂而过的冷风刺破了陆以名薄薄的外套，激起他一身麻粒。他走过去，和李东泽一左一右紧贴着坐在小胖两边儿，好像在挤压一块面团。

"你俩，离我远点。"小胖艰难地将自己无处安放的左手从身侧挪到身前。

李东泽快人快语："你胖，暖和。"

郭长青打断了三个人的说笑，他把一本对阵表递过去："乙组上午第三场，李东泽的。上午第六场，陆以名的。丙组下午第一场，小胖子。"

临场经验更丰富的李东泽探头去看对阵表："陆以名，你运气不错，你们组人少，你第一局还轮空，再赢两场就是冠军。"

陆以名听陈英俊说起过轮空这码事。

在跆拳道比赛中，如果某组别的参赛人数不是2的次幂，那么将选择最接近，较大或较小的2的乘方数作为号码位置数，由各选手所在队伍的教练进行号码抽签。当某位参赛者所对战的号码位置没有选手的时候，将直接进入下一级比赛，这就是轮空。

他运气真的不错。

环顾四周，赛场两侧散布着正在热身的参赛选手。一眼望过去，总能看见一些来自民办体校的男生。他们叼着烟头，顶着夸张的发型，摩拳擦掌，满脸凶相，让人轻易想起电影里常出现的那种地下拳击场。

"陈英俊呢？"陆以名突然有点心虚。

"没看见啊。"小胖和李东泽异口同声。

直到陆以名换好道服，热完身，检录处发出了李东泽的候场通知，陈英俊才姗姗来迟。她拨开人群，喘着粗气把一只装着矿泉水和巧克力的塑料袋递给陆以名，最后，变魔术一样从单肩背包里抽出一条道带。

"一会儿系这个上场。"陈英俊冲他挤了挤眼睛,"配合咱们的战术有奇效。"

道带很重,是黑色的,边缘已经泛起了花白的毛边,一端绣着中国国家跆拳道队的字样,另一端绣着它主人的名字——徐显椋。

陆以名觉得后脊背发凉,他抬起头四下一张望,就看见和陈英俊前后脚走进体育场的徐显椋此刻就在距他不足五米的位置靠墙站着。光影下半明半暗的一张脸,刻着看热闹一样的表情,宛如一尊惯于作弄凡人的邪神塑像。

陆以名不知道陈英俊葫芦里卖的什么药。

他更不知道的是,为了借到这条道带,陈英俊软磨硬泡了整整一个早上。

"快!陆以名,检录了!"

郭长青站在检录台旁远远冲他招手,陆以名跟上去,例行公事一般地确认签到,穿戴好红方护具,在检查台配合裁判员"搜身"。

"下一场就是你的,"陈英俊认真地看着他,"加油。"

陆以名一秒就怂了,他觉得自己就像个被强行推上角斗场的奴隶,之前的跃跃欲试一瞬间烟消云散,整个人都变成了一台高速运转的机器,全身的血液随着"突突"的心脏急速翻腾。

坐在候场的椅子上,一分钟像一个世纪一样漫长。

然后他看到主裁判做了个双手指地的手势:"Chung(青),Hong(红)。"

这是在示意选手就位。

陆以名深吸一口气站起来,将护头夹在腋下,大脑一片空白。

一步,两步。陈英俊怎么说的来着?先向教练敬礼……

他转身冲着郭长青的位置鞠了个躬。

再走两步,向观众敬礼。

又走两步,向裁判敬礼。

他面如土色地站在赛场中央,警戒线以外黑压压的围观群众让他产生了一阵短暂的眩晕，他将眼睛闭了片刻。这个细小的动作在观众看来，颇有点专业选手从容淡定的表现。窃窃私语在潮湿的空气中掀起细小的波纹，接着，不知道是谁喊了一句："国家队的？"

对面青方选手的肩膀明显颤抖了一下，他低头，只一眼便盯住了陆以名腰间的黑带，表情顿时变得无比拧巴。

主裁判一声"开始"令下，骤然紧张的气氛激发了人类最原始的欲望。

计划赶不上变化，"啪"的一声，陆以名的先进攻战术还未施展，就被迫用左臂拦下对手的第一记攻击。对面那个看上去瘦弱的少年像一匹杀红了眼的狼，连续不断的横踢和下劈疾风骤雨一般向陆以名袭来。

这是个什么路数？

陆以名手忙脚乱地格挡，迎面骨和手臂的剧烈撞击让他从近乎本能的防守反应中冷静下来。他稳住步法，死死地盯着对手的肩，余光则飘向更远的位置——陈英俊的位置。

可陈英俊抱臂站着，一动不动。

陆以名于是彻底陷入被动状态，好在对方虽然来势凶猛，腿法却明显有失准头，两个人一攻一守胶着了二十秒，让0比0的计分板变成了一块被滴胶凝固的装饰品。

裁判中断了比赛，面朝陆以名做出了一个警告的手势。

这是个消极警告，陆以名以敬礼回应。他知道，全因为他长时间没有发起任何进攻。

比赛重新开始，陆以名紧张地留意陈英俊的一举一动，可她还是那副事不关己的姿态，就连郭长青脸上也挂着似有似无的笑意，模样轻松得像在看戏。

陆以名咬咬牙，在卓有成效的持续闪避中飞快地做出了一个决定——无限防守，然后彻底信任陈英俊。

"喂，陆以名怎么不进攻？"小胖急得直跺脚，"咱们一分没得着，还落了个警告,说好的先得分战术呢?"

"你懂什么,这叫以逸待劳。"在一旁紧张观战的李东泽终于悟出了点门道,"你仔细看那个青方,肩膀在颤抖,目光躲闪,这说明什么?说明他其实巨紧张,现在这就是乱打。等他耗尽体力咱再反攻,一定事半功倍,这就叫战术的灵活运用。"

小胖恍然大悟:"那我得告诉陆以名,让他别着急!"

李东泽一巴掌呼上小胖的后脑勺:"你疯了,你现在把这事儿嚷嚷出去,那对手不也知道了?"

又过了十秒,青方的后背已经洇出一大片水渍,整个人散发着一股潮气。赛场十秒钟堪比训练场十分钟,体力的急速流逝终于迫使他放缓了攻击速度。

但陆以名没有因此获得喘息的机会,就在对手一个停顿的间隙,他突然看到陈英俊抬起了右手——进攻!

他当即转动髋关节,送出一腿力道十足的横踢!

"砰!"

一声巨响在青方前胸护具上炸开,计分板上的比分从 0:0 迅速切换为 1:0。

这是陆以名赛场生涯中拿到的第一个得分,可他来不及兴奋,因为陈英俊好像变成了一尊变幻莫测的千手观音。

横踢!攻击左侧!

攻击右侧!

击头!

赛场内外的两个人仿佛上演了一出配合无间的双簧戏,高密度的训练和朝夕相处的默契在赛场的高压氛围下发挥到了极致。

2:0!

3:0!

5:0!

行云流水的进攻让对手节节败退,一起被击溃的还有对方紧绷的心理防线。猛攻战术和黑带压力使他手足无措,这让陆以名顿悟了陈英俊的那句"犹豫是大忌"的至理名言。

护头是火红的,护胸是火红的,远处悬挂的旗帜也是火红的,陆以名觉得自己在激战中化成了一团火……之前的恐惧、紧张、担忧一扫而空,他连每一根手指都在疯狂燃烧,而整个赛场也为之沸腾!

这场比赛,陆以名赢得游刃有余。

退场的时候,他清晰地听到有几个女生在四处打听他的背景。可他刚想羞赧地搭个腔,就被陈英俊一把拽走了。

第二场比赛在当天下午进行。

十二点,极真道馆一行人在河东大学二食堂填充辘辘的饥肠。

隔壁桌坐着英华武校的两三个新生,不经意一个对视,陆以名一眼锁定了其中最扎眼的那个——身材粗矮,一口龅牙,干巴巴的嘴唇就像炸开的石榴皮,让他没由来地想到非洲沙漠里某些魁梧的野生动物。

和他当对手才是倒霉。陆以名漫不经心地想。

结果怕什么来什么。

下午三点,他前往检录处报到,路过候场区的时候,和正在紧锣密鼓做着热身运动的青方对手打了个照面。对面儿一抬头,露出鲜明的五官和森白的龅牙,这不就是中午那个野兽一样的"壮汉"?

陆以名在这边儿看着头皮发麻。陈英俊那边儿正替他穿戴护臂,不留神碰到他的手指,才发现眼前这人冷得像块冰坨。

"跳一跳。"她说。

"啊?"陆以名愣了一下。

"跳一跳,让身体热起来。"陈英俊极专业地提醒,"免得一会儿受伤。"

陆以名特听话地开始原地小跳。他表情僵硬,一身蓝色护具,头顶柔黄的灯光劈头盖脸浇下来,使他看上去活像一具身披绿毛的僵尸。

两分钟后陈英俊拉住他，翻飞的手指在他背后熟练地将散落的护具绑带打出一个不太美观的蝴蝶结，继而扬起眉毛："你怕了？"

"没有！"陆以名辩解，"但你说，他这么胖，真和我一个分量？"

"怕什么？他要是体重作弊，那就说明他技术差。"陈英俊嗤之以鼻。

"要是他没作弊呢？"

"要是没作弊，那他就是虚胖，纸老虎。"

陈英俊认真的模样一下子让紧张的他一下松弛下来，陆以名在候场区的椅子上坐下，开始慢吞吞地喝水。现在，他觉得好多了。

上场前，郭长青拍拍他的肩："别看对面敦实，个头可比你矮，一会儿找机会打头，速战速决。"

三个人相互对视，各自心领神会。

但比赛才开场，陆以名就意识到自己遇上了大麻烦，对方酷似《飓风之刃》里的肉盾型 Boss，皮糙血厚，还自带防御天分。形似火腿的手臂宛如弹簧床垫，陆以名凌厉的腿法围攻十有八九都被原路弹了回来。

前两局结束，他不出意外地落后三分。

中场休息时，郭长青蹲在地上，将陆以名的两条腿放在膝头，手法熟练地替他揉捏腿部肌肉。

突如其来的放松使陆以名在一个恍惚之间想起了初三那年，郑骁阳趴在他家床上眉飞色舞地品评一本游戏攻略，上面硕大的蓝色标题写的是：如何完美克制肉盾。

答案是什么来着？

断片儿一样的大脑白花花一片。

"陆以名，"郭长青突然开口，"想对付他，得注意你的走位。"

走位？

一句话帮陆以名找回了郑骁阳丢失在他记忆深处的声音：完美克制肉盾，靠的就是灵活的走位。

陈英俊同样如醍醐灌顶。

"对！走位！一会儿绕着圈打，"她的眼睛闪闪发光，"他追不上你！"

六十秒休息结束。

陆以名咽下最后一口水，站起来，重新回到赛场。

他听从了陈英俊和郭长青的建议，没急着进攻，反而在对方试图靠近时向后闪了一步，撤出足够的安全距离，然后绕到了对手的侧面。

场上的战局发生着微妙的变化。

陆以名摆起了太极迷阵，就像一只灵活的松鼠，他绕着圈穿梭在对手的每一个防守盲区，青方敏捷性弱的短板顿时暴露无遗。

就在对方试图跟上他的步调，转了个身的刹那，陈英俊突然抬起右手。

"砰"的一声闷响，陆以名一记前腿横踢准确地击中了对方的护胸，陈英俊远远冲他竖起一个大拇指。

左侧攻击！

中段横踢！

场上比分开始急速反超，就在比赛进入倒计时五秒的时候，陆以名以一记漂亮的高位横踢击头结束了这场鏖战。

4：3！

主裁判左手曲臂至胸前，然后朝着陆以名所在的方向高高举起，宣判红方获胜。

他成功了？

他无疑成功了！

对面的青方汉子冲他一笑，露出森白的三颗龅牙。

这种类似关若非整人时才特有的表情让陆以名产生了一种不祥的预感，狞笑，一准儿是狞笑。

果然，对手气势汹汹地朝他走过来，每一步都仿佛带着大地的震颤。陆以名攥紧拳头,做好了再战三百回合的准备,可扑面而来的却不是腾腾的杀气,而是一个汗涔涔的结实拥抱。

"你打得不错!"对方爽朗地称赞。

陆以名为自己的小人之心深感愧疚,他以一个更热烈的拥抱作为回应。

来自对手的善意,再一次让他体会到竞技体育的魅力。

他叫关维力,陆以名在赛后记住了这个名字。

周围的欢呼渐渐朝他聚拢,小胖在场外一蹦三尺高:"冠军!他是冠军!我们队的!"

同样结束了比赛的李东泽悻悻地撇撇嘴,他只得了第三名。

"陆以名运气真好。"李东泽再次重申。

小胖冲他做了个鬼脸:"酸,真酸。"

陆以名一瘸一拐地下场,一屁股坐在自己的背包上,然后提起裤腿瞧了瞧。

关维力的格挡导致了几次肢体的剧烈碰撞,粗糙的道服裤子将小腿前侧皮肤磨出几条暗红的血痕,衬着新鲜的瘀青,触目惊心。

李东泽拿着自己一红一白两瓶云南白药气雾剂颠颠地走过来,冲着他的迎面骨就是一通乱喷。刺鼻的味道呛得陆以名涕泪齐流,而剧烈的锐痛从腿部的创口表面一路蹿上头皮,他疼得龇牙咧嘴,抱着腿倒在地上左右滚了两滚,活像一条在沙地上垂死挣扎的鱼。

"小心点,破皮了不能喷这个。"小胖紧张地提醒。

李东泽脸一红,却依然嘴硬:"哪有这么娇气……"

"你小子可以。"郭长青走过来,看着半躺在地上狼狈不堪的陆以名笑逐颜开。

陆以名疲惫极了,昏昏沉沉地靠在陈英俊的双肩包上睡了一会儿,然后,做了一场纷乱不堪的梦。梦里,一个号称宇宙执法员的人说裁判误判,决定撤销他的冠军资格。还有个相貌酷似郑骁阳的家伙特不要脸地跟他为抢金牌大打出手,后来连他自己也烦了,想摘下金牌把名次拱手相让,结果整个身子却像根面条一样柔软地左摇右摆,就是摘不下来。

陆以名醒了,原来是有人在摇他。

陈英俊那张英气的脸近在咫尺。

"看我干吗?金牌不要了?快领奖去呀!"她好气又好笑地催促着。

见陆以名还是愣神,她一把将他拽起来,然后不轻不重地朝着体育馆南侧一推。

在那边,乙组55公斤级的颁奖典礼已经正式开始了。

陆以名一步跨上领奖台的最高位置,一个头衔很长的中年男人将一枚金灿灿的奖牌挂上他的脖子,然后笑容可掬地递上一张证书。

他双手去接,与此同时,四周噼里啪啦亮起一片闪光灯。其中有个人拍得特别卖力,定睛一看,是那个刚才还满脸不忿的李东泽。

"冠军!笑一个!"李东泽大喊。

陆以名试图挤出一个灿烂的笑容,但不知怎么的,他突然有点儿想哭。

"比哭还难看!"李东泽张牙舞爪地给他做示范,"高兴点儿!你可是赢的那个啊!"

陆以名抬起头,打算学着李东泽的样子摆个 pose,却突然看见陈英俊就站在体育馆的另一边,朝他远远比了个胜利的手势。

大约有一秒的工夫,大获全胜的喜悦几乎冲昏了头脑,让他产生了一种危险又美丽的错觉,使他以为,他的梦想仅仅就是成功。

14

那天下午,陆以名在752路公交车站告别了陈英俊,独自回家。

天蓝透了,风掠过绿化带里的衰草,掀起一片密集的水花。浅草坪区的瓦砾堆声势浩大地铺满了他的视野,由近及远渐次地镀着金边儿，一直融进天边的晚霞里去。

他怀揣着那枚沉甸甸的金牌，一瘸一拐地走着，像历尽艰险的寻宝者跋涉在陡峭的悬崖绝壁。他喜不自胜，却又有点悲从中来。

喜的是，胜利来得正是时候，运气和努力的配比恰如其分，让他用最短的时间收获了最大的快乐。

悲的是，能与他分享这份快乐的，没有一个是亲人。

他爬上楼梯，满心忐忑地将钥匙插进老旧的锁孔，复杂的金属结构彼此碰撞，发出一连串温吞又琐碎的细响。

"儿子！儿子？怎么了你？脚怎么了？"

穿过客厅时，童爱华被他深一脚浅一脚的步态吓到了。她的半个身子探出厨房，手里还抓着一根正被宽衣解带的大葱。

看到他妈，陆以名紧张地张了张嘴，满心的骄傲和荣耀，蓬勃旺盛的倾诉欲，发自肺腑，经过喉头，滑向舌尖儿，然后在呼之欲出的那一刻变成了一句黯淡而拙劣的谎言："我……我下车时摔了一跤。"

就这一句话的工夫，车夫变成了老鼠，马车变成了南瓜，舞衣变成了围裙，超级英雄变成了平庸的路人。

"这孩子，多大人了还毛毛躁躁。"童爱华嗔怪地撇撇嘴，用空余的那只手去捋陆以名浓密的黑发。陆以名有点抵触地偏偏头，如今，这种过分亲昵的小动作让他觉得自己像一只被豢养已久的宠物。

他闷闷不乐地走回卧室，然后严严实实地关上门。

他在床上坐了好一会儿，直到夜风轻悄悄地吹开窗子，撩人地拨弄着窗帘。呛鼻的油烟冉冉升起来，厨房柔黄的灯光渗入卧室的门缝，屋子里的氛围开始回暖。

但他那颗年轻的心，却随着11月日益加剧的昼夜温差坠入了一片汪洋冰海。两个小时以前的灯光与欢呼，全都变成了一场笙歌鼎沸的幻觉。

在陆以名触手可及的这个真实世界里，他不过只是一个困守孤岛的孱弱少年，贫穷而寂寞，渺小得像一株杂草，注定要像所有杂草那样,沿着既定路线,规规矩矩又索然无味地度过短暂的一生。

他可真怕啊……

他将手伸进鼓鼓囊囊的口袋,攥紧了那枚来之不易的金牌。

他可真怕就这样在沉默中死去,一生无名而不是英雄。

第六章 以英俊之名而战

1

当徐显棕将体育馆下发的缴费通知单丢到郭长青脸上的时候,后者正窝在床上,抱着他老掉牙的二手笔记本电脑看一台叫作《武林风》的搏击节目。

郭长青是个乐天派,好像自打徐显棕五年前第一次在医院遇到这人的时候,他就已经修炼出了一颗纵然火烧眉毛还能若无其事的强大内心。

"郭大馆长,下个月再拿不出钱,咱俩都得滚蛋!"徐显棕没好气儿地提醒。

郭长青则任凭那张他已经看了不下百次的通知单糊在脸上,一副破罐破摔的模样:"你就算把我卖了,咱们也拿不出这么多钱。"

2004年,郭长青求爷爷告奶奶,托遍了关系租下飞云东路体育馆,图的就是一个地理位置说得过去,租金还低廉。偌大的场馆,五脏俱全的设施装潢,连水带电一年不到六万块。当时他还觉得自己捡了天大的便宜,谁知搬进来不足三年,租金就涨了四次。较之当初签字画押时的价格,已经高出了三成。

"我跟你说,车到山前必有路……"

"路在哪?"徐显棕阴阳怪气,"我在这儿樵夫卖柴两头担心,你倒好,不是《武林风》就是《快乐男声》。你再多看两天,咱俩唯一的出路就是卷铺盖睡大街。"

郭长青撇撇嘴，这话还真是冤枉他了。

毕竟人和人不一样，他不是徐显椋，苦大仇深必须写在脸上。为了租金这码事，他也付出了不少努力。

就像昨天，郭长青本着土多好打墙的原则，特意跑去找了隔壁补习班的老师共商大计。方案筹划得挺好，话也说得特别坦诚。

"李老师，你看，整座体育馆，除了你栋梁课堂就是我们极真道馆。不说咱们相依为命，起码也算是个邻居，现在租金涨得离谱，那咱们必须得齐心协力抵御外敌你说是不是？你我都在建议书上签个字，说出去可就是全体租户联名抗议，他们迫于压力，这租金不就降下来了？"

结果那个叫李萍的女老师听罢，特给脸，冲他和蔼可亲地一笑，当场就掏出了她那部翻盖诺基亚："喂？物业吗？我今天没别的事儿，就是给您提提建议。时代在发展，物价在提升，人民素质在进步，就你们的租金还在掉链子。你说说，这么低的租金，对得起咱们体育局的领导吗？对得起咱们热爱体育运动的广大人民群众吗？对得起咱们体育馆兢兢业业的工作人员吗？我建议租金再提五成，我们栋梁课堂做个表率，借此全面拉高教育行业的准入门槛，免得不法分子乘虚而入，为祸祖国栋梁。"

指桑骂槐的本事一绝。

郭长青不知不觉间被喷了个灰头土脸，还忍不住一个劲儿寻思自己是不是真的犯下了什么滔天恶行，怎么平白无故就得罪了这路大神。

得，惹不起我还躲不起？

没等李萍骂完，他就沿着教室后墙根儿灰溜溜地走了。

人总是会放大自己的付出，并在一次又一次的自我陶醉中不断加深记忆，这就是"委屈"的起源。

郭长青现在就很委屈，可徐显椋对此毫不领情。他一把将郭长青重新抱在怀里的笔记本电脑夺过来，冲着装满水的塑料洗脸盆摆出个杜十娘怒沉百宝箱的架势。

"别别别，我真有路，真有路！"郭长青一屁股坐起来。

徐显椋放下那台厚重的电脑，一副将信将疑的表情。

"老实说，你觉得陆以名怎么样？"这是郭长青的下一句话。

徐显椋不禁开始怀疑郭长青这条所谓的"路"就是一拍脑袋一跺脚，为救电脑信口胡来的缓兵之计。

"我看他挺有潜力。"郭长青说，"敏捷性好，够灵活，进步快……"

徐显椋脸上的表情更难看了。

"得得得，他不行，李东泽总还可以吧？李东泽不行，至少陈英俊你挑不出毛病来了吧？"

徐显椋听得云里雾里："你想说什么？有屁快放。"

其实郭长青的路子特别正。

按照他的意思，眼下的极真道馆虽然简陋，但学员素质还说得过去，不如组建个比赛队伍，好好培养，训练出一队精兵强将，从此征战专业赛场，打响名气，赛出水平，赚取奖金，广纳学员，称霸一方。

假大空，说了等于没说。

事实上，这番豪言壮语徐显椋也不是第一次听，打从他俩合伙经营道馆的第一天起，郭长青就开始给他灌输这套心灵鸡汤。可其间的他们所做出的种种努力大概用一句话就能评价——思想上的巨人，行动上的矮子。

说得再通俗点，那就是间歇性踌躇满志，持续性混吃等死。

这就导致极真道馆四五年下来还处于这么一种"野道馆"的状态，没登记，没注册，没学员，没收入，没专业赛的比赛资质，还经常搬家，简直要啥没啥。要不是郭长青凭着一张豁得出去的厚脸皮混迹江湖已久，和体育局几位的小领导勉强算得上点头之交，这家三无道馆活到现在都是奇迹，更遑论攀登体育界珠峰了。

徐显椋再一次嗤之以鼻："老郭，醒醒。就咱这么一组织，学生靠拐，学费靠骗，房租靠赊，比赛靠蒙，说这是间道馆都是抬举了。您还天天想着搞点大动作，想混出头，不如先把眼前的温饱问题解决解决。"

"我天天想，徐显椋，但你也没同意过啊？"郭长青接下话茬以牙还牙，"学生靠拐，学费靠骗，房租靠赊，比赛靠蒙，我说你这日子还没过够呢？"

"别跟我扯什么宏图大志啊，我就是一凡夫俗子，吃饱饭，别失业，活得像个人，我就心满意足了。"

"得嘞，那您有什么高见？"郭长青又是那副气死人不偿命的模样。

别说，徐显椋还真有一把金刚钻。

他冷笑着转身出了卧室，不一会儿提了个单肩背包进来，从里面抽出一张花花绿绿的铜版纸，在郭长青鼻尖儿前晃了晃。

"哟，"郭长青一眼瞥到了抬头，"鲲鹏杯全国邀请赛。"

全国赛，报名费三百块，赢了还有奖金，前三名每位给五千。

"咱们有资格参赛吗？"郭长青问。

"老办法，该伪造资质伪造去。"徐显椋顿了顿，"而且你可看清楚了。鲲鹏是国内知名的体育器材厂商，这比赛是他们主办的，又不是体育局搞的，谁他妈管得着你？"

郭长青若有所思地点点头，将那张纸接过来，继续一路看下去，结果瞧见了第三行一个硕大的名字——王煜安。

"嚯，这比赛可以啊，今年中韩青少年跆拳道交流赛的明星选手都请来了。"

徐显椋不屑一顾："真正的明星选手可不会打这种野鸡比赛。"

"谁还没点为五斗米折腰的时候呢？就好像你当年……"

话到嘴边才意识到自己失言，徐显椋的目光一瞬间窄得像枪锋，郭长青老老实实把没说完的半句话原封不动地咽回了肚子里。

"我懂你的意思,"他光速转移话题,"多收点报名费,多收点集训费。"

好在钱的事情高于一切,徐显椋没有继续追究的打算,他从抽屉里取出一个脏兮兮的计算器,和郭长青噼里啪啦算起了账。

七个学员,假设有六个参加,报名费就能收个万把块,集训费也别含糊,冠以参加集训不进前八就退款的噱头,每人收个三五千,私房钱再凑一凑,起码明年的场地就保住了,没准儿还够他俩下馆子撮一顿。

那怎么确保参加集训的就能进前八?

这种比赛对主办方而言只是种宣传手段。赛事虽要登刊见报搞得声势浩大,对外宣称报名者甚众,进个前五都要打个十来场。但其实参赛选手都是虚数,就跟古时候两国交战,动辄宣称的"十万大军"是一个道理。

真打起来,二十来个运动员七八个未到场,再安排三四个弃权,基本上实打实报了名的都能进前八。有意的参赛团体若是动动心思买几个轮空抽签,前五前三任君挑选。看上去高端大气的奖项也就唬唬不知内情的业外人士。

"至于那些交不起集训费的,"徐显椋说,"给他们挑个难啃的位置当炮灰。就比如那个陆以名,他不也是轻量级吗?正好扔在王煜安那组,也算他不白来。"

郭长青"嗯"了一声,的确是个好主意,可转念一想,又觉得不太好。

过去五年里,招生时总想正正经经组个队比个赛,贫困潦倒时总想坚守底线,咬咬牙渡过难关,也都是为着眼前的一点儿蝇头小利,才一步一步沦落到如今这个境地。

"怎么着?还在那酝酿时代情怀大戏呢?"徐显椋怪声怪气地嘲讽。

"得嘞，听你的。"郭长青笑着站起来，披了件夹克外套在身上，"我门口儿透透气去。"

他独自叼个烟头出了阳台门，往角落一蹲，满脸饱经风霜的沧桑。

2

郭长青和徐显椋租住的单间位于飞云东路上一栋老掉牙的筒子楼里。

此刻已经是正午时分，锅碗瓢盆的大型交响乐演出得正欢，整栋楼云山雾罩的，呛得郭长青涕泗横流。

与五年前相比，这里的租户已经少了一半。

在他看来，能从这儿搬出去的大体分为两类人，一类属于生活水平与日俱增的，一类是道德底线与日俱下的。

就像他隔壁原先卖水果的两口子，半辈子勤勤恳恳精打细算，年过不惑还一贫如洗，不留神两年前彩票中了二十来万元，误打误撞就奔了小康，搬到别处去了。

或者像他家楼上那户，走街串巷卖蟑螂神药的，一贯靠坑蒙拐骗混迹江湖，租约到期时无钱续住，选择不辞而别，连人家屋子里的暖气片、窗框和下水管都卸掉拿去卖了破烂。

那些常年空置的屋子日复一日颓败下去，半截身子脱离了窗框的窗户老歪向一边，摇摇欲坠。这导致郭长青每每蹲在阳台抬头望天的时候都会产生一种真实的错觉——某扇窗子将在下一秒急速下坠，并在他的头盖骨上轰然粉碎，玻璃碴热烈地纷飞……

然后，他便会不自觉地想，随着这桩惨剧一起从天而降的，除了他英年早逝的噩耗，还会不会有一笔巨额的补偿金。

现在，他在一片白晃晃的日光里恍惚看到了自己十年前的样子：走路步履如风，做事精神抖擞，言谈举止总拿自己当个大人，与人相处总不离四字评价：少年老成。

谁料出了校门，真见识到了这世界的原貌，整个人反倒过迷瞪了，一夕之间返老还童变回了懵懂少年。

"今天该你打扫卫生！"徐显椋轻而易举识破了他烟遁躲清净的策略，隔着斑驳的阳台门没好气儿地抛出一句话。

郭长青漫无目的的思绪被迫中断了。他含混地"嗯"了两声，回头朝门内瞧了瞧，隔着茶色的玻璃，依稀辨认得出地板上那只三天没刷的电饭煲、那摞两天没洗的白瓷碗，和旗帜一样飘荡在窗前五彩斑斓的七条内裤。

这间他与徐显椋合租下来的小小的容身之所，在两个人经年累月的摧残之下，简直变成了上学时十个男生宿舍的高度浓缩版，郭长青想一想就觉得头大。

其实他也算是个打小习武的，一路走过来，什么苦没吃过？

他倒不是嫌脏，也不是怕累，只是……只是什么呢？

只是极偶尔的时候，他会觉得这地方实在太拥挤了……

拥挤得容不下一丝青春年少时的梦想。

3

对于成绩优异的高中生而言，期中考试堪比放假。

早晨九点半迟迟进校，下午三点半早早放学，之后就是半个下午的空闲——悠远的回家路，郁郁葱葱的或光秃秃的行道树，漫天的晚霞……时间长得令人发慌。

当然，对关若非这种破罐子破摔型选手来说，那就是放长假。

但周一下午的数学考场，关若非比监考老师还忙。

其根本原因是老天作美，上周五随机排序的考号一到手，关若非就乐了，陈英俊非但与他同考场，而且位置还只隔了一条过道。

考试当天，关若非循着考号落了座，正瞧见陈英俊卖力地翻阅一本手抄的数学公式。

"哟,陈英俊,还在努力呢?"关若非凑上去,不怀好意地干笑了两声,"那倒也是,陆以名这次帮不了你,你可真得好好临阵磨枪。"

他拖着长长的尾音,简直像是肥皂剧里那些得意忘形的反派胜利者。

陈英俊也不搭理他,可越不搭理他就越来劲,生怕她凭空变出什么徇私舞弊的科场法宝似的,大半场数学考下来,他都严格兑现着承诺,不放过陈英俊的一举一动。

"关若非!"

监场的是隔壁班年迈的地理任课老师,六十岁上下的模样,站在讲台上一副学究做派,被学生们私下称呼为老王头儿。

多年校园江湖的摸爬滚打让关若非练就了一副金睛火眼,什么老师什么特点,只消一眼,他就能摸个门儿清。

就比如老王头儿吧,按照他的判断,这个年龄段的老教师十之八九都是武林高手,一身暗器功夫练得出神入化。

果然,下一秒,一个粉笔头就照着他脑门儿丢了过来。那力道,那准头,放在小说里,小李飞刀只能兵器谱屈居第二。

关若非特恼火。

一方面扔粉笔头这事儿根本就是老师们"只许州官放火,不许百姓点灯"的不平等特权。他至今记得初一时,自己一个打遍校内无敌手的地方霸主,就因为在课间朝同学丢了个粉笔头,被当时不依不饶的年级主任追着写了篇800字的检讨书。

开头极其沉痛:扔粉笔头,损坏了教学工具,破坏了教学环境,浪费了同学们的值日成果,违背了中学生日常规范,是很不道德的行为。

另一方面,关若非认为自己这次盯梢是难得的正义之举,不想却招致如此误解,简直冤出了天际。

即便脑子里塞满胡思乱想,他的目光却还死死盯着陈英俊不放。

老王头儿急了:"好好考你的试!不许东张西望!盯你一小时了我,别以为我不知道你想干什么。"

关若非眼睛瞪得比铜铃大,他用手指着自己的鼻子:"你是说我抄她??"

对方一点儿也没客气:"你什么意思?你抄人家你还有理了?这么猖獗!"

关若非遇到了克星,那叫一个哑巴吃黄连有苦说不出。

"老师,我交卷!"

这边师生二人还在纠缠不休,那边陈英俊突然站了起来。

关若非冲着墙上的钟表瞥了一眼,距考试结束还有足足十五分钟。

怎么着?怕他抄袭所以提前交卷?

这可太气人了,活脱脱就是他们小学时那个作孽的中队长,成绩不咋地,还特拿自己当回事儿,写个10以内加减法都得藏着掖着,两条胳膊肘往桌子上一横,生怕别人窃取她胜利果实似的。

其实陈英俊没那么狭隘。

她既不是防贼,也不是为了出风头,恰恰相反,在她看来,自己牺牲检查时间提前交卷的行为纯属学雷锋做好事,是为关若非着想。毕竟这人从落座的那一刻起,就只忘我地盯着她的脸,连一个字儿也没写过。

所以现在,她打算彻底消失在关若非的视野里,好让他不至于交白卷。

陈英俊双手把试卷递给老王头儿,后者报以一个关爱好学生的善意微笑,然后她神速地收拾好书包,一把将它甩到肩上,在离开教室之前冲关若非投去一个悲天悯人的眼神儿。于是,关若非更窝火了。

一个礼拜之后,期中考试成绩姗姗来迟。

毫无疑问,陈英俊与陆以名完成了一次漂亮的合作。她的总分依然马马虎虎,但数学却考得出奇好,单科分数班里第三,一下子让综合成绩在楼道里年级大排行的红纸上提前了整整一页。

一心打算树立典型的谈晋伟当即将陈英俊的大名上报年级组,替她争取了个最佳进步奖,在校园广播里点名表彰了一连三天。

这件事带来的直接结果就是,杂草垛高中记住陈英俊这个名字的老师和学生,一时间成几何倍数增长。从此,"那个谁"的称呼和发东西缺斤短两少了她的事儿再也没出现过。

可关若非呢?

陆以名在课间路过办公室的时候,听到了谈晋伟愤怒地用手背敲击办公桌的声音,和关若非垂死挣扎一样的辩驳。

真是喜闻乐见。

4

在陆以名看来,冬天往往从童爱华翻出那条压箱底儿的灰黑色毛裤开始,然后有始有终地结束于童爱华将这条毛裤洗净、晒干、塞回箱底的一系列动作。

从当年的11月中旬,一直到次年的3月份,这便成就了一年里最漫长的季节。

但陆以名不喜欢冬天,因为寒冷会使感受力骤然上升,继而,整个人开始冲动易怒,或者多愁善感。这个冬天他也不负所望,在冲动之下报名参加鲲鹏杯全国青少年跆拳道邀请赛,并且上交了一千二百块的报名费。

做完这一切的时候,陈英俊远远地站在极真道馆的窗边看着他,表情复杂。

比赛通知是徐显椋下发的,就在四天以前。

那时体育馆的暖气就像现在一样孱弱。徐显椋在单薄的道服外面裹了件厚实的棉毛外套,双颊一反常态红扑扑的,看不出是寒冷还是兴奋。

他按部就班地介绍主办方,讲解赛程,然后将一摞装帧精美的比赛动员书整齐地堆在宽阔的窗台上,供大家按需领取。

"咱们赛前集训还是自愿参加。"徐显椋说,"一个月零三天,费用是四千五。"

高额的报价掀起道馆内一片窃窃私语。

"坑。"小胖不满地侧过身子,在陆以名耳边发出一连串抱怨,"什么比赛动员,根本就是交钱动员。"

"我说了,"徐显椋一字一顿地重申,"是自愿参加。"

"并且……"他继续说,"这是咱们道馆第一次参加全国赛事,我和郭馆长很重视,所以这次集训我们会和报名的学员签订一份协议,不进全国前八,全额退款。"

"真的假的?"李东泽忍不住嘟囔了一句。

四周逐渐安静下来。

"还有,这次比赛,会有一些……呃……"徐显椋稍作停顿,好像极不愿意承认似的,"技术水平还不错的选手报名,比如王煜安。"

这句话一出口,他便如愿收获了预期中的效果。几个年纪小一点的学员吃惊得张大嘴巴,那股子窃窃私语立刻卷土重来。

就连陈英俊也按捺不住了:"中韩青少年交流赛的那个王煜安?"

陆以名不认识王煜安,他还沉浸在刚才小胖口中的"交钱动员"里,刚想趁乱和小胖就着这个话题再聊几句,却见小胖屁颠屁颠地举起手:"徐教练!我报名!"

这变脸比翻书还快,典型的小市民型消费者,边买边骂,边骂边买。

"所以,王煜安到底是谁?"陆以名找到了问题的关键。可一众惊异的目光齐刷刷地朝他投过来,那样子像是看怪物。

"亏你是个练跆拳道的!"小胖嚷嚷。

陆以名尴尬地抓了抓后脑勺,陈英俊耐心地替他扫盲。

王煜安是这座城市的传奇人物。他自小练习跆拳道,初中时随做生意的父母去了北京生活。在首都，读书之余进入国内最大的跆拳道馆武岳馆学习。

之所以说这人传奇，是因为在去北京之前，他几乎包揽了本市每年两次专业赛事他所在公斤级的全部金牌，创下了跆拳道青少年赛事里的不败神话。而在去年的中韩交流赛里，王煜安一系列高难度的腾空技巧令人叹为观止，最终，以一记漂亮的腾空后旋击败了大他两岁的韩国国家队后备队员夺得冠军。

有人把实战视频传到网上，一时间成为体育界"年少有为"的典范，引得各大相关媒体竞相报道。

听上去挺厉害……

陆以名心中痒痒，羡慕，向往，又有点嫉妒。

在陈英俊毫无感情的讲述中，王煜安一路披荆斩棘夺得无数金牌的故事，让他感同身受地想起了领奖台上那些使人眼花缭乱的闪光灯、对手真诚的拥抱和队友的热切欢呼。

那么，他可以创造这样的奇迹吗？

徐显棕用力抖了抖手里的动员书："王煜安是专业级选手，不打没有含金量的比赛。这样的机会来之不易，所以，希望大家好好把握。"

他特意将"专业"二字咬得很重，遇事一贯一惊一乍的小胖立即中招："这是专业比赛！能和一流选手近距离接触！能申报国家级运动员！考试能加分！"

死气沉沉的道馆再一次沸腾起来。

"没错，这场比赛的确具备专业水准。"徐显棕颇具误导性的解说将道馆内的气氛再次推向高潮。郭长青有意无意地使劲儿一清嗓子，意思就是事要多做，牛要少吹，吹破天不要紧，别到时候玩火自焚还累及无辜，更何况，他就是那个"无辜"。

报名动员书真拿到手里，哗啦啦翻着花花绿绿的半本广告页，陈英俊脸上的表情突然变得有点异样。

"你要报名？"她神色凝重地把那本花哨的东西放回原处。

"我想参赛。"陆以名提供了一个肯定答案,之后满脸期待地看着她,"你呢？"

"没兴趣。"陈英俊保持着她一贯的冷漠。

陆以名不自在地耸耸肩:"你这么厉害,不报名太可惜了,不如……"

不如我们一起参赛?

一句话被截断在喉咙里,陈英俊决绝的样子让他欲言又止。

"专业选手参加的比赛未必就是专业比赛,"陈英俊抬起头认真看着他,"更何况,以后还有的是机会。"

和上次如出一辙的职业劝退。

陆以名突然就有点拿不定主意,他沉默着,分外苦恼。

能与专业级选手切磋交流固然好,但诚如陈英俊而说,未来还有机会,面对高额的报名费,自己真要参加吗?

可转念又想,他真有"有的是的机会"吗？

窗外,孤零零的街灯下划过秋天的最后一片枫叶,宛如有人在心尖儿点燃了一把火,似曾相识的不安和焦灼在回忆里肆意蔓延。

5

2002年,陆以名刚上五年级,学校里悄然流行起五花八门的青少年读物。那些故事光怪陆离,妙趣横生,什么高傲孤绝的杀手、明眸皓齿的美人,什么异世大陆的公主、误入歧途的神族,偶尔还有志怪小说、红房子、血手指、人皮鼓,在每一个战栗的夜晚恰到好处地填满了一个小孩子的胡思乱想。

陆以名家的藏书少得可怜——如果连童当康视若珍宝的那本《图解周易》也算的话。彼时他年纪尚小,枯索的精神世界让他对这些良莠不齐的读本如饥似渴。

在郑骁阳的怂恿下，陆以名开启了一段颇具魔幻色彩的童年时光。

从一块两块的零花钱里三毛五毛地省，然后流连在十字路口的报刊亭外。一方小小玻璃窗口五光十色，和蔼可亲的大爷明码标价，《男生女生》《新蕾》，甚至《猛鬼故事》和《故事会》。少则两三块，多则七八块，当收集干脆面里的卡片一样攒着，一个学期下来也在小书包的内置夹层里藏了薄薄厚厚的七八本。

结果寒假的某一天童爱华心血来潮，提出帮儿子整理背包的要求，由不得他反对，那些藏匿多时、倾尽了少年心血的秘密便就此昭告天下。

花花绿绿的小书摆了一地，她站在中间儿冲陆以名大发雷霆。在陆以名定格般的回忆里，那天下午他妈就像一头威风凛凛的斗牛，双目圆睁，鼻子里喷出腾腾的白气。

"我让你看闲书！让你看！"

童爱华一手提着一只塑料袋，另一只手去捡书，每说一句就弯一次腰，每弯一次腰，就有一叠像熨过的衬衫那样平整的书页在她森白的手指关节下变得扭曲而褶皱。

不出三分钟，她将它们打包完毕，然后随着家里的旧挂历和破鞋盒一路提到耳环路尽头的废品站，称斤卖了破烂。

后来在某个周末下午，郑骁阳扯了个来他家温习功课的幌子，鬼鬼祟祟藏进陆以名的卧室里，从书包中掏出了成捆的"闲书"。

陆以名目瞪口呆。他抱着童爱华眼中的那些"违禁物品"，产生了一种奇异的补偿性心理。整整五个小时的狼吞虎咽，翻飞的纸页锋利得像刀刃，迫不及待地拆封着所有的新鲜感。整个人仿佛置身于一条波涛汹涌的大河，随时可能被童爱华推开的门板就像一叶小小的舢板，在疾风骤雨里摇摇欲坠。

那情景历历在目，急迫和焦灼熟记于心，和他现在的处境极其相似。

藏匿的跆拳道服，明亮而老旧的训练馆，领奖台上的灯光和欢呼，一切一切都像那天郑骁阳的慰问品。每一秒钟都是赊来的，迟早都有连本带利偿还的那一天。

　　而他能做什么呢？

　　唯有惜时如命，用尽全部的力气证明自己罢了。

　　"喂！陆以名，你和王煜安是一个公斤级吧？55？"

　　徐显椋的声音在耳边幽幽响起，这句"善意"提醒好比热火烹油，替他腾的一下燃起斗志，扫除了最后一丝犹豫。

　　他没有"有的是"的机会。

　　他必须参赛！

　　可是……钱怎么办？

6

　　接下来的一个礼拜，陆以名郁郁寡欢。

　　他把傍晚的坐公交车换成了步行，把崭新的练习册卖给了隔壁班丢三落四的男生，自己换上了教辅书店淘来的旧书。

　　并且，他又开始频繁地冒出奇怪的奢望，比如日复一日地祈祷着关若非能再想出点什么整人的新点子，好让他有机可乘，又或者自己变成个踏月留香的江湖侠盗，在夜半三更之际给周三水递张条子——"闻君有一千二百元赃款，不胜心向往之，今夜子时当踏月来取，君素雅达，必不致令我徒劳而返。"

　　有几次，他甚至在半梦半醒间恍惚看到那个体面的陆国平回来了，一掏兜儿，信手塞个万八千的给他，他大喜过望，可一屁股坐起来，才知道什么叫一枕黄粱，什么叫世事无常。

　　人在缺钱的时候，聪明才智总会在刹那之间发挥得淋漓尽致，可结果，往往是杯水车薪。

　　随着报名截止日期越来越近，陆以名依然没有放弃希望。

陈英俊把他日益神叨的精神状态看在眼里，烦得不行，她觉得陆以名简直就是顽固和愚蠢的代名词，倔强得像头驴。

转念再一想，不由反思，自己在这场"宿命一般的悲剧"里，究竟发挥了多少推波助澜的作用？半个月前那场无间的合作，自己到底是帮他实现了梦想，达成了双赢，还是把他推入了万劫不复的泥沼，导致如今两败俱伤？

良心这玩意儿，谴责起人来真叫人害怕。

在礼拜三的大课间，11月的最后一天，陈英俊的负罪感达到了顶点。

因为那时候，徐斌正在教室里"走街串巷"地张罗着上报12月的校餐餐费。她亲眼看到这人举着订餐名单走到陆以名跟前，而陆以名仅仅一个犹豫的工夫就把刚掏出来的120元餐费原封不动塞回了口袋。

可徐斌呢？

他就着桌子使劲儿甩了甩那支老掉牙的签字笔，像对待一名处决完毕的犯人那样，狠狠地将陆以名的名字划掉了。

陈英俊当即明白过来，陆以名那厮这是宁可不吃饭，也要去参赛。

该死的比赛。

那个时候陆以名还太年轻，相信努力，相信奇迹，做事不计代价也不问后果，认为平凡人同样能够成就霸业。后来他长大了，也嘲笑自己当年的孤注一掷和破釜沉舟，可大梦初觉般想找回那一腔热血之时，方觉成长是条单行线，身后每一寸光阴，都是轰然坍塌的断桥。

一连好几天，顶着刺骨的寒风，陆以名饿着肚子做操，饿着肚子值日，饿着肚子上体育课，以精神能量安抚着辘辘饥肠，挨过了数学和英语的堂测。

雪上加霜的是，他仍然不得不想法子保持着足量的体能训练。正在发育的男生消耗惊人，食欲充沛，饿肚子的滋味让他备受苦楚。

最难熬的莫过于中午十二点左右那么一会儿,他得与全世界做抗争。

徐斌的位置与他只隔一条过道,昨天校餐里有块鸡排,今天米饭上加了两块火腿,陆以名看得一清二楚。更遑论关若非和周三水之流,每天中午固定光顾校门口几家色香味俱全的垃圾食品专营店,偶尔还下趟馆子打包份外卖打个牙祭,天天中午在桌子上摆出偌大排场。

陆以名咽了口唾沫一寻思,算了,正赶上自己今天值日,不如先去倒个垃圾,躲开这片是非之地。

可打这儿起,他却发现了另一条校园生活铁律——想要判断一个班经济水平的平均状况,翻翻他们教室里的垃圾桶就知道了。

他们班的经济状况着实不错。

一百米不到的一条路,单程不过五分钟,陆以名就从垃圾袋中发现了不少宝贝。

肉松面包和三加二的外包装,还有那种粉红色的即食粉丝包装盒。

方便粉丝一看就是学校里的小卖部买的,现买现泡,还可以加一根两块钱的烤肠。售货阿姨一只手托着装粉丝纸桶的底儿,另一只手用夹子把一根香喷喷的烤肠稳稳地从烤箱中取出来,和粉丝一起用滚水泡开,那香味,瞬间秒杀整个宇宙。

思及此,陆以名的胃酸浓度骤然提高,有机营养物质的缺乏在瞬间引起不愉快的机体反应,他几乎饿得产生了幻觉,仿佛真有一股子诱人的香气源源不断地钻进鼻子,他几乎快要哭了。

"干吗呢你?今天小卖部方便面买一赠一,吃不吃?"

顶着白花花的日光抬起头,才意识到这不是幻象。

此刻,陈英俊正端着一盒腾着热气的红烧牛肉面从二十米开外的小卖部走过来,逆着光,面目模糊而温柔,活像一尊救苦救难的菩萨。

"拿着呀！烫死了！"陈英俊白了他一眼。

陆以名飞速将手里的垃圾袋塞进垃圾箱中，就着裤子一擦手，接过来蹲下，热气把眼睛腾得通红，视线里水汽迷蒙的。此刻他对陈英俊满脑子就只一个想法：救命大恩，结草衔环以为报。

陆以名就地开始了一场狼吞虎咽，全然想不到，另一旁的陈英俊正做着剧烈的心理斗争。

事实上，这场斗争自打今早就开始了。

就在天刚蒙蒙亮，陈英俊像往常一样将秋裤塞进袜子里，一层一层做好抵御寒风的全副武装，抓起书包打算出门的时候，她妈叫住了她。

"鱼丸和鱼豆腐快没货了，下礼拜跑一趟吧。"

抽屉里有不多不少的两千块，被陈月霞妥帖地塞进一只窄窄的牛皮纸信封里。递过去，陈英俊伸手去接，揣进肥大的校服上衣口袋，反复摩挲。

再看见陆以名，这笔钱就成了陈英俊焦灼情绪的根源。

就好像那边有个垂死挣扎的饥民，假使你一贫如洗朝不保夕，便大可以视若无睹又心安理得地走开。可恰巧，你手里有块要当晚饭充饥的面包，那么生存还是毁灭，就变成了一个值得考虑的问题……

毕竟，比承受苦难更困难的是做出选择。

一整个上午，陈英俊都没敢正眼瞧陆以名一下。直到午饭时分她将空空如也的饭盒还给分发校餐的大妈，走进教室，才无意间看到陆以名那坐卧不安的模样简直像个在饥寒交迫中辗转的旧社会劳动人民。

为了逃避负疚感的百般折磨，陈英俊迫使自己掏出练习册埋头做题。可随手一翻，便翻出了两张空白的报名表。

如果没记错，它们是去年存下来的。

那阵子她正心心念念地筹备市锦标赛，结果极真道馆拖了后腿，没能如约取得专业比赛的参赛资质，这就导致这张可怜的报名表和她收藏下来的其他专业比赛报名表一样，都成了一纸幻梦。它们被叠成一摞存放在卧室五斗橱的最底部，又不知道什么缘故，单单这两张被混进了用过的打印纸里。再后来，被她当作草稿纸夹入练习册带回了学校。

陈英俊盯着它们看了一会儿，一时间感慨万千。

说到底，哪个运动员不想走上赛场呢？

更何况较之她的宏图伟愿，陆以名想要的仅仅是一个上场机会，好像再简单不过了。

于是她坐起来，仿佛下定了决心似的去找他，可那人已经从教室里消失得无影无踪。她抓起桌斗儿里的信封，数出八百块顺手塞进数学练习册里，跑出楼道……

陆以名将那碗泡面最后一滴汤汁咽进肚子，正打算收拾残局，陈英俊突然伸出一只手拦住他。然后一把将陆以名手中的方便面盒夺过来，强买强卖一般塞给他另一件东西。

"拿去！"她说。

陆以名触到信封的一刹那就意识到发生了什么。

"钱？不不不，我不要。"几乎是本能反应，他把双手朝身后一背。

"拿去报名！"陈英俊不依不饶。

其结果是，俩人一秒变身为逢年过节串亲戚时候互塞红包的七大姑八大姨，在操场边缘你推我让，世故得不行。

"我真不要。"陆以名很诚恳。

陈英俊却火了："让你拿着就拿着，你一男生这么磨叽？"

"你……你到底哪来的这么多钱？"

"我攒的。"她没好气儿地说。

"你怎么攒的？"陆以名刨根问底。

"零花钱攒下来的行不行？你还有完没完？"陈英俊嘴上不饶人，手上却很豪爽，看准了个陆以名防守松懈的机会，把那信封朝他怀里一塞,然后躲避瘟神一样跑开了。

陆以名怀揣着那笔烫手的"巨款"呆在原地,之后,一整个下午都如坐针毡。

他从小到大都是个特规矩的男生,在童爱华那套"绝不要给别人添麻烦"的行为准则耳濡目染之下,连欠人钱都是有生以来头一遭。更何况,他根本不能确定,轻易接受这份从天而降的礼物,到底会不会给陈英俊带来不必要的麻烦。

可他太渴望一场比赛了,人声鼎沸的赛场就像一团巨大而斑斓的泡沫,而那个虚荣又遥远的梦想,宛如一个怎么填也填不满的无底洞。

陆以名度过了无比痛苦的一个下午,最后,欲望战胜了理智。他伏在桌子上,郑重其事写了个欠条,趁着混乱不堪的大课间,塞进陈英俊的书包里。

7

天空被夜色渲染成渐次的青紫,绵长的九龙路次第亮起街灯。

陈月霞埋头于案板上冲洗干净的泡发海带,她用三根手指将它们捡起来,卷成卷,再切作一指宽的窄条,用拇指一压,以中指和食指轻轻一绕,一个漂亮的海带结便打好了。对付这些韩式餐桌上的常见食材,陈月霞自有一套一成不变的精明办法。

陈英俊回家的时候,陈月霞已经在鱼糕串串的汤锅里添了第三次水,白亮的底汤泛起轻飘飘的油花。

"妈,王师傅说鱼丸没货了,让我改天再去。"陈英俊将书包放在门口,信口编了个逼真的谎话。

陈月霞"哦"了一声,将汤锅的锅盖倒扣在桌子上。

"赶紧吃饭,"她看上去就像地铁站那个麻木不仁的安检员,头也不抬地履行着差事,"饿坏了吧。"

陈英俊伏在桌子上，胃口全无。

因欺骗陈月霞产生的负疚感被对方轻描淡写的回应冲淡了，甚至还让她产生了一种懊恼的情绪——她分不清这种"轻描淡写"是出于十足的信任还是漠不关心。

整晚，陈英俊都趴在床前用计算器算一笔糊涂账。

一斤鱼丸二十五块，一斤虾丸二十块，一斤墨鱼饼三十五块……

那么剩余的八百块要怎么分配，才能有效地拖延东窗事发的时间？

算了半天都没找到最稳妥的方案，陈英俊本能地想求助陆以名，却又恍然记起那厮在大课间周三水和几个男生推来搡去的混乱里鬼鬼祟祟塞给她的东西。

她于是一屁股从床上爬起来，打开台灯，从书包里翻出那张皱皱巴巴的纸团，打开发现是张欠条，上面端正地写着几行字，大意是说欠陈英俊一千二百元，何年何月何日还清，底下还有个郑重其事的落款。

一时半会儿又还不起，写它干吗？反倒给陈月霞提供了直接证据。

刚要撕碎扔进垃圾桶毁尸灭迹，却突然发现这张字条的反面还有一行细细的小字。依然是陈英俊熟悉的深蓝色笔迹，字体微微右倾，笔画漂亮又有点潦草，像是个偷了饼干又做贼心虚的孩子，蹑手蹑脚，小心翼翼的；也像是个为犯下的一桩漂亮案子而沾沾自喜的罪犯，恨不得昭告天下，又生怕被人知道似的。

她狐疑地将它在雪白的灯光下展平，笔触周围凸起的纸面反射着温柔的光芒。当视野渐渐聚焦时，上面清晰的字样看得她心跳加速了百倍——以英俊之名而战！

他写的是，以英俊之名而战！

陈英俊松开手，任凭那张欠条轻盈地在桌面坠亡。

她僵直地坐在床上，大脑短暂的三秒空白之后，千奇百怪的想法铺天盖地席卷而来。

这是写给她的吗？

陆以名在干吗？

这句话到底是什么意思？

安抚？答谢？单纯的示好？又或者是……承诺？

柔软的心脏突然变得滚烫，陈英俊按捺住无数不着边际的臆测，原封不动地将字条折好，妥帖地塞进校服口袋里。

冷静。她告诉自己。

可她做不到，她兴奋又有点儿惶恐地想，现在到底要怎么处置这张字条呢？

按照原计划撕掉它，或者若无其事，假装什么也没发生过？

甚至，她可以将它堂而皇之地摆在桌子上，让这张小小的纸被陈月霞逮个正着！然后她便可以唯恐天下不乱地把这一切和盘托出，或者给出一个模棱两可又惹人生疑的答案，看看她过于平静的生活会不会因此而产生翻天覆地的变化……

当深夜的第一缕冷风钻进窗缝的时候，那个热烈而天真的陈英俊重新被冷静又早熟的陈英俊吞噬了。

她飞速把它塞进废纸篓，并且用四根手指使劲儿往下按了按。她翻身上床，一头扎进蓬松温暖的被窝。在即将入睡的时候，垃圾筐里一只被压扁的塑料袋开始噼噼啪啪地复位……这动静儿唤醒了她，使她着魔一样从床上爬起来，一把捞起杂物中间儿那张被摧残得惨不忍睹的字条，小心翼翼地将它折好，再狠狠塞进枕头底下。

那就这样吧，她重新躺下，并且破罐破摔地想，就这样吧。

这次，就让他以英俊之名而战。

第七章　我要打败你

1

极真道馆的训练开展得热火朝天,落单的依然是那个没参加集训的陆以名。

大约是受到陈英俊的启发,郭长青开始积极推广手势训练大法,而作为回报,这一次他在讲解战术的时候他没再拒绝陆以名的围观。此举招致了徐显椋的不满。

"那小子没交钱,咱们这是公平法治社会,你公然开后门,其他人怎么看?"

"别总针对他。"郭长青拍拍徐显椋的肩,"这属于交流学习,相互切磋。更何况做事留一线,日后好相见。"

徐显椋翻了他一个白眼:"谁针对他了?我这是……"

"哎呀,我说错话了,"郭长青咧嘴一笑,"你哪是针对他,这儿所有人你都针对,还真是一视同仁。"

陈英俊根据陆以名的实际水平,在巩固横踢的基础上引入了下劈和后踢的训练,每天一千腿,踢够才回家。

每个晚上,汗水流经眼睛,砸进地板,然后他的眼角留下一片烧灼的刺痛。他在技巧的飞速成长中感受着随之而来的体能变化。

与此同时,陈英俊为陆以名安排了更密集的实战训练。

她亲自披拉上阵,与陆以名正面交锋。

可陈英俊太快了，她就像一道迅捷的闪电般存在着，闪现在他的每一个余光里，然后出其不意地发起狠辣的进攻。

追上她！这成为陆以名做梦也想达成的目标。

第四次被击倒在地上的时候，陆以名刚刚完成了一次失败的格挡，护臂拉起来一看，手腕和手指关节的位置紫的紫青的青，花花绿绿糊成了一片。

"手要攥拳！格挡时不能松懈，否则就会受伤。"陈英俊严肃地提醒。

陆以名太累了，他喘着粗气心却有不甘地从地上爬起来，还想再来一局。

郭长青忍不住多管闲事："陆以名，想赢不能光靠勤奋和蛮力，还得多动脑子。你知道和她比，你最大的劣势在哪吗？"

陆以名想了半天："速度，她太快了。"

"速度慢，腿法差，柔韧性也不好，而且体能依然有待加强。"陈英俊毫不留情地接茬。这可真够打击人的。

郭长青却笑了，他没有直接回答，只是提供了一条行之有效的建议："去看看视频吧，上次的决赛视频。"

其实那则视频他们曾经看过两次，一次是小胖举着数码相机兴冲冲捧给陆以名的，还有一次是大家围坐在一起，郭长青为了讲解战术，用他那台破破烂烂的笔记本放出来的。

陆以名几乎是半闭着眼睛熬到"全剧终"。因为那段短短的七分钟视频昭示着一个无比残酷的现实——在赛场上，别人眼里的你，和你心目中的自己，天差地别。

他本以为自己像陈英俊一样灵活得像只鸟，谁料从视频里看过去却笨拙得像头鹅。哪有什么行如风，站如松，电子设备上的他猫腰含胸，一脸狼狈相，实在和自己想象中那样英勇无畏的模样相去甚远。

陆以名克服了巨大的心理障碍，回到训练场外围的塑料椅子上去，抱着郭长青亲情赞助的那台笔记本电脑，和陈英俊一起目不转睛盯着屏幕。

别说,还真有点他之前不曾注意到的重大发现。

决赛时候那个身形壮硕的家伙竟然没比陆以名想象中慢多少。

甚至有几次,陆以名差点在他"迅捷"的反击下就地阵亡。

"你看。"陈英俊按下暂停,画面定格在陆以名试图绕到对手身后的那一刻,彼时他垫了个步,自以为聪明地错到对手身侧,可对方敏捷地跟了一记下劈,落下去的时候距陆以名的后脑勺仅有毫厘之差,可陆以名当时只顾着眼前,全然没有注意到身后这场毫无征兆的危机。

"你可差点在这儿死无全尸。"陈英俊不由感慨。

所谓"灵活的走位",反倒一下子暴露出了陆以名致命的短板,那就是——陆以名根本没有他想象中的那么灵活。

说得更具体点,陆以名仅存的灵活全靠本能和天赋,而非技巧。

这就是他"慢"的根源。

有了这一点怀疑,再重新回顾他的每一次闪躲和进攻,总是脚步混乱,全无章法。出于临场竞技的紧张,陆以名的小跳步幅度又往往太大,导致他消耗了许多不必要的体力。

"搏击运动的基础,是步法。"郭长青一语道破其中的秘密,陆以名茅塞顿开。

"郭教练……那步法要如何训练呢?"他诚恳地抛出疑问。

郭长青笑了:"无他,唯手熟尔。"

郭长青惯讲大道理。大道理总是对的,可却不能用来应急,倒是陈英俊兴奋地一拍脑门:"我有办法!有个步法训练的秘诀!但是对环境有特殊要求,咱们得找一些旧轮胎来。"

旧轮胎?

陆以名顿时想起他家门口的瓦砾堆上,那些经年累月遗留下来的废弃轮胎,它们日复一日散布在浅草坪区的废墟里,就像一汪死水中密集而残破的荷叶。

对于是否要"引狼入室"一事，陆以名只犹豫了三秒钟，因为第四秒，陈英俊就把他家的位置脱口而出："咱们可以去冻品水产批发市场前面那片荒地！学校附近！你还记得吗？"

陆以名心中百味杂陈，他怎么不记得呢？

要知道，他可是在那度过了十数个春秋的男人。

而隐藏这个秘密，可比在那儿生活还要艰难得多。

2

一方被瓦砾包围的小小空地，七零八落地散着四五只轮胎，五米开外一堵残破的砖墙。这片位于浅草坪区的"露天训练场"是陆以名挑的。

它远离街道，背靠他家那栋歪歪扭扭的小二楼，抬头就瞧见厕所狭小的窗子。这儿避风，安静，有房子做掩体也使他和陈英俊——这片不毛之地上唯二的两个生物变得不起眼起来。只要动静不大，童爱华应该注意不到。

可他还是提心吊胆。

"我要怎么做？"陆以名夸张地压低嗓门，做贼一样问陈英俊。

"脱鞋。"言简意赅的回答。

"在这儿？"

陆以名有点诧异，但陈英俊的样子实在不像开玩笑。

他于是一手扶墙脱掉鞋子，然后按照陈英俊的指示踩上轮胎。

冷飕飕的空气钻进旧轮胎的导气管，狠狠地钉进脚心。他冻得全身僵硬，双腿好像套上了一副厚重的镣铐。

这可大大违背了童爱华那套足部保健能治百病的养生理论，陆以名不由得想。

他迅速找到平衡，开始尝试在狭窄的范围内做起热身运动，从脖子到肩膀，再从腰部到脚趾，身体像在煎锅里缓慢化开的黄油，不一会儿就暖和起来。

"这挺容易的。"陆以名抬头看着另一只轮胎上的陈英俊。

对面的女生冲他一笑,轻轻提起脚后跟,做出个要起跳的姿势,继而身子猛地向下一沉,就像触发了轮胎内部某个隐藏的机关,橡胶质地坚硬的弹性被激发了。

不须花费太多力气,陈英俊轻巧得像一头小鹿,整只轮胎都随着她跃动的韵律上下起伏,稳定、平缓,而极富节奏感。

"像我一样,试试小跳步。"陈英俊提醒他。

陆以名学着陈英俊的样子也提起脚后跟,使踮起的脚尖在跃动中仍与轮胎表面粘连,就像拔丝苹果上那些藕断丝连的糖浆。

废墟以外的街道遥远地响起了《老人与海》的流行歌曲,两个人跳跃着应和节拍,让陆以名觉得特别好玩儿。

"试试换势。"陈英俊说着,在一个四分音符敲响的节骨眼上双脚离地一跳,使左右腿灵巧地交换了前后顺序。

"你也可以试试假动作。"话音未落,她又猛地将重心后移,飞快地提起前腿。

陆以名依样画瓢,迅速掌握了要领。在节奏的辅助下,两个人开始了一场轮胎上的展闪腾挪。

一只轮胎可以练原地步法和假动作,将两三只轮胎排成一列,就成了组合步法的专业训练器材。陆以名很快参透了这轮胎的妙处。

轮胎中心的孔洞就是实战姿势时双腿的标准距离,比平地上更难维持的平衡使训练者自然而然将身体重心移到两腿之间,而硬质橡胶与生俱来的弹力,则成就了步法练习的节拍器。

"搏击和音乐一样,都需要节奏感。"陈英俊适时地做着总结。

陆以名逐渐找到了感觉,他闭上眼睛,仿佛置身于热烈的赛场,双脚好像重新踩上了体育专用的地垫,他以不疾不徐的节奏稳稳地主导了整个战局。

"要不要下来试试?"陈英俊愉快地提议。

陆以名从善如流。

他跳下轮胎，飞速地蹬上鞋子，这一试果然有了不同凡响的全新体验。

轮胎的弹性在陆以名的体内留下微妙的惯性，就像绑惯了沙袋的轻功练习者，有朝一日去掉沙袋，纵身一跃，真能成就货真价实的"平步青云"。

"亏你想得出，"陆以名发自内心地赞叹，"真是太厉害了。"

在一片漆黑的夜色下，陈英俊的笑容有点僵硬。

"不是我想的。"她说，"这是我爸告诉我的……他一直就这么练习步法。"

陈英俊可不屑于抢朴在嵘的功劳。

"啊？你是说你爸？"

"对，他是练跆拳道的。"陈英俊想了想，又补充了一句，"呃……一个跆拳道运动员，职业的那种。"

"难怪你这么厉害。"陆以名瞪大了眼睛。

他从小到大的同学和朋友，还真没认识过职业运动员家庭的孩子。

陈英俊不自在地耸耸肩，心里却别扭极了。

想想她爸朴在嵘，一个始乱终弃的典范，一个她家全家福上的失踪人口，在她长达十余年的成长里既没功劳也没苦劳，恐怕连自己何年何月有了她这么个女儿都早忘得一干二净。结果如今自己凭借努力在跆拳道上小有成绩，说出去反倒还得沾着朴在嵘的光。

可陈英俊实在懒得解释，所以她用一根干巴巴的树枝顺手敲了敲脚边的轮胎："继续训练吧，你现在需要的是专心。"

但陆以名早就魂游天外。

有个跆拳道运动员爸爸这件事让陈英俊在他的臆想中拥有了个堪称完美的家庭，他的羡慕无以复加。大概是为了印证这无端臆测，他鬼使神差又问了一句："你爸妈对你很好吧？"

陈英俊愣了一下，然后昧着良心敷衍："嗯，挺好的。"

起码也没有不好。

这次，别扭起来的反倒是陆以名，这么一个莫名其妙的问句，说得好像他爸妈对他很不好似的。

可童爱华分明很爱他，陆国平也应当很爱他。

但爱是什么呢？

爱是空气一样的东西，看不见，摸不着。

童爱华和陆国平似乎总是忙着摆脱生活的苦难，导致这份他赖以为生的空气沉甸甸的，使他快要窒息了。

"那你爸妈……"陆以名忍不住又开了口。

"喂，"陈英俊不耐烦地打断他，"你看那儿，你猜猜那儿住着什么人？"

陆以名愣住了，因为陈英俊正指着他家那栋摇摇欲坠的建筑。

陈英俊……她是看穿了吗？

这念头才冒出来，后背细密的汗珠就好像在一瞬间凝结成霜。

那么……她会看不起我吗？

心脏就像按下了加速开关的电动马达，怦怦怦地跳个不停。

他的沉默让陈英俊还以为自己转移话题的策略大获全胜，她为此沾沾自喜。

陆以名低下头故作镇定："我……我不知道……那你觉得呢？你觉得那儿住着什么人？"他侧过脸悄悄去看陈英俊，小心翼翼地试探。

可这次，陷入沉默的人变成了陈英俊。

借着窗口微微的亮光和明亮的月色，她盯着那栋颓败的建筑，环视着它四周狼藉的瓦砾和垃圾，断壁残垣上俗不可耐的涂鸦，文物一般的台阶上贴着陈旧不堪的小广告——是的，连广告张贴员都懒于上门了。

她突然有点难过。

毫无疑问，这栋小楼早就被这座城市抛弃了，就像一座被人遗忘的孤岛，一草一木都昭示着与外界毫无瓜葛的悲欢。

"大概是个孤独的人吧……"陈英俊慢慢地说。

3

孤独？

她说的是孤独？

儿时记忆里父亲乘着夜色离开的背影是孤独的；独自一人醒来的昏暗房间是孤独的。拆迁时粉碎机的轰鸣是孤独的；而失去了朋友和至亲的他，隐姓埋名般过着与世隔绝生活的他，死守着跆拳道的秘密的他，也是孤独的。

可他从不敢叙说他的孤独，因为这两个字似乎是中国大多数平凡家庭里的禁忌。

它可以出现在作者的笔尖底下、QQ 聊天窗口窄长的签名栏里，观看者甚众的影视剧里、但就是不能被一个孩子挂在嘴边。

当九岁的他初次把他的孤独说给他妈听的时候，立即招致了无情的嘲讽。

"小孩子家家得有点良心，你是没爸还是没妈？孤独什么孤独？你这叫无病呻吟。"童爱华拿着炒勺，一转眼又朝着客厅嚷嚷，"陆国平，知道你儿子说什么吗？他说他觉得很孤独！"

就像你鼓足勇气才分享了自己心底视若珍宝的一丁点儿机密，却被人弃如敝屣。于是，打开的心扉就此关上了，宛如一只受了惊的河蚌，九短九长的十八般兵器都再不能撬开它半分。

这加剧了陆以名的孤独，并成就了他根植于骨髓的自卑。

但这件小事却仍被童爱华当作逢年过节津津乐道的童言妙语，听众往往笑得前仰后合，只有当事人陆以名低着头面红耳赤。

可现在，这两个字却从陈英俊的口中轻而易举说出来了。

它们构架出一座窄窄的小桥，从漫天的迷雾里静默地延伸出来，将桥的一端架上他的孤岛。这便使这座桥成了一根救命稻草般的存在。

陆以名迫不及待地想跑过去,哪管这迷雾背后究竟是那个有他爸,有郑骁阳,有灯光和鲜花的城市,还是无人问津的另一座孤岛。

那天晚上,陆以名死死盯着脚下的地面,假装专注于钻研步法,一言不发。

可没人知道,就连无孔不入的夜色也不知道,他难过得几乎要哭了。

直到对面不明所以的陈英俊抬头望了望漆黑的夜空,然后对他说"咱们得走了",他才恋恋不舍地跳下轮胎,装模作样地与她在公交车站前的路口告别,装作自己住在这座城市的另一边……

步法训练一共持续了半个月。

而这段时间里,日复一日被加深的印象导致在后来分别的那些年,陈英俊在每一个充斥着离别的梦里,都以为,陆以名一直生活在与她背道而驰的方向。

4

鲲鹏杯全国青少年邀请赛是在当地的人民体育场举办。

即便偌大的体育场只坐了一半人,开幕式还是搞得声势浩大,甚至请来了当地出名的舞龙舞狮队伍,气氛热烈得像前阵子地方电视台里大肆宣传的百人集体婚礼。

虽说是全国赛,可看了选手名单才知道,参赛者大多是本地人。偶有对战表上写着河南山东江浙西藏内蒙古的,一问,十之八九竟然都是当地居民填上了祖籍。

那个时候陆以名心无二念专注比赛,根本无暇关注这些旁枝末节。

陆以名首日赢得很顺利。

依然是已经轻车熟路的先进攻战术，配合陈英俊的提示和突飞猛进的步法，上来便漂亮地连赢两场。第三场遇上一个对手弃权，他一路杀进了第二天下午的半决赛。

半决赛选手来头不小，据说和王煜安同属一家道馆的不同分馆。整个人看上去挺斯文的，黝黑却不壮实，理着个油光锃亮的偏分，一张脸宽眉细目，笑起来特别和善。

陆以名作为红方出场，第一局开始不足十秒就意识到了对面绝非善类。

这个青方身形灵巧，一上来两个浑然天成的假动作险些让陆以名着了道。陆以名不疾不徐地跳跃着，类似橡胶轮胎带给他的弹性使他平静下来，接着，稳住了步法。

又是一个该死的假动作！

陆以名一个后踢迎击才打出去，就意识到自己上了当，他充分做好了对手在他收腿时发起猛攻的准备，可出乎意料的……

那个青方好像愣了个神，竟然站在原地一动没动。

"啪！"

陆以名先得了1分。

"打得好！"站在场地外围的小胖兴奋地用力鼓掌。

"你觉不觉得陆以名打法沉稳了很多。"小胖求认同一般地看向李东泽。

"嗯，一个月时间，进步神速，但还算不上是个成熟的选手。"李东泽故作高深地点评，"步法的专项训练可真是奏效，早知道我就把集训费交给陈英俊了。"他低低地嘟囔。

徐显椋听得脸色发青："说什么屁话，明明是对手太菜！"

陆以名仍在持续不断地进攻，青方一味闪躲，只是偶尔试探性地发起不轻不重的反击，腿速不算太快，力量也不算太大，陆以名只需要近乎本能地向前一贴靠，便能轻易化解他的攻势。

哨声响起，第一局结束。

比分2∶0。

陆以名松了一口气，可在下场休息路过青方身边的时候，他分明捕捉到了对方目光里那一丝玩味的志在必得。

是错觉吗？陆以名有点恍惚。可当他回头再想追寻那一抹奇异表情的下落的时候，青方已经坐在了对面椅子上，远远打量陈英俊，一副人畜无害的模样。

"别大意。"陈英俊低头对陆以名说。

不知怎么的，她有种不好的预感。

第二局开始了。

陆以名继续保持着先发制人的优势，青方闪避之间陈英俊猛地抬手，陆以名一腿下劈直奔头部……

"砰！"

应声连退三步的人却不是那个看上去落于下风的青方，而是陆以名。

一秒钟以前，就在陆以名一记下劈即将落下来的时候，对面好像早有准备似的，一脚横踢以更快的速度击中了陆以名的胃部。

十足的力道穿透护具，猛烈的钝痛引起一阵翻江倒海的恶心。

陆以名弓着身子捂着肚子好容易才站稳。可几乎是同时，他和陈英俊都明白了一件事——在第一局的对抗中，陆以名虽然已经竭力攻防，对手却不过只进行了狂妄自大的试探，宛如戏弄一只小小的蚂蚁。

"我去，那个青方有点猛啊！"小胖也蒙了。

"毕竟是武岳道馆的，算起来和王煜安是师兄弟，不会差到哪去。"李东泽皱着眉，暗地里也替陆以名捏了把汗。

"你看陆以名他能赢吗？"

"你问我？"李东泽毫不客气地一拍小胖的后脑勺，"我要知道我早算命去了。"

场上的战况愈发严峻。

第七章 我要打败你

陆以名的先进攻战术突然失灵了，他攻势逼人却次次落空，非但如此，陆以名连防守都出现了巨大的问题。陈英俊的手势根本跟不上青方选手变幻莫测的战术，更遑论那厮还有一大串可以以假乱真的假动作。陆以名被打得措手不及，而青方逐渐掌控了场上的局面。

"砰！"

又是一腿，青方的横踢带着幻影从左边袭来，陆以名忙不迭在左侧格挡，结果右侧的护具在半秒之内就被狠狠地击中了。

青方像个久经沙场的老手，攻击中段时招招针对胃部，腿法刁钻又狠辣。

更糟糕的是，陆以名在青方的诱导下不知不觉间转了180°的圈，他便再也看不到陈英俊的提示。

"砰！"

一个右腿下劈擦着护头扫过去，腿风在耳边呼啸。陆以名猛地一个闪身躲开了，可那条腿却好像一根长着眼睛的鞭子，在即将落地的那一刻转了个弯儿，凭空变换成一腿横踢，正中陆以名的护胸。

青方还不罢休，在右腿落地的一刹那向前垫了一步，乘胜追出去，变幻莫测的腿影将陆以名密实地包裹起来，陆以名节节败退……

幸好，中场休息的哨声响了。

青方收住攻势，陆以名大大松了一口气。

现在，场上比分是2∶5。

陆以名狼狈不堪地回到休息区的椅子上。

"这样下去不行。"陈英俊有些着急。论力度、体能和经验，陆以名都绝不是青方的对手，下一局赢面很小。

"陆以名，"郭长青将矿泉水的瓶盖打开递过去，把他的一双腿放在自己的膝头，用恰到好处的力量替他按摩，"下一局，你打防守反击。"

"防守反击？"陈英俊有点着急，"他从没打过防守反击……"

"别着急下定论，"郭长青笑着摆摆手，"勇于尝试是人生最大的美德之一。"

"防守反击，顾名思义，等待对手进攻，然后发起反击。防左腿横踢，接右腿反击；防头部攻击，接腹部反击；防转身腿法，接腹部反击；遇腾空腿法，接后踢迎击。"郭长青像念咒语一样飞速吐出一连串临场诀窍。

陆以名胡乱记了个大概，还顾不上去想它们到底该怎么使用，裁判就已经吹响了第三局开场的哨子。

比赛在一片紧张的气氛中继续着。

这一次，陆以名没有率先发起进攻。

青方先声夺人，炫技一般打出一记漂亮的旋风腿。

陆以名愣了一下，郭长青怎么说的来着？

腾空腿法，后踢迎击！

可他才转身，"啪"的一声脆响，护具便被青方的脚背狠狠地击中，他打空了，而对手得了一分。

场上的比分变为2∶6。

"怎么办？陆以名要输了！"小胖紧张地攥紧李东泽的衣角。

"放轻松。"李东泽嘴上这么说，却依然眉头紧锁，"我看陆以名也未必会输，你瞧这局，他的步法一丝没乱。"

李东泽没有说错。

陆以名很快掌握了防守反击的赛场节奏，根据对手的进攻策略做出相应反应，敌动我动，见招拆招，这让他产生了一种破解数学题的熟悉之感。陆以名的解题思路渐渐清晰起来，他只用了半秒就勘破了刚才失分的原因——犹豫。

比起之前的进攻战术，防守反击要求他必须更加敏锐果决。

陆以名死死盯着对方的肩——那么，放马过来吧！

青方右腿骤起，陆以名向左格挡，同时一个迅捷的撤步横踢——"啪"的一声！

他竟然打中了！

3∶6！

现在，连陈英俊也有点糊涂。

没有夺人眼球的特技，也没有惊心动魄的较量，就只这么一个平实的格挡和反击，怎么好像让陆以名一下子追平了经验上的劣势？

郭长青不无得意地在椅子上跷起二郎腿："别看那个青方貌似经验老到，但进攻腿法花哨，举手投足间有炫技成分，再加上第一局的让分行为，可以看出这人练习搏击的时间并不长。"

"而且……"郭长青意味深长地冲着陈英俊一笑，"战术安排要符合性格特点，先进攻打法对于新人而言固然百利，但到底不是长久之计。"

是了，陆以名不是陈英俊，他敏感而内敛，遇事以退为进，平常秉承着"人不犯我我不犯人"的生活态度，更擅长做的事是"兵来将挡水来土掩"。

"还有，"陈英俊也看出了门道，"虽然力度体能经验陆以名样样不是青方对手，但他的灵活性倒还有得一看。"

陆以名天生灵巧，步法训练加大了他的天赋优势。

就像刚才那一个反击，若是直接起腿横踢，距离不足一定会导致击打无效，所以陆以名自然而然地合并了撤步和攻击的动作，在步法不乱的同时敏捷地施展出来，并且步法和腿法浑然一体，这并非一日之功。

郭长青不无欣赏地看着陈英俊："你看，有进步的人何止陆以名一个？"

防守反击的战术继续发挥着奇效。

又是一声如雷闷响，打断了郭长青与陈英俊的交谈，陆以名以另一个同样貌似毫不起眼的垫步横踢再得一分。

4∶6！

一个转身腿法的横踢反击！

5∶6！

就连青方也蒙了，他百思不得其解，怎么这个刚才还在他手下节节败退的家伙瞬息之间变成了他的克星，好像每一秒都在飞速成长。

为免夜长梦多，他必须速战速决！

第三局还剩十秒，青方开始了自杀式的进攻。

横踢！旋风踢！下劈！

这种损耗体力的打法完全不给陆以名反击的机会，陆以名一连后撤了三次，再退一步就会被逼出赛场的边界线。

去死吧！

青方暗暗在心里咆哮，距比赛结束还有一秒，他得意忘形，炫技一般飞起一腿后旋。

可预想中的重击并未到来，他甚至还没看清发生了什么，就意识到自己被一个横踢击中了。

不，不是横踢！他后退一步，重重地挨了第二下！

是双飞！

"不对，是三飞！"李东泽兴奋地推了推小胖，"陆以名打出了一个三飞！"

其实陆以名从没有在实战训练中系统地练习过双飞，只是在热身训练的时候，跟着大伙儿照猫画虎，从训练馆的右侧一路双飞踢到左边，或者按照郭长青的要求用连续双飞打打沙袋。

但提起连续双飞的训练，他做得总是比李东泽这种力量型选手好得多。

李东泽的弊端在于力量过大，每一腿都能把沙袋打出惊雷一般的巨响，却有放无收，这导致下一脚再想起势就变得困难重重。

可灵活的陆以名应付起来却游刃有余，缺陷就是——力量不足。

所以，就在刚才青方甩出一个漂亮后旋的一刹那，他出人意料地向左撤出一步，打出一腿横踢，借着惯性腾空而起飞出第二腿，继而是第三腿。

这三腿他几乎用尽了全力，第一腿是借力，第二腿是反击，第三腿是追击。

一个三飞一气呵成，看得陈英俊当即叫出了声："干得好！"

就连郭长青也按捺不住从座位上站了起来。

伴随一阵刺耳的哨音，场上比分定格在了7∶6。

小胖一把抱住李东泽，"哇"出了声："他赢了！他赢了！"

围观的极真道馆队友中间，爆发出震耳欲聋的欢呼。

几乎与此同时，在正对着男子55公斤级赛场的看台第三排，一个穿着兜帽衫的男生向后一仰，有点懒散地靠上椅背，无可奈何又不屑一顾地叹了口气："咱们道馆最有潜力的新人，竟然输给这么一个小角色？"

"可别小看了'这么一个小角色'，他自有其过人之处。"身旁的中年男人哈哈一笑，拍拍男生的肩。

少年发出不以为意的气声，分不出是"哈"还是"哼"："有什么过人之处？凭他的水准根本赢不了。依我看，真正的高手是他身后的两位军师，狗屎运罢了。"

5

当时的陆以名从未想过自己能如此迅速地走上全国邀请赛的决赛现场。

在半决赛结束两个小时以后，他抱着背水一战的决心和郭长青、陈英俊一行回到了候场区。

可奇怪的是，对面的椅子空空如也，既没有参赛选手，也没有指导教练。

这是怎么回事儿？

主席台开始广播王煜安的检录通知，一遍，两遍，三遍……

一分钟……两分钟……三分钟……十分钟过去了，那个传说中的王煜安竟然没有出现。

陆以名看到主裁判走到赛场中央,示意红方入场。他护头夹在腋下,狐疑地走过去。接着,主裁判高高举起左手,宣布陆以名获胜。

他整个人愣住了。

在这备战的一个月里,他无数次在辗转反侧的深夜梦见和王煜安的对抗——模糊不清的面目,神乎其神的腿法,敏捷如风的身形,难以企及的临场经验。他为此疯狂地训练,在操场上一圈一圈地提高体能,在训练馆一腿又一腿地恶补腿法,和陈英俊整晚整晚地探讨竞技技巧……诸如此般,不过全为了今日一战。

但那个传说中的跆拳道大神王煜安竟然就这样毫无征兆地弃了权?

所以陆以名赢了。

虚荣的庆幸掠过心尖,接着,是排山倒海般的挫败。

这胜利来得太廉价,导致李东泽忍不住哪壶不开提哪壶地把他上次那番话旧事重提:"陆以名,你可真幸运!"

陆以名失望透顶地离开赛场,打算收拾好东西,只待全队比赛结束打道回府。谁知在穿过看台的时候,一句话不轻不重地飘进他的耳朵:

"……王煜安啊,这两年来,大小赛事八场,第一次冠军不是你,感觉如何?"

王煜安?

他来了?

陆以名猛地停住脚步,开始迫切地寻找那个声音的来源。可四周乱哄哄的,有如涨潮时此起彼伏的海浪,一下子吞没了他所有的线索。

有那么一瞬间,陆以名几乎以为自己产生了幻听,直到陈英俊站在看台底下远远地叫他。而在快速地迈过看台四层至三层一排空座位的时候,他清晰地听到了另一个桀骜不驯的声音——

"这种业余比赛,打了,胜之不武,弗胜为笑,我可不给自己找麻烦……"

这一次,陆以名锁定了声音的源头。

就在看台的第三排,中心偏右,正对着国旗的位置,一长一少坐了两个人。

年长的大约五十来岁的模样,头发花白,穿了件藏青色的棉布外套,中国风十足的硕大盘扣和颀长的上身让他整个人看起来仙风道骨。

年轻的穿了件火红的兜帽衫,怀里抱着一件雪白的羽绒服。

"不是我说你,小小年纪这么清高,以后还了得?鲲鹏是咱们武岳道馆的赞助商,人家周老板亲自上门请了几次,诚意十足,于情于理,你总归是要来的。"

"所以我来了,"王煜安低着头,明显笑了一下,"只是没上场而已。"

长者颇无奈地笑着摇头:"你当然有自由选择的权利。但凡事都要付出代价,就像现在,你两年零败局的纪录,可就这样毁于一旦了。"

"可谁在乎呢?"王煜安猛地抬起脸,眯起的一双眼睛窄得像猫。宛如一个不可一世的地方霸主,他开始缓慢地环视四周,然后,看到了一排看台之隔的陆以名。

同样,陆以名也看到了他。

陆以名愣住了。

他只一眼就认出了那张脸,清秀,瘦长,左边面颊有一颗小小的,却鲜明的褐色雀斑,眼睛明亮有神,鼻梁挺拔,嘴唇坚毅。

他的长相是学校里那种从男生到女生都喜欢的男孩子,漂亮,却又不致太书生气。他骄傲自信,即便坐在那也光芒四射,天生有种让人过目不忘的本事。

他就是王煜安?

他怎么会是王煜安?

王煜安礼貌地向陆以名点头致意，客套得像一架冰冷的机器，与人保持距离感的同时又自带一种居高临下的鄙夷。

陆以名几乎是拔腿逃走的。

一时间耳畔风声呼啸，悬挂的旗帜，赛场的选手，甚至陈英俊苗条的侧影，都模糊成了狭长的色块，整齐地填满他视线的余光。

他甚至没有理会二十米外领奖台旁音响里传来的老套前奏，主席台的工作人员开始反复播报他的名字……

他一路狂奔，逃开重重人群，直到整个世界的喧嚣都被他狠狠甩在脑后，这才在一个小小的角落里蹲下来。

于是，好像连宇宙都安静了。

颁奖典礼若隐若现的背景音乐，都变成了几百公里外邈远的回声。

陆以名怎么会忘记王煜安那张脸呢？

就在2005年的春天，那次该死的赴京游学活动，那条该死的工体北路，那对陌生又时髦的母子，他们和他爸爸一起走出商场的大门。

这张脸的主人无比心安理得地把手揣进他爸的夹克口袋里，他们亲切得就像……就像真正的一家人那样……

所以这算什么？

冤家路窄？造化弄人？

可毫无疑问的是，王煜安的出现重新唤醒了陆以名骨子里的自卑，使他产生了一种钻牛角尖的情绪，让他觉得自己彻头彻尾地输了。

他输给了王煜安，并且，输掉了陆国平……

6

陈英俊找到陆以名的时候，后者已经在通往二楼看台的楼梯背后独处了整整二十分钟。

他一言不发地蹲在角落里，两只手自然而然地交叉插入两只肥大的道服袖口，像极了每天清晨六七点钟便会准时出现在十字路口，等着招揽活计的装修施工队的一员。

陈英俊觉得很好笑，可她笑不出，因为陆以名的表情悲伤又凝重。在她搜肠刮肚想憋出几句安慰之词的时候，陆以名突然抬起了头。

"我不能输给王煜安。"他说。

陈英俊好像有点明白，又好像不太明白。

但"共情"是人类最伟大的能力之一。她的思绪情不自禁飘回了遥远的六年前，那天她披着一身浓黑的墨水走进家门，无论陈月霞怎样威逼利诱，她都不肯对下午发生的恶作剧吐露半分。十岁的陈英俊站在方方正正的客厅里，就像如今的陆以名一样，复读机般把一句话重复了两遍——"我不能输给他们。"

"我明白。"

现在，陈英俊郑重地看着他，认真地向他陈述事实："王煜安弃权了，你没有输，但你要的不是不输，而是必须赢。"

她停顿了一会儿，继续说："可一直待在这儿是赢不了的。"

陆以名如梦初醒，他站起来，然后追出去。

7

为造势，主办方重金请了不少地方媒体。

对于这么一场水分十足的比赛而言，王煜安无疑成了最大的卖点，所以他在离开人民体育场的时候被记者重重围住了。

武岳道馆的金牌教练方梧开始耐心解释起王煜安凭空杜撰的伤情，他面带遗憾地宣称放弃比赛是不得已而为之的事情，顺便还向本次男子55公斤级的冠军陆以名表达了真诚的祝贺。

就在武岳道馆一行人转身即将上车的时候，一个男声叫住了他们。

"王煜安！"

陆以名迎着冬天白晃晃的日光出现在体育馆的大门口。室内与室外的明暗骤替使让他产生了一种强烈的眩晕。在这种眩晕的作祟下，他觉得自己好像变成了一个自带圣光特效的战士，中二病发作般地在众目睽睽之下走过去，向王煜安正式下了战书。

"王煜安，"他一字一顿地说，"我要打败你。"

那个刚刚把白色羽绒服套在身上的男生转过头，笑了。

阳光底下，他就像个与世无争又优雅得体的欧洲中世纪贵族少年。可陆以名确信，这并非是对方的真情流露，因为他分明从那双深邃而漂亮的眼睛里看出了一丝微不可察的骄傲、鄙薄和忍耐。

王煜安不认识陆以名，他也不想认识陆以名。

所以他只客气而敷衍地抛下一句话："那么一年后，我们青锦赛再见吧。"

敏锐的职业嗅觉让在场的媒体从业者捕捉到了极富戏剧性的新闻素材，闪光灯噼里啪啦地响起来——于是，陆以名攥紧的拳头、炯炯的目光，王煜安微妙的面部表情和那一个潇洒的转身，都成了他们青春里永恒的定格。

陆以名是在第二天的信息课上偷偷浏览过网页才知道，青锦赛，就是全国青少年跆拳道锦标赛的简称，是国内年轻选手中间的顶级赛事，取得冠军将意味着有机会走上国际赛场。陆以名喜忧参半，喜的是，他们所在的这座城市就是明年青锦赛的承办方，而忧的是，参赛的敲门砖，是一纸中国跆拳道协会的注册运动员身份证明和一次市级专业比赛的前三名。

对陆以名来说，前路凶险，难于登天。

可他无所畏惧，势在必行。

毕竟每个人的少年时代，总有些打不过的敌人。

他们总是高高在上又能力出众，轻而易举坐拥你翘首企盼渴望着的一切，仿佛一个眼神就能把你打回原形，再动动手指，便能使你神形俱灭。

对此，我们往往只有两个选择——战胜它，或者让那个斗志昂扬的少年被时光永远遗忘。

第八章　孤独的人，有他们自己的泥沼

1

陆以名长达十六年的人生经验让他固执地认为，除夕就是春节的全部。

因为每每十二点一过，神秘的氛围就消失了，索然无味的生活卷土重来。

2007年的除夕夜，陆国平是在家里度过的。

整个晚饭时间的气氛都很尴尬。童爱华包了饺子，还打开了平时弃置不用的电视，五颜六色的春节联欢晚会刚刚开始。

陆国平就着一派缺乏真实感的热闹祥和提起了补习班的事情，陆以名则低头佯装去夹一根滑溜溜的凉拌菠菜，一边昧着良心地称赞李萍其人高超的教学水平，并且，主动提出了续报课程的建议。

"那个……爸，到时候……我自己去报名就可以了。"

他心虚地把细长的菠菜放进碗里，然后用筷子将它与泡着腊八蒜的饺子醋混为一谈，那言下之意就是，你可以把报补习班的钱给我。

陆国平对儿子态度上的转变感到满意，但他没有立即表态，一副不置可否的样子，这让陆以名满心忐忑。

一直到这顿晚饭即将结束，陆国平把最后一只水饺塞进嘴里，才下定了决心要相信儿子一般，含混不清地松了口："行。"

童爱华倒是在想着另一件事。

她年纪稍长于陆国平,加之日常和公司里一众阿姨泡在一起说是说非,难免对人情世故更精明些。她觉得就凭着儿子节节攀升的数学成绩,陆国平很有必要登门拜谢一番,结果,两个人为此又起了争执。

一个说成绩好就是对老师最大的回馈,整那些虚头巴脑的东西不如卷面多考两分。

另一个说老师也是平常百姓肉眼凡胎,更何况尊敬师长那是传统美德,你就是个木头脑袋,四六不分。

这么个烟火气十足的瞬间让陆以名想起了他俩还没离婚时的模样,常常为了点儿陈芝麻烂谷子辩得面红耳赤。这导致过去相当长的一段时间内,他总是处在一种由争吵而引发的局促不安里,他惶恐着,惧怕着,迫切地希望自己这一方赖以为生的小小天地可以面朝大海,风平浪静。

但现在,好像一切都变了。

他坐在自己的位子上,像一个有缘目睹了一场冲突的路人甲,兴致勃勃地隔山观虎斗,非但不再提心吊胆,似曾相识的亲切反倒让他有点儿享受。

"看什么看?!"

陆以名事不关己的态度成功吸引了童爱华的炮火,她毫不客气地把填满了怒气的枪筒对准儿子:"还不都是为了你?!"

陆以名被吓得一哆嗦,连忙把头撇过去。

于是,两个人的热战变成了三个人的冷战。

一整晚,屋子里都安静极了,除了电视机里飞红舞翠的演员们极力展示着这个世界的歌舞升平以外,再没有一丝活生生的气息。

直到蔡明和郭达闪亮登场,二人唇枪舌剑,笑料百出,陆以名被逗得咧开了嘴,左右一瞥面色阴沉的他爸他妈,最终一声也没吭。

十二点一过,就轮到守岁的旧习。

童当康还在世的时候,每年春节都要重复一句老话:除夕夜遍燃灯烛通宵不灭，那么来年就能飞黄腾达金银满钵。

简单来说就是一宿不睡觉便能发财。

于是在数不清的大年三十，这么因循守旧的一家人，每位成员都成了彼此的监督者。他们坐在餐桌前、沙发上，或一块儿打牌，或家长里短，或只是静默地坐着看电视，从中央一台切换到中央六台，电视机斑驳的屏幕上通宵达旦地放着电影。

但他家直到现在也没发财，陆以名便不免把这一切推诿于他妈的变幻无常——自从她与陆国平离婚后，他家就再没守过岁。不管陆国平回来与否，他们都会在春晚结束后早早上床，各归各位。

所以现在，陆以名正挺尸般躺在床上，听着窗外邈远的爆竹声，打算以一个荒诞离奇的梦结束这索然无味的一天。

但事与愿违，他在凌晨两点的时候就醒了，继而意识到自己正被一泡尿折磨得苦不堪言。他解决完要事，离开厕所，穿过几乎连接了家中所有房间的那座逼仄的方厅，打算摸着黑回到床上的时候，突然莫名其妙地想起他爸。

此刻，他爸应该一个人睡在客厅里弹簧瘫痪了一半的沙发床上。他于是冒出了一个奇特的念头。这念头迫使他脱掉鞋子，就像个时刻提防着丈夫出轨的主妇那样，蹑手蹑脚地靠近了隔绝他和他爸的那扇门。

陆以名想，也许趁着陆国平熟睡的机会，自己可以有工夫去翻翻陆国平那部看上去价值不菲的摩托罗拉。或者里面会有一星半点儿关于王煜安的消息，他便能就此轻易地揭破多少年来被他强行压在心底的秘密，那个残酷的，或是虚惊一场的，关于陆国平的秘密。

可真的轻轻扒开门缝儿，陆以名才发现，客厅的灯居然是亮着的。

那是盏上了年纪的白炽灯，用一根粗棉线一样的吊灯绳索从房顶正中垂下来，低低地压在沙发上空。现在，它被一张旧报纸罩着，像笼着一顶发黄的翼帽。

他爸就叉着腿坐在床沿，呈现出一个弯腰驼背的剪影，明暗交界线从下巴最底部的胡茬向上延伸，如同某种邪恶的藤蔓植物，爬过硬挺的鼻梁，爬过斧凿刀刻般的额头，然后蜿蜒着消失在比发际线更远的地方。那些发丝便在昏暗的环境里泛起银亮的白色，灯光为它们勾勒出凌乱而潦草的线条。

而那半张脸，极明的那半张脸，好像一个定格在油画布上的特写，肌肤的纹理颗粒分明，凹凸得像片粗糙的盐碱滩，身体力行地揣摩着岁月的每一缕雕琢。

陆国平埋着头，就这么干坐着。在把烟蒂掐灭在一个香蕉皮上的时候，他发出了一声几乎轻不可察的叹息。

那一刻，陆以名突然就有点拿不定主意，这真的是陆国平吗？

这真的是那个每个晚上乘着夜色独自离开的孤胆英雄吗？

他因此放弃了窥探陆国平个人隐私的念头，悄无声息地退开，假装若无其事地回房。他颓然地在床上坐下，然后情不自禁开始在内心重新审视那个曾经连想都不敢想一下的怀疑。

他看到的那些都是真的吗？

他爸真的攀附上了有钱人家的女人吗？

他爸又真的捡了那样一个颇具传奇色彩，文韬武略样样出众的新儿子吗？

可陆国平为什么不快乐呢？

即便真快乐得忘了形，陆国平就真是个十恶不赦的背叛者吗？

他有什么资格思虑这些问题呢？

就像数学补习班上被他退掉的课，就像他苦心藏入书包底部的跆拳道服，还有那些与极真道馆有关的、在这个家里拿不上台面儿也见不得光的岁月……

他自己又何尝不是个可耻的背叛者？

但他错了吗？陆国平错了吗？

他们为什么不应该有资格去选择自己想要的生活呢？

窗外,最后一朵烟花燃尽了,七零八落地在天边坠亡,他看见它们的尸体像粉笔屑一样纷纷扬扬地散落,然后,无能为力地沦为这世间一粒渺茫的微尘。

2

陆国平离开家是在大年初二。

陆以名一反常态地送他出了门,在陆国平单方面向他道别之后,依然执意地跟了上去。两个人一前一后,一言不发,深一脚浅一脚地走向孤岛边缘。

说不清是为了对抗由沉默而引发的尴尬,还是前天晚上那触目惊心的一幕引得他有感而发,陆以名鬼使神差地再一次提及了小时候家中的那个禁忌。

"爸……"

"嗯?"

"你一个人在北京……会孤独吗?"

陆国平还在埋头走路,好半天没说话。

被刻意忽视的感觉很不好,陆以名因此觉得懊恼。可半分钟后他又开始为自己这个冒失的问题感到脸红,他故意抬头去看天,天空阴沉沉的。

"人活着嘛,都是孤独的。"陆国平猝不及防开了口,语气挺轻松的,就像在回答今早吃了豆浆油条一样漫不经心。

可陆以名还是听得愣了几秒钟。

不过,这种露骨的深沉只维系了一瞬,陆国平转眼又回到了好好学习天天向上的话题上。他爸不愧是他爸。

"臭小子天天胡思乱想什么?把心思都用在读书上面哈。"

陆国平扭头瞧着他,嘴角俏皮地勾着,似笑非笑的,和前天夜里那个失魂落魄的家伙判若两人。

陆以名抽了抽鼻子,迫使自己把注意力放在当下。

"听见没?"粗糙的手掌搭上儿子的肩膀,"好好读书,少想点没用的。"

明明还是他最反感的话题,只不过带了那么一丁点柔软的调侃,听上去就好像一切都变了。

两个人一直走到陆国平的"专用"泊车位跟前,陆以名在马路牙子上摇摇晃晃地站着,等着他爸去拉车门。

"赶紧回去吧,怪冷的。"那只手就着方便拍了拍他的肩,松开了。

可这条胳膊一离开身体,陆以名才真觉得世界冷了起来。

"预报说今天有雪呢。"陆国平抬头看看愈发阴暗的天空,自言自语般嘟囔着。

陆以名依然在抽鼻子,他冷得有些瑟缩,于是把手狠狠地塞进棉毛里子的口袋。原本他还想再站一会儿的,可天气实在是太冷了,另一方面,他也觉得自己这副样子太矫情。大概是为了证明一个男子汉的潇洒和果断,他这次倒一点儿没磨叽,点点头转身就走了,走到一半儿再回头,车子已经缓缓开动了。

他远远地招手,猜想他爸会从后视镜里窥见他的一举一动。

但陆国平目不斜视,他正着眼于艰涩而未知的远方。

车子绝尘而去。

这下,整条街都变得空荡荡的。

3

陈英俊很喜欢雪。

有时候她会想,这大概与她出生在南方有着某种密不可分的联系。

但陈英俊讨厌过年,确切来说,她讨厌一切和"团圆"有关的节假日。

因为每当这个时候,她既不能团圆,也不能休假,多半要在厨房里给陈月霞帮忙。节日气氛被往来的顾客大肆渲染,免不了勾得陈月霞又絮絮叨叨地讲起往事。

陈英俊同样讨厌往事,毕竟往事留给她的快乐记忆实在太少了。

在她的记忆里,这座城市的春节冷极了。

那时候她们还住在桂花路那栋年纪老迈的房子里,顶楼,夏天暴晒,雨天漏雨,冬季暖气供给不足,冷到即便裹着厚厚的被子依然坐立难安的地步。

忍耐不是小孩子的专长,可除了两本破烂不堪的旧画册,陈月霞再找不出其他什么用来转移女儿的注意力。所以后来,在那些数不清的除夕夜,陈月霞便会带她走出这间不足以为她们提供温饱的屋子,去五一广场的肯德基坐一会儿。

619路公交车在那附近只有一站,她们要冒着刺骨的严寒迅速穿过整个广场,甚至连路过百货大楼前热闹的电子屏幕时都不会抬头多瞥一眼。

只有一个极冷的晚上例外。

那天屏幕里放着的,是刘欢的《重头再来》。

陈月霞裹紧了大衣,迎着割面的冷风再也挪不动步子。她把年幼的陈英俊拉进怀里,搂着女儿在荧光闪烁的大屏幕下看完了整支MV,眼睛里,有光和希望。

4

这一年的春天来得迫不及待而性格鲜明。

在冬天即将过去的时候,陈英俊和陆以名遇见了一个奇怪的女孩。

第九章　他和班花一起吃饭，心里却很悲伤

1

"陆以名，数学作业借我一下！"

"陆以名！我也要！"

"先借给我吧陆以名，我写得快！"

开学前的最后一次返校，徐斌紧锣密鼓地组织各科课代表收作业，教室里混乱得像刚刚结束了一场激战。

然后，有个人手法纯熟地敲了敲门板。

力道不大，声音却格外清澈，就像湖心投石激发重重细浪，在整间教室掀起一片喜剧效果十足的连锁反应——从第一排一直到教室的倒数第三排，一众作业拷贝者仿佛精心排练过似的，齐刷刷将手里忙活的事业塞进桌斗儿。

教室瞬间安静了。

可大家伙儿抬起头定睛再一瞧，才发现既不是大邢抓纪律，也不是谈晋伟查抄袭，门口站着的是个从来没见过的女生。

一张探头探脑的娃娃脸，修长的脖子，粉白的大格子围巾，厚实的白色棉毛外套，一条墨蓝色的牛仔裤。她有一双特别抓人的大眼睛，长睫毛扑闪扑闪的时候，整个人就像一朵飘忽不定的雪花。

接着，一个好听的声音响起："请问，关若非在吗？"

她可真好看。陆以名情不自禁地想。

紧接着，教室里雨后蘑菇般冒出来的窃窃私语佐证了他的看法。

"请问，关若非在吗？"见没人应声，那女孩又重复了一遍。

关若非有点发蒙，他坐在位子上扭过头，一只手指着自己的鼻子，用口型问周三水："找我的？"

"老大！就是找你的！"周三水给出了肯定的答案。

比起单纯地被女生搭讪，关若非更享受被人羡慕的目光，就像现在。所以他潇洒地站起来，粗犷地撩了一下头发，大步流星地走出去。

"久仰大名。"女孩双手交叉在身前，抓着她的那只帆布格子书包，歪着头看他，然后开门见山地说明了来意，"我这学期要转来你们班，所以想提前了解一下……"

"了解哪方面？"

"就是……"女生停顿了片刻，继而神神秘秘地压低嗓门，"就是……怎么逃课，怎么应付老师，怎么在学校里吃得开。"

嚯，真人不露相啊。

关若非笑得合不拢嘴，这姑娘还真对路。别说，她可算问对人了，论起数理化他不行，谈起杂草垛的生存之道，他最在行。

关若非毫无保留地开启了口若悬河模式。从午休时间如何翻墙越狱，如何与校外小吃店老板串通一气，使炸串汉堡薯条可乐偷渡入境，到逃课时如何施展瞒天过海的障眼法，再到如何说服校门口的网吧老板向他开放藏在小单间儿里的"未成年人特席"，如何贿赂执勤生，如何考试作弊……他可谓知无不言言无不尽。

女孩子听得满脸崇拜："你……你简直是个天才。"

"还有一条最重要的。"关若非嘿嘿一笑，作祟的虚荣心使他拿出了压轴法宝。

"是什么？"女生好奇地睁大眼睛。

"最最重要的，也是最最关键的，就是如何对付老谈。"

"老谈？"

"咱们班主任,姓谈,我一般叫他老谈。哎,可不是那个老坛酸菜的老坛,而是他有事儿没事儿老找人谈话的那个老谈,简直太烦人了。但对付他也不是没办法,上他的课想睡觉一定要坐着,千万别趴着,他只数人头不看眼神。要是犯了错儿被约谈,再怎么威逼利诱,只要没证据就来个死不认账,这人还算讲理,无凭无据他不会拿你怎么样。如果他要请家长,最好的办法是先下手为强,让你家长打电话给他。这也别怕,他有人声分辨障碍,根本听不出谁是谁,像我,两个礼拜里,我妈给他打了三次电话,其实呢,头一回是我姨妈,第二次是我舅妈,第三次是我姑妈,就是没我亲妈。写检查更别怕,开头结尾,加上语文书第28页《记念刘和珍君》的两个大标题,刚好623个字,老谈他玩的那叫形式主义,根本不看。"

"多亏有你,"女孩子无比真诚地用一部手机做记录,笑得比关若非还灿烂,"这可真是帮了我大忙。"

关若非禁不住奉承,嘚瑟起来:"别这么说,有不明白的你就尽管来问我,我一定有问必答。"

两个人便要就此作别,关若非突然想起什么似的,又叫住她:"哎,同学,还有个事儿。"

"嗯?"女孩回头,扑闪着那双大眼睛。早春的阳光透过教学楼走廊成排的玻璃窗斜射进来,让她整个人都蒙上了一层柔光特效。

"那个,你到底是怎么知道我的?"

"我爸告诉我的。"女孩轻快地回答。

"你爸?"这个答案让关若非始料未及,"那……你爸是谁?"他狐疑地问。

女孩子依然闪着她那对毛茸茸的长睫毛,弯弯的嘴角勾出两个小小的酒窝:"我爸?我爸叫谈晋伟,哦,就是你说的那个老谈。"

她得体地伸出一只手,笑靥如花:"你好呀,我叫谈丽卿。"

关若非当即愣在原地,他哪里还敢伸手,见鬼一样一溜烟儿消失得无影无踪。

2

开学第一节班会课之前,徐斌剪下四截透明胶带,将两张全新的座次表粘在黑板上。也许是托了足量运动的福,一个学期的时间,瘦弱得像根韭菜苗一样的陆以名不但结实了不少,还不知不觉间蹿了几厘米出去。

出于对其他同学的照顾,细心的老谈特意把他的座位向后调了两排。但这样一来,陆以名的后桌就由一个平日里说话细声细气的男孩子变成了聒噪不堪的周三水和关若非,内心不由得叫苦不迭。

与此同时,谈晋伟颁布了若干新的禁令:

不准在午休时间翻墙越狱;

不准与校外小吃店老板串通一气,将食物偷渡入境;

不准逃课,更不准逃课去校门口的网吧;

不准向执勤生行贿,也不准考试作弊;

不准用姨妈姑妈舅妈冒充亲妈,不准糊弄老师。

最后——不准给班主任起外号,特别是关若非。

关若非每一条都听得头皮发麻,他从座位上站起来,打算继续发扬死不认账的精神与"无凭无据"的谈晋伟理论一番,结果谈晋伟不紧不慢地踱到他跟前儿,掏出一部手机晃了晃,荧白的屏幕里开着个播放器,里面有一段时长为七分钟的音频。眼看谈晋伟那只还沾着粉笔灰的食指就要触到播放键,关若非猛地意识到发生了什么,赔着笑悬崖勒马:"谈老师谈老师,有话好说。"

他认得这手机,这不就是在他诚心实意地把校园生存之道对谈丽卿倾囊相授的时候,被那女孩全程举着做记录的那部?

关若非当即把一番准备充分的辩解之词吞回了肚子里,再想起谈丽卿其人,直恨得牙根痒,只在心里感慨自己命犯红颜,这辈子遇见的女生个个儿不是省油的灯。

在谈晋伟以一番新学期寄语结束这场发言的时候，教室门开了，教务处主任笑容可掬地把两个怀抱校服的人送至门口。

谈晋伟有点不自在似的把他们让进教室，然后清了清嗓子："这学期，咱们班转来两个新同学……"

埋头于数学题的陆以名闻言，正想抬头瞧瞧，可身后的周三水刚刚将一只才削好的2B铅笔塞进笔袋，继而捧起那只小小的转笔刀，对准陆以名校服外套底下那件连帽衫的帽子，噗的一下将灰扑扑的铅笔屑吹了进去。

前排的陆以名哪里还顾得上新同学，手忙脚乱去抓帽子，结果这一抓，反倒让帽子里那些作孽的木屑和铅末顺着领口儿滑进了秋衣。

周三水捂着嘴伏在桌子上狂笑不止，好一会儿才忘了这码事，扭过头与关若非说起悄悄话。

"老大，听说这俩新来的学籍是二十一中的，怎么着不比杂草垛强多了，你说他俩是不是早恋啊？没准儿整出了什么大事儿。"

关若非用一本学校自印的语文背诵篇目卷成筒状，使劲儿敲他的后脑勺："猪比你瘦，你比猪蠢，他俩要是早恋能来同一个学校借读，还是同班？老谈可是她爸！"

两句话成功勾起了陆以名的好奇，他再抬起头的时候，正赶上谈丽卿做完自我介绍，而那男孩子不紧不慢地走上讲台。

"大家好……我和谈丽卿来自同一所学校……"

陆以名差点从椅子上弹起来。

那头短而硬的黑发，那双神气活现的眼睛，那有点上翘的鼻尖儿，一条抽绳牛仔裤和一件咖色的套头衫，外面裹着厚实的黑色夹克外套。

陆以名用大拇指使劲儿揉了揉太阳穴，还以为自己看花了眼。

他哪里还顾得上后背那些讨厌的铅笔屑，现在，即便是周三水朝他的后脖颈里丢五毒也没法儿让他把注意力从这位新来的男同学脸上挪开。

因为那人是……

"我叫郑骁阳。"讲台上的男生扫视全班,露出一个自信而调皮的微笑。

该死的郑骁阳!

那个说好了与他相约杂草垛,却无故爽约的郑骁阳!

那个陪伴了他十余年,却突然消失得无影无踪的郑骁阳!

那个忘恩负义,弃朋友于不顾,置他孤身于水火的郑骁阳!

其实有那么一瞬,陆以名的心头涌起一种故友重逢的狂喜,可这种快乐也仅仅维系了一瞬,当郑骁阳那家伙若无其事的目光从他脸上掠过,返回,停留,并毫无愧意地冲他挤眉弄眼的时候,喜悦便重新被怒意取代了。

彼时陆以名尚未决定好是否要现在就送他一个表明立场的白眼,但郑骁阳却来了一出先下手为强。

"谈老师,我数学特差,能不能给我安排个……好点儿的座位?"他将左手与右手十指相扣,做出一副虔诚的乞求状。可这模样落在陆以名眼里,更像是黑白电影里那种阴搓搓的坏人。

谈晋伟当时也没多想,很爽快地一指讲台旁边的"特席":"行啊,有求上进的愿望咱们当然得满足,这种精神值得我们大家学习,以后你就坐这儿吧。"

周三水强忍着笑,气体从手指缝里挤出来,听上去活像放了一个屁。

讲台旁边常年摆着张桌子,用谈晋伟的话说,这叫"进步特等舱",用以为后进的同学提供便利。往常一上课,那位置八九不离十都是周三水的。

现在,郑骁阳脸都绿了,赔着笑直摆手:"别介,谈老师,这么好的位置留给在进步上更困难的同学吧,给我安排个靠谱的战友就成,要那种英俊潇洒,乐于助人,数学成绩还特好的。"

谈晋伟依然很痛快,伸手指了指全班唯一一个空位——在陈英俊的旁边："那就挨着陈英俊吧，我们班数学最好的女生，货真价实的英俊。"

全班都笑了。

"哎，女生不行啊，谈老师。"不达目的不罢休的郑骁阳振振有词，"这可真不是我搞歧视，但我们中学生还是要以学习为重，您说这男女有别的……我总往人家女生跟前儿凑，时间长了容易让人误会。"

笑声炸开了锅。

谈晋伟终于有所会意，他微微眯起眼睛打量了郑骁阳一会儿，好像在探究这小子葫芦里卖的到底是什么药。最终他挺了挺身板儿，指着陆以名身后周三水的位置："那你去那儿坐吧，你前排可是咱们年纪的总分第一和数学第一，可得好好学，别辜负这么好的座位。"

本来周三水还在那边儿笑得正高兴，却发现谈晋伟指着自己的方向。

"不是，他坐我这儿，那我坐哪？"他唰的一下举起手。

"老位置。"谈晋伟愉快地冲着"特席"努努嘴，"以前这是你的临时座儿，以后这就是你的根据地了。"

于是，在谈晋伟的催促下，倒霉的周三水灰溜溜地站起来，走向他的归宿。在和郑骁阳擦肩而过的时候，他脸上恶狠狠的威胁暴露无遗。但对面儿好像没瞧见一样，仰着脸，以一副睥睨众生不可一世的样子，大摇大摆地走掉了。

此刻，陆以名内心悲喜交集，比起郑骁阳，他倒更希望自己身后的人是周三水这个瘟神。现在好了，他要怎么应付与郑骁阳的朝夕相处呢？

陆以名有点紧张，有点尴尬，还有点抵触。

可转念再一想，他对郑骁阳谈不上两肋插刀，起码也是有情有义，他既然问心无愧，有什么好怕的？该怕的应该是那家伙。

谁料那厮毫无愧意地在他身后落了座，还冲着他的后脑勺非常不要脸地来了一句:"兄弟,我够意思吧?"

那一瞬间,怒火中烧的陆以名几乎想转过身,把他的脑袋狠狠地塞进桌斗儿。可看在谈晋伟的份儿上,他忍住了。他决定对郑骁阳这混蛋进行冷处理,晾着他,不理他,就让他在无休止的懊恼和悔恨中空耗一生。

但显然,郑骁阳不这么认为。

"别这样嘛,兄弟。"他还在继续涎皮赖脸地骚扰陆以名,喋喋不休的样子比周三水还烦人。

陆以名于是得出结论:时间的流逝非但没带给郑骁阳心智上的成熟,反倒使那厮的道德底线与日俱减。

"哎,兄弟,你可以呀,这才刚开学,就有女生给你传字条啦?"

在陆以名把郑骁阳若干巴结之词尽数抛之脑后的时候,这人突然来了这么一招绝杀,他一下子紧张起来。

其实字条是从他斜前方的徐斌那儿传过来的,谁料陆以名忙着腹诽郑骁阳,那家伙就"好心"地代为签收了。陆以名转过身,对郑骁阳怒目而视,一把将他手里的字条夺过来,然后低着头在桌面展平。

条子是陈英俊写的,字迹很潦草:

数学练习册 P27 第三题求解。

PS:怎么了,你是不是认识你身后的大哥?

陆以名将手里的笔滴溜溜转了一圈,在这两行字的底下唰唰唰地给出了两种解题方案,继而将它折好,在反面狠狠地又写了一句:

我身后是个背信弃义的小人,建议——有多远躲多远。

之后,他毫不掩饰地将它丢给郑骁阳,一副任君过目的样子。

虽然没回头,但凭借多年朝夕相处积累下来的默契,他分明感受到了身后有股子阴森森的怨气,正像水蒸气一样慢腾腾地扩散着。

现在,陆以名浑身上下都舒爽极了。

3

  平心而论,郑骁阳的出现给高一六班带来了不少乐趣。

  历史课上,老师讲起 1937 年国民政府下达的抗战总动员令,提出一个问题:如果你是蒋介石,你会怎么说?

  郑骁阳凭借其多年未愈的"多动症"幸运地被点了名儿。他心里一点儿没数,脸上却毫不怯场,张口就是三个字:"娘希匹!"

  如同一道惊雷撕开宁静的夜幕,教室里的笑声轰天震地。一整节课,年轻的历史老师都手足无措地站在讲台上,试图以她那副清脆细弱的嗓子平息这场暴动。

  这件事导致的后果是,谈晋伟把郑骁阳叫到办公室,用了足足两个大课间的工夫和他就中学生课堂行为守则展开单方面的探讨,直到郑骁阳四指并拢对天起誓决不再犯,这才罢休。

  可第二天一大早的数学课就让谈晋伟意识到,那番走心的长谈终究还是成了钻冰取火,徒劳无功。

  彼时他正指着黑板上一道空间几何的选择题找人回答。

  第一个被叫起来的是关若非,关若非很坦白:"我不会。"

  第二个是讲台旁边的周三水,周三水很配合:"我也不会。"

  谈晋伟正生气,结果一眼瞥到了陆以名身后目光躲闪的郑骁阳:"郑骁阳,为了你的数学成绩我可是专门给你调了座位,现在验收一下成果,你来说说吧。"

  结果那厮站起来,特鬼魅地一笑,比谈晋伟还淡定从容:"嘿,您就说巧不巧,我也不会?"

  陆以名本来正在那儿埋头做题,一听这话,一下没忍住,差点笑出声。谈晋伟瞪着郑骁阳,刚要发作,结果也没憋住,也差点笑出声。

  这下可好,原本个个装模作样绷着脸的一个班全员都伪装不下去了，又是一通轰天雷一样的爆笑，周三水弯着腰半伏在桌子上，连眼泪都笑了出来。

罪魁祸首见状，意识到大事不妙，一寻思昨天对着班主任才刚刚发过誓，不能这么快就犯忌。于是一脸严肃地去拍桌子："嘿，上课呢，注意纪律。"

好好一堂数学课活生生变成了郑骁阳的相声专场，大家伙儿笑得更厉害了。

但插班生的出现，为高一六班带来的除了欢乐，还有困扰。

至少对陈英俊而言，论及她高中生涯里最不幸的事情，和谈丽卿成为同桌当算一件。当然，这也同样打乱了陆以名的生活。

起码他不好再在课间休息的时候，殷勤地跑到陈英俊的桌子旁边替她讲解数学题，毕竟谈丽卿作为班内最耀眼的存在，周围总是"群狼环伺"的。就连徐斌都暴露了道貌岸然的本色。

他把一只黄澄澄的雪花梨放在谈丽卿的桌子上，笑得很灿烂："谈丽卿同学，来，吃梨。你初到此地，怕还有许多不适应的地方，若是遇到任何困难尽管来找我，我是班长徐斌，为同学服务。"

陆以名这才明白，有的人平常不和女生说话，不代表他不会说话，真要出手，那才叫一鸣惊人。

反倒是关若非，在这种全民随大流的时候，偏显得卓尔不群起来。周三水皇帝不急太监急，整天有事儿没事儿地蹿腾："老大，先下手为强啊，和他们这些草包比，你在谈丽卿面前可有天然优势。"

早就领教过谈丽卿厉害的关若非气儿不打一处来："闲的吧你，你喜欢你去啊，反正老子对那种心机女是一点儿兴趣都没有！"

最让陆以名感到麻烦的是，自己与陈英俊诚挚而单纯的友谊落入郑骁阳眼里，就被解读出了新的内涵。

"可以啊兄弟，就你另辟蹊径，他们都围着谈丽卿，你天天围着陈英俊，这是迂回战术吗？"郑骁阳趴在他耳边唠叨。

"我对谈丽卿没兴趣，对你也是。"陆以名连头也不回。

郑骁阳反倒松了口气一样："那就好了,别怪我没跟你说,谈丽卿招惹不得,这女人心眼儿多得像蜂窝煤,都要成精了。"

郑骁阳的话很快就得到了印证。

谈丽卿高调的行事作风在女生中间儿犯了众怒,以英语课代表杜云舒为首的小团体率先找起了她的麻烦。

比如——恶意弄丢她的英语作文作业,害她上课被老师点名批评。

结果谈丽卿为了自证清白,当堂表演了一出即兴创作,敏捷的思维和地道的发音,活脱脱演绎了一出英文版的七步成诗,让人印象深刻。

第二天,首战失利的杜云舒就发现暗恋的男生给谈丽卿塞了情书。

到了下一个礼拜,谈丽卿就成了新的英语课代表。

没人知道她到底是怎么做到的,毕竟一切都来得如此顺其自然。大家有目共睹的是,谈丽卿在英语课上的表现渐臻佳境,还数次自告奋勇留校"加班"协助老师批改作业。但杜云舒呢?她因为心不在焉,频频在课代表的工作上出现纰漏。

陆以名,两耳不闻窗外事的一介书生,沉迷学习不能自拔,规行矩步的三好少年,何曾见过此等妖孽,他躲都来不及,可谈丽卿却好像铁了心专门要来招惹他似的。

"陆以名同学,这道题我也不懂,你也顺便一起给我讲讲吧。"

她趴在陈英俊的桌子边缘,动作轻得像一片羽毛。她将自己的作业本不动声色地朝前一推,有意无意地暴露着自己数学方面的短板。

陆以名看看桌子上那份连基本的演算过程都没有的作业本,再看看面无表情的陈英俊,硬着头皮从一个"解"字讲起。

有几次,陈英俊干巴巴地打断他,脸上看不出喜怒:"好了,这道题我会了。"

可谈丽卿很不识趣儿似的:"但是……我还有点不太明白,陆以名,你能再把这步,这步,这步还有这步重说一次吗?"

天真无邪的语气听上去特别讨厌,但那沉迷数学的一张脸偏偏又显得特别真诚,怎么看也不像是装的。

所以起初,陆以名总是会耐着性子给谈丽卿再讲一遍。直到有一天陈英俊忍无可忍,噌的一下从座位上站起来:"谈丽卿,这道题用向量就能解,我会做,以后我给你讲就可以了。"

当时动静大了点儿,引得周遭同学纷纷侧目。

谈丽卿愣住了,陆以名也愣住了,大脑里像是有道电流风驰电掣般划过去,激荡着白灿灿的火花。直到这时候,他才好像后知后觉地明白了什么。

4

3月14日,传说中的白色情人节。

恰逢杂草垛中学门口道路施工,出于安全起见,学校提前一堂课放学。这便又成了男生女生们狂欢的日子。

陆以名不能免俗,他一早看上了飞云东路体育馆外不足五十米的一家甜品店,整个上午都在盘算着如何自然又优雅地约陈英俊在放学后去那儿小坐一会儿。

或者可以以感谢陈英俊当日的慷慨解囊为名目,他想,在去道馆的路上找机会提出来。

"今天下课你先走吧。"体育课,坐在看台边缘的陆以名正想得出神,陈英俊举着一只羽毛球拍两三步跑到他跟前,在捡起那枚脏兮兮的羽毛球时对他说,"今天放学早,我刚好去趟超市帮我妈买点儿东西,咱们道馆见。"

陆以名还来不及对这突如其来的变故做出反应,陈英俊便像一头轻快的小鹿,一溜烟跑远了。

也许陈英俊可以换个时间再去买东西,他又想,也许,他们可以一起去超市。

他意识到，为免节外生枝，自己无论如何都必须把这个想法告诉陈英俊。可很不凑巧，一整天他都没找到合适的机会。

一次，在课间操的操场上被巡视纪律的大邢打了岔；一次，在楼道里被凑热闹的郑骁阳带跑了题；还有一次，在下午大课间的教室，陈英俊安分守己地待在自己的位置上，周围既没有大邢，也没有郑骁阳，陆以名挺高兴地走过去，结果却忘了，他的世界里还有个巨大的难题——

"陆以名，你给我讲讲这道题呗，昨天的数学作业，选择第三题。"谈丽卿干干净净的作业簿被推至陈英俊的桌子上，一双真诚的大眼睛冲着他眨了两眨，陆以名便彻底陷入了绝望。

一直憋到放学，陆以名蹿到陈英俊的座位前打算等她收拾东西，却发现那儿已经围了三个男生正在争相询问谈丽卿晚上决定赴谁的约。

谈丽卿被骚扰得烦不胜烦，突然站起来冲着他说："喂，陆以名，你今天有空没？一起吃晚饭吧。"

"啊？什么？"陆以名毫无准备，"我没空"三个字虽没说出口，但浮在脸上的迟疑已经彻底出卖了他的内心。

"所以你是约了谁？"谈丽卿问得干脆利落。

"我……"他紧张地看了看陈英俊，可陈英俊正在埋头收拾书包，他又看了看凑热闹起哄的围观群众，"没……没谁……"他心虚地说。

"好极了，"谈丽卿愉快地一拍手，"那咱们走吧。"

"那个……可是我……"他吞吞吐吐地，再一次把目光投向陈英俊，而后者已经把烟灰色的书包挂在了肩上，然后从桌斗儿里取出一只硕大的白色帆布购物袋，哗啦一下从座位上站起来。

"没关系，道馆我会帮你请假的。"陈英俊分开众人，故作洒脱地离开了。

"老大，真是风水轮流转啊。"

周三水站在讲台前，目瞪口呆地看着这一切，一边在关若非耳边煽风点火："那小子也有今天？你瞧他得意的模样。你说那个谈丽卿她什么品位啊，班里这么多青年才俊还比不上区区一个陆以名。"

关若非始终盯着陈英俊，没由来地一阵心烦，周三水的推波助澜让他迅速找到了发泄一腔愤懑的办法，于是，他一把抓起书包走过去。

"等一等。"

在谈丽卿和陆以名前后脚即将离开这间多事的教室的时候，门口儿凭空杀出了个来意不善的关若非。

他大步流星走到谈丽卿面前，摆出一副财雄势阔又桀骜不驯的样子："谈丽卿，这样吧，今晚我请你吃饭看电影，怎么样？"

破天荒头一遭，陆以名仿佛觉得关若非成了自己的同盟，他巴不得谈丽卿"弃暗投明"，放了他这个路人甲，而应下关若非这位白马王子诚意十足的邀请。

可他却忘了，以关若非对他积怨已久的态度，能有机会要他难堪，可比仅仅截和谈丽卿的约会更容易引起那家伙的兴趣。

"至于他，"关若非夹枪带棒，话是对谈丽卿说的，手却指着陆以名的鼻子，"你和他出去，也不问问这人有几斤几两。一个连校餐都吃不起的穷鬼，还指望他请女生吃饭？"

细碎的怒意在心底噼噼啪啪地燃成火苗，陆以名还没发作，谈丽卿倒是捷足先登。就在众目睽睽之下，她一把拉住了他的胳膊。

"有什么好得意的？"女生骄傲地扬起下巴，露出一个不屑一顾的微笑，"关若非，像你们这种 loser 才要靠花父母的钱去讨女生欢心，但是他——"她指指陆以名，"他不但成绩是全年级第一，还是跆拳道全国比赛的冠军，我是他的粉丝，能请他吃饭是我的荣幸。"

跆拳道冠军？

还是全国冠军？

此言一出，众人愣住了，就连陆以名自己也愣住了。

她是怎么知道的？

他立马想起了与王煜安那场不战而胜的比赛。

就在当月的体育小报上，相关新闻添油加醋地把他的战书大肆宣扬。这事儿还是郭长青率先发现的，他对此颇有些得意，嘴里一整晚都在念叨，陆以名，行啊你，上报了，咱们道馆里的第一位。

但陆以名全然不这么想，报纸上的白纸黑字证据确凿地提示着他那段赛场经历的真实性，以及——那种强烈的耻辱感的真实性。

那天晚上，他的脸红得宛如11月的枫叶，就像现在一样。

周三水张大了嘴巴，半天没出声儿。事实上，周遭听闻了此事的同学反应也都毫无二致。谈丽卿一把将失了魂一样的陆以名拉出教室，只留下依然处于愕然中的一众看客。

关若非同样不例外，他望着他们离开的背影好半天都没回过神儿来。接着，他意识到自己想要羞辱陆以名的愿望非但没有达成，还让这小子反将一军。怒意从心头浮上眼底，他面色紧绷，双眼圆睁，宛如一只发怒的猫。

"老大，老大你怎么了？"周三水伸开手指，在关若非眼前使劲儿晃了晃，"你不是对谈丽卿没兴趣吗？"

关若非咬牙切齿，魔怔一样一字一顿地说："现在，我有兴趣了。"

5

谈丽卿选择的是学校附近一家意大利菜系的快餐厅，装潢很别致，价格也亲民。

现在，她正坐在靠窗的卡座里，套近乎般讲起自己的事情，这其中的不少内容陆以名早就已经耳熟能详，毕竟谈丽卿在班里可是个当红的话题人物。

她父母都是高才生，妈妈在本市一所大学任教，而她自己，除了学习成绩不错以外,还有个特别拿得出手的舞蹈特长。

陆以名既不擅长和女生聊天,也对舞蹈一窍不通,所以整顿饭都吃得十分别扭。除了专注于咀嚼食物,或者"嗯啊"地应付着来自对面的滔滔不绝之外,他所能做的一切,仅仅就是透过谈丽卿背后那扇巨大的玻璃窗,断断续续地观测这个春天的第一场雨——圆滚滚的水珠挂在电线杆上,泛青的绿化带里,春意如泼,遍地漫流。

在谈丽卿对二人当前所处的窘境有所察觉,并试图寻找这位餐伴儿的兴趣点的时候,陆以名早已经魂游天外。他开始幻想陈英俊独自背着书包离开的模样,她会去超市购物,一个人提着硕大的袋子乘车,然后披着雨珠儿前往道馆。

他专注地思考一些奇怪的问题。

比如,她在今天早晨究竟有没有留意广播里的天气预报,她那只一成不变的烟灰色书包里,究竟是不是藏了一把小巧别致的折叠伞。

在这种不着边际的思考中,陆以名开始变得焦灼不安,恨不得拥有一扇哆啦A梦的任意门,使他一眨眼的工夫就逃离这张令人无比窘迫的桌子,而成为陈英俊的同行者。

漫长的晚餐时光,轻柔的音乐,丰沛的食物,还对着年级里号称最漂亮的女生,他心里却难过极了。

餐桌上的尴尬最终结束于谈丽卿爽朗的顿悟:"你怎么心不在焉的?别是在想陈英俊吧,你是不是想约她?你是不是喜欢她?"

陆以名脸色粉红,宛如一盆新鲜的南极红虾。

谈丽卿却笑了:"干吗害羞?多美好的一件事儿啊。"

她那张轮廓柔和的脸蛋儿上带着俏皮的善意,真挚的目光总会让陆以名情不自禁地相信,她的每一句话都是肺腑之言。

可这对陆以名来说却并不太美好,反倒让他心生疑窦。

毕竟在过去很长一段时间里,就连他也自恋地以为,谈丽卿对他的关注完全出于某种说不清楚的好感。

而现在,事情昭然若揭。

一个备受众人追捧的姑娘,既要请你吃饭,还不喜欢你,甚至为你喜欢别人感到高兴,那么,她十有八九有求于你,而且这件事还很难办。

谈丽卿有意延长与他独处的时间似的,擅做主张地又加了两份甜点。

她用那枚樱花形状的金属小勺漫不经心地搅拌着甜点杯里的食物,然后明知故问地说了句:"你跆拳道练得很好,对吧?"

此刻,天色暗了下去,窗外淅淅沥沥的雨声大了。对面儿高高的写字楼,窗洞里漫散出迷离而温暖的黄光,使它们失去了原本清晰硬朗的轮廓。

陆以名突然敏锐地意识到,这才是这顿晚餐真正的开端。

6

如果说那天与关若非在操场上惊天动地的一战帮陆以名赢得了尊严,那么谈丽卿在学校里轻飘飘的一席话,几乎一夕之间,使陆以名走上了"人生巅峰"。

但他的风光绝不仅来源于被越传越玄的体育比赛和全国名次,更重要的原因是,他公开地被年级里最漂亮的女生约了。

一时间,陆以名的一切好像都成了标杆——细软的黑色碎发是标杆,连帽衫外套着秋装校服的穿法是标杆,低调谦逊的为人处事是标杆,就连一向为杂草垛高中众人所不齿的好成绩也成了标杆。好好一个路人,硬是凹出了男主角的光环,他成了校园里新的潮流风向标。

这件事最大的获益者就是高一六班的全体任课老师,骤然改善的课堂氛围和与日俱升的堂测成绩让他们备感欣慰。可对关若非而言,这样的现状简直糟糕透了,因为女生中间愈演愈烈的传言昭示着一个事实——他这种痞帅的大男孩早已经过了时,成为学霸才是彰显男生魅力的唯一标准。

"就一土包子，有什么好得意的？"

周三水站在男厕所的小便池跟前骂骂咧咧，一会儿又心虚地四下张望："可别被他听着……万一打击报复可就麻烦了……"

"就你那点出息，出门别说认识我。"关若非对着洗手间门口的镜子，用食指和拇指沾水，一点一点地抿着翘起的鬓角，仿佛在维修某件脆弱的精密仪器。

"老大，有的事儿吧，我觉着宁可信其有不可信其无。毕竟生命宝贵，安全第一，你说对吧？"

"得了啊，就陆以名那小子，会是跆拳道冠军？我呸！我看就是个冒牌货！"关若非愤愤不平地专注于摆弄自己的发型，直到大功告成才觉得有点眼熟。

这服服帖帖的头发，像谁呢？

陆以名！

他彻底被自己恶心到了，于是冲着自己的头顶毫不手软地来了一招乾坤大挪移，顷刻间，刚才的劳动果实被尽数推翻，他顶着一头鸡窝气势汹汹地离开了男厕。

其实陆以名的日子也不好过。

就在第二天晚上，陈英俊把一个横踢脚靶送到他眼皮子底下的时候，道馆门口传来一阵毫不避忌的"小声"议论。

"在哪呢在哪呢？"

"就是那个，最边上那个，看见没？踢腿的那个，那个就是陆以名。"

"唉，怎么不是黑带呢？"

"谦虚，谦虚懂不懂？你见哪个高手见天儿地逢人就炫耀，跟关若非似的？"

陆以名头也不回就意识到发生了什么。他迫使自己两耳不闻窗外事，硬着头皮追逐陈英俊变幻莫测的脚靶。

但无知无畏的小胖哪壶不开提哪壶，他望着门口儿那几个穿着杂草垛蓝白校服的女生，冲陆以名一个劲儿乐呵："哥，我真服你了，真人不露相啊。"

此言一出，队友也跟着起哄，陆以名连脚靶也踢不下去了。他停下了步法，窘迫地站在原地挠了挠后脑勺，却发现陈英俊的脸色就像暴风雨前夕的天空，紫得发黑。活了十来年，他还是第一次领悟到什么叫内忧外患。

"你……你怎么了？"他试探着问。

陈英俊将脚靶丢在一边，努力地恢复着原先的从容淡定。

"陆以名，"她特别说教地板着脸，"不是要打败王煜安吗？那就得让你的实力配得上你的虚名，而不是整天……"

整天什么呢？

陈英俊原本想说的是"整天和女生一起玩"，可她随即清醒过来，自己也是女生。

一个可怕透顶的想法让她打了个寒战，她分明意识到，自己刚才想表达的意思是——而不是整天和其他女生一起玩。

在这一刻，陈英俊终于在她迟到的青春期里碰上了必修课一般的大麻烦：她开始懊恼，尴尬，不自信，张皇无措又含糊其词。最糟的是她压根不愿意承认自己有在乎的男孩，更糟的是还有很多其他女孩喜欢他。

她心思敏感，思维混乱，想法越来越多却不能宣之于口。

就像一棵树，在春天开始抽芽，犹豫着长向哪一个方向，犹豫着下一秒是否要开些花。

固守沉默是陈英俊维护尊严的最后法宝，所以，她开始专注地整理置物架上散乱无章的脚靶。而沉默却使得门口的叽叽喳喳更加刺耳。

"……你不是粉关若非吗你？什么时候转了性？"

"……长跑有什么好看的，跆拳道多好看啊！"

"那么，是关若非好看还是陆以名好看？"

陆以名突然明白自己有必要对此做出一些解释，尽管这个念头让他联想起年纪更小一点的时候，那个"你跟谁更要好"的终级友情难题。

"不是你想的那样……"他追上去，想告诉陈英俊，最近发生的一切都非他所愿，他既没有背弃自己立下的战约，更没有放弃与她齐头并进一起赢下比赛的打算。

"真的不是你想的那样……"第二句，算是就谈丽卿的约会为自己辩护。

但话音未落，陈英俊脸上那种令人尴尬的黑紫色再一次死灰复燃。

"我可什么也没想。"她态度强硬地打断他。

陆以名此地无银三百两的辩解让她产生了一种秘密被人揭穿的窘迫。

陆以名觉得自己越描越黑，不由分说把为了脚靶而忙碌的陈英俊一把拉到角落，那儿堆着他俩的书包。

"你先看看这个。"他扯过书包，从里面翻出一摞厚厚的纸质材料。

陈英俊毫无兴致地草草一翻，随即呆住了，这是……

王煜安去年所有比赛的赛程，王煜安所在的武岳道馆的介绍，甚至还有一份王煜安一年以前的训练计划……

"什么情况？你从哪弄来的？不会是……？"陈英俊把后面的"不法手段"四个字咽进肚子里。

"是她给我的。"陆以名冲她眨眨眼睛。

"谈丽卿给我的，"他继续补充，"她是找我帮忙的，她……她没什么别的想法……当然，我也没有。"

仅仅是这么轻而仓皇的一个句子，便成功地让陈英俊又变成了从前那个沉稳成熟的大女孩。

7

谈丽卿的确有求于陆以名，这件事也确实很难办。

可这份报酬对陆以名而言相当可观。

就在那个飘着毛毛细雨的白色情人节，在两份仿佛会让人消化不良的甜点可怜兮兮地被晾在一边儿的那天晚上，谈丽卿掏出了那张让陆以名坐立不安的，刊登着他那则战约的报纸。

平整的纸面，硕大而鲜红的标题，清晰的黑白照片，被她保存证据一样妥帖地收藏在一只薄薄的塑封文件袋里。她交换情报一样将这份东西推给他，然后露出一个狡黠的微笑。

她真正感兴趣的，另有其人。

初次知道王煜安的名字，是在全国的青少年运动会上。

谈丽卿所在的少年宫舞团负责开幕式和闭幕式的舞蹈表演。当时跳的是民族舞，要展示民族大团结，她分到的是彝族舞衣，深蓝的布面儿，青色的衬里，红黄的牙边儿，缀满银片儿的饰品，看上去五彩斑斓的。

演出完毕，队友纷纷去吃饭，她自告奋勇留下来"看家"，一个人待在大巴上，穿着她的演出服慢吞吞地啃一个果子面包。空气里跳动着闷热潮湿的粒子，一道闷雷滚过阴沉沉的天空，这预示着，一个酷烈的季节已经开始了。

五分钟后，硕大的雨点儿如期砸向地面，颗颗分明的水珠中间，有个狼狈不堪的男生慌慌张张朝她的方向跑过来。

"我是运动员，一会儿还要比赛的，但我迟到了。我们队的车子太远，恐怕来不及换衣服，你们这儿能不能借用一下？"

长长的刘海湿漉漉地遮住男孩的眼睛，卫衣上的兜帽把他的脸庞掩去了一半儿，只有那副雪白的牙齿在阴郁的天气里灼灼地闪着光，他的微笑简直好看极了。

谈丽卿嘴里鼓鼓囊囊地塞满了面包屑，盯着他看了好一会儿，任凭雨水一寸一寸地把他打湿。这种漫不经心的偶遇，有点儿像……像跟着课间操的音乐做着第五节转体运动，结果身边儿有个男孩子不留神做反了动作。

"行，那你进来吧，车子后面有帘子。"她把咀嚼了一半儿的食物吞进肚子，一双眼睛弯成了月牙儿。

男孩出来的时候已经变了个人。他穿了件比牙齿更雪白的跆拳道服，把黑色的腰带攥在手里，脸上依然挂着优雅而善意的笑容。"谢谢！"他将双肩包顶在头上，奔向体育馆，快得像支离弦的箭。

就在那天下午，她看见了他驰骋赛场的那一面，依旧是那双明亮的眼睛，敏锐得像豹子，机警得像狼。他用一个谈丽卿只在电视剧里看过的腾空动作提前结束了战局，然后在裁判宣布结果之前摘下护头，被汗水打湿的黑发让他又变回了那个站在雨里的礼貌少年。

大概就是从那一刻起，谈丽卿甚至爱屋及乌地喜欢上了跆拳道这种运动。

她变成了一个执迷不悟的追星族，开始四处搜罗王煜安在跆拳道世界留下的蛛丝马迹。其实整个过程并不太让人愉快，有点儿像你上高中时拼命留意的那个学长，你在你生活的每一个角落里都浑然不觉地关注着他，可直到毕业时天各一方，他都浑然不觉。

谈丽卿是那种不达目的誓不罢休的女生，但不幸的是，没有谁的人生可以一直心想事成。王煜安和她身处两座城市，除了一个名字和她费了不少功夫才搜集到的那些冷冰冰的比赛记录以外，她对他的个人生活几乎一无所知。

上一场在本市举办的全国邀请赛是她见到王煜安最好的机会，结果，谈丽卿却因为舞蹈比赛与王煜安失之交臂。

当天晚上，狮子座的流星雨为她带来了好运。

她第二天就从体育报纸上看到了陆以名与王煜安的战约。

下一个周末又从老谈的花名册上看到了陆以名其人。

再一个礼拜过去,学校环保节要求各班准备用以彰显"废物再利用"主题的展品。班主任让大家带旧报纸,同桌郑骁阳两手空空,恬不知耻地找她蹭材料。谈丽卿不借,那厮就自己动手丰衣足食,好死不死地从她桌斗儿里顺了一张体育报。

眼看着手起刀落,报纸上陆以名的照片就要头身分家。

结果谈丽卿还没来得及大喊一声"刀下留纸",郑骁阳就自己放下了屠刀,他盯着手里的东西左看右看,上面的人怎么有点眼熟?

陆以名?

那个穿着跆拳道服人模狗样的家伙,就是曾经瘦得像根豆芽菜一样的陆以名?

郑骁阳嘴里一个劲儿嚷嚷着"撞邪了撞邪了",失魂落魄了整整一下午。

"喂,可别告诉我你认识这人。"谈丽卿一语道破天机。

"瞧吧,"她自言自语,"流星许愿真的灵。"

郑骁阳一脸的难以置信:"你一个无神论者,还信流星?"

"看过加菲猫没?"谈丽卿洋洋得意,她学着加菲猫的样子说,"我并不是真的相信它,但是反正是免费的,而且也没有证据证明它不灵。"

就这样,谈丽卿软磨硬泡,死缠烂打,一方面以数学成绩不好为名实施威逼,一方面以杂草垛高中体育特长生"销路"好,而自己想进入体育舞蹈专业学习进行利诱,说服了一向就开明的老谈。

他同意她以借读的方式暂时进入杂草垛高中,当然,如果成绩不升反降,协议立即取消。但对于想追随谈丽卿的脚步重返杂草垛的郑骁阳而言,这两个人着实又费了一番功夫。

"你是怎么做到的?我是问郑骁阳他们家。"

陆以名想起了郑骁阳的妈妈,那个平日里特别和善的女人,温顺得像一头从不发怒的白羊。可有几次,陆以名也撞见她站在楼道里指着郑骁阳的鼻子破口大骂,锋芒毕露的样子,看上去比童爱华还难缠。

谈丽卿俏皮地卖了个关子:"你以后就会知道啦。"

陆以名索性也不问了,毕竟人前人后他都不想表现出对郑骁阳的半分关心,省得那人若是知道了,太拿自己当回事儿。

"那你……到底想要我做什么?"他换了个话题。

"带我找到王煜安。"谈丽卿认真地看着他,"在这之前,让我参与你们一决高下的约定。"

陆以名很想告诉谈丽卿他根本不认识这个人,他也不想认识这个人。

甚至,在谈丽卿开诚布公地承认自己接近陆以名就是为了这个人的时候,那种不甘和耻辱的感觉又回来了。

这辈子,陆以名希望自己与王煜安的全部交集就是——打败他。

可谈丽卿不失时机地抛出自己的诱饵:"我能提供给你的回报就是,我有他的不少资料,也许,它们能帮你赢。"

8

陆以名的解释让陈英俊的心态松弛下来,她把全部的注意力集中在膝头的那些与王煜安有关的情报上面。

"这些东西挺有用的。"陈英俊说,"但想赢,还得靠自己。"

"还有件奇怪的事儿,"陆以名将鲲鹏杯那场比赛的赛程翻到最末一页,展平了铺在一块垫子中央,用食指点着上面密密麻麻的铅字,"你看这个。"

他指的是参赛单位名单:

……武德道馆,昆仑道馆,武道场,悟道场……

以及——极致跆拳道馆。

"郭教练怎么成了极致跆拳道馆的人?"

陈英俊顺着他手指的方向一路瞧过去,冗长的名单上,的确没有极真的名字，倒是一家名为极致跆拳道馆的参赛队伍旁边，联系人那栏填着郭长青的大名。

"可能是印刷错误。"她不假思索给出如是论断。

陆以名点点头，想来堂堂全国比赛，竟出现这种纰漏，未免也太不走心了。

不过，这件不值一提的小事并未就此结束，疑惑在回家之后的深夜达到了顶峰。

他就着柔黄的台灯，将那本保存完好的赛程表翻了个底儿朝天，竟然发现每一处与郭长青有关的地方都带着"极致"的字样。

或许它们全都是印刷错误，他这样告诉自己，继而将那些五花八门的材料重新塞进书包，然后一头扎入被子。

现在，天色已经彻底黑了，银色的月光像涨满了池塘的春水，从窗子的一角溢进来。他尝试着入睡，却被那些跃动的"波光"搞得心神不宁，他随即找到了失眠的真正症结所在——陈英俊给出的答案无法使他信服，他就是觉得有哪儿不对。

这种锱铢必较的探索精神一直持续到第二天的英语午自习。

他早早写完了自习课的作业，闲来无聊，抽出一个笔迹凌乱的草稿本，在上面插着空写满了"极真"二字，然后反复观摩。十多分钟以后他颇有进展——终于成功地连"极"和"真"都不认识了。

倒是那个满布涂鸦的本子，在下课铃仓皇响起的时候被郑骁阳一把夺过来："极真？极真会的那个极真？"

极真会？

借着信息课的机会，陆以名把"极真"二字键入搜索栏，几秒钟的工夫，一段文字跳入他的视野里——

极真会馆是由空手道十段大山倍达在1965年创立的空手道武术协会，是全球最大之武术组织之一。有别于传统式空手道，极真跆拳道以全接触式赛例闻名于世，号称世界上最强武道之一……

陆以名越想越纳闷，当天晚上再走进极真道馆，忍不住盯着那块硕大的招牌发怔。招牌已经太老了,上面的"极真"两个字各褪了一半的颜色,看上去像极了"及直"。

"臭小子,发什么呆?"

郭长青冷不防出现在他身后,很响亮地咳嗽了两声。

"郭教练,咱们道馆为什么叫极真道馆?"陆以名抛出自己的疑惑。

郭长青一脸坦然:"极真啊,这是对武学的至高追求,意思是……"

"……意思就是特别真。"途经此地的徐显椋不耐烦地打断两个人的谈话,"就是说,我们是个特别真的跆拳道馆。"

他漫不经心地看着陆以名,脸上挂着居心叵测的笑容。

第十章　人生就像游戏，但你只是个 NPC

1

如果说到关若非最惧怕的东西，当属一人一事。

人就是谈晋伟，五毒俱全，天生克他，何况还有谈丽卿这么个神助攻。

事，则是家庭聚会。

关若非有个货真价实的大家庭，奶奶、爷爷、姑姑、叔叔，各路远的近的亲朋好友，表的堂的兄弟姐妹，算起来百十来口，接近半数都在这座城市生活，个个儿都跟游手好闲不务正业似的，隔三岔五搞聚会。

老套的人员，老套的菜式，老套的流程，老套的说辞，毫无新鲜感却十年如一日，对关若非而言，比酷刑还磨人。

别的不谈，就说那个让孩子表演节目的把戏，从小玩到大还是没个够儿。

关若非除了长相讨喜，其余地方都特不招人待见。他自小没个兴趣爱好，不会唱歌跳舞耍杂技，吹拉弹就更别提，父母一度为此觉得特别没面子。

有一年春节，不知道哪个不开眼的，又提起让小孩子表演节目助兴的馊主意。餐桌上登时热闹起来。

他那个叫朱清华的妹妹背了两首唐诗，一个是"鹅鹅鹅"，一个是"粒粒皆辛苦"。那个小名叫毛毛的表弟唱了两首歌，一首叫《我们的祖国是花园》，一首叫《让我们荡起双桨》。那个只比他大了四岁的小叔叔最厉害，直接掏家伙来了段儿快板儿，张口句句押韵，什么"城市处处换新颜，全民素质喜空前"，什么"天蓝蓝，水蓝蓝，楼房整齐路更宽"，逗得一众长辈哈哈大笑。

若说表演，看到这儿也就该尽兴了，毕竟不是少儿春晚专场。可偏有个更不开眼的一下子瞧中了席间还不满八岁的关若非："小非非啊，你也表演个节目吧？"

关若非诗不会背，歌不会唱，那年还赶上换牙，连说话都漏气儿。他站在原地一个人憋了半天，落了个下不来台。最后有个小姑姑善意提醒："别紧张，就表演你最擅长的那个嘛。"

他也不知道哪来的勇气，鬼使神差张口就接了句："我最擅长吃肉，那我就表演吃肉吧。"

对着一桌子的松鼠鳜鱼糖醋里脊、熏排骨酱牛肉，八岁的关若非甩开腮帮子，演得特别卖力，一个人自我陶醉地大嚼了十五分钟。大人们早就推杯换盏继续聊起家长里短，将这码事抛诸脑后，倒是一边儿的表妹朱清华哇一下哭了，声音嘹亮冲破天际："他把肉都给吃了！"

所幸的是，在经历陈英俊带给他的挫折之后，关若非励精图治强身健体，竟然被老师发现了体育方面的特长，初中期间频频拿奖，终于也使他爸妈扬眉吐气了一回。

更让他庆幸的是，体育这特长最大的优势，莫过于拥有逢年过节"只吹嘘，不表演"的特权，毕竟他没法逢人就说：爷爷奶奶，叔叔阿姨，我给您表演个长跑吧。

而这种庆幸，充其量也只能被称作"不幸中的万幸"。因为家庭聚会的传统还在延续着，就像现在，一周中最美好的礼拜六傍晚，他不得不在餐桌上度过了。

"哎，今儿可有稀客来。"

在关若非百无聊赖地把一碟水煮花生转到自己跟前儿的时候，大姑神神秘秘地冲着他妈讲起了八卦。

"就是清华她舅舅一家，她舅妈在铁路局上班儿，之前还帮我发小介绍工作来着。他们家小孩儿好像叫王钊，还记得吗？"

"啧啧，怎么不记得呢，都是街里街坊的，当时跟我们一起住在桂花路，天天下午菜市场老瞧见。"他妈热烈地回应。

"王钊当年总和小非一起玩，是吧，小非？"

大姑一双夹着糯米糖藕的筷子悬停在半空中，一对窄长的柳叶眼热切地瞧着关若非，好像强迫他一定要应一句"我记得"似的。

关若非假装没见看，伸长手臂去够桌子中央的一碟烤乳鸽。

"啧啧，人家孩子现在厉害啦，也练体育的。"大姑显然感到沮丧，所以她用筷子将糖藕在碟子里拦腰斩断，然后描述得更卖力了，"小非啊，你小时候还和人家打过架呢，你还记不记得？"

关若非特不给面儿，连想都不想就接茬："不记得了。"

其实说不记得是假的。

这人在他记忆里印象极深，只是碍于他爸的淫威，他才没把"鼻涕虫"和"屎壳郎"的外号在饭桌上叫出来。

那时候王钊还是个黄毛小子，黑黑瘦瘦，凡事特没主意，和一堆小朋友凑在一块儿，就连去哪玩、玩什么都得问他妈。论起打架更别提，和小时候的关若非属于不相上下的水平，关若非是倒数第二，他是倒数第一。

"……他现在体育练得特别好，长得也特帅，一会儿就来了，你俩好好聊聊。"大姑一个劲儿地在关若非的菜碟里添他最讨厌的凉拌胡萝卜丝儿。

其实好多成年人有个误区，以为小孩子们但凡有点儿相似之处就能有共同语言。殊不知一山容不得二虎，在一个面前猛夸另一个属性相近的家伙，其导致的结果一定不是友谊，而是血案。

所以关若非脸上挂着笑，心里想的是：来啊，谁怕谁。

不一会儿，包厢的门果然开了。

有人笑着寒暄，有人斟茶有人递水，还有人站起来让座。关若非一眼就认出了王钊，个头儿很高，依然黑，却黑得硬朗健美，倒真让他瞧出几分帅气来。

"王钊啊，你现在练什么项目？我听你妈说全国第几来着？"

大姑殷勤地替他搬了张椅子，就安置在关若非的边儿上。

大男孩谦虚地一笑："跆拳道，第八。"

跆拳道？又是该死的跆拳道。

"第八有什么了不起的。"关若非没好气儿地自言自语道。他爸听闻此言，顿时便送给他一条贴心的社交小贴士："别给自己找不痛快，老实点儿。"

"这是小非，你还记得吧？"大姑还在张罗着让这段友谊再续前缘的大事。

王钊不好意思地挠挠后脑勺："记得记得，我大关哥，打架贼厉害。"

一句话把关若非也逗乐了，行，这小子不太招人讨厌。

"那个什么，跆拳道，好学吗？"关若非没话找话。

王钊咧嘴一笑，特别爽快："没什么难的，算是比较冷门儿的运动，练上两年就去比赛，好歹都能有个名次。"

"那你练多久了？"

"五年。"

"比过不少赛了吧？"

"这倒是……基本都打过了，只不过成绩都挺凑合。"

"这样啊……"关若非朝他身边儿一凑，"哎，你要这么说，那我跟你打听一个人，我们同学，看你认识吗？"

王钊有点儿纳闷儿："不是，大关哥，你同学，跟我打听？闹呢？"

"就问你认不认识，哪儿这么多问题。"关若非拍拍他的肩膀，两个人迅速重新熟络起来。

"行,你说。"

"陆以名,认识吗?"

王钊很确定地摇摇头:"没听过,他干吗的?"

关若非突然愉快起来:"走,咱们出去说。"

"看小哥俩,感情多好。"大姑压低了声音冲王钊的父母努努嘴,然后心满意足地端起茶杯,这将成为她今天晚上最重要的谈资。

2

关若非心情很好。

在他心情很好的时候就会走得很快,步态轻盈,行进如风,并且绝不会因为一丁点小事儿就迁怒于旁人。所以,周三水今天的心情也很好。

两个平日里为非作歹的家伙如今喜笑颜开大摇大摆地穿过楼道,和陆以名打了个照面,陆以名心底顿时涌起一种很不好的感觉。

"嘿!陆以名!"还有五六米远,关若非已经举起一只手,热情地打起招呼。

陆以名昧着良心回了一个僵硬的微笑,然后重新别过脸,试图摆脱这两个家伙突如其来的特别关注。

可眼看就要和他们擦肩而过,关若非却突然想起什么似的停下了,于是,陆以名本该风平浪静的一天到此结束。

"陆以名,听说你是全国的跆拳道冠军?"关若非明知故问地扬起眉毛,带着种偏要听他亲口承认才罢休一样的执着。

"嗯,对。"陆以名给出了肯定的答案,毕竟跟这种人没什么好谦虚的。

"厉害啊!"关若非似乎对他的反应相当满意,"是这样,我有个不成才的弟弟,也练跆拳道的,也比过全国赛,但成绩很一般,想找高手指点指点,你能帮我这个忙吗?"

说是请人帮忙,可脸上依然挂着那种不可制约的骄横和自得,这便让陆以名确定了他的想法——关若非真的没安好心。

"陆以名,我们老大是来交好的,你可别不识抬举。"周三水适时地搭腔,他敲起边鼓总是这么称职。

而关若非的另一个狐朋——隔壁班一个陆以名叫不出名字的男生把头点得像不倒翁:"就是,你看我们老关多有诚意。"

陆以名不应声儿,关若非也不走,两人就这样僵持着。由此可见,关若非真的很有诚意——诚意与他为难似的。

接着,就像预料当中的那样,看客蜂拥而至,五花八门的议论也愈渐纷杂。

"陆以名,你是全国冠军,有什么好怕的,去啊。"

"陆以名,你不是心虚了吧?"

"陆以名,加油啊,别怕他……"

人群中没有陈英俊,没有郑骁阳,甚至没有谈丽卿。

孤军奋战是人生的常态,可没战友在侧,关若非的咄咄逼人和周遭唯恐天下不乱的起哄便产生了加倍的效果。陆以名骑虎难下,他意识到,就算这真的是场鸿门宴,自己也非去不可。

"好吧。"他说,"我答应。"

"行,够朋友。"关若非得偿所愿,戏谑地冲他竖起一根大拇指,作为回报似的,自觉地闪在一边,给陆以名让出一条去路。但陆以名以实际行动拒绝了对面的好意,他是转身离开的。

就在一张脸即将扭过去的时候,不经意地一瞥,他便瞧见了关若非脸上别有深意的笑容,浓得就像一杯加了十几勺乳清蛋白粉的牛奶。

3

英语老师在讲台上饱含感情地朗读课文,接着,自我陶醉地回顾起在大学英语戏剧社时排练《哈姆雷特》的情景——"To be or not to be, that's a question."抑扬顿挫。

但这注定是一出无人欣赏的独角戏,因为此刻,安静祥和的课堂氛围背后,一场蠢蠢欲动的大计划已经正式拉开了序幕。

周三水按照关若非的意思起草了一封"请柬"。

第一行是时间——今天下午放学后;第二行是地点——山西路与秋山道交叉;最后一行则诚意邀请了全班同学前往观战。

观的,是陆以名与他那位"弟弟"王钊的切磋。

这张字条像雨后的蔓草,飞速爬过大半个班,在传到陈英俊手中的时候,她不动声色地回了个头,看了一眼坐在教室后排的关若非,然后像是漫不经心地把那字条撕得哗啦啦发响。

紧接着,陆以名收到了陈英俊的"飞鸽传书",上面只有四个字:什么情况?

这要怎么说呢?

正当他仔细措辞,思忖着如何才能言简意赅地在这张五厘米见方的小字条上把事情经过表达清楚的时候,他又收到了陈英俊的另一封来信,这次,上面是一句话:

不管什么情况,都别去。

陆以名于是放下笔,陷入重重矛盾。

大庭广众,众目睽睽,事情已经答应了,就再没有反悔的道理。可他更不希望违背陈英俊的想法,或者让她平添额外的担心。

所以在反复思量之后,他小心翼翼地回了张字条给她:

好。

大约又过了一分钟,郑骁阳从陆以名身后递上一张关若非的"亲笔信"，上面歪歪扭扭写着一家道馆的地址和名字：

山西路与秋山道交口，极致跆拳道。

现在，陆以名真的有点糊涂了。

极致跆拳道？

这么说，还真有一家道馆叫极致？

4

陈英俊在教学楼门口那株杨树底下站了一会儿，她始终没有等到陆以名。往常这个时候，他们应该已经坐上了619路公交车，而车子应该已经缓缓驶离熙熙攘攘的车站。

现在，太阳越来越虚弱，上一个冬季藏匿在树荫底下的寒冷开始作祟。

她抬起头，看了看嵌在教学楼墙体中央的那只硕大的钟表，心底涌起一种不好的预感。她努力回忆那张被她撕碎的字条上的地址……

山西路……山西路和什么路的交口来着？

陆以名一定在那儿。而且十有八九，他已经惹上了大麻烦。

陈英俊迅速恢复了她赖以为生的决断力，她迈着大步走出校门，惊起一片战战兢兢的麻雀。可她这趟短途的旅程也止步于校门口，因为她看见了一个人，一个鲜少会出现在他们学校的人。

陈月霞就站在那儿，灰黑色的柏油马路对面，穿着件米色的大衣，眼睛里填塞着罕见的愠怒。她挎着一只咖色的皮包，另一只手还攥着一张皱巴巴的草稿纸，陈英俊立即就认出了那张东西……

是那张被她妥帖地塞进枕头底下的欠条。

在这一刻，陈英俊突然有点儿拿不准，陈月霞写在脸上的不快究竟是源于自己恶劣的欺骗行为，还是仅仅为了那些"付过钱"，却迟迟没有到货的鱼丸？

"我约了你们班主任。"她妈开门见山。

这样的开场白让陈英俊觉得颇陌生。

一张小小的纸好像把陈月霞变成了一个平凡的中年女人,一个寻常的母亲——关注女儿的学校、学业和身心健康,甚至不惜歇业一个晚上,专程跑来与她的班主任面谈。

"……我给水产打了电话……然后给你们老师打了电话,下午,这个,在你床上发现的。"陈英俊听得出她妈正在努力维持条理和平静,并且试图向她暗示什么。

"我不求你在学业上有什么作为,但是……"陈月霞继续说,"在你这个年纪,和男生相处……还是要注意分寸和距离。"

就像在物理课视频里看过的嗡鸣实验,工业噪音响彻了陈英俊的大脑,接着,头皮开始渐渐发麻。她面红耳赤地站在原地,为陈月霞的疑心病强加给她的不白之冤感到委屈、难过,又愤愤不平。

更何况,陈月霞是个太不称职的妈,在过去太长太长的时间里,总是对她的倾诉置若罔闻,把她的情感需求抛诸脑后,或者,沉迷在与朴在嵘的往事里不能自拔而完全忽视她的存在……

压抑了太久的不满在这一刻像决堤的洪水,滚滚东流,浊浪滔天。

"那么,你去找我们班主任去谈吧。"

陈英俊的愤怒永远藏在千尺冰山之下,她以她惯用的方式压抑着自己的情绪,然后急不可耐地想逃离这片非之地。

"你去哪?"陈月霞追上去。

"跟你没关系,反正你从来也不想知道。"

女儿突如其来的疏离和抵触让陈月霞有些失态,她跑了两步,死死抓住陈英俊,说什么也不撒手。

"陈英俊……"她重复着,"我不求你在学业上有什么作为,甚至我不求你有任何作为,但起码,我只希望你起码别像我一样……"

陈英俊愣了愣,脸上依旧发烫,眼圈儿却有点发红。

现在,她依然无比委屈,无比难过,无比愤愤不平,却也因为陈月霞的后半句话,在心里始终也没能狠下心真的埋怨她妈……

5

王钊必须承认陆以名是个有点儿难缠的对手,他灵活得像蛇,而且根本没有关若非拍胸脯承诺的那样弱不禁风。

极致道馆位于山西路179号,与对面秋山道上的那座高耸入云的电视塔——这座城市的地标建筑遥相呼应。

事实上,这间地处繁华路段的跆拳道馆即便较之地标也毫不逊色,两层建筑宽敞而别致,内外统一的米白色调内敛大气,装修简约却不简单。若是在一楼水吧前稍坐片刻,仔细地读完墙壁上的道馆简介就会发现,在这样一座小小的城市,跆拳道这项起源于韩国的运动,依然在这间大隐于市却深藏若虚的道馆里延续着辉煌的历史。

极致道馆今天热闹极了,杂草垛高中里给关若非捧场的围观者来了一大批,将二楼训练场的竞技区围堵得水泄不通。但很快关若非就扫兴地发现,自己未免有些小题大做,因为,王钊结束整场战局只用了不到两分钟。

准确来说是两个动作:一个比陆以名更敏捷的高位横踢,和一个他总也学不会的腾空后旋。

腿风裹挟着深秋时节才特有的肃杀之气直逼陆以名的太阳穴,然后在他张皇地向后闪躲时,准确无误地击中了他的左颊。

"啪!"一声巨响。

就像一盆彻骨的冰水劈头盖脸浇下来,陆以名整个人都蒙了。

但他没有倒下去——确切地讲,他好像仅仅是呆住了。就像武侠小说里中了点穴之术的倒霉蛋,也像一只被人攥住四肢,进入假死状态的动物,他失去了全部意识。

现在,陆以名眼前白茫茫的一片,就像大年初二那天的大雪。

陆国平的汽车缓缓驶离了他的视野,面前是清冷冷的耳环路,身后，则是比雪还要寂寞的孤岛。继而，呼啸的风声变成了嘈杂的人声。有人在笑，有人议论，还有人在叫他的名字。

陆以名挣扎着，试图逃离这段离奇的梦境，就像一个濒死的溺水者，精神迫不及待地摆脱肉体的桎梏。但他失败了，而猛地将他拉出"水面"的人是王钊，他扯下陆以名的护头，然后狠狠地用右手拍击他的脸颊。

"喂，死了没？可别吓唬我。"

陆以名于是清醒过来，他感知到自己还站着，甚至还保持着刚才的姿势——两条腿与肩同宽，左脚滑稽地外撇，一只手则捂着头部。

王钊围着他悠闲地踱步，仿佛一个雕塑大家在欣赏自己最得意的作品。

"你最好记住这感觉，"他说，"这叫冷休克。"

接着，王钊轻巧地提起膝关节狠狠地补了一脚，陆以名就真的倒下去了。

6

同时倒下去的，还有教练员休息室桌子上，最后一只完好的玻璃杯。

杯子是郭长青碰翻的，当时，他正试图阻止夺门而出的徐显椋。

没有谁想和自己的合伙人争执不断，郭长青也不例外。但他不想把这一切问题的根源推脱给徐显椋古怪的脾气和孤僻的性格。他固执地认为，引起冲突的根本原因是，他与徐显椋终于遇到了他们的"七年之痒"。

时间会使一个人安于现状，也会将另一个人引入歧途。

事情的起因要从小胖妈妈的一通电话说起。

小胖中考在即，可鉴于此前参加的比赛专业度不够，承诺的国家二级运动员证书迟迟不来，始终就没能够着升学加分的那条线。所谓的凭借体育特长从千军万马中挤过独木桥的想法也就成了空谈。

所以他家人的意思是，短期内，小胖不会再练跆拳道了。

电话对面的女人言辞恳切，语气里非但听不出一丝一毫的埋怨，甚至还透着歉疚。于是，郭长青也跟着歉疚起来。

学员本就少得可怜的极真道馆雪上加霜，他放下电话，不由得又开始仔细掂量起组建比赛队伍那码事，越想越靠谱，索性铺开纸笔，煞有介事地草拟了一份计划书。

徐显椋以他一贯不屑一顾的态度冷眼旁观，最终，在郭长青兴致勃勃地向他讲起未来规划的时候，积怨一触即发。

"你这叫嘴角里衔灯草——说得轻巧。看看咱们这个草台班子，真把他们弄上了赛场，别说赢，不丢人的能有几个？除了陈英俊。"

"你看过陆以名的比赛吗？"——而这就是郭长青给出的全部回应。

得，又是这一套。

徐显椋气儿不打一处来，他把手里的杯子敲在桌面上："不是，咱能不能别一聊天就提这个草包吗？练这个是要有天分的！你看他有天分吗？"

"有啊。"郭长青有意与他作对一般接下话茬，"你看过他的上一场比赛吗？你看过他打的防守反击吗？对手打不到他！这就是天分！"

"狗屁！这他妈就是屁！"徐显椋目光如炬，怒火中烧，"郭长青，少在这儿不懂装懂滥竽充数，你练过跆拳道吗？你懂跆拳道吗？可别捡块石头当金子。"

"对，我不懂。"郭长青也不生气，反倒一副乐得破罐子破摔的模样，"我就是个臭练空手道的，我空手道吧既没练出名堂，也没打过比赛，学了十来年段位也没考，跆拳道嘛，更是一天没碰过。那句话怎么说来着？干啥啥不行，吃啥啥没够。

"我是不懂，不过……"他话锋一转，眼睛悄悄地笑成了三角形，"不过你懂啊，你自己不就是最好的防守反击型选手吗？如果我没记错,有一场比赛,你全部赛程打下来,创造了个对手零得分的纪录……"

"别他妈跟我提当年。"徐显椋毫不客气地打断他,"当年那些事我早忘了。"

可当年的他,郭长青还记得。

那时候的徐显椋还是个没有棱角的人,起码从举止上看,是这样的。

他不善言谈,也不爱笑,但对谁都很和善。一整个冬天,他都在医院白晃晃的露天长廊里做着枯燥乏味的复健运动,觉得太辛苦的时候,就靠在冰冷冷的柱子上,冲着扑面的寒风哈气儿。

他就像朵纷飞在大雪里的蒲公英种子,忍耐着严寒,行走在前往春天的路上。

短暂而遥远的回忆让郭长青安静下来。

"相信我,徐显椋。"他用一种给小孩子读睡前故事般的口气好言相劝,"我们可以送陆以名和陈英俊去比赛。他们才十几岁,有大好的前途,咱们的道馆也会有大好的前途。"

"什么是前途?"恼怒像把刀,冲破了徐显椋的喉咙,"十几岁那年,我为了跆拳道这个梦想放弃了学业,但就因为这个狗屁前途,我失去了健康,失去了爱情,失去了机遇,失去了一切!"

"可人不能停留在原地,更不能生活在过去,"郭长青抓住他的肩膀,轻轻地说,"否则,你会被这个时代远远地甩开……"

寥寥数语,直戳心尖。

徐显椋怔了怔,须臾之间,他觉得自己好像做了一场大梦。他有点儿糊涂,有点儿迷茫,也有点儿恐慌,但随即,这种情绪就演变成了更强烈的懊恼。

"或者,"他试图给郭长青的劝说找出一个使他更容易接受的理由,"或者,只是你想甩开我吧……"

不容郭长青辩驳,他抓起椅子上的那件黑色外套,摔门而去。

7

就在徐显椋"砰"的一声关上防盗门的时候,陆以名的意识好像被重新装回了他的脑袋。现在他躺在地上,而眼前的人,由那个气焰嚣张的王钊,变成了一脸担忧的郑骁阳。

郑骁阳抓着他自己那只印着小熊维尼的保温杯,另一只空着的手试图将陆以名从地上扶起来。"你怎么样?行不行?要不要喝点水?"他的声音急切而焦灼。

陆以名的确渴极了,可来自郑骁阳的照顾对他而言是种双重折磨。

毕竟他在心里还没有真的原谅郑骁阳,而他又不能一边鄙视一个人,又一边接受着这人向他提供的援助。他闭紧嘴唇,却在与那厮的一推一让之间发了一阵汗,接着,精神竟然好多了。

如今他彻底摆脱了荒白如雪的幻象,但现实比幻象还残酷得多,因为此刻,四周围黑压压的一片,像一座困城大军压境,也像振翅的群鸟淹没着天空。

陆以名从中依稀辨认出一些熟悉的面孔——关若非,周三水,还有学校里那群他认识和不认识的好事之徒。他们在围观,在议论,宛如欣赏着一场斗蛐蛐大赛。

陆以名还看到了王钊。王钊背对他站着,像拆卸一整套高精尖设备那样,一件一件地拆卸护具。他把护头放在墙角的置物柜最上层,然后拉开旁边的冰柜,取出一听可乐,他单手握住瓶身,拇指扣住罐口的外沿,食指去开拉环……

于是,整个世界都充斥着二氧化碳蓬勃翻腾的泡沫。

陆以名注视着这一切,就像一缕无家可归的魂魄在窥探人间的秘密,他挣扎着想坐起来,却最终使所有努力都成了徒劳。

王钊扒开众人走过来蹲下,一手捏着易拉罐,一手垂在膝头。

"醒了？"他看着陆以名，"我听说你是极真跆拳道馆的是吧？别说，你们道馆挺有名，在我们这儿可是挂了号的。"

他的手指将易拉罐捏得噼啪作响："这个极真道馆就是诓钱的，什么专业比赛都没打过，专门儿去参加不入流的业余比赛，就顶着我们的名头招摇撞骗。"

"全国冠军？真好笑。"他站起来，原地踱了两步，像个卫视台的节目主持人试图调动气氛般地环视四周，于是，他如愿听到了应和般的窃窃的笑意。

"不如你跟大家说说，你这个全国冠军打过什么比赛？我告诉你，从全国到各省市，除去各类运动会和国际大赛，每年只有两场常规的专业赛事，一场叫锦标赛，一场叫大众赛。我次次都参加，但却从来没听说过你这号人。"

关若非也笑了。彼时，他正坐在视野极其开阔的位置，一把椅子上。周三水像个精于业务的摄像师，正用一部崭新的数码相机拍摄着全程。

陆以名无力地张了张嘴。

"怎么？有话要说？"

王钊重新弯下腰，用一只手抓住他薄薄的校服外套，一用力，他就被拽了起来。

可就是这一拽，让陆以名清晰地瞥见了悬挂在王钊背后墙壁上的巨幅照片。那是某场比赛的领奖台，有他熟悉的鲜花、人群和连绵不绝的闪光灯。而王钊就站在领奖台的最前列，身后是第一名高高的阶梯，在那儿，他瞧见了一张熟悉的面孔。

因此，他吐出了一个让人匪夷所思的问题："你打过全国赛，你是第几名？"

王钊愣了一下，但照实回答了。

"进了前八。"他说。

"那就是第八名。"陆以名吐出嘲笑般的呓语，让人听上去不爽极了。"那么,第一名是谁?"他继续问。

王钊恼羞成怒,他一把松开陆以名,任凭后者像一坨烂泥一样重新四分五裂地摔在地上。"是王煜安。"他冷冰冰地回答。

陆以名突然就笑了,就像是一个垂死的病人在弥留之际听到一桩天大的喜讯,他笑得有点喘,甚至连眼泪都笑了出来。

郑骁阳被吓到了:"兄弟啊……那啥,咱们走吧。"

他把陆以名扶起来,然后朝着四周的看客们一抱拳:"承蒙关照,承蒙关照,改日再战,改日再战。"

王钊没有痛打落水狗的习惯,所以现在,他虽不快,却依然颇有风度地替他们让出一条路。但陆以名没有动。

郑骁阳手忙脚乱地去拉他,就像在拉一具毫无知觉的尸体。这倒也不能全怪陆以名,因为此刻,他的思绪已经神游到了向王煜安发出战书的那个下午。

那位英俊的假想敌脸上挂着养尊处优的轻蔑,曾经有过好长一段时间,他还为这种轻蔑感到不平,但现在他明白了,全明白了……

一个跆拳道世界里的赛场新星,一个高高在上的天之骄子,凭什么要把他这么个不入流的小人物放在眼里呢?而他,一个付出所有,却只换来假象的失败者,又有什么资格去和这样一个人争夺他梦寐以求的东西?

有那么一瞬间,陆以名想起了李萍的话,他就是一株杂草,非但永远长不成树木,甚至该有一千种理由死去——死于寒潮,死于疾风,死于孤独,或者死于践踏。

他甚至忘了,一根杂草的存在只需要一个理由——它要存在。

这时候,门开了。

披着夜幕气喘吁吁闯进来的人,竟然是陈英俊。

8

"Boss,记得吗?无论被敌人杀掉多少次,我们总能重新归来。"

陈英俊把冰凉的手指放在他的胸口,用另一只手垫着他的后背。而陆以名脸色惨白,眼中那些璀璨的星光早就坍缩成了无底的黑洞。

半个小时前,谈晋伟替她解了围,她马不停蹄一路狂奔,可直到看见陆以名的这一刻才明白,自己还是来晚了。

"无论被敌人杀掉多少次,我们都要重新归来!"她像念咒一样重复。

可陈英俊分明就是个骗子。

"你说错了,"陆以名艰难地纠正她,"你在说谎。"

他的人生的确像一场游戏啊,可他既不是玩家,也不是 Boss……

"我只是个 NPC。"陆以名悲伤地做着最后陈述。

此刻,陆以名曾精心隐藏并引以为傲的跆拳道世界,轰然坍塌。

第十一章　那个女孩，从不会输

1

刚开始，这场校园软暴力并非起源于群众自发，而是有人蓄意设计。

周三水组织了一支"正义之师"，带着数十张陆以名惨败的照片在校园里大肆张贴，美其名曰"打假"——打的是陆以名这个跆拳道全国冠军称号的假。

可到了后来，事情急速发酵，演变成一场盛大的狂欢。谣言像流感一样飞速传播，一传五五传十，整个事件就变成了陆以名因虚荣心作怪，杜撰获奖经历，还不自量力去极致踢馆的故事。

于是，那些上个礼拜才蜂拥而至的崇拜者一夕之间消失得无影无踪，与此同时，不知从哪又冒出一大片"无名英雄"，在陆以名的桌斗儿里塞满恶意谩骂的纸团儿，在楼道空白的墙壁上填满鲜红的涂鸦。

骤然增加的工作量让扫楼阿姨对陆以名印象深刻，甚至在路过他跟前儿的时候，还给了他一个毫无同情心的白眼儿。

使人精诚团结的往往不是共同的理想，而是共同的敌人。

那么陆以名呢？

他安静地变回了那个既不擅长体育运动也不擅长口舌之争的好学生，整天面无表情地待在自己的座位上，麻木得宛如一个没有生命的稻草人,他放任自己从神坛坠落,成为好事者口中的骗子和跳梁小丑。

倒是郑骁阳,他满头大汗,胸中气愤难平,整个人像极了上紧发条的机械表,一刻不停地运转着。每一个课间,他穿梭在楼道和操场,卖力地去撕着有关陆以名的那些宣传单。

"谁干的?"

下午第三节数学课,谈晋伟连讲义都没有带,他将一双手狠狠地按在讲台上,环视整间教室。

"谁干的?"他重复了第二遍,依然没交代自己问的到底是什么事儿,可在场的每一个人都已经心知肚明。

"没有人想说点什么吗?"这是第三遍。

关若非呗,还有谁?

但就是没人敢吭气儿。

好像我们都有过这么一个时期,听故事先关心"好的坏的",看电影最在意"正派反派",言谈举止间总急着证明自己是正义的,可就此事来说,揭穿谎言显然比编织谎言更正义。

所幸,也有人不信这邪。

"就是关若非!"郑骁阳石破天惊的一句话,打破了蓄谋已久的缄默。

"新来的,你给我小心点儿。"讲台旁边的周三水不加掩饰地威胁,然后在谈晋伟更露骨的威胁中老老实实闭了嘴。

"那天我看到周三水在录像!他带了一部相机。"郑骁阳毫不客气地给出自己的论断,"他和关若非是串通好的!"

"哎哎,你可别满嘴跑火车啊,说话得负责任,我本意是帮我弟的忙,来场友好交流,没有针对谁,录个像怎么了?录个像给我哥们儿拿回家反复观摩怎么了?当时那么多人,有相机的不止我一个,凭什么随便冤枉我?"关若非辩驳得有理有据。

郑骁阳哑口无言。

毕竟人家没说错,他没有人证——起码没有一个目击者愿意出面支援,他也没有物证——他甚至不能证明被肆意张贴的照片是出自周三水那部该死的数码相机。更糟的是,那个时候杂草垛高中简陋的楼道里还没有安装监控摄像,而谈晋伟又恰好不是个出色的侦探。

"谈老师,我是冤枉的!"关若非咬紧"冤枉"二字,死不认账。

后半节课,谈晋伟组织参与者进行一对一的谈话,但破天荒的,大家众口一词,都说没干过,都说不知情,调查彻底陷入僵局。所以,他不得已与陆以名进行了一番促膝长谈,意在帮助受害者做好心理建设,并郑重承诺,他会尽全力调查此事。

陆以名的反应却出人意料。

"谈老师……"隔着一张狭窄的办公桌,陆以名交叉着冰凉的十指,抬起头,"……不要再追究这件事了。"

"为什么?"

陆以名沉默了好一会儿,竟然找不出他有生以来听过的任何一个句子去阐述此刻的心情。他的大脑里装满了被辜负的陆国平和童爱华,装满了栋梁课堂上李萍的破口大骂,装满了被他虚掷在谎言里的人民币……

这场有关跆拳道的失败冒险无疑结束了,而他却陷入了自我否定与自我惩罚的怪圈,因此,如今所有的惨痛教训都是自作自受,与他人无关。

陆以名的守口如瓶让谈晋伟有点儿挫败,可他依然竭尽所能地想为面前这个隐忍的男生提供一些行之有效的帮助。

"是否调查这件事是我该考虑的。"他说,"我不了解事情的起因经过,也不太懂你们那个什么跆拳道。但知道吗?我听过这么一句话……"

他神秘地笑了一下,像隐居世外的一代宗师在对后生晚辈传授着毕生的武学精髓——"对于不屈不挠的人来说,从没有失败这回事。"

傍晚时分的光线穿透办公室的玻璃窗,铺散在他们面前的桌子上，宛如破碎的金箔。有那么一瞬间，这些跳跃的金箔在夕阳底下聚集成小小的火苗儿，它们在陆以名微微发红的眼眶里闪烁了一下，又飞速地黯淡下去。

或许它们薄弱的力量尚不足以拯救他冷却的内心，可他还是觉得自己好多了。起码现在，那种对痛觉和失败的感知又徐徐地回到了他的体内。

"谢谢您，谈老师。"陆以名是由衷的。

就在他站起身，打算离开办公室的时候，谈晋伟重新叫住他。

"陆以名，等一下。"他顿了顿，"还有个事儿，和陈英俊有关。"

陈英俊？

陆以名回头，狐疑地看着谈晋伟，脑子里一瞬间闪过两个礼拜前的校会，广播里传出年级主任滑腻又讨厌的声音——她在宣读一篇有关中学男女生相处的行为规范。简单来说，就是杜绝早恋。

"我和陈英俊……"这段回忆有效地唤起了陆以名的紧张神经。

事实证明他多虑了，因为老谈说的是："你是不是找陈英俊借了一笔钱？"

"啊，是……我……会还的。"

谈晋伟笑了："我当然知道，但是如果有可能，你还是应该和陈英俊的妈妈解释一下，她很担心陈英俊。"

"担心？"陆以名不太明白。

"她借给你的是家里的进货款。"谈晋伟补充道，"你应该知道，她家是做生意的。"

这时，陆以名才彻底清醒过来，他一下子明白了陈英俊塞钱给他那天的怪异举止——她霸道而固执得就像在和往事诀别，他也明白了陈英俊在随后长达半个月的时间里为什么总是心事重重。

像一个将死之人因为未竟的心愿而回光返照，陆以名突然就知道自己该做些什么了：

我得把钱要回来。

2

陈英俊与陈月霞的冷战，结束于后者的道歉。

说到底，陈月霞依然是一个再普通不过的中年女人，她迷信经验，也迷信权威。而对于一个高一女生的家长而言，班主任就是权威。

那天傍晚，从校门口到办公室的路上，谈晋伟是这样说的："陈妈妈，您多虑了，陈英俊在学校的表现很好。陆以名是我们班尖子生，全年级都排第一的。我之前动员他们搞学习小组，您瞧，这效果简直立竿见影。"

他把剑拔弩张的母女二人领至自己的办公桌，让座，倒水，然后从一只黑色的文件夹里抽出三份成绩单，从数学的倒数第十名奋起直追，一路杀进全班前五，陈英俊的进步有目共睹。

"他们俩我绝对放心，两个都是好孩子。"谈晋伟的笑容很有说服力，"至于那笔钱，我明天问问陆以名，应该不是大问题。"

"谢谢您，谈老师，真是太谢谢了……"陈月霞有点儿词不达意，她将那只温暖的一次性纸杯放在桌子上，然后目光闪烁地盯着它看了好一会儿。

陈英俊知道，她妈这是在愧疚，除了愧疚，兴许还有点儿尴尬。而陈英俊今天偏偏就想加剧这种愧疚。

"妈，我得去道馆了。今晚有训练，而且……"她恢复了好斗的本性，"而且我今天也得补习数学。"

重音被压在了"也"字上。

这一次，陈月霞失去了阻拦女儿的全部理由。

在接下来的日子里，两个人好像互换了身份，陈月霞一改往日对一切漠不关心的态度，变得殷勤起来，而陈英俊则好像愈发麻木不仁了。

"英俊啊,吃饭了。"

"嗯。"

"英俊啊,今天不要训练吗?一日不练十日空,跆拳道可别松懈啊。"

"嗯。"

"英俊啊,很晚了,该睡了。"

"嗯。"

其实陈英俊根本不是个记仇的人,更不是有意要与陈月霞为难。她只是真的睡不安寝,真的食不下咽,做事也真的心不在焉。但这全都要怪陆以名,是陆以名的变化使她的生活滑向另一座泥沼。

陈英俊整整两天都没有和陆以名说话,或者说,是陆以名没有和她说话。

他甚至再没有按时出现在教学楼门口那株杨树底下了——往常他们总是在那儿约好集合,一起去参加跆拳道训练。不过,她也没有去道馆,这大概就算扯平了吧。

但后果对双方而言都是惨痛的———夕之间,他们仿佛又回到了高中伊始的状态,陌生,疏离,甚至充满猜忌。

他在生我的气吗?

她在生我的气吗?

他在怪我吗?

她在埋怨我吗?

当电子钟表的指针指向凌晨一点的时候,陈英俊在那条新换的蓝色碎花床单上翻了三次身,她又开始责怪自己,责怪自己隐瞒了那些比赛的真相。与此同时,她也责备陆以名的脆弱。

事实上,陆以名刚刚翻了第四次身,湖绿色的格子床单被他揉皱成一团扁平的海草。他同样无法宽恕自己,更无法宽恕自己曾有那么一瞬间,在心底把所有的失败都归咎在陈英俊身上。可他也的确在责怪陈英俊,责怪她甘冒风险,借贷款给他参加比赛,使他背上了可能穷其一生都无法偿还的债务——他终究不能以英俊之名而战了。

她想告诉他，就让过去的过去吧，每个人都有重新开始的权利，即便他失去一切，他也依然手握未来。

他想告诉她，就让过去的过去吧，让他忘掉跆拳道这回事，让她心无旁骛地去当一个叱咤风云的女侠，让一切回到原点，只有友谊长存。

可坐以待毙从来不是陈英俊的风格，她必须有所行动。

明天，就是明天，陈英俊打算去做一件危险重重又毫无把握的事情，她要让陆以名知道，人可以被打倒，但绝不能被打败。

3

"陆以名？你这两天哪去了？陈英俊又哪去了？"

第二天傍晚七点半，夜色悄无声息地滑入极真道馆的窗子，郭长青刚刚把散落在地上的最后一只脚靶放回金属置物架上，他用一贯开玩笑似的语气同陆以名打招呼。

那个时候，陆以名已经在门口站了好一会儿，身体呈现出春季特有的状态——皮肤温暖潮湿，只有指尖冰凉。郭长青的声音使他把目光从墙壁中央那张获奖照片上移开，继而他意识到，自己不该失魂落魄地站在这儿。

"我……"他吞吞吐吐，没憋出一句话。

好在郭长青也不在意，他正忙于手头的整理工作。

此刻，两名学员对着镜子稀稀拉拉做着热身运动，小胖快快不乐地站在沙袋旁边，和李东泽说着什么。陈英俊不在，徐显棕也不在，道馆显得比平日更冷清了。

有那么一瞬间，陆以名甚至觉得自己走进了一段不存在的时光，好像一切风波从未发生过，又好像，它们早在多年前便已经尘埃落定了。

思维的僵滞让陆以名几乎想要放弃找郭长青讨回报名费的打算，但后者却好像诚心不想使这个忐忑的男孩称心如意一样——他在五分钟后就宣布集合，并开始滔滔不绝地讲起关于组建那支专业比赛队伍的计划。

"关于这支专业队，我是这么想的……大家可以看一下。"

郭长青卖力地去推一架掉了一只轮子的巨大白板，上面密密麻麻罗列着全年赛程和训练方案——为了填满所有空白，他花了足足一个下午的工夫。

可"专业队"三个字刺痛了陆以名，这让他一下子想到了那些如小广告般肆意张贴的高额"集训动员"，以及，那些同样价值不菲的比赛报名表……

事实上，郭长青手里此刻也恰好握着一摞类似的东西——一些新鲜出炉的专业队报名须知，它们被打印出来尚不足一个小时，铅字几乎都还是温热的。

陆以名觉得自己甚至能把郭长青接下来的说辞倒背如流了，他大概会像上次鲲鹏杯的参赛动员时那样告诉大家——这是极真道馆未来一年里的一项重大计划，参与者可以驰骋赛场，可以考试加分，甚至可以扬名立万，而代价不过只是区区的几千块人民币罢了……

想到这儿，他就觉得自己的胃部变成了暴雨过后的排污管道，强烈的不适就像积蓄已久的污水，源源不断翻上心头。

"陆以名，传一下。"

郭长青丝毫没有察觉陆以名的异样，反倒将手里的那摞纸递向他，无可回避的对视将后者逼上了一座高高的悬崖，陆以名心跳骤然加速，终于，说出了在肚子里重复过一千次一万次的那句话——

"郭教练，我不想参加专业队，我只想……要……"他被一个心虚的气声哽住了，就像战栗在蜡烛上的一芯火苗，微小，怯懦，但依然具备杀伤力。

"我只想要回报名费。"他低低地说。

"你说什么?"郭长青有点糊涂。事实上,在场所有人都糊涂了。

"郭教练,我想要回上次比赛的报名费,鲲鹏杯那次……"陆以名重复了一遍。

"不是,赛都比完了你要报名费干吗?"李东泽快人快语,"你上次不是打得挺好的吗?第一名还不满足?"

"我……"

"我的报名费是借的,专业比赛是假的,参赛道馆是假的,名次也是假的……"

多么理直气壮问心无愧的回答,可陆以名就是不敢说,或者,他压根不想说。

毕竟那些与李东泽和小胖斗嘴的快乐日子还历历在目,帮助陈英俊补习数学的那些晚上依然记忆犹新,还有郭长青爽朗的笑声,实战时队友发自真心的助威呐喊,甚至徐显椋突如其来却妙语连珠的冷嘲热讽……

极真道馆终究给了他太多热切回忆,使他这个精神上的孤儿在瞬息之间就拥有了许多名分以外的亲眷。

有那么一会儿的工夫,临阵退缩的念头卷土重来,他甚至开始迫切希望郭长青能够先发制人,最好像李萍那样用激烈的言辞挑战他情绪的底线,让他成为一个理智与情感的双重受害者,好使他那种奇特的、不应该存在的愧疚滚出他的大脑。

但事与愿违,此刻的郭长青缄默而极富涵养,他认真注视着陆以名,耐心地等待后面的内容。

"郭教练……极真道馆……没有参赛资质,对不对?"

周遭长时间的安静使把钱还给陈英俊的念头再一次占据了上风,可这话,陆以名问得实在不硬气:"这些比赛也都是业余的,不能加分,对不对?"

郭长青的脸色在朦胧的光线底下徐徐地由红转青,最后,凝固成水泥地的灰白,他久久没有回答。

升学优惠是市面上大多数跆拳道训练班的招生法宝，就连郭长青自己也不记得曾有多少次在面对咨询的学生家长时信誓旦旦地保证，一定能获奖，一定能加分。

可从没有人真的因为极真道馆加过分。

在起初很长一段时间里，郭长青曾为此惴惴不安，直到有一天他发现——人们或者并不反感表面繁荣的假象，只是不能容忍假象被揭穿罢了。

兴许是郭长青默认般的反应，陆以名这两个软绵绵的问句起到了出人意料的效果。宛如热油泼辣子，刺啦啦的议论在极真道馆内平地而起。

"郭教练……是真的吗？"李东泽和小胖几乎是异口同声。

更多刨根究底般的追问还在发酵。

"郭教练，上次说的二级运动员证书，我们到底能不能办？"

"郭教练，不是说比赛前三名中考能加五分吗？我能加分吗？"

"郭教练，他说的不会是真的吧？"

每个人都在等待一个解释，或者一个定心丸般的保证。不幸的是，徐显椋不在，而如今的郭长青，对维系这种假象早就失去了最后一丝兴趣。

"今天的训练就提前结束吧。"他避重就轻地宣布下课，然后径自转身走向那间窄小如杂物间一般的教练员休息室，只留下一屋子狐疑的学员。

于是，他们呼啦一下围住了陆以名。

"陆以名，怎么回事儿啊？"

"消息从哪来的？真的假的？"

"就是，你是怎么知道的？"

"淡定，淡定！"李东泽把嗓门提高了两倍，"大家先回去吧，我们再去问问郭教练。"他积极地维护秩序，直到队友们怀着各异的心情鱼贯离开这片是非之地。

现在，偌大的训练场，只剩下了他、小胖和陆以名。而陆以名惨白的脸色，比两分钟以前的郭长青还要难看。

小胖诚心要哄陆以名高兴似的，用肩膀拱一拱他："哎，看不出，你还挺英雄。虽然我挺喜欢郭教练的，但帮理不帮亲，依我看，你这事儿做得对。"

"我呸，你就是陆以名的无脑吹。"李东泽没好气儿地顶回去，"你知道内情吗你？就会乱下结论！"

"无脑吹怎么了？反正这都是我最后一节跆拳道课了，还不兴我抓紧机会可劲儿吹吹……"小胖哀怨地嘟囔着。

"……最后一节课？"好半天，陆以名终于有了点儿反应。

"你前两天都没来，所以不知道。我妈不让我练了，嫌我成绩忒差，连游戏也不让我玩儿了。说到这儿……"小胖无可奈何地摇摇头，小大人似的长叹一口气，"谁让我是你的无脑吹呢？我要给你个东西……"

他蹦蹦跳跳地跑到窗台底下，从红彤彤的书包里摸出个蓝汪汪的家伙，远远地冲着陆以名晃了晃，然后，塞进了陆以名的书包。

陆以名只一眼就认出来了，这竟然是那部被小胖视若珍宝的 NDS。

"我这宝贝就归你啦，你可得好好收着，没准儿哪天我还得要回来。"

"嘿，我说你这人真没劲，哪有送人东西还要回去的？"李东泽嗤之以鼻。

小胖扁扁嘴，一脸的不服："我还不是被逼的？我妈说这东西是玩物丧志，要是我送不出去，她明儿就拿走卖给收破烂儿的。"

"我看陆以名好像没兴趣，不如你送给我？"

"想得美。"小胖白了李东泽一眼，两个人又开始了一番唇枪舌剑。

陆以名被活泼的气氛感染了，而形成鲜明反差的空旷道馆，却让他又悲从心中起。"你们……不想问道馆和比赛的事情吗？"他心情复杂地打岔，并且，试图借由不着痕迹地融入他们来转移自己的注意力。

"那当然是……"

小胖一个"想"字还没说出口，就在李东泽的目光威胁下强憋了回去。

"当然不想。"李东泽斩钉截铁续上了后话，又搬出他那套武林人士的朋友义气来，"你想说就说，不想说咱们也不问，这个就叫江湖情义，就叫兄弟默契！"

陆以名突然就明白了，对于他的质问和郭长青的反应，眼前这两个人不是不好奇，不是不担忧，甚至，他们也不是不为小胖的离别而伤怀。但比起这一切，他们现在更想安慰他。

陆以名鼻子一酸，心里也跟着潮湿起来。

李东泽注意到了陆以名情绪上细微的变化，尽管后者依然像根木桩一样木讷地戳在原地，可他还是明白了。

"你……你还有事儿要跟郭教练说吧？"他仗义地冲着小胖一使眼色，小胖愣了一下，然后迟钝地心领神会。他恋恋不舍地向陆以名告别："那……那我们先走了，陆以名你自己保重哈。记得看好我的宝贝！有空给我打电话！"

4

空纸箱抵着窗台下的墙壁，而郭长青硬挺的后背抵着那些空纸箱。

他寻思自己一把年纪，皮糙肉厚，想来一个少年稚嫩的挑衅并不能真的在他的世界里掀起一丝波澜，充其量，只能算是压垮骆驼的最后一根稻草。

那么其他的呢？大概是失败的创业，是虚无的谎言，是争执不休的伙伴,是弃置不顾的空手道梦想,是被辜负的学员……

长久以来,郭长青都觉得自己像一个不会游泳的人,不尴不尬地站在水深没顶的游泳池里,而眼前摆着两条路——上岸,或者淹死。

有那么一秒钟的工夫,他觉得自己不能再傻下去了,所以他又重新开门走出来,抓起挂在白板上的板擦去擦上面的赛程——他先擦掉了 12 月份的,再去擦 11 月份、10 月份、9 月份的、8 月份的……最后是现在,5 月份,宛如在抹除一段还未发生过的记忆。

五米以外,目睹着这一切的陆以名几乎想夺门而逃了,可在他脚下装了钉子的,是那个想要还钱给陈英俊的念头。但此时此刻,无论是要钱的催促之词,还是出于愧疚的自我辩解之语,他都再说不出口。

好在郭长青情绪虽差,记性却很好。

约莫三分钟后,他扔下板擦,走回教练员休息室去,捡起扔在地板上的单肩背包,从侧边的口袋里摸出六百块钱,又从已经老到露出白色木茬的抽屉里取出四百五十块,最后,从桌上那只开线的钱包里抓出一把厚实的纸钞——这还是下午快印店的老板娘找给他的零钱,加一起算一算,勉勉强强,还真有一千二。

"拿着。"郭长青走到陆以名面前,把钱递给他。

他也不提给他这笔钱的名目,更没有让他的言谈举止看上去有做贼心虚退还赃款的意思。他从容得就像是某企业年会上给优秀员工颁发现金奖励的领导。

陆以名接过来,连头也不敢抬,目光就只盯着那些纸币上的纹路。它们细密繁复,错综得宛如阳光底下的叶脉。

"你上次比赛打得不错。"郭长青补充道,他的脸色还是不大好看,但声音挺轻快的,而且,他笑得很温和。

陆以名于是把头埋得更低了,他的心脏抽成一团,双手开始微微颤抖。他强迫自己用使命感去抗衡负罪感,直到那笔钱被稳妥地塞进口袋。

至少现在，他想，一切都该结束了。

可陆以名一向是事与愿违的典范。

因为就在这个时候，道馆门口闪过一道可疑的黑影。来人像个拦路抢劫的悍匪，三两步冲至他面前，冷得像青砖一样的拳头砸向他的下巴……

有别于与王钊的激战，这次的疼痛凶猛而鲜明。

现在，陆以名在流血。

温热的液体沿着嘴唇的轮廓滑向下巴，他用手胡乱擦着，然后下意识抬头去看眼前的不速之客。

竟然是徐显椋。

徐显椋没有给他喘息的机会，又补了第二拳，陆以名近乎本能地向左后方一闪，拳头恶狠狠地擦着右侧脸颊飞过去，在上面留下一道触目惊心的红痕。

徐显椋很快！比陆以名想象中的更快！

因受到重击而导致的失衡使他狠狠栽倒在地上，脑子里竟然在电光石火之间冒出两个全然挨不着的念头。

第一个是——徐教练他疯了！

而第二个则是——这是他目睹过的，徐显椋的第一次出手。

人类趋利避害的本能让毫无抵抗能力的陆以名在第一时间就选择了缴械投降，他用双手死死地护住头部，身体蜷成一团。但预想中的疾风暴雨并没有如约降临。再次睁开眼睛，他发现郭长青正死死地攥着徐显椋的手臂。而徐显椋歪着嘴，以一种愤怒而鄙夷的表情盯着他的老搭档："你说他有天分？连我一拳都躲不过去！算他妈的什么狗屁天分？"

"你发什么疯！他还是个小孩！"

"小孩？他丫的就是个忘恩负义的小废物。我早跟你说过吧，你不听，现在看见了？你全他妈是自作自受！活该！"徐显椋一把推开郭长青，骂骂咧咧地退出两步，他的视线范围逐渐缩小，将无边的不满全部聚焦在郭长青脸上。但后者没有理他，而是去扶地上的陆以名。

头顶，本来就不太明亮的灯光闪了两闪。

徐显棕觉得自己稍稍平静了，可他还是糊涂，他有点儿想不明白自己为什么要回来？他甚至已经忘了，自己本是来求和的。

这是他的惯用招数——在争执后像个长不大的孩子一样任性地摔门而去，等到那些愤怒烟消云散，再大摇大摆地自个儿走回来，连个冠冕堂皇的台阶都不需要。然后，仗着多年共苦的友谊，郭长青十有八九会像平时那样向自己妥协，他便可以同样大度地与对方一笑泯恩仇。

当然，如果郭长青依然固执己见，那么他也不是不能考虑舍身奉陪一把，毕竟，人总要以失败来证明自己曾存在过。

所以徐显棕回来了。

归途春风拂面，目之所及全都是温暖的绿色，他的心情也跟着好极了。一路走到体育馆外，正撞上一群提前下课的跆拳道班学员，他们叽叽喳喳围上来，向他求证着陆以名那套"无资质"和"不能加分"的说辞。

接着，在道馆门口，他又好死不死看到平时也没少哭穷的郭长青正给陆以名塞钱的那一幕。他当即怒火攻心，这才有了刚才打抱不平的戏码。

但郭长青的一骂一拦，却使他一颗滚烫的心重新跌回冰点。

"得，道馆是您的，您说了算，您就继续作，我也管不着。我今儿就是回来拿东西的，就是个过路的，我没时间看你们在这儿唱大戏。"

徐显棕张口就拈了个找东西的幌子，冲进教练员休息室，佯装翻箱倒柜起来。别说，还真让他找到了点儿什么。

那是一套曾经伴随他征战多年的护具，和一身旧得发黄的国家队队服。

他恶狠狠地把它们从柜子里扯出来,留下被洗劫过一样的一地狼藉。他发狠地摩挲着上面粗糙的纹路,就像在报复着艰涩的岁月。

身后,突然传来郭长青关切的声音,他听得怔了怔——可惜,话是对陆以名说的。

"陆以名,你怎么样?动不动得了?"

他听到地上那男孩爬起来的动静,听他嘟嘟囔囔地说"没事,没事"。

然后,道馆再一次陷入了无休止的沉默。

既然道不同,徐显棕心灰意冷地想,那么就撒由那拉吧。

5

天色已经完全黑了,空中铺满深浅不一的云。

徐显棕拖着疲惫的步子,沿着公路自西向东慢吞吞地磨蹭。深深吐纳一口气,单薄的套头衫和骨节分明的脊柱让他看上去就像一只动物,一只流浪了大半生的、老迈而濒死的动物。

他不知道自己该到哪去……

更确切地讲,从五年前离开国家队开始,他就是个无家可归的孤魂野鬼了。

他也不敢走得太快,因为每每当他试图像曾经那样健步如飞的时候,那条该死的左腿就会使他曾遭遇过的所有伤痛浮出水面——他的左腿有点瘸。这便导致他无数次气焰嚣张地杀往道馆沙袋区,却都只落得个铩羽而归的结局;也使得他每每被小胖缠着、央求着做一组双飞示范的时候,他只能呆在那儿,用冷嘲热讽搪塞着,或者抬起右腿,比画一个不痛不痒的原地动作。

有很多次,他在男厕所里听到窃窃的低语:

"你说徐教练真的是国家队的吗?"

"徐教练真的会双飞和旋风踢吗?"

"你们有人看过徐教练的比赛吗？听说他挺厉害的？"

"估计是蒙人的吧……"

这些低语跟着他，如蛆附骨，像某种恶毒的诅咒让他不得安生，可他却没法证明——起码没法以暴露身体残疾来证明他所言非虚。

这么骄傲的一个人，耐得住猜忌和蔑视，却受不了怜悯与同情。

藏在心底的伤疤，宛如生命里被灼烧过的孔洞。

有那么一会儿的工夫，多年前那个春天的阳光像微风一样掠过他的脑子。就在他快要烂死在医院的时候，郭长青蹲在他的床边，慈眉善目得像个盼儿康复的老妈妈。

彼时他们认识还不足两个月，把徐显椋送进医院的不是左腿腓骨上那道纤细的裂纹，而是严重的陈旧性跟腱断裂。郭长青更"不幸"，作为他的病友，一个曾经的空手道运动员，他全身上下的故障来自一场大醉后的街头斗殴。

郭长青说，喂，哥们儿，我要走了，去追求我的梦想，你可别死，想死的时候就想想你的梦想。

他是提前出院的，而徐显椋一向不擅长应付计划之外的离别，所以他撇撇嘴，赌气似的干巴巴回应：梦想吗？我为它付出一切，但它背叛了我。

郭长青笑了，他说你丫就好好活着吧，至少可以向它复仇。

那个下午的天空呈现令人过目难忘的青紫色，像是云层背后有妖怪在酝酿着巨大的阴谋。

后来郭长青就走了，但他的临别赠言发挥了巨大的作用。就为着这句话，徐显椋又逼迫自己将那些枯燥无味的复健运动重复了整整一年。

起初，他竭尽全力地维持着自己原来的运动习惯，并且像一个职业的健美选手那样在意自己的身体。他要求它匀称而健康，要求它每一块肌肉既不厚重也不松散，以便有朝一日再次走上赛场的时候，可以一拳打出呼呼的风。

那段日子,他依然爱着跆拳道,就像爱着自己紧实的三角肌。那份爱强烈得像盛夏正午时分一场气势磅礴的太阳雨,痛快,淋漓酣畅,直抵生命的中心。

可最终,他的耐心还是在漫长的等待中被消磨殆尽。

整个过程循序渐进,由表及里,如同温水中的青蛙,印证着人类强大的适应能力。

他仅仅用了半年就习惯了教练与队友的特殊照顾,再半年就适应了跛足带来的生活之不便,继而连自己也默许了这种"与众不同"。

他去医院复查,又戏剧般地从医生那儿得到了可以佐证这种"与众不同"的说法。医生的建议表达得委婉诚恳:你得避免过度训练,避免激烈的对抗性运动,当然,也要避免从事相关工作。

命运甚至连玩笑都懒得和他开,独断专横地在他未来的人生里填满了伤残人士的脚注。这使他变成了一个沉浮在湖心的溺水者——他可以挣扎,可以反抗,可以一次又一次地在玻璃般平静的水面击出壮阔的水花,但他注定永远无法抵达彼岸,只能在徒劳的努力中耗尽生命所有的力量。

所以最后的最后,正如命运希望他做的那样,一纸退役申请书让他永远告别了赛场,从集训中心搬回北京城中村一间小小的出租屋。

他把自己闷在这座砖砌的房子里,日子一久,觉得生活中看见的人和事也都成了砖,密实地构成一座毫无希望的坟墓。

但就是在这个时候,郭长青再一次闯入他的视野。

这位从前的病友还是穿着他那套招牌式的Kappa连帽衫,前胸粘着两颗白花花的饭粒儿,胡子拉碴的一张脸上挂着潇洒不羁的笑。

"哎,兄弟,咱们开一家道馆吧。"这就是郭长青的开场白。

徐显椋想也没想就拒绝了:"我已经不是运动员了。"

"但你可以成为教练员。"

"而我恰好不懂空手道。"

"谁说是开空手道馆了?我说的是跆拳道馆。"对面的男人耐心地予以更正,"跆拳道和空手道不一样,人家是奥运项目,练起来也比空手道安全,升学考试还能加分,家长愿意花钱送孩子来学,咱们又恰好能教,何乐而不为?"

徐显棕愣了几秒,然后笑了。

他笑得讥刺而洋洋自得,好像刚刚完成了一项伟大的论证——以一个反例推翻了他曾经信奉的真理。

他眯起眼睛问郭长青:"那么你的空手道梦想呢?你的梦想怎么办?"

郭长青倒是满不在乎。他两手插兜,洒脱得像那个凉亭里与向问天对酒的令狐冲,他说穷人哪配有梦想?以前我的梦想是空手道,以后嘛,就是赚钱了。

一列火车呼啸着驶过年久失修的大桥,尖锐而粗犷的噪音使这段回忆戛然而止。尘土里混杂着潮湿的气味,让人想起暴雨压境的夏天。

而桥下,徐显棕疲惫不堪地坐在自己的行李箱上想,他们如今不但没了梦想,还落得身无分文。

6

关若非是个很够义气的朋友。

所谓很够义气的意思就是为朋友两肋插刀,为兄弟赴汤蹈火,并且,有恩必报。

所以他专程翘课买了新出的《仙剑4》配音版游戏包打算酬谢王钊,周三水则尽职尽责地替他抱着包装盒充当跟班儿。

可今天晚上,两个人一前一后走进极致跆拳道馆训练场的大门,第一眼看到的竟然是陈英俊。

她穿着一条白得扎眼的道服裤子和一件墨蓝色的长袖T恤,乌黑的短发湿漉漉的,就像他曾经历过的那些雨夜里湿漉漉的枝条。

她笔直地站在训练场正中央的垫子上，留给关若非一个似是而非的侧脸：嘴唇挂着一丝干涸的血迹，高耸的颧骨在蜡白的灯光底下浮着狠狈而奇幻的紫红色，但那双眼睛，只有那双眼睛……

就像驰骋在荒凉戈壁的角马，就像用翅膀拍打罡风的隼鸟。

就像十岁那年儿童节，他曾看到过的那样。

窗外，吹来一阵回旋的凉风。

"谁……"

"谁干的"三个字差点儿脱口而出，关若非及时刹车，将这份对陈英俊不合时宜的关心狠狠地压了下去。毕竟此时此刻，极致道馆内的氛围怪极了。

几个高个子男生正七扭八歪横陈在地上，捂着胃部，抱着小腿，发出动物一样的呜咽，宛如鱼贩子不留神打翻了钓桶，满地都是垂死挣扎的鱼。

王钊喘着粗气瘫在休息区的一把咖啡椅里，他眼角一片乌紫，面颊呈现出见鬼一样的青灰色。他死死盯着陈英俊，那眼神就像在看怪物。

关若非一下子便明白了，他明白的不是这儿刚刚发生过的那场激战，也不是自己的兄弟为此吃了大亏，而是——不论何种情境下，陈英俊都不会输。

永远不会。

7

陈英俊是半小时前到这儿来的。

那时候极致跆拳道馆的晚间训练已经结束了，王钊刚刚脱下道服，秀出漂亮的背部肌群。就在他恋恋不舍地打算套上他那件大红色套头衫的时候，陈英俊走了进来。她披着肥大的校服外衣，底下穿着一条雪白的道服裤子。

她站在门口，就只说了两个字——踢馆。

喧嚣的道馆陷入突如其来的死寂，两秒钟之后，是一片刺耳的哄堂大笑。

"什么情况？啊？什么情况？电视剧看多了吧。"

"哈哈哈哈，你当你演霍元甲呢？还踢馆……"

陈英俊没有笑，她就像一根高高的桅杆，凶狠地矗立在漩涡中心。

迫于她所传达出的某种无形压力，那些笑声渐渐平息了。而王钊则饶有兴味地瞧着她。

你知道，有些女孩就是这样，她们不太美，不太可爱，甚至一眼看上去一点儿不讨人喜欢，但恰是这种不取悦和不迎合的态度，构成了她们与生俱来的独特魅力，让人无法忽视，就像陈英俊。

踢馆。她不是在征求谁的同意，更不会因为旁观者的讪笑而放弃原本的计划——她只是在陈述一个即将要发生的事实，或者，下达最后的死亡通知。

"你想怎么踢？"王钊问。

"从你开始。"

陈英俊用食指点了点他的位置，然后将校服外套的拉锁一拉到底，毫无情绪地将它丢在地上，开始从容不迫地脱鞋。

她赤着脚踩上道垫，右腿向后划出半步，她攥紧了双拳，摆出一个标准的实战姿势，整个过程硬净干练，没有一丝一毫的拖泥带水。

有那么一瞬间，王钊后背有点儿发毛，因为陈英俊太镇定了，镇定得就像他曾在赛场上遇见过的那些深藏不露的高手。这也使他一下子想到了日本江户时期那个茶师与武士的故事——当对武道一窍不通的茶师用泡茶般镇定的心去面对武士的时候，强大的精神力让武士溃不成军。

为了缓释内心的不安，王钊决定化被动为主动。他伸出一根手指，转过脸，冲着身后一众师兄弟晃了晃："你们等我一会儿，对付她，十秒就够了。"

训练场上的气氛顿时重新活跃起来。

可出乎意料的，王钊终归是食言了，他们用了整整十分钟。

事实上，在陈英俊主动进攻，踢出第一腿的时候他就明白了，这是一场凶多吉少的鏖战。

陈英俊力气不大，甚至比不过男子组最轻量级的选手，和王煜安更没法相提并论。可她实在太快了，他从没见过这么快的腿，那种感觉就像什么呢？

像一道闪电，像吹毛立断的兵刃，像单薄而极富韧性的剃须刀片……

她也太敏锐了，擅长假动作的王钊使出浑身解数都没能使她落入圈套。

时间一分一秒地流逝，王钊速战速决的想法愈加强烈。

最初，猛攻战术凸显成效，有两次，陈英俊在密织的腿影里躲闪不及，分别被击中了左侧脸颊和颧骨。可她仅用了半分钟就找到了新的节奏，王钊又陷入困局。

这时候，他突然想起某一年备战全国锦标赛集训期间的一件小事。主教练要求男队员去做女队员的陪练，每每他对女对手的进攻腿法采取贴靠防守策略的时候，形似拥抱的两个人便总会引起男孩子们的起哄："流氓，要不要脸？"然后，那些女生一个个便面色绯红，动作也因为紧张和局促而变得迟缓起来。

思及此，慌不择路的王钊一改撤步反击的套路，在陈英俊提膝进攻之际，一个贴靠迎了上去……

可陈英俊呢？

她彼时刚刚起腿一个凶狠的下劈，而对手肩头稍稍一动，她就好像临时改变了注意，灵敏的右腿仿佛长了眼睛，在踢至高度顶峰的那一刻从膝部打横一弯，变成了一只锋利的钩子，削过王钊耳侧的发丝，直奔太阳穴。

不好！是里合下劈！

专打近战的里合下劈！

王钊立即意识到自己上了套，他一把推开陈英俊，飞一般向后撤去，堪堪错过她镰刀一样的右腿。但陈英俊却好像早已洞悉了一切。她以更快的速度飞旋起来，一记漂亮的追击腾空后旋给出了十足的力道——

"砰！"

王钊甚至连疼都感觉不到，他只觉得脑袋一蒙，就在一片雪原般的空白里神游了太虚。漫长得仿佛过了一个世纪，有个遥远的声音从天边传来，语气冷森森的——

"你要记住这感觉，这叫冷休克。"

接着，尚存的神志让他似真非真地看到了后面发生的事情，急于替他雪耻的队友们一拥而上，而陈英俊毫无畏惧地浴血奋战……

第二个，第三个，第四个……

全都是腾空后旋击头，招招狠辣，例无虚发。陈英俊的体力像是一座可怕的活火山，喷薄着源源不断的能量，然后……

没有人再敢站出来。

8

关若非有点后怕。

奇怪而复杂的情绪蹑手蹑脚爬上心头，悄悄地打败了他几分钟以前还澎湃在胸中的朋友义气。现在，他懊恼、惭愧、愤懑，甚至为自己的鲁莽而自责。

有一瞬间他突然就想，如果陈英俊真的为了自己与陆以名的私怨而陷入险境，或者由此对他产生什么不可预见的误会，那他便真要坠入万劫不复之地了。

他尴尬地僵在原地，像个等待接受审判的囚徒。时间仿佛定格在了这一秒,白炽灯锐利的光线交织成一张密实的大网,笼罩着这场闹剧所有的参与者。

突然,一阵清脆的短信提示音划破了死寂。

是关若非的手机。

他把它摸出来,足足试了三四次才打开翻盖。

短信是谈丽卿发来的,不用看就知道不是什么好话。周三水一个探头就瞥见了上面的内容,诚如关若非所料,上面写的是:

关若非,如果你是因为上次情人节的事情针对陆以名,那我告诉你,你这种小人,想约我,下辈子。

这都什么乱七八糟的。

关若非不耐烦地把手机塞回口袋,再抬头就发现陈英俊已经转过身,正盯着他看。他一下子就慌了。

但出乎意料,陈英俊不是来引战的,她只眯起眼睛,轻轻地笑了一下,说出来的却是——"关若非,咱俩两清了。"

就这一句话,让那种奇怪情绪余烬复起。

夹杂着巨大的委屈,它们组成一把生锈的钝锯,在他心坎儿上有力地锯着。他把拳头攥得咯咯作响,脸色也难看极了,就像只被激怒的刺猬,竖起浑身的荆棘。

连同王钊在内,一众不明就里的伤员对他夸张的反应充满疑惑。周三水试图替他解围,却越描越黑:"哥们儿都理解一下啊,我们老大这是失恋了。"

"对,老子他妈的就失恋了,怎么了?!"

望着陈英俊决绝离开的背影,关若非突然像个不学无术的混世魔王那样撒起了泼:"我他妈还不能失个恋吗我?我他妈失恋怎么了?!⋯⋯"

尾音带着不易察觉的哭腔。

9

每个人大概都有过这样的经历，期盼长大，期望成熟。

于是，一年级觉得四年级就是大人了，四年级觉得上初中就是大人了，高一觉得高三就是大人了。那些"大人"活在他们的臆想里，心智健全，谈吐得体，遇事处变不惊，好像自然界再没什么外力可以伤害他们分毫。

然而关于成长的真相却无比残酷——从青春期某个奇怪的节点开始，他们就不再长大了。日后，必须带着青涩的心智去应付残酷的世界，鼻青脸肿，头破血流。

关若非也不例外，明明一米八几的个头儿，怎么看都是个天不怕地不怕的大小伙子，内里，其实就是个嘴硬心软，逆反心理严重，又幼稚得不得了的小男孩。

不消别人说，连他自己也觉得这是病，得治。

可是，他真的无法承受与陈英俊的"两清"。

正如陈英俊无论如何也想不到关若非至今仍对那条裙子念念不忘，她也同样不会知道，幼年时期的关若非后来真的买到了那条开满蒲公英的黄裙子，为此，他几乎花光了小猪存钱罐里的全部积蓄，并用最后的一枚五毛硬币央求精品礼品店的阿姨在包装袋上，粘了一只粉红色的蝴蝶结抽花。

但陈英俊消失得毫无征兆。

关若非心急如焚，他以那场与陈英俊之间未竟的比武做幌子，号召大家一起调查陈英俊的下落。最后也是他们班那个五大三粗的中队长，带着一副胜利者的姿态向全班宣布——陈英俊是主动转学的，这意味着他们在驱逐外来物种的持久战中，取得了阶段性胜利。

那时候，关若非可真怨恨陈英俊。

因为她连他仅剩的弥补和道歉的机会都剥夺了，甚至把她自己也从他的世界里干干净净地剥离了，从此给他短暂的童年留下悲伤的质地。

他可真恨她，可他情愿自己一直这么恨她，甚至情愿她报之以同样的恨意，总好过毫无交集，总好过形同陌路。

10

陆以名几乎是和徐显椋前后脚离开道馆的。

但他没有走远，就只躲在体育馆西侧的角落里——一台他叫不出名字的健身器械后面，脚下积满灰的织物地毯就像一团厚重的云。

八点半，郭长青抱着一只体积夸张的纸箱打这儿离开。昏暗的灯光在墙壁上投下模糊的影子，让他看上去仿佛一只体形壮硕的怪兽。陆以名揣测着郭长青挂在脸上的表情，又没由来地想起半小时前小胖安慰他一般的那句玩笑话：你挺英雄的……

在漫长的青春期里，陆以名曾有过很多很多次，幻想着自己能成为英雄，疾恶如仇，激浊扬清，可唯独这一次例外。

现在，他情愿自己变成一粒沙、一滴水、一株草、一棵树，为岁月而生，不会伤害任何人……

十几分钟后，悠长的走廊里再没一丝人气，陆以名离开了他赖以依存的墙角，他一个人走进洗手间，就着脏兮兮的洗手盆池用冷水洗脸。

这时候，他的大脑里不合时宜地悟出了另一条人生哲理——当一根鸡骨头卡住喉咙的时候，世间一切烦恼都会迎刃而解。

就像现在，那张被揍得七荤八素的脸，成功吸引了他的全部注意力。比起俱疲的身心和受挫的情感，它成了更让他觉得棘手的难题——他要如何对童爱华交代？

接着，他一下子就想到了郑骁阳。

还上小学的时候，郑骁阳执迷恶作剧的癖好使他得罪了高年级的一伙儿男生，一天之内挨了三顿胖揍。

为了避免因惹怒他妈而伤上加伤，郑骁阳不敢回家，勾结陆以名替他扯谎打掩护。当时郑骁阳是怎么说的？

"兄弟，大恩不言谢。赶明儿你要干了什么见不得人的事儿，我也这么帮你！"

陆以名一边说"算了算了，你自己多当心，"一边向他挥手道别。那厮大约是出于感激，两手抓着自家窗户上锈迹斑斑的防护栏，在他背后唱了一首饱含真情实感的《铁窗泪》。

现在想起来，还真有风水轮流转这回事。

他在路边找到一座电话亭，将 IC 卡插入卡槽。可求人不如求己的想法和如今与郑骁阳之间的隔阂又让他一个动念间把电话拨给了童爱华。

他应该探探口风，然后假装自己遇上了劫道的流氓、不良的青年，哪怕谎称自己出了车祸，他思绪混乱地想。

电话几乎立刻就通了。

"妈，是我……"

"哎呀，你今天这么早下课？我正想去补习班找你呢。咱家停电了，不知道以后还有没有电，不行我明儿去买个家用发电机，你放心啊，妈一定想法子坚持到你考上大学。对了，你看看今晚能不能先去同学家写个作业？"

一颗悬着的心登时雀跃起来。

"我……我今晚去郑骁阳家住吧。"陆以名不假思索地脱口而出。

"郑骁阳？他家不是搬到紫荆花园去啦？我前两天还看见他妈妈啦，他现在是不是也在你们学校？"

"嗯……"

"那太好了，一会儿到了给我打个电话啊，代我向他妈妈问好。"

将听筒放回原处，陆以名卸下提着的最后一口气。

现在，举目四望，他发现自己正站在一条叫不出名字的街上，左手边是反射着微光的柏油马路，右侧是宽阔的绿化带。暗淡的草影剧烈摇晃着身躯，呈现出鲜明的层次感——近的清晰，远的模糊。风宛如开始疾驰之前的野兽，用不紧不慢的步子跳跃着，他突然敏锐地意识到，快要下雨了。

陆以名无处可去，所以他搭乘公交车回到学校，在耳环路上徘徊了好一阵子，然后穿过他家那片漆黑的废墟。他兜兜转转地途经冻品水产批发市场，最终在一处孤零零的公交站牌后面，找到了一座简陋的街心公园。

他拾阶而上，并着眼于不远处的那座水泥高台，那儿有一盏忽明忽暗的路灯，还有一座逼仄的凉亭，顶子覆盖着去年秋天的杂草。

他爬上去，停在那一小簇调皮的灯光底下，也停在大风的中心。

他突然想起什么似的摘下书包，从里面取出那两张一直以来被他妥帖收藏在文件袋里的跆拳道比赛获奖证书。他用两只手狠狠地攥着它们，稍一用力，便发出刺啦的裂帛之音，他像参与着某项枯燥的训练一般重复他的动作，直到那些平整而厚实的纸开始变得褶皱破碎，一寸一寸的，像被揉捏过的蛋壳……

他张开被那些锋利的边缘割出红痕的手掌，任凭它们乘风而去，它们旋转着飞远，在闪烁的灯光底下，就像父亲离开他那天，那场纷纷扬扬的大雪。

这时候，刚刚在公交站牌底下停住脚步的陈英俊仰起了脖子，去寻找这场大雪的源头。

于是在黑暗里，陆以名看到了陈英俊同样挂彩的那张脸。

她站在距他仅有三十级台阶之远的另一座路灯下面，光芒四射的，就像站在舞台中心。

第十二章　温一壶乡愁，将往事喝个够

1

很多年后，陆以名再提起这件事总是开玩笑说，那晚他是被陈英俊"捡"回去的。事实也的确如此。

陈英俊家房子不大，但整洁有致，屋子里充斥着一种海边特有的味道。

她开门，径自走向卧室，把书包放在门内的书桌上，然后接过他的书包。

陆以名因此窥见了她"闺房"的样子——贴在墙上的海报边压着角，角压着边，层层叠叠地围着她的床，全都是与国内外跆拳道赛事有关的内容。上面的颜色明快而强烈，使那些热腾腾的赛场氛围透出反光的纸面，自豪地彰显着一个女孩对这项运动的痴迷。

而距离门口不足一米的位置，有一个看上去已经不堪重负的置物架。陆以名很轻易地就注意到了堆在上面的脚靶，足有二十来只，多是鸡腿靶——一个手柄外加两片宽阔的靶叶，靶叶间有缝隙，踢上去会发出清脆的声音，响彻整间屋子。

他怀念踢击它们时的触感。

顺手捡起一个，抓起硬质手柄的那一刻，手柄与硬质靶叶相互作用的支撑力并没有产生，那副靶叶在悬空的瞬间就软趴趴地垂了下去，宛如大风天与树干藕断丝连的枝权——这只脚靶是断掉的。

不，这里所有的脚靶都是坏的，或被拦腰折断，或像他手里的这只一样，脑袋老歪向一边。任凭哪个见识浅薄的业余侦探都能轻而易举推断出这种损坏产生的原因——成千上万次，不，十万乃至数十万次力度十足的踢击。

陆以名恍然大悟，原来，这就是陈英俊练成那些高深莫测的腿法的秘诀。这让他为自己感到难过和羞愧。

"你是……?"

声音是从客厅传来的，陆以名被吓了一跳，他慌里慌张地将脚靶放回原处，仿佛自己是个做贼心虚的盗窃犯。说话的人是陈月霞。彼时她刚刚应付完逗留在窗口的客人，现在，她盯着陆以名，一边在围裙上擦拭湿漉漉的手，她的表情很难看。

"不是又惹事了吧?"这句话是对陈英俊说的，但语气不像是质问，反倒有点慌张，听上去战战兢兢的。

陈英俊显然生气了，她不耐烦地撇过脸，一副无可奉告的样子。

"你要不要紧?"陈月霞转过身，轻轻抓住陆以名的肩膀，仔细端详他脸上的伤势。男孩于是这才明白，在陈月霞眼里，陈英俊就是导致他伤痕累累的头号嫌疑人。

可他永远不会知道，多年前因关若非而引出的那场乱子，让陈月霞变成了一只惊弓之鸟。在这座城市，她们无亲无故，来之不易的安稳生活禁不起任何风吹雨打。

"阿姨，我没事儿，是我过马路不小心，和一辆自行车撞上了。"

陆以名挤出一个别扭的微笑，拿出本打算蒙骗他妈的那套蹩脚说辞，极力否认陈月霞的猜测，一边又将手伸进口袋去掏那笔钱。在经历漫长的颠簸后，那些本来就不太平展的纸钞几乎被揉成了皱巴巴的一团。

"我……这是我之前找陈英俊借的，现在还给您……"

陈月霞迟疑了一下才接过来，紧张的表情像坚冰在初春坍塌："哦，哦，你就是陆以名吧。我听你们班主任说了，陈英俊的数学成绩真要好好谢谢你……我……"她的声音变得轻快柔和。

"妈,他家停电了,写不了作业,所以今晚住咱们家。"陈月霞态度上的反差让陈英俊有点尴尬,所以,她以不合时宜的插嘴结束了这场交谈。

"我们得去写作业了。"她生怕陆以名以为她妈是个见钱眼开的市井妇人。

2

给童爱华回过一通电话,匆匆地填饱肚子,表针已经指向了晚上九点半。

现在,陆以名与陈英俊共享她的书桌。

他写完最后一道数学题,闲来无事,趁陈英俊还在桌子另一端埋头奋战的空当儿,观察起桌上的摆设。

一只夜光的电子闹钟,一只带天蓝色灯罩的老式台灯,还有贴着墙壁竖着的参差不齐的书本。陈英俊几乎没什么私人藏书,若是撇开数量可观的教材教辅资料,便只有一套按照语文老师要求置备的精编版《红楼梦》和一本青少版《基督山伯爵》。

这样一来,桌面上那部红绿彩条封皮的韩汉词典就显得格外扎眼了,它斜横在陆以名触手可及的位置,厚得像一块砖。

陆以名没接触过除了英语和汉语以外的任何词典,所以,好奇心促使他将它拿起来,信手一翻,发现焦黄的纸页里,行与行之间,挤满了来自红蓝铅笔的标注,笔迹工整却笨拙。他一路翻到底部,35.80元的定价下面,印着个小小的1992,昭示着它来自一个多么久远的年代。

"这书是我妈的。"陈英俊抬起头,伸手把词典接过来。陆以名懂了,那潜台词就是"别乱动"。

于是他顺从地松开手,继续埋头于已经检查过三遍的数学题。过了一会儿，他突然想起什么似的问她："说起来，叔叔呢？"

他一直记得陈英俊有个做运动员的父亲。

"我是说，你爸。"

陈英俊仍在努力编造她那篇替李华答外国友人的英语作文。她没有立即抬头，但笔尖还是明显停顿了一下，于是，乌黑的油墨在光洁的纸面凝结成小小的一颗，就像一只蛰伏在冬季的虫。

"我爸……"她轻轻放下笔，柔和的五官在某种情绪的驱使下开始变得严肃，她像是在思考，也像是在衡量一个艰难的决定。就在她迟疑的空当儿，陆以名注意到她那副反向弯曲着的嘴角微不可察地抽动了一下——最后，她开了口。

于是这天晚上，陆以名获悉了陈月霞的故事。

3

陈月霞的前半生写满了传奇与颠沛。

她出生在重庆合川的郊区。十七岁那年，无钱治病的窘境夺走了父亲的生命，她跪在地上，冲着一堆燃尽的纸扎麻木地磕头，面对体弱的母亲和年幼的弟弟，一向有主意的远房表姑给了她一条冒险的建议——出国务工。

20世纪80年代末，改革开放的推进使人们将视野洒向大洋彼岸，除了留学生，还有一个容易被忽视的群体，他们数量庞大又难以统计——多是村里的泥腿子，退耕的投机者，城镇里走投无路的男人和女人。

他们由蛇头牵线，偷渡去国外打黑工。

在美国的唐人街，在德国的中餐馆，在意大利的皮革厂和纺织厂，一生埋没在做不完的活计里，到头来，只会说"yes"和"no"。

但陈月霞没去美国，没去德国，也没去意大利，她拿不出不菲的中介费。神通广大的表姑动用关系，替她介绍了个黑龙江人，据说是朝鲜族的，愿意以低廉的价格带她去韩国。

那一年，首尔正下着大雪。

他们从平泽乘车一路赶往忠州，住进忠州市一家名为金莲旅馆的劳工宿舍。

她和其他女人一起被分配在一家鞋厂做工，后来又辗转去过农场，在田地垄沟之间照料人参和黄烟，半年以后又去了釜山，在一家名声在外的水产市场安顿下来。

同屋的东北女人也是朝鲜族，虽不识字，却把韩语说得像方言一样熟稔。朝夕相处，陈月霞也耳濡目染地学会了几个基本词语，就像"你好"和"再见"。这一度让她觉得自己变成了一只学舌的鹦鹉，一旦独自走出这间牢笼一般的低矮屋子，便只有死路一条。

到了第二年，日子好过了些，街头查黑户的风声不紧，店里的生意也红火，她便开始负担起一部分偏远地区的送货工作，比如——给一家民办体校的食堂送鱼。

就是打这儿起，她认识了朴在嵘。

他学生模样，有一副棱角分明的下巴。他穿着干干净净的衬衣，在学校食堂门口的山茶树边上帮忙卸货，把大捆的菜放在地上，然后去接应陈月霞的鱼。每当那时候，他总是会露出一个矜持而善意的笑，嘴里则嘟囔着同一句话。

直到一个月以后，陈月霞才从同屋的女人口中获悉了这话的意思，他说的是——"啊，真是辛苦了。"

这是第一次，有人认为她干的活计是辛苦的。

尽管她的日常工作比这还要辛苦得多——蹲在水车旁湿滑的鳞片中间，面对铺天盖地的纳鱼和龙虾、大大小小的筐子和冰桶，从晚上十点到凌晨四点，分拣，入池，周而复始。可即便如此，那个看上去文绉绉的老板娘，也只会用大喇喇的嗓门冲她嚷嚷：快！快点！

在这一瞬间，她意识到自己收获了弥足珍贵的尊重，但除了尊重，更刻骨的还有那声音，朴在嵘的声音可真好听，宛如泉水汇入淙淙小溪，穿山过林。

至于他的长相？

陈月霞从不挑剔男人的长相，但他的确有让人过目不忘的本事。

有一天她路过学校北边的训练场——一栋形似巨大自行车棚的低矮建筑，她透过宽阔的窗子，瞧见他和一群男生一起，站在铺满回形纹的塑料垫子上，赤着脚，穿着她从来没见过的跆拳道白衣服，排成长长一列，挨着个儿地去踢沙袋。

他那样年轻，也高，笑笑的，却很有距离感。他头发极乌黑，言谈举止从容不迫，这点上，陈英俊与他有七八分相似。

在那一刻，初中没毕业的陈月霞，词汇量匮乏的大脑里竟离奇地冒出了个准确的形容——鹤立鸡群。

朴在嵘转过身，一眼瞧见了她。就像一个城里男孩在自家门口撞见一只误入歧途的兔子，他本能地露出惊讶又欣喜的神情，可只有一瞬，就又把头扭过去了。

有时候陈英俊会感到好奇，或者，每一个青春期的男孩和女孩大概都会好奇——我的父母在我的年纪是什么样子？

十八岁的陈月霞与如今的陈英俊截然不同。

她爱美，对爱情充满憧憬和幻想；她单纯，生命里一丁点儿吝啬的馈赠都能使她欢欣雀跃；她也敦厚，骨子里有朝鲜女人那种逆来顺受的品格，那个时候，她柔和得就像一汪水，再艰涩的岁月，对着镜子抿嘴一笑，仿佛就能化解所有的苦难。

对于一个饱受传统东方文化熏陶的平凡男人而言，她身上那种为相夫教子而生的特质具备致命的吸引力。

不幸的是，朴在嵘就是这样一个平凡男人。

所以在一个下着小雨的下午，他在食堂门口那株山茶树跟前拦住陈月霞，用从一个留学生那儿学来的蹩脚中文问她：你是谁？从哪来？

后来呢？

后来就是蒙昧的爱情。

他们的相处是极富距离感的，即便陈月霞开始尝试着学习韩语，一点一点地了解那项叫作跆拳道的运动，尽管他们也像最寻常的情侣那样悠闲地散步，靠手势和别扭的词语交谈，在高密度的繁重生活间隙相互慰藉，但她还是不懂他。

再后来，最让陈月霞恐慌的事情发生了。

有天晚上十一点，水产市场突然冲进来一群警察，他们封死了出入口，抓住几个水产工人的裤腰将他们按在水车上，张口就问你是哪国人。

所以，不懂韩语的陈月霞和三分之一同样运气不太好的偷渡客没能幸免于难。他们被送往当地的看守所接受调查，在强制缴纳了一笔费用之后，便像是退还有瑕疵的货品那样，急匆匆地被原路遣返。

归途一派愁云惨雾，但陈月霞没哭，也不与人交谈。她只惊魂未定地想着朴在嵘，在想，他们就这样猝不及防地分别了，没有通知，毫无准备，不曾交换过任何一条有效的通信方式，甚至没留下一句临别赠言。

她最终一个人回到合川，赖以生存的故乡。一个月后，她意识到自己有了身孕。从那天起，她小小世界的平衡便被打破了，流言蜚语不绝于耳，催债和借钱的人都上了门。有人说她偷鸡不成蚀把米，还有人说她迟早是要发大财的，等到孩子出生，那个有钱的韩国人总会上门认亲。

而她自己呢？

她就坐在院子里，两耳不闻窗外事。任凭肚子像种子一样长大，她吹着打北边来的风，只觉得自己好像做了一场荒唐大梦。

她想，比起事在人为和人定胜天的说辞，相信命运是早就注定的一条轨迹似乎更容易。这样一来，再回首走过的歧路、错过的感情，心里就好受多了。

4

陈英俊以她一向言简意赅的风格结束了这段历史的讲述。她沉默了好一会儿,宛如一个缺乏职业素养的说书人,沉浸在这段故事里久久不能自拔。

关于爱情的部分,陆以名觉得美好,也感到唏嘘。

可这样的事情对他而言还是太遥远,听上去起伏跌宕的,就像在《故事会》上曾看过的那些惊心动魄的都市新传奇。

"所以……"他的"所以"没有继续说下去,因为结果已经昭然若揭了,所以朴在嵘再也没有出现过,所以陈英俊开始学着孤独地长大,随陈月霞艰难地生活,所以她们辗转来到这座城市,借读,练体育,踩着时间的轨迹随波逐流地前行。

"其实我爸后来真的来过中国。"陈英俊的补充让他始料未及,"我见过他,他给我买过裙子,还教我跆拳道……他……挺好的。"

但这段故事一点儿也不好听,较之它的前传,它更残忍,甚至没留什么能勾人浮想联翩的余地。

陈月霞无论如何也不会想到,有关朴在嵘的记忆,竟然会因为一项运动的发展而历久弥新。

1992年的巴塞罗那奥运会,跆拳道成为实验比赛项目。三年后,中国组建了跆拳道国家队,与此相关的国际交流活动开始萌芽。出于某种自己也解释不清的执念,陈月霞诞生了让女儿学习跆拳道的念头——她带着陈英俊去少年宫的田径队练体能,旁听武术团的训练打底子。那时候,云南已经有了国内第一家跆拳道协会,她托遍了远在外地打工的朋友,从昆明捎回一本名为《跆拳道》的粗糙读物,依样画葫芦教女儿。

陈月霞更不会想到,在1998年春天,一个湿冷的早晨,她会在一张体育报纸上看到一则不起眼的消息:一场声势浩大的跆拳道中韩交流赛将在北京举行，而韩方代表团冗长的运动员名单只以两个名字便概括了：以某某和某某某为首的……

那个"某某某"，就是朴在嵘。

若他不出现，陈月霞也就该认命了，兴许她会依着七大姑八大姨的规劝为了生计嫁人，或者去福建和广州碰碰运气。

传统的思维和感情的挫折让她开始对男人的薄情深信不疑，她既无怨怼，也不抱期望，可出于对既定命运的深究，她还是想去北京看看。

她向弟弟们借遍盘缠，坐着慢吞吞的绿皮火车偕陈英俊北上。她把头探出窗子，向穿着白色制服的乘务员买开水，在拥挤又颠簸的车厢里抱着陈英俊打盹儿。在烟熏火燎的气味中，她半梦半醒地幻想着无数个被拒绝的场面：他会装出陌生人的样子，假装不认识她，甚至污蔑她造谣生事，叫保安赶她出去。

她几乎是抱着九死一生的心态去的。

最后，她按照新闻上刊登的地址找到了他的住处——首都大酒店。

他和他的伙伴从一辆四平八稳的桑塔纳上下来，穿着体面，气度出众。不用说也知道，朴在嵘如今是个颇有名气的运动员了，尽管这种名气对一个年近三十岁的职业运动员来说，是高峰，也是尾声。

岁月的流逝没有给这个当年的大男孩带来多余的脂肪，恰恰相反，他瘦了，整个人显得嶙峋且高，看上去更冷清而不近人情，但他依然总是在笑的，即便这笑容也依然无法消弭那种与生俱来的距离感。

陈月霞永远弄不懂他在想什么。

朴在嵘几乎没花多少工夫就认出了她。他眉峰微蹙，清楚的五官皱了皱，像是惊讶，又像是困惑，说不上来是喜悦还是焦虑。

他站在那儿，既不回避也不迎合，只等着陈月霞走过来，然后露出一个起码看上去发自肺腑的微笑。他们肩并肩走着，淡淡地谈起了一些遗留在记忆里的往事片段，相遇和相恋，偷渡与遣返，可唯独不聊近况。他们彼此好像对对方都是一知半解似的，又好像都格外满意这种一知半解。

这使这场重逢几乎维持了数年前相对无言的缄默。

朴在嵘在隔了一条街的招待所内替她们母女开了一个房间。第二天晚上，他带着她们参加了与队友的聚会。他们还去了中央公园，在笔直的长安街走走停停。他们依然不大说话，像一对被岁月磨光了爱情的老夫老妻。

但朴在嵘对待陈英俊则截然不同，他热烈地喜欢她，并毫不吝啬地表达这种热烈。他喜欢她酷似自己的那头极乌黑的短发，喜欢她敏锐又锋利的那双眼睛，甚至在她摆出一个不太标准的实战势的时候，这个矜持的男人忍不住开怀大笑。

他将一只旧轮胎放在招待所门前的台阶上面，一把将陈英俊抱上去。他纠正她的姿势，教她步法，教她踢腿，还和她在那上面别别扭扭地跳探戈，他用韩语一下一下地数着节拍，她就跟着他一下一下的节拍念念有词。

他把他无比的耐心和热爱，悉数给了眼前这个幼小的女孩子。这就使得即便在未来漫长而冷涩的岁月里，陈英俊再没见过她这位神秘的父亲，可六岁那年突如其来的猛烈父爱，也足够让她铭记于心。

这场比赛和交流，使朴在嵘与他的队伍在中国停留了足足一个月。

最后的最后，他塞给陈月霞一只塑料袋，里面有一条纱织的黄裙子。

那个年代，几乎每一个小女孩都向往拥有这样一条裙子——仙飘飘的，胸口有缀着珠子、可拆卸的配饰。美中不足就是大了好几号，可这也把一份保质期超长的期盼，连同对爸爸的记忆，一起深深镌在了陈英俊的脑子里。这让她在未来的许多年，无数次出现在墙壁上的标尺线前面，兢兢业业地测量身高，然后安慰自己，下次一定能穿上它。

他还向她们承诺,等他后天比完赛,要想法子带她们一块儿回釜山。

这一次,陈月霞磕磕绊绊地听懂了。连续两天的彻夜难眠把她变成了个拎包待嫁的准新娘,一个一雪前耻的污名背负者。她按捺不住地把电话打回家里,用她压抑又雀跃的声调告诉所有人,朴在嵘不是个骗子。

但三天后,朴在嵘消失了,就像她曾经猝不及防的消失那样,几乎没有在这个国家留下任何线索。

陈月霞还在等,直到山穷水尽,直到走投无路。

她带着女儿离开北京,却再也没有回合川。

陈英俊不愿意承认自己想念朴在嵘。

尽管在很多很多梦里,她总是看到自己穿着那件黄裙子,在公用电话亭接朴在嵘打来的跨国电话。听筒那一端,她爸竟然好笑地操着一口地道的东北口音普通话,告诉她自己正在欧洲亚洲大洋洲参加比赛,明天就会回来。

她信以为真,便在梦里等啊,等啊。可那条漫长堪比西天取经的归途却好像埋伏着千难万险,爸爸总也回不来,她就一直等,直到一次又一次地从等待的梦中惊醒,直到渐渐地,她再不会梦到他……

5

在不安的时候,陆以名总会下意识去喝水,捧着温热的水杯,手心里充斥着令人安心的满实感,仿佛连身体都有了支撑。

循着一个正常高中男生的思维,他认为自己现在应该安慰对面这个有些失意的女孩,可对此,陈英俊摆出了一副拒人于千里之外的姿态。

她打开那本老旧的韩汉词典,从封皮的夹层里抽出一张黑白照片

——与陈月霞常常捧着的那张一样,这是她爸朴在嵘在北京交流比赛时留下的影像。

发黄的相纸上,男人站在高高的领奖台顶端,昂扬着极富特点的下巴,嘴角挂着毫不谦虚的笑意。他骄傲,富有力量,光芒万丈。

陆以名几乎在一刹那就认出了这张照片,现在,他清晰地意识到另一件事——他见过它,就在极真道馆的墙壁上。那张大大的喷绘呈现出20世纪90年代末的模糊背景和热闹的跆拳道赛场,只不过上面的人,从朴在嵘换成了郭长青。

显而易见,极真道馆的那张不过是郭长青找人合成的冒牌货,而选择这幅照片的原因却是,他与朴在嵘长着一相似的下巴。

"你一早就知道极真道馆是……"陆以名咽了口唾沫,声音低得可怕,"……骗人的?"

"不,郭教练是个很优秀的教练,"陈英俊委婉地回答,"但他以前是教空手道的。"

打这儿起,陆以名得知了另一段故事。

陈英俊正式参加跆拳道训练的第一家道馆叫作康健道馆,位于这座城市遥远的西南角,场地开阔,设施齐备,馆长是个敦实的东北人。一年后,随着这项运动的日益热门,节节攀升的高额学费使她不得不从那儿离开。于是,在一个吹着暖风的晚上,陈英俊在飞云东路体育馆外,撞见了派发传单的郭长青。

而传单上,赫然印着郭长青靠着她爸那张照片弄虚作假的资历。

就像被一根倒长出地面的长铁钉钉住,她站在那儿,牢牢盯着那张质地单薄的纸,足看了五分钟,接着,她开始端详郭长青那令她无法忽视的下巴。

"嘿!这位小同学,我看你根骨绝佳,天生就是练武的料儿,跆拳道了解一下?奥运项目,潮流运动,风靡全球,年轻人强身健体的首选。"一套信口胡来的广告词被郭长青生生说出了上山打老虎的气势。

陈英俊面不改色:"不了。"但她不走,就只盯着郭长青的下巴。

"别介,小同学,学费给你打八折,一口价九百六,IC 卡借你用,问问你爸妈。"

"不了。"还是那种表情,还是那种姿态,还是站在原地。显然,陈英俊既没有报名的意思,也没有离开的意思。

郭长青火儿了:"不是,小同学,你到底想学是不想学?"

陈英俊铁了心与他杠上一般说:"想学,但没钱。"

"没钱你找你爸要呗。"

"我没爸。"

"那找你妈。"

"我妈她也没钱。"

"那你还想学?"

"我喜欢跆拳道。"

"你练过?"

"练过。"

无厘头的一番唇枪舌剑,郭长青反倒被勾起了兴趣。

他说那要不你踢两腿看看?

陈英俊毫不怯场,她跟着他走进道馆里去。三个月没碰脚靶,一眼瞧见窗台跟前那几只稳重的二手沙袋,她眼睛发光,活像一匹跋涉过整个撒哈拉沙漠才看见一头羊的狼。

在那一刻,她全身的热情都被点燃了。

"砰"的一声巨响,横踢,撤步,反向横踢,又是一声令人胆寒的巨响。

撤步,再撤步,旋风踢,双飞,连续双飞,下劈!

悬挂沙袋的铁架子剧烈晃动,吱呀吱呀地哀嚎着。

飓风一般的腿影里,女孩的身形模糊成了一团耀眼的光。

这让郭长青想起自己几年前还经营着一家空手道馆时,带过的最后一个学生——一个十六岁的少年,每每提及武学,眼睛里就会喷射出与陈英俊相似的火焰。

但他后来还是放弃了,他屈服于家人的意志,为了学业,告别空手道的战场。

那么,陈英俊会放弃吗?

郭长青终究是个太奇怪的人,他道德底线虽不算高,心眼儿却出奇好。

那天,他从后面轻轻抓住陈英俊的领子,就像老鹰捉小鸡一样阻止了她的后续动作。他说算了算了,你也别踢了,又没做热身,小心拉伤,真拉伤了还不得讹上我。

他又说我看出来了,你有底子,别说,还真是根骨绝佳的那一挂,你想练就来吧,我就当今儿运气不好,真叫你给讹上了。

郭长青没收她的钱,也不着意隐瞒道馆的实情。好在陈英俊同样不是个多嘴多舌的女生,她真就在这儿"安顿"了下来,像个世外高人那样,以一个旁观者的身份听郭长青对家长大肆吹嘘自己的跆拳道经历,听徐显椋宣传不入流的业余竞赛,靠着集训班敛财,看着学生一个个地来,一个个地走。

她不在乎极真道馆究竟有哪些资质,正如她也不介意国家队退役的徐显椋还有没有当年的本事,更不关心郭长青练的是哪家功夫。

她就只需要一块地方,和一两个稍稍懂行的、至少能使她免于"走火入魔"的伙伴,让她像一匹野蛮的角马,在跆拳道的世界里自由驰骋,横冲直撞。

陈英俊无疑是幸运的,这种简单的愿望使她在过于年轻的年纪就绕开了那个"人为什么而活"的哲学问题。她模糊却坚定地意识到,起码她生存的意义就是为了成长,就像一颗种子生来便是为了发芽一样。

她要生根,她要出苗,然后长大,成为自己。

6

"我知道极真道馆的事情，却没告诉你……"陈英俊说，"你会怪我吗？"

她直勾勾地看着陆以名，眼睛里分明蓄着愧疚，但那种坦率、诚恳、直截了当的行事风格又让她的表情看上去像是逼问。

陆以名在瞬间大度起来。

"怎么会？"他故作潇洒地反安慰她，"如果一把杂草把自己误认作一棵树，还为此栽了跟头……它有什么道理去埋怨另一棵真正的树呢？"

其实这个杂草的比喻是有感于李萍的话，突然间冒出来的。可近乎残酷的成长还是在一瞬间发生了，他当即意识到自己所言非虚——那个意气风发的少年，那个雄心勃勃的少年，那个怀揣着无数伟大梦想的少年，不过是个最最平凡不过的平凡人。

而承认平凡，大概是每个人生命里一堂代价惨痛的必修课吧。

"对了，你一定赢过很多比赛，是不是？"陆以名想要结束这个关于草和树的话题了，所以，他在瞬间想起了置物架上那些残损的脚靶，他想聊聊陈英俊。

不料陈英俊扑哧一下笑了："说什么呢？我可从没上过赛场。"

她平静地，定定地盯着他："虽然我没上过赛场，但我知道总有一天，我们会一起去赢一场真正的比赛。"

这个始料未及的答案让陆以名怔了怔，他低下头，没有再去看她。

"你一定会赢的，"他飞快而笃定地补充，"但我不会再练跆拳道了。"

第十三章　冲锋吧！杂草军团！

1

事实证明，人最擅长做的事儿就是找自己的不痛快。

接下来的几天，陆以名脸上的淤紫在飞速消退，学校里的流言蜚语开始偃旗息鼓，关若非跟转了性儿一样再也没找过他的麻烦。捎带着，陆以名还拿了两次物理堂测的满分、一次数学突击考的第一名，并受到了英语老师热情洋溢的当堂夸赞。

作为一个品学兼优的高中生，他兢兢业业，恪尽职守，生活平静得仿佛从未掀起过任何波澜。

可不知怎么的，专注地埋头于书本的陆以名还是压抑得快要疯掉了。他觉得自己的心脏变成了生物课上那只布满大肠杆菌的玻璃培养皿，培育着令他难以忘怀的耻辱感，捎带着，还消耗着他因跆拳道而培养起来的信心和自尊。

好在这个世界坚挺得很，不会因为任何人的处境而发生改变，即便他内心已然经历了一百次的地动山摇惊涛骇浪，对芸芸众生来说，却不过又是平凡的一天。

关若非依然在每天傍晚田径队训练结束的时候，与周三水在操场招摇过市。

谈晋伟依然不断更新他为高一六班量身制定的学生校园守则和课堂规范。

郑骁阳依然致力于给老师捧哏，并依然为活跃课堂气氛和挽回与陆以名的友谊做着坚持不懈的努力。

谈丽卿依然维系着她英语学霸和班花的双重身份，虽然陆以名的惨败也一度使她陷入举棋不定的境地，可比起把眼前的困境归咎于他人，她选择了生自己的闷气。

陈英俊依然保持着既定的生活轨迹，上课，训练。不同的是，如今，她成了极真道馆仅剩的两位学员里的其中之一——另一个，是李东泽。

陆以名羡慕他们每一个人的"依然"，起码"依然"意味着稳定的生活状态。

有时候他想，或许在真正忘掉跆拳道这码事的时候，他就可以获得新生了。可惜，他有着大多数人的通病，越不想介怀某事，就越要反复加以验证，判断自己到底是不是还介怀于心。

有好几次，他带着那身道服去了河边，却在每个几欲凌空一投之际忍住了，他又把它们原封不动地收回来，叠好，与腰带规规矩矩排在一起，再死死塞回书包里去。

安静的日子轻如流水，春暖，继而花开。

4月，极真道馆宣布关张大吉。

这倒不仅仅是因为徐显椋的出走，或者陆以名那场影响广泛的退钱事件。另一个重要原因是，郭长青那阔别多年的师弟给了这位失败的馆长一个重新开始的契机。

隔着电话，师弟告诉他，国内最大的空手道场即将在上海开业，正高薪招募教练，既有本事，何妨一试。

郭长青满口答应下来，殊不知心底远没嘴上那么痛快。

在第三个愁绪如麻的晚上，他终于找到了痛苦的根源。其实连他自己都没搞清楚，他这么一个孑然一身的"江湖混子"，怎么会在这座人生地不熟的城市里拥有那么多羁绊：下落不明的搭档徐显椋，飞云东路体育馆的日日夜夜，他极真跆拳道臭名远播的招牌，道馆里那些有点可爱的家伙——陈英俊，李东泽，小胖，甚至那个忘恩负义的陆以名。

这使他虽铁了要走的心，却迟迟没有办理极真道馆的退租手续。

另一面，道馆关张也使另一个人同样深陷困境，那就是陈英俊。

陆以名率先发现了她的心不在焉。

物理课上，陈英俊被老师要求回答一则关于牛二律的选择题，可她几乎没听到有人喊她的名字，就只失魂落魄地坐在位子上，脸色苍得像被漂白剂洗过的宣纸。

"陈英俊！"物理老师敲着讲桌重重地重复了第三遍。

她这才如梦初醒般站起来，动作迟缓地去翻练习册，连锁定题目位置都多亏了前座儿的提醒。此举成功引发了任课老师的怒火。后果就是，陈英俊不得不站在她的桌子后面，尴尬地上完了后半节课。

大课间，陆以名有意将陈英俊的座位规划在自己的打水路线里。

"你没事吧？"路过她座位的时候，他轻轻地问。

"没什么，"陈英俊敷衍着，头也不抬，"没事。"

陆以名压根儿不信这套说辞，他发挥郑骁阳那套厚脸皮的本事，势要打破砂锅问到底，直到陈英俊不堪骚扰，把道馆关张的噩耗如实交代。此刻，恰有一抹浅白色的光，穿透云层和玻璃，斜斜地打在她失望的脸上。

"这……这是因为我吗？"陆以名问。

"少自作多情了。"陈英俊立即恢复了她那冷得像冰的常态，甚至还白了他一眼，说不清是嫌弃还是安慰他，"郭教练大概打算去上海，他有自己的计划。"

陈英俊不愧是陈英俊，远比陆以名要坚强得多。他那两句编了半天的劝慰之词和自责之语还吞吞吐吐地没说出口，陈英俊就已经重整旗鼓，她收拾好桌上的书本站起来，冲他一笑："陆以名，别再想这事了，去上体育课吧。"

说完，她走出教室。

而陆以名还待在原地，只愣了个神的工夫，思绪便已经概括了与极真道馆有关的所有回忆，并在他难以愈合的伤口上残酷地撒了把盐。

这就导致他转身离开的时候失了魂儿一样撞上陈英俊的桌角，强烈的震动打破了桌斗儿里书本们苦心维持的平衡，试卷和练习册瞬间铺了一地。

他蹲下来仓皇去捡，却又在数学课本底下，发现了十来张特别的东西。

是……报名表？

他捡起其中一张，2008年跆拳道大众赛报名表。

接着，王钊说过的话像毛竹一样在耳朵里疯长："……我告诉你，从全国到各省市，除去各类运动会和国际大赛，每年只有两场常规的专业赛事，一场叫锦标赛，一场叫大众赛……"

他于是又去捡第二张、第三张、第四张……

那些表头惊人地相似：2005年大众赛、锦标赛，2006年大众赛、锦标赛，2007年大众赛、锦标赛。漆黑的油墨拉出无数规规矩矩的格子，每一格，都有陈英俊工整的笔迹——姓名，年龄，组别，体重，学校……

可每一页，又都有一格是空着的——参赛单位。

他闪回一般想起在陈英俊家的那晚，她坐在地上笑着说：别傻了，我从没上过赛场。可她懂得那么多战术，讨论起腿法和临场经验头头是道，她也懂得无数的赛场礼仪，就像个久经沙场的老手，一遍一遍地替他做着示范——步履从容地走向场地正中央，把护头夹在腋下，冲着四个方向端正地鞠躬，脸上写满肃穆与神圣……

仿佛是受了雷霆万钧的当头一击，陆以名彻底顿悟了。

他从混乱的片段中得出了一个无比清晰的结论——在任何时候，陈英俊都做好了上场的准备，可一直以来，却只欠一家具备资质的参赛单位。

"兄弟，干吗呢？"郑骁阳站在教室门口远远地叫他，那厮逆着光，就像一尊救苦救难的菩萨，"上课了！迟到的可要罚俯卧撑的！"

陆以名做贼一样手忙脚乱地把陈英俊的秘密塞回原位。

他放下水杯，匆匆下楼，然后，整节体育课都心绪茫然，直到一个笨拙的计划在他胸中悄然成型……

2

电视剧里是怎么演的？

陆以名的本家陆依萍站在大上海舞厅中央，笑得像个即将慷慨就义的英雄，她说："我，会成为你们这儿的台柱子。"

陆以名如法炮制，他站在松风道馆的教练员休息室门口，硬着头皮用那种语气把酝酿了很久的一句话说出来，尴尬得连自己都冒出一身白毛汗："陈英俊，她会成为你们这儿的金牌选手！"

由此可见，这个世界有许多明目张胆的不公平。

就像袜子可以不分左右脚，鞋却要分。

就像陆依萍最后真的成了大上海舞厅的台柱子，而陆以名只能僵硬地站在那儿，任凭休息室里端着盒饭穿着道服的三男一女看怪物一样看着他。

现在是5月3日，五一长假的第四天。

整整四天时间，他以去图书馆看书的老套借口消失在童爱华的监控范围之内，然后，几乎在这座城市所有的跆拳道馆都混了个脸熟。

他就像个刻苦却不得要领的销售员，把预先准备得滚瓜烂熟的那套说辞一股脑背出来，对陈英俊的技术水平一通称赞，并大着胆子向对方提出让陈英俊代表这家道馆参赛的请求。

事实上，陆以名还不如一个推销员，他一点儿也不精湛的话术被对面四个字就轻易破解了——怎么证明？

"你说她技术好，怎么证明？"

"你说她速度快,怎么证明?"

"你说她一定赢,怎么证明?"

陆以名没法证明。

所以他灰溜溜地离开了松风道馆,并且不太坦然地接受了自己的第十三次失败。

可他真的跑遍了整座城市。

他甚至还去过陈英俊曾提及的康健道馆——现在,那儿已经变成了极具规模的康健洗浴中心,讽刺的是,他顶着干燥的阳光站在金光灿灿的招牌底下,竟然觉得"康健"两字好像本来就和洗浴产业要匹配得多。

他也壮着胆子去了极致道馆,他把强烈的耻辱感狠狠压在心底,使指甲嵌入掌心,自虐一样强迫自己走进去。谁知道有个教练模样的人当即答应了他的请求,喜出望外的陆以名还没来得及说声谢谢,那厮已经在冲着前台发号施令:"小李老师,你接待一下!"

接着,烫着满头大卷儿的"小李老师"便穿着笔挺的职业套装凭空出现了。她精致漂亮的脸含着笑,削葱一样的手指颇具节奏感地点着墙上的价目表,像设定好的程序一样循循善诱:"同学,我们这儿有普通月卡、季度金卡、年度铂金卡,还有终身钻石卡。每张卡包含不一样的折扣和优惠,不知道你的兴趣和健身习惯是……?"

陆以名彻底绝望了,他礼貌地道谢,逃也似的离开,只觉得自己变成了古希腊神话中的西西弗斯,周而复始地做着无用功。

下午四点,杏白色的阳光把他的额头晒得发烫,他无处可去,在不知不觉间又回到了熟悉的飞云东路上。

飞云东路体育馆依然突兀地矗在那儿,温暖的春光下,残破的墙壁暴露出惊人的细节,就像一只蜷成一团的苍老的动物,皮毛斑驳,血管泛红,行将就木。

他在大门口呆呆地站了一会儿,目光穿过幽暗的羽毛球场,投向走廊的尽头。

数不清的晚上，他和小胖、李东泽一起笑闹着在男厕所换衣服，走出来时，陈英俊总是在那儿等他——之后他们该一起去坐一小段公交车。

陆以名的脚后跟不自觉提了提，他克制不住地向前挪了两步，随即又像做梦一样退出来。

"那个学生！等一下！"

正要打道回府，陆以名听见有人叫他。从来没和他正经打过招呼的门卫大爷从保安室里探出头："你是不是练柔道的？"

"柔道？"

"就是最里面那家儿，穿白衣服，嘿嘿哈哈的那个，你们老师姓郭那个。"

"啊……是跆拳道……"陆以名耐心地予以纠正。

"对对对，就是那个什么道。你们郭老师有个快递，快一个礼拜了都没来取，你说说，我这把年纪了也没干过特务啊，我哪儿找他去？你能联系到他吗？"

他从桌上抄起一只扁平的特大号信封伸出窗子，急迫地想要摆脱某种累赘一般，使劲儿晃了两晃。陆以名本能地想要拒绝，但一股无形的力量迫使他接了下来，因为他突然就瞥见那信封上印刷着七个鲜红的大字——中国跆拳道协会。

接着，一种奇怪的感觉爬遍全身，他的大脑里冒出了个不切实际的设想。

"我……我可以转交给他。"陆以名鬼使神差地撒了个谎。

大爷打开收音机，闭着眼睛朝着躺椅上一靠，刑侦广播剧大分贝的声音吞噬了他残存的听力。陆以名认为，他已经默许了自己的建议。

找了个没人的角落，陆以名背靠着墙壁上锈迹斑驳的排水管，小心翼翼去撕信封封口的密封胶。就在打开它的那一刹那，奇妙的事情发生了——

他看到了一张薄薄的注册证书!

这真的是一纸注册证,有防伪的底纹和金黄的花边,发证机关和日期的位置盖着章,正中央写着极真跆拳道馆的大名。

一个多月以前,一心想要组建专业队的郭长青在中国跆协网站下载了有关材料。他翻出徐显椋遗漏在家里的段位证,抱着试试看的心态在线申领了会员单位的申请表。

他用蓝色的圆珠笔一字一字填满所有空格,带着厚厚的文件去省市级协会疏通关系,层层盖章,然后邮寄、汇款。他甚至还拨出一笔款项,准备用于订购新的沙袋和脚靶,以便相关人员来考核场地设施。

可那些漂亮的沙袋还来不及安装就出了陆以名的意外事件,而他向中国跆协提交的注册申请也如石沉大海,音讯全无。毫无疑问,郭长青将它当作了一次失败的尝试。

若不是陆以名以这种因果循环般的方式拿到这封信,这信件兴许会被永远地遗忘在这间与体育馆同样年久失修的保安室里,变薄,变软,发黄,长出黑灰色的霉,一寸一寸地腐烂。

但现在,陆以名攥紧信封。这样的人间惨事最终并没有发生,而陈英俊的比赛梦终于拥有了一线生机。

他必须找到郭长青。

3

毛巾不要了,昨天洗脸剩下的半块香皂也不要了。

藏污纳垢的肥皂盒不要了,但洗衣液还没开封,发扬艰苦朴素的精神,得留着。

黄白色的横条纹T恤不要了,显胖,山寨的白色阿迪运动裤也不要了,大腿处沾了两块硬币大小的褐色污渍,不知道的还以为吃坏了肚子,没憋住。

至于这件印着跆拳道小人的灰色套头衫……这是若干年前徐显棕送给他的，作为友谊的见证，现在，它代表着"历史"。郭长青犹豫了一下，把这段"历史"折成小块，使劲儿朝行李箱底塞了塞。毕竟在未来的日子里，他还得以此向自己证明，他也是个有历史的人。

5月的风是从田野上吹来的，吹过青青翠翠的山林，吹过弯弯曲曲的河道，吹过星罗棋布的村庄。浓郁的春天气息吹散了郭长青老树根一样盘踞在心头的烦恼。

他现在想通了，与其被这间半死不活的道馆困住，被那些拖泥带水的感情拖垮，不如快刀斩乱麻，洒脱点儿。

说到底，树挪死，人挪活。

思及此，他使出吃奶的力气把最后一只巨大的纸箱丢至阳台，然后回到屋子里，一屁股瘫在床上，紧绷的肌肉开始舒展，随之而来的酸胀感刺激着敏感的神经。现在，他觉得浑身上下爽快得要命。

做人嘛，果然还是要向前看。

门口传来一阵窸窸窣窣的响动，像一只公然挑衅的耗子，郭长青顺手抄起脚边儿落单的塑料拖鞋飞了过去。可几秒钟之后，拎着那只拖鞋出现在门口的，是陆以名。

找到郭长青家的地址不是件太困难的事情，物业那儿有详细信息。

陆以名使了个小伎俩——一边在心里祈祷郭长青别见怪，一边以他那副天然受害者的样子真假参半地告诉物业阿姨，是郭长青卷了他的钱跑了路。

他手里捏着阿姨满怀同情心写下的字条，顶着5月白晃晃的太阳，像个精确设定好轨迹的机器人一样，按照预设好的路线图，在地铁与公交车站之间不辞辛苦地来回转换，整整两个小时才摸到这儿。

老式筒子楼结构复杂，住户多，门牌也不清晰。陆以名在这栋迷宫一样的建筑里转了几圈一无所获，本打算找个人问问楼门，结果一连路过的两个大婶都对他视若无睹，沿着楼门一侧的斜坡，一溜烟把自行车骑进楼道。

他有点累了，便就地坐在温热的水泥台阶上抬头望天。

自头顶向上，五颜六色的被单，凌空而起的晾衣绳，层层交错出一个复杂而琐碎的世界，与残破的云层相得益彰。

目光掠过对面高楼，一团白花花的东西吸引了他的视线——那东西白得反光，悬在三层斑驳的栏杆上摇摇欲坠。他眯着眼睛看了好一会儿，噌的一下从地上蹿起来。

该死！那不是一件道服吗？

"你……给我送行来啦？"

这话若是出自徐显棕之口将极具讽刺意味，但郭长青不同，他的笑容爽朗而真诚。一个月不见，他已经恢复了那副乐天派的模样。

他又哪里知道，此刻的陆以名宛如穿着棉衣渡河，沉重的心理负担分秒剧增。

"郭教练，我……我……"

十六岁的男孩脸皮薄，他抿着嘴好一会儿才开口。

其实"我"字是个不赖的开场。

陆以名可以说，我想请您带我们去比赛。

也可以说，我想请您不要走，留在道馆。

若是非要矜高一点，他甚至还能说，我是为陈英俊来的。

可他偏偏另辟蹊径，最终憋出来的是："我是来给您送快递的。"

郭长青特配合："好嘞，您是哪家快递公司的？我在哪签字？"

陆以名的脸色由白转红，好在郭长青总归是没绷住，笑了："可以啊陆以名，勤工俭学？助人为乐？红领巾行动？学雷锋做好事？"

得，还是那么贫。

"我……"他也说不清楚，索性卸下双肩包，把那信封拿出来，"对不起……我……拆开看过了。"

郭长青的目光循着一道抛物线的轨迹投向陆以名手里的东西，陆以名生怕他看不清似的，将里面的一纸注册证猛地抽出来。

"团体单位"四个字灼灼地闪着光,郭长青的面部肌肉僵硬了一下。

"哦,就是它,"他自我开解,也像是开解陆以名一般笑笑,"瞧瞧,你瞧瞧,它来得可真是时候。"

但开解归开解,郭长青没有伸手去接。他浮皮潦草地表达了感谢,并示意陆以名将东西放在桌子上,自己在床前站起来,继续投入他的整理行装工作。

可陆以名还保持着原来的姿势,执拗得想让后者没法不去看他一般,但郭长青还真就没看他。

陆以名急了:"郭教练,能不能别走?"

"你好好读书,等上了大学去上海看我。"这一次,郭长青说得很认真。

"那道馆……极真道馆怎么办?"

其实陆以名这话仔细琢磨就会觉得很有趣。

因为不管郭长青此前有千般不对,不管陆以名有万般理由,站在郭长青的角度,陆以名终究是当初那个砸了他场子、断了他财路的"万恶之徒"。可这"万恶之徒"如今却在干下这笔勾当一走了之之后又颠颠地跑回来,还忧心忡忡地问自己,原先的场子该怎么办。

"关张呗。"郭长青想也不用想。

"那陈英俊怎么办?我是说,剩下的人。"

郭长青又笑了:"陈英俊?凭她的能耐,去哪家道馆都能练出名堂,何况她在我这儿,我怕是还得给她垫学费。"

"还有其他人。"

"没有其他人了,极真道馆到此结束。"

"我可以去招生!去发传单!"

"好意心领啦。"郭长青转过身,郑重其事地拍拍陆以名的肩,"我23号会去道馆……"

"我会去招生!我保证,23号晚上,会有很多人来报名!您一定要来！"这次，男孩把一句话说得流利而笃定。他打断郭长青，甚至不容后者拒绝便转身跑了，逃也似的飞出逼仄的屋子，然后噌噌噌地下楼。

现在，云影开始四合，天色正在变暗。

郭长青被陆以名这一连串的动作弄得有些糊涂，几分钟之后他才意识到陆以名误会了，他原本想要告诉他的是——23号，他就会去道馆办理遗留的退租手续。

陆以名沿着公路狂奔，任凭迎面而来的杨树毛子卷着春天的尘沙呛入鼻腔。

他好半天才停下来，喘着粗气站在马路牙子上，突然觉得这些日子压在心头的巨石凭空消失了，同时，那种强烈的不真实感也消失了。他觉得自己好多了，就像一个在外浪荡多年的游子，一只脚踏上了返乡的归途。

可到底什么是真实呢？

做了对的事吗？

不，世界上没有永恒的对错，愚者才会为此执迷不悟。

我们不如说，是一个心怀使命者，做了他命里该做的事吧。

4

关若非觉得自己最近挺收敛的，循规蹈矩，安常守分，课上尊敬师长，课下团结同学，活脱脱就是一本行走的中学生日常行为规范。

但发生在他身边的怪事却只多不少。它们频频引起他的注意，仿佛在坚持不懈地向他证明：你作，或者不作，我都在那里，该吃吃该喝喝。

就说陆以名，那个前些日子还满脸丧气的家伙居然又离奇地活了过来，并斗志昂扬地开始张罗替王钊口中那家三无道馆——极真跆拳道馆招生。

现在，距早自习开始还有十分钟，语文老师在讲台边踱着步，楼道里响起了第一遍预备铃，但一向准时的陆以名并没有出现在他的座位上，一起神秘失踪的，还有一向准时的郑骁阳、一向准时的陈英俊和一向准时的谈丽卿。

如果来架无人机从高空俯拍，此刻，就能看到他们兵分四路，在杂草垛高中东西南北四侧斑驳的水泥墙上张贴小广告，更有甚者，拉着步履仓皇、眼看就要迟到的同学强行派发传单。

可惜关若非没有无人机。

"哎，我说……"关若非没忍住，抬手就想给前排的周三水来一记铁砂掌，好和他一起探讨探讨这桩怪事。直到一只手尴尬地悬停在半空，他才后知后觉地发现，前排空空如也——一向不准时的周三水今天也没准时。

"……好，既然关若非自告奋勇，那么咱们的背课文抽查就从你开始吧。"语文老师毫不掩饰她的愉快。

"误会，一场误会！"关若非猛地把手塞回桌斗儿里，就像只夹着尾巴的狼，引起笑声一片。

他挫败地趴在桌子上，懊恼自己究竟是搭错了哪根筋，一边心乱如麻地开始去想另一件与陈英俊有关的事情。

就在昨天晚上，关若非在传说中的渔家小馆请王钊吃了顿饭，一则表达上次没来得及说出口就被打乱的谢意，二则为踢馆一事表示歉意。

席间，王钊骂骂咧咧地解释起自己输给陈英俊的因由，褒己贬彼的车轱辘话重复了两个小时，而关若非只用两分钟就抓住了对面的核心思想——我只是运气不好，外加我粗犷的外表下，有颗怜香惜玉细腻的心。

你可拉倒吧，这明明就是输给人家女生心有不甘，气急败坏。

但看破不说破是种美德，关若非脸上挂着僵硬的微笑听完全程，心里琢磨他出门干吗不看看皇历，大好时光非得用来请这怨妇吃饭，真是自作孽不可活。

"……这就是自作孽不可活！"王钊突然义愤填膺地一拍桌子，宛如说书先生手中厚实的惊堂木急落直下，在明晃晃的灯光里激起无数微尘。

"啊？你说什么？"关若非被吓了一大跳。

"别误会别误会，大关哥，我说的是那个陈英俊。你猜怎么着？在我们极致道馆刚撒完野，上礼拜竟然又托人跑来打听，说是想借我们道馆的名头比赛。敢情这年头的恶势力都这么猖獗？"

啧啧，也不知道谁是恶势力。

关若非这样想着，浑身不自在。

嘿！我怎么还骂起自己来了？我哪边儿的我？

"比赛？"他做贼心虚地把一个烤得干巴巴的鱿鱼须塞进嘴里。

"对啊，比赛。其实也不奇怪，毕竟他们道馆没有参加专业比赛的资格，想比赛，就只能借个资质，代表其他道馆参加……"

敢情是这么回事儿。

这么说，是陈英俊想比赛？

那么，现在陆以名的怪异举动和这事儿有没有关系呢？

关若非在晨读的集体背诵里浑水摸鱼地叨叨着《蜀道难》，想到陆以名，满心不服。而这件事的内情也终于在早自习下课时浮出了水面。

去厕所的路上，他一头撞上了行色匆匆的周三水。

"长没长眼睛？"

一瞧是关若非，周三水反倒高兴起来："哟，老大，挺早。"

"少来这套，干吗呢你？早自习哪去了？"

周三水献宝一般从胳肢窝底下抽出一摞东西："嘿，老大，你瞧瞧。"

其实周三水着实不容易，陆以名一伙儿人满世界地前脚贴广告，他就满世界地后脚揭广告，一边想着替关若非出口恶气，一面还要算计着得以一抵四，以少胜多。

可关若非好像一点也不领情。

他俨乎其然地捧着那摞纸，一字字细细地看下去，这下，全明白了。

5

A5 大小的打印纸，首排八个大字：极真跆拳道馆招生。

底下三行黑体小字：中国跆协注册机构，具备专业参赛资质。现欲组建一支比赛队伍，有意者请与高一六班陆以名联系。

谈丽卿把这摞印刷简陋的小广告丢在桌子上，一阵横挑鼻子竖挑眼。

"陆以名，要我说，这招生通知写得和电线杆上开锁办证寻物启事一个路数，你语文课是门口快印店教的吧？难怪被人撕了个精光。"

陆以名得承认，他对女生变幻莫测的情绪一窍不通，就像现在，谈丽卿脸上明明笑成一朵花，语气却严肃极了，他顿时不知所措起来。

至于他语文是谁教的？

还用问？当然是郭长青和徐显椋教的。

当时的集训告示写得可比这还敷衍，怎么也没见落得前脚张贴后脚被揭的下场，甚至还引得各位不开眼的队友纷纷报名。

但事实证明，他人的成功不可复制。

谈丽卿从口袋里掏出一支红色的马克笔，开始了一场大刀阔斧的改革。

"道馆招生"变成了"道馆开业，火爆招生"，"组建队伍"变成了"招募队员，名额有限"，"有意者与陆以名联系"变成了"联系人：杂草垛高中站，学生志愿者陆以名"。

做完这一切，将满满当当的纸面反过来，又在背后洋洋洒洒列举了十来条青少年练习跆拳道的必要性,从心理建设、强健体魄到考试加分、保送入学,可谓字字珠玑,面面俱到。

"照着打印五十份儿。"谈丽卿心满意足地站起来,颁发圣旨一般将它递给目瞪口呆的陆以名。

"嚯。"郑骁阳抢着接过来。

其实自打陆以名惨败之后,开朗的谈丽卿足足沮丧了一个礼拜。如今,她热情地在招生这码事上发扬起助人为乐的优良品格,几乎超出所有人的预料。

可只有郑骁阳知道,谈丽卿不过是想通了。

她有一副天生的好口才、同龄人中卓绝的思辨能力,以及超强力的自我开解的本事。当初为了来杂草垛借读,她有办法说服老谈,又有办法说服郑骁阳难缠的妈,现在,就有办法说服自己。

事实也的确如此,背着陆以名,谈丽卿如是解释:虽然陆以名同学跆拳道实力存在掺假嫌疑,但战约总是货真价实的,更何况,还有陈英俊这个潜力股,跟着他们混,迟早得偿所愿。

郑骁阳挺不服,当即替陆以名打抱不平,他说依我之见那全是谣传,陆以名自己就是潜力股,你要非偏听偏信,还不如及时止损另觅高招。

谈丽卿白他一眼,我从来都是不撞南墙不回头的,你懂个鬼?

6

关若非明白的是——依小广告之所言,极真道馆真的拥有了专业比赛的参赛资质。但显而易见,想要组建一支比赛队伍,陈英俊一人远远不够,他们需要生源,需要队友,需要教练,甚至还需要钱。

所以,陆以名才要替那家半死不活的道馆招生。

想起那厮与陈英俊在一起窃窃私语筹谋大事的样子,关若非从里到外酸得就像干嚼了一只柠檬。

"老大？老大？"眼见着身前那人犯了癔症一样捧着撂小广告站在原地发呆，周三水本着治病救人的心态，曲起食指，冲着层叠的纸背使劲儿弹了一下。巨大的闷响让关若非登时产生了上课睡觉被抓现行的惊惶感。

"有屁快放！"他惊魂未定地咆哮。

"老大，你说咱们怎么处理这些东西？"

"怎么处理？当然是贴回去！"

"啊？"周三水傻了眼，"不是，你说什么？"

关若非毫不客气地拎起周三水的耳朵，每个字都拖着长长的尾音："我——说——贴——回——去！"

"贴……贴回去？"周三水彻底愣了，好半天才在关若非威逼的目光里缓过神儿来，"老大，你今儿究竟怎么了？"

我这是怎么了？

当然是学雷锋做好事，当社会主义的接班人，帮遇到困难的陈英俊实现参加专业比赛的梦想。但我可不真是为了帮她，凭什么陆以名能帮，我关若非就帮不得？

这话关若非憋着没说，只在周三水颠颠地打算离开的时候重新叫住他。

"还有，再给我找几个人来。"

"老大，你要什么人？"

"黄毛、二熊、耗子，那个谁，还有那个谁……就他们那伙儿，你麻溜去！"

7

不记得后来哪一年，陆以名在一本遗落于火车上的破旧读物里，看到这么一则笑话：双重否定句在什么时候不表示肯定？——当一个女生说"我没不高兴"的时候。

这顿时让陆以名想起贴出依谈丽卿要求修改的那些小广告的次日下午。

陈英俊手里拿着一沓个人信息收集表，板着脸站在距陆以名课桌不足一米的位置，而桌子前，围满了有意报名和乐于凑热闹的广大群众。她双手抱臂，目光冷冷的，就像一尊庄严的泥塑。

"你好像不太高兴？"陆以名问。

"不，我没不高兴。"陈英俊硬邦邦地回答。

事实上，陆以名很快就意识到，她这副债主模样是做给某些人看的——某些在人群里格格不入又极其惹眼的家伙：一个头发蓬松的黄毛，一个粗壮的小个子，一群校服肥大痞里痞气的校园风云人物。陆以名见过他们中的大多数，在操场，在学校北边的围墙，在校门口的网吧，和关若非打得火热。

不用陈英俊暗示，陆以名自己也觉得这支大军来者不善。可这会儿，那伙人里却有个穿件花T恤的冲他招了招手。

"嘿！陆以名！"

竟然是耗子？！

就是那个带头退了李萍的课，在楼道里叼着烟头骂他孬的耗子。

自打退课事件发生后，二人始终刻意回避着彼此一般，在校内形同陌路。一个一如既往地打架抽烟逃课，另一个继续勤勤恳恳读书，就像生活在两个平行世界里的居民，再不该有任何交集。可耗子如今这热切的一个招呼，一下让陆以名产生了种"故友重逢"的异样感情。

不，这是革命情谊。

"愣着干吗？我们是来报名的。"

耗子看了看陈英俊手里牢牢攥着的表格，大喇喇地冲她嚷嚷。但陈英俊还是一脸肃穆，活脱脱就是个在明星签名会现场维持秩序的保镖。

这倒实在不能怪她，因为就在一节课以前，陈英俊亲眼撞破了一桩可疑的交易。

男厕所门口,这群家伙和关若非聚集在一起吞云吐雾。然后,关若非从口袋里摸出薄薄的一沓百元钞票,开始排排坐吃果果一样次第分发,嘴里还念念有词地说着什么。"陆以名"三个字,不经意地飘进她的耳朵。

那个时候陈英俊当然不会知道,关若非正在积极地替极真道馆招生计划添油加柴。他想破脑袋才研究出一条"妙计"——牺牲去年辛辛苦苦攒下的零花钱,给予报名者每人一百元的奖励。

这办法简单粗暴却十分奏效,他那群狐朋狗党成绩虽不行,账却算得特别清——报名费将来是家长给,但奖金能进自己腰包,更何况还有哥们义气从中作祟,不必多费唇舌,五分钟内,参与意愿就高达100%。

对此,关若非颇得意,以至于他在做这些事的时候看见了陈英俊也毫不回避,甚至还彰显智商似的冲她扬起下巴笑了笑。

可关若非志得意满的智商偏忘了提醒他,陈英俊对他的计划一无所知。

所以她一下子就火了,因为在她看来,刚才这群人的行径分明就是一出"买凶杀人"的戏码,而关若非那自以为英俊潇洒气度非凡的一笑,在陈英俊眼中则变成了阴险狡诈和赤裸裸的挑衅。

所以陈英俊大步流星走过去,对他的所作所为表达诚挚的慰问:"关若非,你还真是狗改不了吃屎。"

说完这话,狠狠剜他一眼,她绝尘而去,终已不顾。

关若非差点儿没当场气哭,好在当着各路英豪的面儿不能掉链子的念头占据了上风。他把满腔委屈活活憋回去,在心里默念——陈英俊,你丫给我等着,总有让你知道自己冤枉好人的时候!

陈英俊数出十张报名表递给耗子,她做好了这伙人随时发难的心理准备,也打定了主意,静观其变,然后兵来将挡水来土掩。

可出人意料的是,什么意外险情也没有发生,这几个嬉皮笑脸的家伙现在正猫着腰趴在桌面上规规矩矩地填表,一笔一画的模样简直像是伏在老谈办公室里写检查的违纪学生。

难道是她误会了?

可陈英俊一秒打消了自己这个念头,依着关若非平常的行为作风来看,她更愿意选择相信那句老话:无事献殷勤,非奸即盗。

8

与郭长青约定的 5 月 23 日转瞬即至,招生小分队使出浑身解数,收得报名表三十份。提前三天,郑骁阳和谈丽卿向填表者一一发出通知,相约在 23 日放学,前往极真道馆缴纳报名费。

可从六点半到七点半,整整一个小时,没有一个人出现。

更糟糕的是,此刻阴沉沉的天空闷雷炸响,北方雨季初现端倪。狂风拍打着已经葱郁起来的行道树,宛如拍打海岸的浪潮,涌起再退回,放宽又收窄。小雨生花,砸在柏油马路上,白晃晃的一片。

而陆以名一行人站在体育馆房檐底下的台阶上,满怀的热望正被一寸一寸冷却。

真的没有人来。

除了郭长青。

晚上八点整,郭长青穿着路边报刊亭临时买来的那种一次性透明雨衣出现在银丝笼罩的路灯底下,步履匆匆的。他走上台阶才发现陆以名,尴尬地笑了,显然,他对陆以名那日信誓旦旦做出的承诺没抱任何期望。

"陆以名,陈英俊,还有这两位小同学,你们在这儿干吗?不回家吗?"

"郭教练……我……"陆以名愧疚又难过地看着他,自食其言的事实让他在心里筹备好的那些挽留的句子变得苍白无力。他下意识看了陈英俊一眼,而陈英俊抿着嘴,没说一句话。过去几年里,她已经给郭长青添了太多麻烦,无论此刻心里有多少期待和不舍,也没法再对眼前这个疲惫不堪的中年男人提出任何要求。

"……对不起……"陆以名最终艰难地开口。他知道,这句对不起,意味着失败和放弃,意味着缴械投降。

"兄弟!看那边!"郑骁阳几乎是突然嚷嚷起来的,他猛推了陆以名一把,自己则激动得一蹦三尺高。

顺着他手指的方向望过去,体育馆的大门口,出现了一帮顶风冒雨而来的家伙:是耗子,是黄毛,是关若非的狐朋狗党,是那群平日里看上去张牙舞爪的校园"不良少年"。明明只有十个人,却让陈英俊莫名想到了"浩浩荡荡"四个字。

当然,这支部队同样看到了正在招手的郑骁阳,雀跃的陆以名、陈英俊和谈丽卿,好像饱受跋涉之苦的归人已经望见了故乡,他们挣脱了风雨的囚禁,开始奔跑。

"不好意思啊!我们兄弟几个昨儿在校门口和七中的打架,被大邢抓了个现行,这不,留校两天,好容易才逃出来。但我们可都把报名费带来了,交给谁?"

顶着一只乌眼青的耗子气喘吁吁地登上台阶,眼泪形状的雨珠沿着他打绺的发线滴滴答答地砸在地上。陆以名情不自禁地笑了,他喘了口长气儿,像从冰天雪地里重新爬回了这个闷热的夏天。

但陈英俊呢,她那种兴奋无比的情绪却像被寒潮锁住的海浪,渐渐平息下来。敏锐而奇特的第六感让她察觉到有人在偷偷地看她,那目光善意而温暖。

她猛地回过头,果真瞥见个躲闪的影子,浸泡在细细的雨雾里,校服内穿着件淡蓝色T恤衬衣,在体育馆大院门口的香樟树底下一边鬼鬼祟祟朝这边儿张望,一边用手去抹脸上的水雾。

门口有灯,辨认出那人没花费太多功夫。

这可不就是关若非?

现在,关若非得偿所愿,因冤枉好人而产生的愧疚和懊恼开始在陈英俊心底生根发芽。但最终,当面致歉的愿望使她勇敢地用坦率的目光锁定他,意识到逃无可逃的后者试图以一个同样坦率的目光回敬。但他失败了,邀功和委屈并存的心态让他只用一秒就败下阵来。

他挠挠后脑勺,故意装出一副铁了心做好事不留名的姿态,打算扭头溜走,可眼角的余光却始终舍不得从陈英俊脸上挪开。

接着,他似真似幻地看到陈英俊冲他笑了笑……

就像太阳热辣灼人的三伏天,突然降了一场现在这般清冷的雨。

就像飞短流长、聒噪喧天的鸣蝉在霎时间鸦雀无声。

在这一瞬间,关若非飞速地长大了。

少年时修而不复的友情,泼墨事件后求而不得的谅解,经年累月郁结在心头,如今都被陈英俊这冰释前嫌的一笑悄然化解。

尽管多年后,浪荡于社会的摸爬滚打之苦,才真让他明白当时被稀里糊涂打开的那心结究竟是什么——对他人抱有过分的期待,再擅自失望,这本来就是一种最自私的执念。

在陈英俊走过来之前,关若非逃也似的离开了这片"是非之地"。

9

郭长青把钱推回去:"别闹,好好读书。银子,要花在刀刃上。"

耗子紧握着塞满纸币的信封一头雾水:"不是,这位教练,什么情况?今天不是报名缴费吗?"

"哪儿的消息?我就是回来取东西的。"郭长青矢口否认。

"嘿,我说你这个郭教练,怎么还说话不算数?"郑骁阳愤愤不平,"招生,开班,比赛,你明明答应得好好的。"

郭长青无可奈何地笑了:"我答应什么了?"

陆以名哑口无言。

是啊,遥想自己那天顶着骄阳,费尽心思找到他,在出租屋里单方面展开了一场徒劳无功的辩论,一度连自己也感动了,可郭长青从始至终都没有给出一句留下不走的许诺。

"陆以名,我谢谢你的好意。"郭长青意味深长地拍拍他的肩,"可我啊,我就是个练空手道的,这辈子也打定了主意想为国家空手事业添砖加瓦尽一份力。跆拳道这事儿,我搞不来,也教不好,到头来未免误人子弟,那罪过可就大了。你们还不如拿这钱去参加什么学科辅导班。哎,不过啊……可别报咱们这儿那个什么栋梁课堂,我看那女老师面相不好,不靠谱,十有八九跟我一样是骗钱的。"

到这时候他还记着李萍的仇。

这话要放在平时,陆以名准会被逗得前仰后合,但现在,他实在笑不出。

事实上,郭长青口中那个"要回来取的东西",就是他悬挂在道馆内的巨幅照片。本着取下来不恶心后来者的善念,他爬上梯子,费力地解开钉子上的挂钩。他将它夹在腋下,连同道馆角落剩余的几只脚靶一起,提着出门去了。

郭长青的离开比想象中的更决绝,他走进雨里,胡乱扒拉了两下皱巴巴的雨衣兜帽,一把套在头上。他甚至拒绝了陆以名和陈英俊相送的提议,生怕再多看他们一秒就会反悔似的疾步流星。

幸好天从人愿,他才刚走出大门,一辆红色的619路公交车便缓缓驶进了车站。

上车,付钱,将巨大的相框立靠在收款箱旁边的位置,黑压压的人影封住了窗口,挨挨挤挤的乘客当中,他成了"人肉三明治"最中心的那一层。铁锈、食物、汗臭,密集而层次丰富的气味扑面而来,像荒芜已久的老房子发着过期的霉。

有那么一瞬间他想,自己大概再也不会看见陆以名与陈英俊了。

车子重新开动的时候,郭长青从人缝儿里挤出一只手,去摸正在疯狂振动的手机。他将它高举过头顶,抬着下巴仰视。昏暗的车厢里,莹白的屏幕散发出圣光一样的光芒,它们劈头盖脸地浇下来。

刚刚收到的是一则长到分成了四条信息才拼凑完整的短信留言。

发件者是一个他再熟悉不过的陌生人——那个他还在做空手道教练时，曾付出全部心血栽培的，最后一个学员。

郭长青的手有点颤抖。他至今还能清晰地记得自己当年全神贯注教学，而那孩子废寝忘食训练的模样，像极了后来的陈英俊。可碍于家庭压力，男孩被迫远赴日本求学，放弃了空手道。

那么现在呢？

依这封言辞恳切的长信来看，他已经在日本顺利完成了学业，学业有成之余，竟然参加了不少国际空手道赛事，附件里的证书照片佐证了他斐然的成绩……

突然地，郭长青鼻子发酸。

他为的不是这份出众的成绩单，为的不是当初那些朝夕相对、浴血奋战的岁月，而仅仅是为了信件末尾的最后两句话——

时间存在的意义就是，任何事都不可能立刻实现。

感谢您，影响了我的一生。

"臭小子，说这种鬼话有什么意义？当初还不是把我一脚踢开，害得老子丢了饭碗……"他说着说着就好像生起气来，"什么跆拳道，什么空手道，老子不伺候了！停车！停车！"

雨声渐渐住了。长短不一的银色斜线在路灯下化作轻飘飘的雾，整条马路波光粼粼，而放晴的夜空，美得令人惊心。

这样的夜晚是最适合用来消愁的，所以陆以名没有走，他们十四个人一个也没走，就肩并肩在体育馆门前的台阶坐下，看对面同样比肩而立的高楼——那些屋顶参差不齐，像铅灰色的海泛起的褶皱。

而郭长青就是踏着这些褶皱归来的。

那身影由远及近，由小及大，由模糊到清晰，他的步子比离开时还要迫切。

陆以名站起来，郑骁阳站起来，十四个男生女生齐刷刷地站起来，像是一支纪律严明的队伍在等待凯旋的将军。

"好吧，我留下。"

他将沉重的巨幅照片丢在地上,任凭金属相框在一片寂静里,与大理石地面撞出振聋发聩的声响。

"我还是不喜欢跆拳道,花拳绣腿,"他坦然地说,"但我真的很喜欢当教练,特别是在极真道馆当教练。"

10

那年暑假,北京奥运会如火如荼地筹备着。关若非的示好成了止战的开端,作为回报,郑骁阳送给周三水一个新外号——水立方。

7月,李东泽重新归队,极真道馆十四人的队伍变成了十五人。

但确切来说,陆以名不完全能算个"人"。少年的固执往往在某些方面远超想象,他恪守承诺,真的没有再参加过跆拳道训练。多亏众人百般劝说,他这才勉强同意把假期下午的闲散时光贡献给极真道馆的后勤工作。

可问题也恰恰出在这儿,愈发闷热的季节刺激着汗液流动,也刺激着潜藏在心底的欲望。陆以名坐在塑料椅子上看队友们热火朝天地压腿踢靶,看耗子和郑骁阳从活生生两个武学白痴突击成了像模像样的半吊子,这无异于迷失在撒哈拉沙漠的饥民眼巴巴欣赏满汉全席的海市蜃楼。

他于是,又开始疯狂怀念起冬天的赛场。

"你怎么在这儿?"

当他坐在体育馆西侧台阶上,眺望马路对面新鲜的拆迁废墟时,陈英俊出现在他身后。她连道服也没有换,就地坐下,雪白的裤脚被潮湿的泥土染上了斑驳的颜色,有点儿像纯牛奶里漂荡着奥利奥的饼干碎屑。

陆以名收敛起有些失意的神色笑了,他抬起头去看她,任凭夏季的暖风吹开粘在额角的碎发。

陈英俊并非来得平白无故,她变魔术一般从背后取出一张纸和一支笔递给他。后者狐疑地接过来，才发现这是一份极真道馆专业队的入队协议。上面划分了权责，阐述了竞技比赛的风险，列明了参训时间和规章制度，末尾，需要队员与家长的签字。

协议书是郭长青在半个小时以前下发的，他一共印了十五份，而第十五份，属于陆以名。

现在，陆以名有些颓丧。即便时隔两个多月，他也依然不敢深挖自己内心的想法。除了屈辱和不自信，脑子里总是挥之不去地回放着李萍那句话，好像一句"杂草长不成树"的预言，将会左右他的一生。

有关这一切，他却难以宣之于口，所以最后，先启齿的人是陈英俊。

传说这世界上擅长劝导他人的良师益友分为三种：

一种是爸爸型的，当你遇到困惑时，他会为你提供切实可行的解决方案。一种是妈妈型的，当你陷入绝境时，他会用反问法帮你找出现存的问题。但陈英俊无疑是第三种——爷爷型的，不论你有什么问题，她都会像哄小孩子一样给你讲故事。

陈英俊讲起了重庆。

讲起了她小时候曾居住过的村庄——那个叫作清水源的地方。

清水源西北方向三四里地的位置有座叫杂草垛的小山包，山上有大片杂草丛生的撂荒地。在如何处置这块土地的问题上，人们争执不休。

第一年，有人提议土地复耕，盘活资源，在那儿种植柑橘苗，套种油菜。由于清水源临近钓鱼城，有丰富的旅游景区，所以第二年有人提议修建栈道，种植花海。可到了第三年，村子里组织起乡村振兴工作队，打出一产二产齐头并进的口号，又有人提议引进企业，为农民提供就业岗位……

总之，一放再放的，这事儿就耽误了下来。

"后来你猜怎么着？"陈英俊的眼睛弯弯的，像是等待小朋友踊跃回答问题的幼儿园老师。陆以名摇摇头，可他专注的模样还是让陈英俊满意极了。

再后来，人们忘掉了这个被严重低估的杂草坡，可奇迹却发生了。

五年之后，撂荒地变成了林地，无章的杂草变成了葱郁的树木，林间有花，花上有月，每个撩人的晚上，夜莺纵情歌唱。

在未来的很多年里，在陆以名亲身抵达清水源之前，他都坚信陈英俊的这个故事是未经打磨信口而出的即兴之作。细腻的感情并不妨碍这个数学狂魔兼具清醒的大脑，他在第一时间就从中揪出了无数漏洞。

比如，那小山包真的这么巧就叫杂草垛吗？

再比如，陈英俊离开故乡之前不过还是个三四岁的孩子，哪里会清晰地知道人们关于一块土地的争论，更遑论对一座土坡数年来的变迁了如指掌……

可他还是被震撼到了，之所以震撼，当然不是因为陈英俊拙劣的创作技巧，而是因为——她太了解他，以至于他只不过是在大家训练的空当儿走出来，找了个没人的角落猫着背往那儿一坐，她就把他的苦恼和症结看得一清二楚，甚至还想到了那句他只在一个月前轻描淡写提过一次的"杂草诅咒"。

陆以名猜测，这若不是读心术，便一定是一种超越寻常友情的友谊，更是一种无与伦比的信任。于是，他愧意丛生的内心突然向他的大脑提出了一个直指要害的问题：我明明是热爱跆拳道的，但我干吗情愿相信李萍那句鬼话，情愿辜负给陈英俊许下的承诺，而对我的这份热爱，对她的帮助与鼓励百般质疑呢？

陆以名依旧一言不发，却坐直了身体。他将那一纸协议垫在大腿上，用签字笔认认真真地签下自己的名字，接着，又以一种笨拙的笔迹画出童爱华的名字，任凭纸面被尖细的笔尖戳出深深浅浅的坑洼。

最后，他在签名栏的底部看到了一行小字：请写下你对极真道馆专业队的建议。

有感于陈英俊口中的那个离奇故事,一个念头电光石火般出现在陆以名的脑袋里——这支队伍,不如就叫它杂草军团吧。

11

一百公里以外城郊的丽丽旅社,狭小的103单间爬满湿滑的霉味。

在被鼻炎折磨到几乎产生轻生念头的时候,徐显棕依然按捺住了拉开桌椅和床铺给这间屋子来一次彻底清洁的冲动。他生怕自己一旦窥破了这间房子藏污纳垢的秘密,就彻底丧失了从今往后可以安稳入睡的可能性。

也许是时候离开了,去务实地找一份与任何体育都没有干系的工作,或者换一座新鲜的城市重新开始,尽管人生之于此刻的他,还依然是一片茫茫的雾气,看不清前路,也找不到归途。

徐显棕瘫在那张硬邦邦的单人床上百无聊赖地看电视,刻意地回避奥运直播和转播,用一点儿也不松软的枕头去逃避与国家队有关的一切记忆,那枕套,散发出火车车厢里特有的味道。

可一条短信的到来,打破了他假死状态的生活。

上面是这样写的:

8月20日。

9∶00,女子跆拳道49公斤以下级第1轮;

11∶00,男子跆拳道58公斤以下级第1轮;

15∶00,女子跆拳道49公斤以下级1/4决赛;

16∶00,男子跆拳道58公斤以下级1/4决赛;

⋯⋯⋯⋯

接着是第二条。

然后是第三条,是第四条。

这些短信兢兢业业转发着奥运跆拳道比赛的赛程，详细到标注着资格赛成绩的参赛选手名单，连同相关训练纪实和报道采访，一条不落。

清晰的字迹密密麻麻列在一方小小的手机屏幕上，像刺人的麦芒。

发件人，是郭长青。

宛如苦心隐藏的伤疤一朝被人揭开，鲜血淋漓地暴露在众目睽睽之下，徐显椋胸中一阵强烈的灼痛。他迫使自己不去看它。可又按捺不住想去看它，他在一种万般纠结的撕扯中去读那份长长的参赛名单，他看到了自己曾经的队友、曾经的朋友、曾经的后备队员，甚至曾经的陪练。

徐显椋产生了一种想要拉黑郭长青的冲动，但很快，这种冲动就被另一种更强烈的冲动强压下去了——他开始编辑一条冗长的谩骂，打算用它来亲切地问候郭长青的祖宗十八代。

但发送键还没来得及按下，新的短信就来了。

这次，只有一张照片和一行文字。

照片里有陆以名、陈英俊、李东泽，与另外十来个他不认识的大孩子，郭长青站在队伍的最后。他们穿着整齐划一的洁白道服，十六个人开心地笑着，眼睛、眉毛，甚至头发，每一个人都在笑着。

几乎要溢出屏幕的快乐勾起了徐显椋的兴趣，同时，也让嫉妒以压倒性的优势打败了愤怒。他开始端详这张照片，并刻薄地品评每一个人的相貌。

这个尖嘴猴腮，双目无神。

这个满脸麻子，蚊子吸血都崴脚。

这个长得太科幻，这个长得太过时。

还有那个黄毛，不是我说，这是道馆招生还是黑社会收小弟？

就这帮人，想搞出名堂？老郭可能是疯了。

但再疯，他也还是暗搓搓地嫉妒。

这时候，他适时地看到了郭长青写给他的那句话——如果想报复你的梦想，就回来。

徐显椋的笑容柔软起来，可嘴上却依然不饶人。

"都是些下三滥的手段。"他喃喃自语，"幼稚，真幼稚……"

他把手机丢到床上，又将被子狠狠压上去，现在，他决定忘掉这些短信，一整天都泡在电影频道，让周星驰或周润发来打发他惶惶不可终日的时光。

但郭长青太了解他，他们在无数次难分高下的争执中已经找到了协调两个世界的万有定律。

徐显椋第二天披着晨雾出现在极真道馆门口的时候，郭长青正坐在垫子上，啃一只葱花翠绿的煎饼果子。他远远地看到他，冲他抬了抬手，又指了指地上的另外一份，那意思就是——这儿有富余的早点，需者自取。

徐显椋毫不客气地走过去，也学着他的样子就地坐下，抓起煎饼大嚼特嚼，面酱和腐乳丰盈的咸香充满整个口腔，将丽丽旅社里的馊霉的潮气一扫而空。

现在，他感到温暖而满足。

"开工？"

"开工！"

两个人不约而同站起来，一个一如既往的春风满面，一个自始至终的冷如冰霜。他们如常地换好衣服，对着镜子做热身运动，一起静静地等待队员的到来。

他们都清楚，这一次，梦想将重获新生。

第十四章　种子的力量

1

郭长青万万想不到，耗子和黄毛将会成为整支队伍里进步最快的人。

或许是某些有悖中学生行为规范的经历使他们对对抗项目格外敏感，他们热情充沛，求知欲旺盛，这群学校里公认的"差等生"竟然成了极真道馆内的尖子生。

"郭教练，你说打架的时候，第一拳打脸还是打胃？"

"郭教练，要是对方背肌比我大一倍，我怎么打才能赢？两倍呢？三倍呢？"

"郭教练，被矮子偷袭腋下怎么防？"

"…………"

郭长青作为一个特别务实的格斗爱好者，每每聊起这些问题，总是会情不自禁把话题从跆拳道实战经验引至空手道的"关节武器化"上来。

这些时候，如今备受冷落的李东泽便会慨叹世风日下，正所谓流氓会武术，谁也挡不住。而徐显椋则使劲儿一清嗓子，暗示郭馆长悬崖勒马，莫要继续执迷不悟。

郭长青一秒会意："啊，我刚才说的可是错误示例，在跆拳道赛场上这样做可是要犯规的。"

其实李东泽对耗子等人的评价着实也有失偏颇。

对体育运动的执迷就像一剂强力去污粉，将他们身上的痞气洗得干干净净，甚至在郭长青把一篇"吸烟将降低运动机能"的科普文章贴上道馆大门以后，这群张牙舞爪沉迷烟酒的家伙，就再也没有碰过烟。

不，连提都没再提过。

2

暑假的尾巴，下半年的城市锦标赛开始报名，前三名将获得青少年全国锦标赛的参赛资格。郭长青变成了那个赛马的田忌，他在对战表的安排上颇有建树。在翻阅了历年赛程和每个组别可能出现的对手之后，他给每位队员提供了可靠的参考意见。

至于对陆以名的考虑，郭长青在 50 和 55 公斤级之间疯狂徘徊。他思来想去，觉得突击减重参加轻量级比赛会得到更好的结果。毕竟 55 公斤级强手如云，有个叫王钊的，年纪轻轻就已经参与过不少全国大赛，陆以名没必要自讨苦吃往枪口上撞。

那个时候的郭长青并不太清楚陆以名与王钊之间的过节，男孩的固执让他不得不妥协。陆以名决定，从哪跌倒，就从哪爬起来。

为期三个月，艰苦卓绝的集训开始了。

郭长青备了一台精准无比的电子秤，就放在道馆门口，每天进馆首要大事就是幺一幺，凡是体重超标的，既可以享受体能训练加倍的优待，还能免费获赠徐显棕的一整套毒舌吐槽私人服务。

在训练方法上郭长青也奇招频出，非但陈英俊那套轮胎大法被大加推广，更发明了步法舞和口水战之类的幺蛾子。

比如口水战，就是两人一组以实战势对峙，口头竞技。

如果青方喊出"右前腿横踢"，那么红方就可以说"撤步后腿横踢反击"，或者"腾空后踢迎击"，像极了象棋界里的盲棋比赛。

一屋子人你来我往唇枪舌剑，还常常因为口误而笑成一团。李萍为此气急败坏地上门两次，结果就看见耗子和黄毛怪里怪气地冲她大声嚷嚷"降龙十八掌""打狗棍法"和"六脉神剑"，吓得她还以为撞见了神经病，当即落荒而逃。

无论如何，郭长青始终坚信，这套方法有助于大家提高战术意识和实战中的思考能力，再配合他为每个人量身设计的战术，可以最大限度发挥运动员的潜能。

就像陆以名，天生的防守反击材料。

就像陈英俊和耗子，典型的进攻型选手。

就像黄毛，痛打落水狗是他的专长，所以纵深追击法再适合不过。

就像李东泽，那家伙最大的特点就是不怕死，大可以依着乱打法即兴发挥，除了扫堂腿，什么怪招都能用。

那么郑骁阳和谈丽卿呢？

他俩都没报名比赛。

谈丽卿是个天生的观众，参加专业队纯属出于对陆以名和陈英俊的人道主义援助。为免她整日闲着太无聊，郭长青不知从哪弄了本《一个啦啦队员的职业操守》送给她。

而郑骁阳，用郭长青的话说，这人就是个戏精。

虽然动作学得有模有样，可都是花架子，上不了台面儿。打沙袋就像重症肌无力患者的垂死挣扎，而踢脚靶则是彻头彻尾的瞒神弄鬼——趁着二位教练不注意，用两只脚靶的靶叶相撞，听闻一声脆响，便假装自己踢过了。

"郑骁阳，踢得不错啊，动静儿不小。"郭长青故意没有拆穿，可郑骁阳非但不惭愧，还得意起来。

"哟，差远了差远了，教练您过奖。"

"郑骁阳，你知道狼来了的故事吗？"

"知道啊！"郑骁阳一本正经地回答，"这故事告诉我们，一件事儿念叨多了，自然会变成真的。"

郭长青又好气又好笑，手头正捏着个破烂兮兮的羽毛球，猛地朝他一丢。别说，郑骁阳在自保上还挺敏锐，他朝右后侧一闪，羽毛球正中墙上的开关，结果"啪"的一下，灯亮了。那厮却一个箭步蹿过去，冲郭长青一抱拳："郭大侠，好身手！"

总而言之，从他身上郭长青算明白了一件事儿，那就是——这世界永远不会使人称心如意，生活和事业才刚有了点儿起色，老天爷就派了这么个瘟神来和他作对。

好在世界公平得很，痛苦与快乐既不会孤立存在，也不会只降临在一个人身上，起码在这间道馆里，同样一筹莫展的还有个陆以名。

单一腿法是他的硬伤，专业比赛不比业余赛，陆以名横踢下劈走天下的时代彻底结束了。他需要掌握更多高难度的腿法技巧，除了攻其不备，还得出其不意。

陆以名的意思是，他打算挑战陈英俊的看家招牌——旋风踢。

参悟所有腾空腿法的过程都大同小异——先从原地分解动作练起：前跨，提膝，转髋，起跳，踢腿，回收。

默念要领，一连串基础动作重复了百来次，但真想要连贯起来的时候却状况频发。他跳得总不是时候，有时原地转了360°才想起要跳，有时直到双脚落地才懊恼地记起自己忘了出腿……

陆以名越练越急，越急越练，他在原地转得像只被皮鞭疯狂抽打的陀螺。而吃瓜群众郑骁阳在一边儿笑得前仰后合，他指着陆以名随身体慢半拍旋转的腰带上气不接下气地捂着肚子："陆以名，你知不知道你现在的样子有多像追着自己尾巴的猫？"

"够了啊，我还没原谅你呢。"陆以名停下来，故意板着脸教训他。

"行行行，我理亏，你是大爷。"郑骁阳憋着笑，蹲在一边儿慢吞吞地继续去擦他的地垫。直到他把那些关于陆以名的笑料全都消化完，漫反射的地面已经活活被他擦出了镜面反射的效果，一眼望去，油光铮亮。

"陆以名,你练得不错。"徐显椋的表情很诚恳,但那副毒舌正在蠢蠢欲动,"凭你的智商,即便没有高人指点,再照这么练上三四年,也一定能练好这种不适合你的高难度腿法。"

谈丽卿不愧是个好观众,接话茬的本事一流,她一下子就抓住了徐显椋话里话外的重点:"那么,如果有高人指点呢?"

"那要看是什么样的高人。"

这回,陈英俊也明白过来:"如果就是徐教练您这样的高人呢?"

徐显椋心满意足地上了钩:"我这样的?用我的诀窍来,三天就够。"

徐显椋把陆以名的腰带扯下来,交叉着绕过他的左脚脚踝,与陈英俊蹲在一左一右两侧,分别牵住腰带的两端,然后同时用力去拉。

这样一来,陆以名就成了一匹深陷绊马绳中的马,旋转的外力让0.5秒后的他只拥有两种可能性——借力成功地顺势腾空转身出腿,或者直接脸盘着地摔个大马趴。

总而言之,陆以名还是一只旋转的陀螺,而陈英俊与徐显椋就是这只陀螺上长长的发条。

惨绝人寰的训练一直持续到第三天,陆以名在此方法的折磨下被摔得鼻青脸肿之后,终于掌握了旋风踢的诀窍:旋转的身体带动腰部发力,整个人高速旋转,右腿凶猛而凛冽地直击脚靶,"啪"的一声巨响。

道馆内的掌声几乎是同时响起来的。

陆以名知道,他成功了。

3

整个夏天是在一种可怕的湿热中度过的。

童爱华对不着家的儿子颇多微词,但每每又妥协于蒸笼一样的室内和陆以名去图书馆完成暑假作业的借口。

8月,北京奥运会跆拳道比赛拉开序幕。郭长青不知从哪弄了台小电视,装在道馆内放直播,吴静钰在跆拳道49公斤级中的夺冠振奋了杂草军团残存的夏天。

崭新的9月,像极了故事的开端。

迟到的暴雨袭击了这座城市,从早到晚雨脚不歇,积蓄一夏的高温被一扫而空。当杂草垛高中门口的积水几乎要没过膝盖的时候,开学和赛季一起到来了。

人民体育场外拉出锦标赛的横幅。极真道馆成为诸多参赛队伍中的一支。郭长青和徐显椋带队,领着这支草台班子登上大雅之堂,看着周围其他衣着整齐、严阵以待的专业队伍,再看看自己这群半路出家的歪瓜裂枣,内心竟然涌起一种异样的自豪。

首场比赛是陈英俊的舞台,明明心怀无比的渴望,她脸上却看不出一丝起伏和波澜。她开始轻巧地跃动,状态松弛、从容而极富韵律,能让人轻易从中获得榫卯相接般足以治愈强迫症的秩序感——她就像个归来的王者那样令人信服。

几乎是一踏上垫子,陆以名就知道她赢定了。

事实也的确如此。

才打到第二局,陈英俊就以大比分的绝对优势提前结束了战局。

那么陆以名呢?

从迈出的第一步开始,战胜自己就决不再难如登天。

半决赛,陆以名与王钊重逢。作为本次比赛的卫冕冠军,自以为对陆以名了如指掌的王钊输给了自己的大意和逐渐失衡的情绪。

他始终以微弱的比分优势压制陆以名,可还是分明觉察到,陆以名变得更快了。有别于二人首战时的杂乱无章,那副冷静的大脑如今就像一台高精尖的计算设备在场上飞速运转,这让王钊的假动作几乎无所遁形,甚至使他产生了一种比面对强敌更可怕的意识:敌人在光速进步!

第十四章　种子的力量

这一刻，嫉妒和自我怀疑几乎击倒了他，让他在一个恍惚之间就被钻了空子——陆以名以一腿快如闪电的中段横踢在倒计时即将结束的时候追平了比分。

两个人因此进入了号称"快速死亡法"的加时赛——先得分者为胜。

时间就像放入冰箱冷藏格的肉汤，胶质渐渐凝固。而贯穿体育馆的风则由动车组变成了绿皮火车，温吞吞地从双耳两侧异常缓慢地向后行驶。视线如长焦摄影镜头般对焦对手，周遭混沌而模糊。

这次，陆以名没有采取一贯的防守反击策略，他破天荒地率先攻出一腿，临场经验丰富的王钊瞬间便采取了行之有效的防御措施——他猛地撤出去，让陆以名堪堪扑了个空。但接下来的事情，堪称瞠目结舌：陆以名轻快地一跃，从容不迫地跟了一个漂亮的追击旋风腿！

"砰！"

巨响打破了时间的结界，世界重新喧腾起来。

陆以名赢了！

他败给了陆以名的旋风踢？

这半吊子的家伙竟然会旋风踢？

王钊难以置信地看着对面喜形于色的男生。而后者，已经摩拳擦掌，踏上了前往决赛的征程。

直到许多年后，陆以名再试图回忆起那场比赛的细节，发现除了对垒王钊，他甚至连冠亚之战的关键战局也遗忘殆尽了。他只记得他后来输了，对手是区级体校队伍杀出的一匹黑马，反向横踢就像蜇人的蝎尾一样厉害。

再后来他才知道，遗忘是为了铭记，值得铭记的，不是他如何战胜对手，而是如何战胜自己。

无论怎样，第二名是个良好的开始，足以送他去赴几个月后与王煜安的战约。

4

极真道馆首战告捷，除了陈英俊、陆以名和李东泽分别斩获的第一、二、三名，最让人意外的还要数关若非"花钱买来"的那群狐朋狗党，耗子和黄毛一举杀入前五，其他人中的绝大多数，都顺利挺进了前八。

杂草军团因此在团体成绩中拿到第四名。这对于一支新得就像朝阳一样的队伍来说，堪称奇迹。

为了纪念这个特殊时刻，郭长青自作主张在道馆门外圈了一面墙，将它开辟成荣誉榜。胸前挂着奖牌，或者举着证书站在领奖台上的照片被道馆门口照相馆硕大的打印机洗出来，裁切，压膜，再本着自己动手丰衣足食的原则由每个人亲自贴上去。

耗子挨着李东泽，李东泽挨着陆以名，陆以名挨着陈英俊……十多张照片挨在一起，远远望去，宛如在洁白的墙壁上贴出了一小片花花绿绿的马赛克装饰。

至于榜上无名的郑骁阳和谈丽卿，郭长青要他俩一左一右抱着沉甸甸的奖杯，拍了一张合影，挂在那儿，活像三清殿里神像两侧的金童玉女共同托着个金元宝。

不知道为什么，盯着那些照片，陆以名心头突然涌起一种不祥的预感，就好像深藏多时的秘密正被一寸一寸地曝光。

即便赶上倒休，童爱华也很少在礼拜日出门，但今天是个例外。

现在天气很好，"秋高气爽"四个字表现出了它应有的职业素养。空中没有一丝云，光洁得像钢琴的烤漆。她先是去了菜市场，在五光十色的水果摊前流连了好一会儿，然后，搭乘公交前往飞云东路体育馆。

陆以名是在从体育馆男厕所出来的时候遇见她的。

彼时他刚刚换好道服，打算开始一天的训练，而童爱华正提着四大包水果迎面走过来。她走得很快,任凭被重力牵拉得细长的塑料袋提手狠狠勒进肉里,她腾出一只手,去擦拭额角的汗。

就这么一抬手的工夫,她的视线完美地与穿着道服的儿子擦肩而过。

宛如一只被吓破了胆的兔子逃回洞穴,陆以名飞速闪回男厕,他虚脱一般死死地靠着墙,像是被人拿着桶水泥自顶至底劈头浇下来,身体便化作了一座沉重的石墩,和那墙融为一体。可不幸的是,他确信自己的内脏被完好地保留着——因为,他正饱受胆战心惊的煎熬。

陆以名一下子想起去年令人难忘的除夕夜,童爱华与陆国平那场毫无结果的争执。他心知肚明,童爱华正在兑现她的承诺——她是来感谢李萍的。

"怎么了你?"耗子刚刚系好腰带,一抬头就瞥见陆以名惨白如纸的那张脸。

"我妈!"陆以名狠狠地将食指压在嘴唇上,紧张地说,"来找李萍的。"

两个人的手指轻轻攀上门框边缘,四只眼睛偷偷地朝外看过去。现在,童爱华正提着大包小包停在楼道的岔路中央四下张望,显然,她迷路了。

陆以名大感不妙,如果童爱华再继续向前,将会顺利抵达栋梁课堂,而李萍那副唯恐天下不乱的贫嘴薄舌足以把童爱华气得血溅当场;可如果她向右,极真道馆门口那堵花花绿绿的照片墙同样会引发一场世纪灾难。

而就在这个时候,一个意外情况的发生让形势变得更加严峻。

李萍顶着她那头新鲜出炉的卷发,从与男厕一墙之隔的女厕走了出来,她站在门口甩手,水珠像离了竹筛的豆子,滚得满地都是。继而她一个转身,就看到了与她相距不足五米的童爱华。

两个女人定定地对视了两秒钟。

童爱华当然不认识她,可陆以名却认得她妈那副欲言又止的样子

——童爱华萌生了上前问路的想法。

"瞧瞧，一点儿风浪就尿成这样，你可是要打青锦赛的人物。"耗子把头缩回来，将刚刚换好的道服上衣使劲儿一拽，重新把他那件花里胡哨的T恤套回去。陆以名还来不及反应，那厮居然大摇大摆地出去了。

"哟，李姐，别来无恙？"耗子就像半路杀出的程咬金，横行霸道地拦在了童爱华与李萍之间。他故意叫李萍"李姐"而不是"李老师"，这可把李萍气得七窍生烟。

"哎呀，您别生气，我老家最大的姐姐就是您这个年纪。"耗子赔着笑，一副奴颜媚骨的样子，"我这次来是有个特别特别重要的事儿，想和您去那边儿商量一下。"他用手半掩着嘴，压低嗓门，满脸写着隔墙有耳，"和报名费有关的……"

李萍于是忍住没发作，她同意了耗子的提议。两个人一前一后转身走了。在重新路过男厕所门口的时候，耗子一个劲儿冲门内的陆以名龇牙咧嘴使眼色，那意思就是——你丫还行不行？还不赶紧行动？

陆以名用颤抖的双手脱下道服，套上来时的半袖衬衣。

他深吸一口气走出去。这次，童爱华一眼就看到了他。

"儿子？"她喜出望外地赶上来，将手里最轻的那只装着丑橘的红色塑料袋递给他，"走，带我找你们老师去。"

陆以名把袋子接过来，双脚却一动没动。

"妈，我们老师……她刚刚接到一个电话，说家里有急事儿就走了，给我们发了卷子让上自习。"陆以名脑子一热，没打草稿的谎话脱口而出。

"哟，"童爱华愣了愣，一副失望至极的样子，"真的？"

陆以名点点头。他也不知道该怎么解释，更无法推辞童爱华坚持要把他送往教室门口的要求。他硬着头皮朝前走，只盼望神通广大的耗子可以挺住，多拖一阵儿。

耗子不负众望，他谎称堂哥表弟都想补习数学，把杜撰的人物资料津津有味地讲给李萍听。直到陆以名孤注一掷地推开栋梁课堂的教室大门走进去,都没再看见这位李老师的影子。

"妈,"陆以名如释重负地开了口,"我……我做卷子去了,你回去吧。"

"那我改天再来?"童爱华探头探脑地向里张望。

"改天,改天我帮你约她。"陆以名回应得特别殷勤。

"水果你拿着,分给同学吃。"她不由分说把手里的东西全部塞给儿子。

那些塑料袋沉甸甸的,陆以名心里也沉甸甸的。

他看着童爱华走远了,背影逐渐消失在笔直的楼道尽头。

不知道为什么,他莫名地有点难过。

5

高中生活的兵荒马乱,往往始于高二国庆之后的分班。仿佛从那天起,一场看不见的竞争就开始了——文科,理科,出国,艺考,体考,众人使出八仙过海的本事,自谋出路,各显神通。

可这件事对陆以名的生活而言没有构成丝毫影响,毕竟他不艺考也不出国,而杂草垛每届只有两个文科班,所谓的分班,就只是把文科考生分出去罢了。因此,若不是在史地政方面有着超乎常人的优势或短板,大多数人都会选择留在原来的班级。所以,陆以名和陈英俊便把全部精力都用在了备战近在眼前的全国青锦赛上。

可分班志愿表没有撼动他的世界,并不代表没有撼动他妈他爸的世界。

陆以名坏就坏在文科理科都不差,加之陆国平还对中考数学发挥失常一事耿耿于怀。按照他不走寻常路的想法,理科生里数学高手多如牛毛,以硬碰硬未必是上策,而文科则不然,没准儿他儿子会因为数学成绩优异,而在文科考生中间儿变得奇货可居。

在电话沟通几日仍未达成共识之后,陆国平回来了。但他回来得很不是时候,在10月11日礼拜六,而同一天,跆拳道全国青锦赛将在这座城市拉开序幕。

总而言之,陆以名一大早去图书馆占座儿的老借口在今天一败涂地。他才刚抓起鼓鼓囊囊的书包要出门,就在门外和陆国平打了个照面。

"这么早,去哪?"

"图书馆。"陆以名做贼心虚地低着头,数着他爸皮鞋上深褐色的泥点儿。

"别去了,今天要商量的事关系你的未来。"陆国平下达了不容置喙的指令。

实则陆以名心知肚明,所谓的"商量",指的只是他爸和他妈商量,至于他,充其量也就混个旁听席。但他惹不起陆国平,而比起单纯地惹恼他,他更怕遭致他爸的怀疑。所以他任由陆国平好心地接过他的书包,像押送犯人一样与他一前一后重新走进了这栋监狱一样的房子。

一家人围着餐桌无比和谐地坐下来,童爱华把陆以名十分钟以前还没来得及塞进肚子里的油条连碟子一起重新推给他。陆国平则开门见山,就文理分班一事,又卖弄起他那套关于"扬长法"的长篇大论。

枯燥的说教在陆以名耳蜗里逐渐变得遥远而模糊,墙上的钟表发出轻不可察的"嘎嗒"声,时针和分针同时卡入八点整的凹槽,陆以名清楚地知道,短短半个小时以后,奥林匹克体育中心的全国青锦赛赛场,称体重环节就会进入倒计时。

一瞬间,他觉得自己变成了个等待秋后处斩的死刑犯,除非撞大运一般赶上新帝登基太后做寿,大赦天下,否则,身首异处就是他的命定结局。

可又过了十五分钟,几乎等同于大赦天下一般的奇事,竟然真的发生了。

彼时,陆国平正以别人家的孩子为例,讲述着因为父母在文理分科上的筹谋而使孩子考入名校的故事,一阵急促的敲门声打断了他的旁征博引。

陆以名站起来去开门——门外,那站在风里,面色通红上气不接下气的人,竟然是陈英俊。

6

半个小时前,检录处的工作人员已经催了第三遍——陆以名既没有称体重,也没有签到,而男子组55公斤级的比赛将在一小时以后开赛。

郭长青在运动员休息室与奥林匹克体育中心的门口之间徘徊了三个来回,其间让郑骁阳用徐显棕的手机给陆以名家打了五六通电话,但毫无例外的,听筒那头只传来一阵又一阵短促的忙音。

若是郑骁阳知道在一年前的那个闷热的夏天,陆以名也是这样心急如焚地满世界找他,如今一定会感慨善恶终有报,天道好轮回。可惜他不知道,所以,他举着手机在心里冲那厮破口大骂。

"郑骁阳,陆以名他家住在哪?"陈英俊问,"我去找他!"

郑骁阳突然有点儿含糊,他了解陆以名,更知道浅草坪区的钉子户是陆以名的头号秘密,若非万不得已,他不能出卖他。可是现在,到底算不算万不得已呢?

他的一张脸皱成了刚出锅的狗不理包子。

"就算是不堵车,单程也要半小时……往返一小时,来得及吗?"

"你要是不告诉我,那就铁定来不及了。"

"你今儿有比赛,这样吧,我去找他……"郑骁阳总算拍脑袋想出这么个两全的法子,却被郭长青立即否决。

"不,你留下。"他说,"陈英俊的比赛在下午,如果陆以名不能及时赶到，你就去替他过秤。"

"我？替他称体重？"郑骁阳指着自己的鼻子，"这行吗？"

谈丽卿及时扼制住跑题的趋势："他家到底住哪儿？"

"他家，他家就是……"郑骁阳的脸涨得像个绛紫色的茄子，"就在咱们学校附近……就在浅草坪区……"

"哪个小区，哪个楼门，几零几？"

"就是……浅草坪区那个……那个小二楼……"

"小二楼？什么小二楼？"谈丽卿咄咄逼人，可陈英俊却顿悟了。

常去冻品水产批发市场的她知道，浅草坪区只有一栋建筑能被称作真正的"小二楼"。它斜矗在那些瓦砾层叠堆出的大海上，像孤岛一样静默地漂浮着。

她曾在那儿告诉陆以名，这里住的，一定是个孤独的人。

陈英俊抓起背包，夺门而出。

郭长青倒出黄色文件袋里的一大堆证件，从中拣出陆以名的参赛证和郑骁阳的中国跆协注册证。那时候的注册证还很简陋——一个形似学生证的小本子，墨绿色的封皮有"跆拳道协会"五个烫金大字。翻开来，第三页填满了个人信息，还贴着一张一寸正面照，压着相纸右下角，盖着一枚硕大的钢印。至于参赛证也还不是后来流行的那种PVC定制胸卡，而是一张印好的纸芯，上面贴上照片，填好姓名，盖上钢印，再塞进扁扁的透明硬胶卡套里。

他又找驻场医生借了只镊子，小心翼翼地将郑骁阳注册证上用胶水与纸页粘连的照片剥离下来，放在一旁。又拆下陆以名参赛证上的易拉扣，平滑地抽出纸芯，揭下照片，来了一招移花接木。

现在，郑骁阳的一寸照妥帖地粘在了陆以名的参赛证上，甚至连钢印的形状也对得八九不离十，若是不仔细凑过去看，任谁也不会注意到钢印上牛头不对马嘴的文字。郭长青手法熟练地将改造完毕的参赛证递给郑骁阳，后者看得目瞪口呆。

"郭教练，您以前是做什么的？"

第十四章 种子的力量

徐显椋一声冷笑:"哼,论起坑蒙拐骗,他可是祖师爷。"

郑骁阳也是个瘦瘦的男孩子,身高体重与陆以名都极相似,他换好道服去签到,电子秤报出 54.9 公斤的体重,算是圆满过关。

"郭教练,徐教练,那我后面怎么办?"

"怎么办?打!"郭长青冲着他脑门赏了一记栗暴。

他将教练员们的抽签结果递给郑骁阳,郑骁阳一看直接蒙了,很不凑巧,第一场就是陆以名与王煜安的对决,这不是要他去送死?

"郭教练,他不行!"谈丽卿抢着说。

"不,他行。"徐显椋说,"郑骁阳,你听着,我不是要你当众出丑,也不是要你以卵击石,我就是要你输。你的任务就是护住头,护好头,用尽一切办法保护自己,不要被 KO,不要被判罚,坚持到最后一秒!"

"可是……"谈丽卿欲言又止。

"这场比赛的赛制等同于奥运会,只要王煜安进入决赛,陆以名就有争夺铜牌的机会。可王煜安,他一定会是冠军。"

郑骁阳想了想,突然笑了:"打架我不在行,挨打却是个人才。我对陆以名的感情可比对人民币还坚定,那小子,就等着来谢我吧。"

其实没有人知道的是,此刻的郑骁阳紧张得像根绷紧的琴弦,一丁点儿风吹草动,都能让它颤抖个不停。

7

陈英俊使劲儿用手捎了捎自己的脸,好让它松弛下来,她已经为后续的谎言做好了充分的铺垫。她盯着那扇锈迹斑斑的铁门看了好几秒,用三根手指钩住门环,一下一下地叩响它,声音有力,也执拗。

这是她正式走入他的世界的前奏。

开门的人就是陆以名。那一瞬间,他脸上的表情就像是一只用旧了的调色板,她从中读出了五颜六色的惊喜、感激、庆幸、羞耻和慌张。

可她莞尔一笑，一句话就把他从情绪编织成的牢笼里拯救了出来。

"今天谈老师给咱们开小灶补课，要去学校的，你是不是忘啦？你家电话也打不通，谈老师让我来找你。"她大声地质问。

陆以名警惕地回头看了看门内的陆国平，那张脸正在经历四季的变迁——由凉薄的秋天转为肃杀的冬天。

他当即用眼暗示陈英俊：你演技不好也就罢了，编故事的本事一点儿也不长进，就算家里电话打不通，谈晋伟也有我爸的手机号，哪有学生没来上课，老师找另一个学生翘课去他家请的道理？

可现在木已成舟，只能设法亡羊补牢。陆以名还在思忖着谎要如何圆下去，一朵巨型乌云已经从身后罩上他的头顶，陆国平就像一头敏锐的豹子，近距离地审视门口的儿子，看上去，谎言揭穿在即。

但事实证明，有时候大人们比孩子臆想当中要简单得多："你连上课都能忘？还分的什么班，还读的什么书，当的什么学生？赶紧回学校去！"

陆以名欣喜若狂，却努力使一个无地自容的惭愧相停留在脸上，他心悦诚服地赔礼道歉："爸，这事儿都怪我，忘记了，我保证，下不为例。"

说罢，他伸手抓起门口的书包，一个箭步蹿出了屋子，任凭大门像阿里巴巴的山洞，在身后轰然闭合。

他与陈英俊相视一笑，开始了一场长途的奔袭。

他们要逃离孤岛。

8

郑骁阳甚至不知道自己是怎么走进赛场的。

他觉得他就像是旧社会包办婚姻制度下买来的新娘，为了一纸婚约而硬着头皮坐上花轿,迎接未知的命运,幡然悔悟之际,为时已晚。

赛前倒计时三十秒。

郑骁阳脸白得不成样子,嘴角所有的肌肉全都紧绷着,汗水打湿了他的鬓角。

"郑骁阳!"叫他的人是谈丽卿。

说来也怪,谈丽卿心心念念想见王煜安一面,可现在王煜安就坐在场地对面的椅子上,她却连看都没看他一眼,就只担惊受怕地叫着郑骁阳。

这种人比人带来的满足感让郑骁阳膨胀成了一只打满气的气球,也不知道哪来的勇气,他冲她笑了一下,比出个胜利的手势。他告诉自己,无论是为了谈丽卿这声"郑骁阳",还是为了陆以名的梦想,他都不能放弃。

赛前倒计时二十秒。

郭长青依然在抓紧机会向他演示格挡要领,但郑骁阳早就魂游天外,甚至糊里糊涂地想起了"身体发肤受之父母"这么句话。他想起了他妈,他突然就想,如果他走上跆拳道赛场这事儿被他妈知道,她该有多心疼啊。

其实郑骁阳心底一直深埋着一个秘密,这秘密之于他,就像钉子户的身份之于陆以名那样让他避之不及——他是Ⅰ型成骨不全症患者。

这病名字听着有点儿新鲜,但得这病的患者却有个更广为人知的别称——玻璃娃娃。

郑骁阳是幸运的也不幸的。幸运的是,Ⅰ型的成骨不全是成骨不全症状里最轻的一类,体型与正常人几乎无异,他能行走和跑步,甚至能游泳或者跳绳。骨折和脱臼状况在青春期后会有明显好转,只要不进行激烈的对抗性运动,大概是可以安度余生的。可不幸的是,由于外表与常人无异,他们的病情常常被人忽视,许多患者直到成年,甚至育下成骨不全症的孩子,才得以诊断。

郑骁阳讨厌一切有色眼光,他一直在隐瞒,即便对陆以名也是一样。

现在,就相当于要把这样一只瓷人儿扔给一脚能踢断十层木板的王煜安,说不怕是假的。

赛前倒计时十秒。

郑骁阳还记得有一年,陆以名坐在台阶上问他的理想。

他当时可真的没说谎,他真就想当个社会人,大金链,小手表,三天一顿小烧烤,有肝有胆,打遍一方,而不是现在这样,遇事就跑,打仗全凭放嘴炮。

或者,他想,他应当感谢陆以名,给了他可能是有生之年唯一一次痛痛快快和人大打一架的机会。热血沸腾青春年少的时节,谁不渴望体育赛场呢?

尖锐的哨声划破了逐渐升温的空气,郑骁阳的大脑一片空白。他攥紧拳头站起来,冲郭长青敬了个礼,走向赛场中央。

王煜安笑了一下,红色护头底下英俊的半张脸上挂着毫不掩饰的蔑视。

但仅仅十秒钟以后,他就意识到——对面的男生,不是去年冬天那个冲他嚷嚷着大言不惭立下战书的陆以名。

陆以名的技术的确很烂,但王煜安还没见过越练越烂的那种人。可现在,他的对手称得上"烂到极点"四个字。王煜安每每试探性地出拳或出腿,对面的家伙就开始抱头鼠窜,闪得比谁都快,防得比谁都死。可那家伙倒也进攻,仿佛也不盼着打中一般,空踢几个不大标准的横踢敷衍了事,偏偏还真就让裁判给不了他消极警告。

王煜安觉得这场战斗没趣儿极了,他完全失去了斗蛐蛐的兴致,此刻,他就只想速战速决。

横踢!三段连击!

郑骁阳哪里是他的对手,小小的一个伎俩就让他失了分寸。王煜安敏捷的腿法看得他眼花缭乱。

"啪!"

先是头部,这一腿不轻不重,却足以让脸上火辣辣地疼。

"砰!"

接着是腹部,七八成的力气,使胃里翻江倒海。

场上的局面变得颇具戏剧性,完全成了一出跆拳道高手与活人沙袋之间的互动。

"啪!啪!"

力道十足的两腿双飞,郑骁阳忙不迭伸手去防……紧接着,折断般的剧痛让他眼前一黑,他触电般飞速意识到发生了什么。

他狠狠地栽倒在地上,世界在疯狂旋转,他看到郭长青猛地从椅子底下扯出那块意味着弃权的白毛巾,一下子举着它站起来。郑骁阳在电光石火之间明白了另一件事——最糟糕的情况已经发生了,如果在这个节骨眼上抛出白毛巾,一定会前功尽弃。

那么,他便白流了血,白流了汗,白受了伤,白白害自己承受了这样一场担惊受怕,而陆以名也无法获得他等待了一年,梦寐以求的机会。

一个贫弱的自我正在战斗中变得强壮而伟大。

"郭教练!别!"他强撑着身体站起来,像个慷慨赴死的英雄,他决心继续战斗,然后牺牲在战场上。

王煜安也愣住了,他放缓了进攻的节奏……

不,他甚至忘了进攻!

他开始眯起眼睛,仔细地观察起眼前的这个人。

郑骁阳有着漂亮的睫毛、高高的鼻梁和小巧的下巴,那下巴像他妈妈。他生着两片刻薄的嘴唇,若假以时日,该有和徐显椋不相上下的本事。他还有一副酒窝,笑起来的时候就像甘甜的面包涂满了蜜。

可现在,他那漂亮的脸上、光洁的手臂上、提起的裤管底下露出的小腿上,堪称万紫千红。但他的目光里,是不达目的誓不罢休的坚定。

在那一刻，王煜安意识到自己遇到了真正的强者。

结束的哨声响彻整座体育馆，郑骁阳就像一只耗尽了电量的四驱车，歪歪扭扭地偏离了航线，倒在垫子上。模糊的视野花花绿绿的，他看到人们从四面八方朝他涌过来，就像四合的潮水。

他看到了谈丽卿、李东泽，看到了徐显椋和郭长青，还有更遥远的地方，在奥林匹克体育中心大门外的陈英俊和陆以名。

然后，就是令人安心的黑暗。

9

很多时候，谈丽卿自己也搞不清楚她究竟是怎么一回事儿。

为了见王煜安一面，她机关算尽，步步为营。但自己刚刚真的见到了那人，内心却平静得像撞见了过路的甲乙丙丁，她甚至懒得走过去，在他休息的间隙递一瓶功能饮料，或者按照她一贯敢想敢做的风格讨一个联系方式。

她就只觉得索然。

这种索然就像你看到街头领着孙子的大妈正朝垃圾箱里丢一团平平无奇的纸屑，或者在铺满针叶林的山坡上撞见一只低飞的麻雀。它们稀松平常，毫无新意，更无法在平静的心湖掀起一丝波澜。

那场惨绝人寰的战役开始之前，她的全部注意力就都集中在了郑骁阳身上。她突然就想，因为身体状况，在二十一中被同学和老师当国家保护动物一般爱护的脆弱的男孩，竟然自告奋勇地走上危险重重的赛场。

她又想，好像长到这么大，见过这么多人，看过这么多热血漫画，似乎还没有一个勇敢的英雄形象，能给她超越郑骁阳昂首阔步走上赛场那一刹那的震撼。

她到底是怎么了？

事实上，陆以名也是在郑骁阳完全康复之后才从头到尾事无巨细地了解了他的故事。就在初三那年立下"携手杂草垛"的约定后，郑骁阳也的确以他和跆拳道技术一样"烂到极点"的分数，不负众望地考入杂草垛高中。

但不幸的是，暑假期间一次重大的摔伤事故，改变了郑骁阳的既定路线。他的父母托遍关系费尽唇舌，又足足缴纳了十二万元的择校费才把他送入二十一中，图的不过只是那儿距离治疗与看护成骨不全症最专业的康复医院只有不足五十米远。

起初，郑骁阳是坐着轮椅去上课的。相托的熟人在学校反复关照，使他的病情公之于众，他讨厌这种与众不同，更惦念身在杂草垛的陆以名。

所以，在谈丽卿的帮助下，他以身体彻底康复、在学校备受歧视以及功课严重跟不上为由，向父母提出到杂草垛高中借读的要求。

陆以名是四个小时后赶到骨科医院的，他刚刚漂亮地赢下了铜牌之争。

而陈英俊不负众望，拿到了第二名。

他带着奖牌火急火燎推开病房的大门，发现郑骁阳那厮正大爷一样躺在床上。他虚弱而苍白，右手打着石膏，脸上却一如既往地挂着那副看热闹不嫌事儿大的表情，仿佛刚刚骨折的、受伤的全都不是他自己，还在那儿一个劲儿地耍着贫嘴。

他说陆以名你走，别以为拿个奖牌就能贿赂老子，我两次住院可都是为了你。

他还说陆以名，幸好你丫是个男的，不然就咱俩这些破事儿桩桩件件地说出去，我跳进黄河也洗不清。

陆以名说你快躺着吧，洗不清就别洗了，黄河水也没多干净，你这么想讹我，那我就让你讹上个三五十年又如何。

郑骁阳说别扯那么远，谁能确定你能活到那一天？咱俩许上一辈子就够啦。

10

　　这场发生在跆拳道赛场的事故,从道馆、学校到家长都十分重视。

　　由于陆以名和郑骁阳家一向交好,两家之间没有产生任何争执和矛盾,陆国平主动承担了绝大部分医药费。

　　谈晋伟失去了一贯的风度,在下班回家后,他怒气冲冲地把公文包丢在桌子上。

　　"你说你去练舞蹈,结果你去练什么跆拳道。我和你妈自问从小到大都在给你提供最宽松的成长环境,你想学民族舞那就学,你说想从民族舞转到体育舞蹈,那就跳体育舞蹈,你说在杂草垛高中有助于提高数学成绩,那就由着你。但你对得起我和你妈的信任吗?!你对得起吗?!"

　　他站起来,从包内抽出一纸盖好了章的离校证明狠狠摔在女儿的面前:"明天你就给我回你的学籍校去,什么体育舞蹈?什么狗屁跆拳道?什么为了学好数学?我告诉你,全都到此为止了!你就给我好好地备战高考,不是985就是211!"

　　面对怒不可遏的谈晋伟,谈丽卿反倒平静下来。

　　她站在桌子前面,既不愧疚也不懊恼,许久才缓缓地开口:"爸,你和我妈口中的宽松的成长环境,就是一切为成绩让步,就要我找一条升学捷径,然后好好地参加高考。但你们有没有问过我,我到底想要什么样的生活?"

　　"不为了升学?你这就是没出息的表现,你倒是告诉我,你想要的什么生活?"

　　"爸,我想要的生活不是跳舞,或者不只是跳舞,更不是考什么985和211!我不会,也不想就为了一张高分试卷废寝忘食通宵达旦,我想要的只是希望我的高中时代有梦想,有目标,有想做的事,有喜欢的人，有交心的朋友，有强壮的体魄，还有无悔的记忆。爸，我热爱我现在的生活和选择，就像陆以名热爱他的跆拳道一样！"

她掷地有声地说完最后几个字，摔门而出。

谈晋伟待在原地，久久地品咂着女儿话里话外的意思。

他突然有点失落，有点难过，有点愤怒，又有点儿莫名的、让自己都讶异的欣慰。这到底是怎么一回事儿呢？

现在，他打算好好想想，仔细想想。

11

天色灰暗且阴郁，覆满白霜的大地干燥，寒冷而坚硬。

平地卷起狂风。

陆以名知道自己完了。

他在与父母的期望背道而驰的路上越走越远，终于，由一个品学兼优的男孩，成了这个家里大逆不道的不孝子。

他也曾试图让自己做出深刻反省的样子，好在陆国平暴跳如雷时诚心悔过，以便换取个坦白从宽的优待。但糟糕的是，关于这件事他思来想去，竟然得出了一个匪夷所思的结论——他没错。

到底是谁规定了读书的正义性和练习跆拳道的非正义性呢？

事实上，陆国平压根没找到与儿子单独沟通的机会，在他把一张银行卡留给郑骁阳的父母之后，就被一通电话叫去了北京，这一去就是整整一周。

那么童爱华呢？她如常地上下班，如常地做家务。她对陆以名淡淡的，像是在回避，像是在思考，也像是在怨他。有那么几个晚上，陆以名听到他妈坐在狭小的客厅，唉声叹气。她怕是伤透了心吧。

这个时候，陆以名觉得那种叫作"良知"的东西又重新回到了他的体内。

他想，或者可以再等等，等他彻底想清楚了，或者等他找到一个适合的、可以认错的机会，他便可以循着他们的意思，说些他们爱听的话，好减轻这种可怕的罪恶感。

但他等来的不是童爱华的谅解，而是陆国平的一纸判决——转学。

陆国平推开门，把一份平整的入学申请书放在桌子上，一眼望去，表格的抬头有四个大字——"静湖中学"。

就是那家位于郊区，以监管严格而臭名昭著的静湖中学。

第十五章　让我保护你

1

高高的铁栅栏，上面竖起安全电网。据说这种"高压电网"是一种新型的脉冲式电子围栏，人一旦触碰便会被立即弹开，不会真的伤到谁，只起威慑作用。而铁栅栏外一圈都是带刺的月季花，危机四伏。

这就是静湖中学的外层屏障。

陆以名在教务处领取了崭新的紫色校服，比起杂草垛的恶俗款式有过之而无不及，但论起对学生的监管手段，杂草垛高中同样相形见绌。

神奇的课堂监控，下课前哗啦一声拉下投影幕布，展示着学生座位的示意图，谁谁谁上课走神，谁谁谁考试作弊，标记得一目了然。

这让陆以名潜意识里总觉得这座学校常年阴森森的，总也看不见阳光。

下午第二节体育课后独自穿越操场的时候，他利用操场边缘的电话亭给郑骁阳打了一通电话报平安，后者告诉他一桩天大的喜讯——他和陈英俊因为比赛成绩优异而双双拿到了市级跆拳道专业队的面试资格，面试将于本周五在市队的集训中心举行。可进入市队，则意味着暂时牺牲学业。

陆以名这才想起来，今天已经礼拜三了。

他在随后的四个小时之内尝试了很多种办法，请假，装病，甚至给童爱华打电话，均以失败告终。可他无论如何也不会想到，他会在礼拜四的晚上，遇见陈英俊。

晚上八点半，当他排着队，在生活老师的监管下沿着学校内墙前往学生宿舍的时候，身侧铁栅栏外，伸出一只柔软的手，冲他招了两下。陆以名被吓了一大跳。

他轻悄悄地在一旁蹲下，假装系鞋带，然后，他就看见了陈英俊。她穿着件黑色的夹克外套，站在墙外的花坛中间儿，像朵烧焦的玫瑰。

她用一根手指冲他比了个噤声的手势，使陆以名强压下他满腔的欣喜若狂。

"我去门口等你，"她压低了嗓门说，"一会儿见机冲出去，有人接应。"寥寥数语，不等陆以名回应，她便重新钻进漆黑的夜色里。

事实上，这场计划参与者众多，却算不得周详。静湖中学几乎无懈可击的防御工事让替陆以名心急如焚的杂草军团众人不得不兵行险招。

先是由李东泽、耗子、黄毛与周三水在静湖中学门口发生争执，大打出手，吸引门卫的火力。陆以名则趁乱穿越保安室外留出的一人宽的校门。他需要一路狂奔，跑到马路对面，关若非会在那儿骑着摩托车等他，载着他和陈英俊直奔极真道馆。

可万万没想到，掉链子的人竟然是关若非。

当陆以名真的突出重围，跳上关若非的车子，将穷追不舍的保安甩出百米远后，关若非在飞驰的黑夜里纵情高歌唱着许巍，谁知一首歌才唱了三句，车子就抛了锚。

"我的爷爷，养了你这么多年，终于给你等到了个让我丢人现眼的机会！"他指着那台车子骂骂咧咧，可身后，嘈杂的脚步声越来越近。

"上车！"一辆飞鸽牌电动车逆向而来，恶狠狠地停在陆以名面

第十五章 让我保护你　335

前。女人的声音在头盔底下瓮声瓮气的——"快上来！"

陆以名想也没想跳上车子，陈英俊紧随其后，那车子疾驰而去。

就在二十分钟以后，当这凭空出现的神秘女侠摘下头盔时，陆以名才大梦初醒地发现，这场接力赛的最后一棒，就是童爱华……

2

骑着电动车赶往学校的路上，童爱华拉紧了长袖外套，她深吸一口气，使微凉的空气在胸中游走。她觉得自己整个人都鲜活得像此刻的秋天。

昨天，陆以名一通意图翘课的求助电话打回来，她想也没想，本能地选择了拒绝。若不是翌日郭长青带着一纸面试通知找上门来，关于专业队的事情，关于陆以名与跆拳道的诸多故事，她恐怕这辈子都会被蒙在鼓里了。

而最让她耿耿于怀的却是——陆以名从始至终都对她守口如瓶。

她又一次想到了那个下午，那个她提着大包小包水果，兴致勃勃地想要感谢李萍，却被拒之门外的下午。她失望地离开，又不甘心地返回来，然后在极真道馆门外，看到了一张令她惊愕一时的照片。

欺骗，愤怒，伤心，一时间尽数涌上心头，可奇怪的是，她也感到骄傲。

照片上的男孩陌生得像另一个人，他焕发出前所未有的自信与活力，浑身上下充满极富张力的快乐。她几乎从来没有真的在陆以名脸上见到过这样的快乐，就像儿子小时候，自己最喜欢称赞的那种别人家的孩子：活蹦乱跳，生机勃勃。

她在懊恼，在悔恨，也在遗憾。

她与他朝夕相伴的那么久那么久的岁月里，竟然错失了他最重要的一次蝶变。

而更糟的是，在这场惊心动魄的成长中，陆以名主动把她拒之门外了。

她百思不得其解,她一遍又一遍地擦拭童当康的照片,在每个静默的夜里给她爸上香。她依然固守着对童当康的迷信,但这"信"却不是信仰的信,而是宁可信其有,不可信其无的信。

一个颠覆性的念头开始在心底萌芽——如果,这个"状元命",说的是"武状元"呢?

无论如何,现在她只迫切地想要告诉儿子,关于他的未来,她最最想要履行的不是监护人的职责,而是爱的义务。

3

市级队面试的当日,陆以名走进跆拳道市级队集训中心,那家空阔的小型体育场馆。他眼睛里闪烁着火光,就像个刑满出狱的犯人重见天日。

门口挤满了陪同的家长,他们争先恐后地朝里张望。

"妈,你回去吧。"隔着两排人墙,陆以名冲童爱华大声说。不知怎么的,想到童爱华将全程围观他的表现,他有点不好意思。

童爱华于是假意走开了,但她没有走远,她只离开了一会儿。再回来的时候,身边又多了一个人——陆国平。

面试的内容很简单,随机出题考一考组合腿法,然后例行公事地一个个询问面试者的就读学校、兴趣爱好、技术偏好或者人生规划。

快要结束的时候,一个长着马脸,看上去颇严肃的女教练向陆以名提出了一个问题:"跆拳道对你来说意味着什么?"

陆以名想了很久,脑子里蹦豆一般跳出许多答案。理想一点儿,那就是热爱和梦想;功利一点儿,那就是前途和事业。当然,它还可以是挑战,是勇气,是积极向上的精神,是"礼义廉耻忍耐克己百折不屈"的十二字真言……

可他说不出口,这样的回答太标准了,太规范了,它们很正能量,但远不足以概括他心中所想。最终,他抓到了一线模糊的蛛丝马迹,他听到自己用一种极不确定的语气说:"是……自由?"

他立即就坚定了起来:"是自由!"

"那么……什么是自由?"女教练饶有兴致地看着他。

"自由就是……"

陆以名停住了。

他突然想到了那个晚上,他站在轮胎上与陈英俊讨论孤独的问题。

他也想到了赛场,败给王钊的赛场和打败王钊的赛场。

他想起自己坐在妈妈的电动车后座上,她把那车子骑得风驰电掣。

他看到了过去几个月里,无比清晰地涌入他脑海的那些念头,折磨着他的那些念头,越来越清晰的那些念头——什么是对错和标准?人们为什么不能选择自己想要的生活?

他曾经什么都怕,胆小得像一只疲于奔命的松鼠。

他害怕失败,害怕迷路,害怕让大人失望,害怕生活里所有的求而不得。他也害怕陆国平,他好容易对命运建立起的一丝自信和掌控感,每每都会在面对陆国平时土崩瓦解。

但现在,那些"怕",好像都是过去时了。

"……自由就是无限可能。"他说,"跆拳道给了我无限可能,让我敢选择,让我敢突破,让我不再害怕莫名其妙的事情,让我不再莫名其妙地去生活,让我能安住于不确定,或者不可控的现实里却不迷失自己。我想,这种自由应该可以支持我走完未知的人生……"

他把目光投向远方,投向场馆的大门,可意外地,他看到了门外的父亲。四目相撞,无异于短兵相接。陆国平在瞬间溃不成军。而几乎是同一时间,坐在最右手的总教练冲陆以名露出一个极其赞许的微笑,"可以了。"他说。

陆以名面向教练席深深鞠躬,转身朝着门口走过去,门口那男人是落荒而逃的。

他从未见过父亲这副狼狈的样子。或许，这意味着雏鹰的长成，也意味着父权的溃败。

"爸！"他试着叫他。

陆国平停下来，头也没回地说："我在附近办事，顺路过来的，我还有工作要忙，你和你妈早点回家吧。"说罢，他大步流星地离开。

可陆以名分明从他爸的声线里捕捉到了一丝微不可察的颤音，他在原地愣了一会儿，然后着了魔一样跟上去。

下午的街道如同淌着阳光的河流。

陆国平的目的地是两条街以外的世纪商场。

陆以名远远地跟着他，然后在商场门口的一家咖啡厅外看见了王煜安。他冲着陆国平远远地挥手："老陆，这里！"

陆以名愣了愣，与他预想中的截然不同，他不叫他叔叔，不叫他伯伯，不叫他爸爸，而是叫他老陆。

老陆真的像头老鹿，健壮而驯服。不，他更像头老马，勤勤恳恳，不求回报。

他接过王煜安手里的东西，大包小包的。然后一个女人从商场的正门走出来，他挎着一个男人——他蓄着平整的小胡子，和王煜安有双酷似的眼睛。

"老陆啊，送我们去长江道。"男人的语气里没有任何感情，就像是二十年后的陆以名坐在自己的房子里，声控一台可靠的智能家居设备。

陆以名死死地靠着马路对面一家银行冰冷的外墙，咬紧嘴唇。他往角落里使劲儿缩了缩，心脏的剧痛几乎贯穿了整个胸腔，他难过得快要窒息了。

他看到三个人依次上车，老陆体贴地替他们关上车门，然后把一件一件行李塞进后备厢里，最后他落座驾驶位，载着他们绝尘而去。

陆国平是个司机，一个被要求时刻衣着光鲜，举止得体的司机。

可从那天起，在陆以名眼里，他那高大的父亲依然是个名副其实的体面人，但却不再是客人。

4

加入动迁工作组后，在房管站工作的小张见过太多钉子户。

他曾替六十五岁的孤寡老人解决过老无所依的顾虑，帮房屋产权人处理过债务纠纷，和黑社会大哥大姐嬉笑怒骂地打过交道，也曾隔着铁门栅栏给蛮横无理的夫妻送烟递酒嘘寒问暖。

但他接触过的最棘手的户主还要属童爱华，一条封建迷信的借口简直无懈可击。她不要钱，不要房，油盐不进，软硬不吃，说得多了就会落得个"赔我儿子状元命"的胡搅蛮缠。

可今天，童爱华主动上门，坐在了他的办公桌对面。

她打算搬家，搬到偏远的河湾区去，那儿离市队的集训中心只有不到五公里。而陆以名与陈英俊，就在两天以前，被一起选入市队。

"哟，您这是想开啦？"小张放下手里的笔，有点吃惊地看着对面的女人，但转眼又冷静下来，喜忧参半地翻开笔记本，"您有什么条件，说说吧。"

答案令他始料未及。

"我的条件就是……能不能快点儿办？"

签罢字，童爱华如释重负地长吁一口气，走出房管站，好像奔跑在追梦路上的不是陆以名，而是她自己。

白立光成功抵达北京的时候，天空呈现柔和的蓝色。

他是个韩国人，一名职业跆拳道运动员，东北口音的中国话说得极好。此行来到中国，除了拜访武岳道馆的旧友，另一个目的，是替至交好友寻找一位故人。

当年的首都大酒店已经改名为首都宾馆，亭台楼榭装潢一新，依稀还看得出昔日的模样。他直奔前台，开了个房间，然后从口袋里取出一张照片——男人身边有个清瘦的女人，女人领着一个穿碎花裤子笑容洋溢的孩子，横看竖看都是标准的一家三口。而背景，是一场体育竞赛的领奖台。

"见过她们吗？"白立光用手指点了点相纸上的女人和孩子，照片如击鼓传花般次第传开，引起一片窃窃私语。最后，它被送到大堂经理的手上，而她几乎只瞥了一眼，目光就被钉住了。她很确信自己从没见过这张脸，却总是觉得，是有这么一个人，在她记忆深处像朵游魂似的飘来荡去。

遥远的2001年和2002年间，好像有个女人经常拨打宾馆的电话。那时候大堂经理还不是大堂经理，她很年轻，是众多前台接待中的一员。她话多，善良，问长问短的，言谈举止一点儿也不职业。这就导致她在听罢那个令人长吁短叹的故事之后，把女人的电话记在了一个本子上，也记下了她要找的那男人的名字——朴在嵘。

朴在嵘在感情问题上绝不是个无耻小人，却也实在算不得是个正人君子，年纪轻的时候欠下过一两桩情债，岁数一大，又对男欢女爱的事情产生了倦意。

他没有结婚，居无定所，2006年的时候生了一场大病，住在医院住院部的第十层，接近天空的高度。他整夜整夜地失眠，听担架车从门口火急火燎地推过去、病床电梯彻夜地工作。日子一久，他开始对那些在深夜里消失的病人了如指掌，生怕自己也在某个不声不响的晚上突然消失。再后来，他大病痊愈，却对这世上的一切都产生了种杞人忧天式的担忧：地铁、公交、飞机、马路、高楼，甚至食物。

他开始频繁地梦见一个穿黄裙子的小姑娘——有短短的头发和晶亮晶亮的大眼睛，她瘦瘦的，目光里与生俱来就有股子狠劲儿。

他必须承认，在他失败的前半生中，第一次萌发了组建家庭的想法。

至于白立光呢？

他是个中国通，在赛场上以战术见长，而场下，他乐得为好友出谋划策。

他很快有了一整套周详的计划：如何寻找陈月霞母女，如何帮助她们快速拿下护照，如何先为她们提供两张前往济州岛的机票——那儿有三十天的免签证政策。

事情的发展比他想象中的更顺利，可他还是觉得，自己那位朋友怕是早就已经等不及了。

郭长青牵头，为陈英俊和陆以名举办了一场送别宴，位置选在体育馆附近的一家烧烤摊。事实上，参与者远不止杂草军团的成员，还有他们相熟的同班同学：徐斌，关若非，周三水。

酒足兴尽，各自告别。陆以名送陈英俊回家。

她站在漆黑一团的楼道口向他挥手，然后头也不回地走进去。她上楼，熟练地把钥匙插入锁孔——

客厅的灯是亮的，窗子大开，鲜活的秋风窸窸窣窣地吹进来，整间屋子都冷极了。而陈月霞对此无动于衷。她就捧着电话站在柜子前面，脸上挂着泪，肩膀微微抽动，那表情像是获悉一则巨大的喜讯，又像是刚刚听到一桩惊天噩耗。

"你爸！你爸有消息了！他会接我们去韩国！"

她看着归来的女儿，声音颤抖，双眼通红。

5

那么，到底是留在国内，进入专业队，一路披荆斩棘实现梦想，还是随母亲去韩国与父亲团聚，开启未知的篇章？

陈英俊几次犹豫着对陆以名提起这码事，又几次在他盎然的兴致和对跆拳道市队的无限憧憬中欲言又止。

矛盾的情绪像把生锈的锯，将她的人生经历生生锯开，把五花八门的内脏，连同融化在骨血里、连她自己也忘了的记忆和情感，全都清清楚楚地铺陈给她看。

陈英俊于是想起了故乡。童年里屈指可数的几次与母亲返乡的经历，都狼狈得像是一场盛大的逃亡。人们争先恐后地询问她的父亲，让她心底的创伤在大庭广众之下无所遁形，然后，她们便不得不在众目睽睽下慌不择路地逃开。

车子在远去，楼房在坍塌，村庄在奔袭。

现在，陈月霞激动得语无伦次，她一遍又一遍重复自己与朴在嵊的爱情故事，时而混杂着几句蹩脚的韩语。陈英俊突然就想，如果她们真的接受了这份姗姗来迟的歉意和邀约，那么，再回到故乡的时候，对陈月霞而言，即便称不上荣归故里，是否也能算作一雪前耻呢？

但是……就为了陈月霞的爱情而远赴他乡吗？

那么她自己呢？她真的想她爸吗？

想，但又没那么想。

其实这些年来与陈月霞相依为命的日子也没什么不好，衣能蔽体，食能果腹，有书读，有学上，有可以交心的朋友，也有值得奋斗一生的理想。恐怕，也只有她妈觉得不好罢了……

可她偏偏又很爱她妈。

卧室里，翻箱倒柜的声音乒乒乓乓地响起来。陈英俊知道，这是陈月霞在收拾行李。她甚至都没有征求陈英俊的同意，就自作主张地安排起旅途细节，只有极偶尔的时候她才会问她："英俊啊，那条牛仔裤你还要不要穿？那条薄呢子围巾呢？"

"不要了，去了再买吧。"陈英俊毫无情绪地回答。

一墙之隔的人沉默了一会儿。

"说什么胡话呢？你去市队不要穿啦？哪有钱让你这么造？"

"市队？不是韩国吗？"

这次，陈英俊愣住了。

当然不是韩国。

也许有那么一瞬间，陈月霞真的想就此带她一走了之，但是，但是，但是也只有一瞬间罢了。

她由衷地希望女儿可以拥有另一种人生——和她截然不同的人生。

为此，女儿可以学跆拳道，可以学空手道，可以学合气道，也可以学中国武术……她觉得只要有一技傍身，那么陈英俊就能像当年那个朴在嵘一样，穿着干干净净的衣服，出现在干干净净的校园里，和一大群同样神采飞扬的男孩子女孩子在运动场上汗流浃背，所向披靡，而不必像她，过着提心吊胆朝不保夕的日子。

"那你不想朴……我爸？"陈英俊低低地问。

陈月霞没有回答，答案不言而喻。

她想，她有多害怕陈英俊重蹈她的覆辙她就有多想他。可每一个国家都存在机遇和风险，正如所有的地方都有触手可及的珍爱与痛惜。即便再想，再爱，她也没法把女儿未来的幸福寄托给一无所知的异国他乡。

秋天的月亮静悄悄地攀上树梢。风，像一列时远时近的火车。陈英俊彻夜难眠。她突然开始害怕，害怕自己在人生的重要节点上，变成这列火车里买了票却误了点的乘客。可她也怕，她怕陈月霞付出一生拼命奔跑，却永远也赶不上这趟列车。

就在这一刻，一个前所未有的念头疯狂地袭击了她的大脑，让她为此焦虑而自豪着——她要保护陈月霞！

她从床上爬起来，从柜顶取下另一口箱子，开始为陈月霞收拾行装。

妈妈洗得褪了色的T恤，妈妈那件起了球的衬衣，妈妈的薄呢子外套……还有那条，从小到大总是给她惹事，却被妈妈视若珍宝的黄色连衣裙。

她蹲在地上，捧着那条裙子发呆。直到陈月霞走进来，打开桌上的台灯，然后把一只手放在她的肩头，她才猛地回头，下定了决心般告诉她：

"妈，我带你去韩国。要是真能见着我爸，就一起过。要是没见着，无论是走是留，以后都让我来保护你。"

第十六章　谁，都是独自学会勇敢

1

每每酒过三巡，郭长青就会开始向往乡下的生活——舒展的天空，沉默的院落，墨绿的玉米。牛棚的牛反刍着草料，而他从此告别这座城市琐碎又聒噪的记忆，固守炊烟和岁月，寸步不离。

飞云东路体育馆外的小酒馆儿里，徐显椋坐在郭长青的对面活动自己并不太灵活的腮帮子——他在咀嚼一块炭烧鸡肉。慢吞吞的动作一度让郭长青以为这是面瘫留下的后遗症，但此刻，它却让他想起他臆想中的那些行动迟缓的牛。

徐显椋和郭长青一样的怏怏不乐。而他们都知道，对方和自己在想同一件心事——关于陈英俊和陆以名，杂草军团的两块金字招牌。好容易付出的心血见了回报，可煮熟的鸭子眼看着就要飞到专业队去了。这样一来，想把极真道馆发扬光大的计划，十有八九又会变得困难重重。

可他们也知道，于情于理，极真道馆这点微不足道的利益都不该成为两个孩子成长路上的绊脚石。

"嗨，想那么多干吗？人生就是游乐场，尽兴就行。"郭长青冲徐显椋一举杯，"该吃吃，该喝喝，明天太阳照常升起，咱俩只管一路走到黑。"

这都什么乱七八糟的，徐显椋笑了，白他一眼。

事实证明，郭长青真的不适合从事玄学及预言工作，白瞎了四瓶酒、三包烟和整整一夜的愁绪。他万万没有想到,翌日清早,极真道馆那间简陋的教练员休息室门口,挤满了独自来报名的大孩子和跟着家长来咨询的小孩子。

但一眼望去,他们大多不是陈英俊和陆以名那一挂的,反倒活脱脱就是翻版的耗子和黄毛。托了口耳相传的福,他们都来自对体育特长生备受推崇的杂草垛中学。

那时候,郭长青和徐显椋无论如何也不会料到,杂草军团的辉煌,从这一天起,才刚刚开始。

2

陈英俊的离开毫无征兆。

一直到陆以名顺利地前往专业队报到,才得知她早在一天前就办理了退队手续。他托郑骁阳几经打听,方从学校师生众说纷纭的口径里,揣测出她即将随陈月霞远赴韩国的消息。他在深夜翻出集训中心高高的围墙想去找她,使手肘和膝盖在冻硬的土地上摔出结结实实的青紫。他在郊区焦急地拦车无果,五十公里的长路举步维艰,他心急如焚又孤注一掷般地在寒夜里一路狂奔,让刀片般的冷风填满他柔软的肺,他瘫坐在路边,绝望得几欲失声痛哭。

陈月霞的房子的确已经人去楼空了。

临街窗口"韩国鱼糕串串"的招牌换成了"张老三油炸臭豆腐"。透过窗子向内望去,内里已被粉刷一新,再看不出从前的样子。

可陈英俊像是料定了他会来、又料定了她会使他分心似的,用一支粉笔在那楼道的外墙上留下了一句话,这是陆以名曾欠她的承诺——以英俊之名而战。

接下来很长一段时间,陆以名经历着人生中最灰暗的时期。

陈英俊的离开让他一夕之间变回了当初那个连说句话都会面红耳赤打磕巴的敏感少年。公交车上突然红起眼圈的男人,路边长椅上抱着手机泣不成声的少女,都能勾起他的浮想联翩。

他开始强迫自己习惯所有突如其来的惊喜,就像习惯着那些毫无征兆的失去。

他努力告诉自己要坚强些,成熟些,毕竟谁都是独自学会勇敢的。

可是……

沿途失去了她,总觉得少了很多风景。

后来呢?

后来一年里,陆以名参加过大大小小的比赛。他赢过,输过,哭过,笑过,摔过跤,流过血,创造过奇迹,也见识过什么叫人外有人天外有天。

但这要怎么说呢?

就在那些胜胜负负悲悲喜喜的交替轮回之间,他突然清晰地意识到一件事——他的梦想根本就不是成功。或者,当他为了那些梦想奋不顾身的时候,他的梦想就已经实现了。

再半年,陆以名从市队打进省队。

收拾行装时,他从一只杂物箱底部,翻出了那部小胖送给他的 NDS。说来也怪,这箱子一向是由童爱华打理的,不知道从什么时候起,童爱华再不过问他的私人物品、他的私人社交、他的私人生活,不再干涉他的回家时间、他是否玩游戏、是否有努力地学习和训练。

他开始自由地出入这栋房子,并得到了童爱华毫无保留的信任。

陆以名明白,所有变化的产生都要归结于——他妈拿他当个大人看了。

可不知道为什么,突如其来的自由却让他怅然若失。

陆以名彻底迷上了那部 NDS,在省队每一个疲惫不堪或难以成眠的晚上,他都打开那款两年前将他折磨得痛不欲生的《飓风之刃》,却意外发现这游戏有个有趣的设定——玩家可以与当时最高纪录挑战者的化身成为队友,共同挑战关卡 Boss。

而陈英俊的分数呢?她在排行榜上遥遥领先,远超小胖留下的纪录。

陈英俊是个骗子,她是装的,她压根就是个高手!

那噼里啪啦翻飞的手指,那烂到家的操作,分明不是想要教他怎么赢,而是要他看她怎么输。只有真正输过的人,才知道如何取胜。

3

夏初和夏末是极类似的,它们体内都孕育着一种不温不火的燠热基因。

天空无比低矮,树木葱郁,雨水丰沛,却极少有风,总让人情不自禁地想起三年前那个乌云压境的晚上,懵懂的少男少女坐在牢笼一样的教室,等待一场声势浩大的罢课运动。

说来也怪,同样的地方时过境迁,当初避之不及,如今却恋恋不舍,甘之如饴。

2010年6月,高考前夕。

高三六班的教室里试卷翻飞,挥汗如雨。

谈晋伟坐在讲台前讲完了最后一张卷子,他在讲桌后面坐下来,说,你们再看看卷子吧,我再看看你们。

一句话,让在座的每个人都红了眼眶。

老谈的手机传来一阵清脆的提示音,短信来自缺位的陆以名。

此时,陆以名已经顺利抵达陈英俊的故乡重庆,他即将面对的,是跆拳道世界大满贯冠军赛的挑战和与王煜安的又一次对决。

4

那年夏天的重庆骄阳似火,地表温度高达五十摄氏度,电子设备被热得纷纷罢工。陆以名在大汗淋漓中吃一碗辣得咋舌的面,他觉得自己整个人都将融成一团液体橡胶,然后被这座让他又爱又恨的城市狠狠粘住。

距正式开赛还有四天，陆以名玩心大起，借机游览了当地名胜。在路过那个叫合川的地方的时候，一个奇异的想法爬上他的心头。

他去了清水源。

沿着清水源向西北方向一路找下去，走了约莫三四里，却一无所获。他在烈日下艰难跋涉，大约又过了一个小时，才终于看到一座光秃秃的山坡。

我们姑且就当它是"杂草坡"吧。

陆以名对自己说。

但这念头又让他哑然失笑，若这真就是陈英俊口中那"杂草坡"的现实原型，那么他真觉得，有关部门很有必要给"艺术要高于生活"这句话，限定一个高度范畴，好让他这种平头百姓在浩如烟海的文学著作里，快速区分修饰与谎言的差别。

陈英俊的确骗了他。

因为这儿没有树林，没有溪水，没有鲜花，更没有鸟鸣，就像这座南方的山城凭空出现了块西北荒芜的戈壁，它通体布满平滑的褶皱，杂草丛生。

有老人赶着羊群上山，那些孱弱的动物温顺而驯服，它们宽容地接纳着自己的命运，剔透的眼睛里没有一丝锐利的光，它们慈祥得就像另一位老人。

像是被某种奇异的使命召唤着，他慢悠悠地跟上它们，在云层的更迭变幻里开始了一场新的远足。草的深绿与泥土的赭石在地平线上不断涌现，而泻地的阳光在草滩上徐徐流淌。

迈过小小的山头，开阔的视野被彻底打开了。

平坦的斜坡上，竟然出现了一株突兀的植物，就像沙漠里异军突起的巨柱仙人掌——那是一棵树！

"一个女娃娃种的，"牧羊人说，"我们村隔壁的女娃娃，她和她妈头两年回来时种的，现在去韩国了。"

有那么一瞬间，泪水几乎要夺眶而出了。他胡乱回应牧羊人的闲聊，听他"女娃娃"长"女娃娃"短地聊起八卦，努力装得像个毫无感情的过客。

可他还是忍不住想去摸摸那棵树，用真实的触感聆听它的一生，尽管它是如此丑陋而细弱——新鲜的树皮掉下来，露出白色的躯干，每一根营养不良的枝杈都瘦得像曾经的极真道馆内，那个排骨精般的少年。

他又在想，陈英俊一定是个拥有超能力的穿越者吧。

她以凶猛的姿态闯入他的世界，又像风一样难以捉摸地离开。她能洞悉他的每一个想法，也能未卜先知地在他后来的人生轨迹里，留下只属于他一个人的脚注。

那天，陆以名陪着那株小树坐了整整一个下午和一个晚上。

他就待在那儿，让裹挟着潮气的风将他的发线编织在一起，让泥土浸湿他的裤脚，让伸出那土地的根贯穿他的全部思念。

他就坐在那儿，好像变成了另一棵树。

5

"旋风踢！"

"旋风踢！"

"又一个旋风踢！漂亮！"

话筒前的解说员滔滔不绝，无比振奋，他正见证着一场激动人心的巅峰对决。

红色护头底下的男孩静时如一座城墙，固若金汤，动时又如一阵飓风，摧枯拉朽，势不可当。青方同样不可小觑，那是一位名震江湖多年的跆拳道猛将，是赛场上的天才，是一头凶猛的狼，也是一道耀眼的光。

结束的哨声响起，比分凝固在 10 比 9。

红方陆以名获胜!

他平静地摘下护头,向裁判、教练、对手和观众席致意。看台上热烈的掌声和欢呼声此起彼伏,而这样曾经让他热血沸腾的场面,如今已经司空见惯,在他眼里寻常到不亚于一锅腾着热气的开水,沸反盈天。

对面,王煜安还是那副不可一世的样子,像是根本不屑于与陆以名这样的无名小卒相提并论似的。他客气地给了陆以名一个疏离的拥抱,然后在路过他身边的时候,用一种毫无感情又全然不在意的口吻对他说,我一直在赢,今天却输给你了。

陆以名笑了,他说我一直在输,就是为了今天能赢。

漫长的 7 月姗姗来迟,暖风扑朔着富饶的绿意席卷而来,牵牛花挂上院墙的篱笆,湿漉漉的气味总让人想起温柔的故乡。于是,泪花便倏地在心尖儿上洇开了。

现在,陆以名正躺在床上嚼一个脆生生的苹果,芬芳的汁液与夏天一起在喉咙里流淌。事实上,他几乎靠着这筐苹果,躺在省队的宿舍里度过了他仅有的三天假期。他在志在必得的等待中一口一口缓慢咀嚼着,就像一头耐心十足的骆驼。

他在等待一个崭新的机会——入选国家队的机会。

等待站上国际赛场的领奖台,等待陈英俊不显山不露水地出现在人群中,或者骄傲地站在另一座领奖台上。

总之,她一定要看见他,无比清晰地看见他。

三天后,省队总教练许宗南真的带来了迟到的好消息,在本届大满贯比赛中,队里有三名成员成功入选国家队,分别是 68 公斤以下级别的第五名、80 公斤级的第三名和第二名。

但唯独没有冠军陆以名。

队友的欢欣雀跃,使他的大脑朝他释放出一种被放逐和遗弃的悲凉感,但这悲凉转瞬即逝,接着另一个奇怪的念头占据了他的思维——他意识到,这可能是他狭隘而短暂的前半生里,最接近徐显椋的一次。

没有人愿意被命运毫无理由地安排，但也不是每个人都能接受命运给出的理由。

在一个多月以后，陆以名才在一次与教练的促膝长谈中获悉了落选国家队的秘密——比起那些从八九岁就已经开始参加艰苦卓绝的训练，十来岁就已经走上职业赛场的队员来说，他的年纪已经太大了。

是啊，陆以名起步太晚，前行的过程又算不得太顺利，从起点到半途，一走就走了好多年。幸运的是，这丝毫无法阻挡他在国内名声大噪，不少知名道馆高薪聘请陆以名前往任教，其中，甚至包含了王煜安所在的武岳涎馆与王钊当年所在的极致道馆。从名誉馆长到总教练的头衔，应有尽有。

陆以名不是没有动过心，事实上，在心底的某个角落，他也依然还是那个急于证明自己的孩子，随着羽翼渐丰，冲上云霄振翅高飞的渴望便愈来愈强烈。可不知怎么的，心里却总是空荡荡的。

那时候他又想，自己都要二十岁了，该放弃点什么，也该争取点什么了。

省队一纸与韩国体育大学跆拳道系的合作邀请给了他新的机会。"韩国"两个字刺痛了他的双眼，他几乎连想也没想，就向队里提出了申请，申请远赴海外，继续求学。

可这真的是他想要的吗？

或者这个问题在他只身抵达首尔许多年以后都没有找到答案，又或者，那答案已经在潜移默化中了然于胸。

离开那天，杂草军团一行人将他送至机场。

在他即将消失在登机口的一刹那，郑骁阳远远叫住他。

"喂！"

陆以名回头，这群张牙舞爪的家伙几乎是异口同声又声嘶力竭地冲他喊出嘹亮的号子："冲啊！杂草少年！"

少年潇洒地再次转身，满目晶莹，大步而去。

第十七章　尾声

1

2017年8月，国际奥委会投票通过了2020年东京奥运上新增空手道项目的提案，国内空手道培训市场前景大好。空手道的那个"极真会"因此声名在外，这也使得极真跆拳道馆遭受了不少非议。

"有人说咱们不专业，你说咱们哪里不专业了？叫极真就是骗钱？我就纳闷了，凭什么他空手道能极真，我跆拳道就不能极真了？"郭长青愤愤不平。

"我说你还来劲了，还'我'跆拳道，你正经练过跆拳道吗你？"

"得，您是专家，您是内行，我沾您的光还不行吗我？"

骂归骂，但关于这个跆拳道的"极真道馆"，他和徐显椋都挺引以为豪的。

事实上，对于与空手道这场错失的缘分，郭长青感慨，却不遗憾。他再也没有重操旧业，甚至还注册了个微博，名字就叫极真跆拳道。据说后来一顿串掇徐显椋开家分馆，但那厮沉迷武学和执教，根本无心经营。

于是，两个人一如多年前的样子，在吵架与不吵架的界限不断徘徊，在开分馆与不开分馆的边缘疯狂试探。但这毫不影响杂草军团和谐友爱地一起谱写国内跆拳道界的神话——一批又一批的学员进入国家队、体育大学与省市队，成为赛场上的名将。

已经从韩国体育大学毕业的陆以名，对故乡正悄然发生的变化了如指掌，刷郭长青的微博几乎成了他最大的兴趣。他喜闻乐见地看那个几乎要穿着kappa套头衫终其一生的郭教练，如今被迫打扮得人模狗样西装革履，拍了不少高端大气上档次的照片，嘴里扯着听上去玄而又玄的教育理论和人生哲学。

至于徐显棕，他曾在跆拳道国家队的那段陈年历史，因为极真道馆的成功又得以重见天日，媒体歌颂着他的光辉年代，宣扬着苦难美学，当然，每每登刊见报都要遭到他的大肆吐槽。

当年那家叫作极真的三无跆拳道馆，终究成了业内一段传说。

尽管，以陆以名为代表的这批早期成员，几乎称不上这段传说真正的创造者，甚至他们中的绝大多数，已经永远告别了跆拳道的赛场。

李东泽因为高考而放弃了跆拳道，毕业后在一家健身中心的总部工作。

郑骁阳规规矩矩地治病养伤，几与常人无异，后来选择了医科。

至于谈丽卿，她入读北京体育大学，成为关若非的校友，但读的却不是体育舞蹈，而是体育英语。据说大二那年她被郑骁阳成功攻陷，成了那厮的女朋友。从此，郑骁阳终于成了谈晋伟的职业捧哏选手。

再说耗子，高中毕业就出了国。传言他是个隐形土豪，父亲和叔叔都在西伯利亚挖矿，是名副其实的"家里有矿"。这导致关若非在得知此事后有好一阵子总是想不开——怎么一个比自己还豪的土豪，在他们学校非但不显山不露水的，还曾为了他那一百块而折腰？

但谈及故人，变化最大的当属周三水，不，水立方。

水立方竟然真的和水扯上了关系，从一个三流大学的生物学专业本科生，奋发图强考上了某水生经济动物研究所的研究生，整个人也瘦了几圈，化身朋友圈的自拍狂魔。

这期间，六班那群人组织过一次同学聚会，陆以名因为身在异国他乡而无缘参加，只看到微信群里热火朝天地谈及当年的往事。

席间有人问起陆以名的近况，郑骁阳便特不见外地在群内丢了一张陆以名的近照，照片里的大男孩一成不变，还是那头乌黑的短发，还是那双热切的眼睛，还是那身雪白的跆拳道服。

陆以名真的没有变过。

他依然练习跆拳道，依然活跃于赛场，依然思念陈英俊。

他变成了一个对过去执迷不悟的人。

他喜欢在每一场比赛结束后拿出那个古董 NDS 打一局《飓风之刃》。

若是比赛赢了，便仿佛听见陈英俊在对他说：干得漂亮，Boss！

若是输了，就好像她在告诉他：无论被敌人杀掉多少次，我们都要重新归来。

现在，陆以名的游戏已经玩得很好了，有那么一两次，他几乎超越了陈英俊的最高纪录，但他却立刻退了出去，因为只有这样，她才能在游戏里永远陪他战斗。

2018 年的尾巴，他一个人坐在世宗路附近一栋狭小的公寓里等待跨年，一如多年前住在浅草坪区那栋危房，透过窄长的窗子看那些弯弯曲曲的云层，就像陈英俊透过同样窄长的窗口，看夜晚九龙路上熙熙攘攘的人流。

时间，便在他们共同拥有的朝夕变幻中，缓慢而节制地被偷走了。

此刻，他用一支黑色的签字笔，在韩文版的《小王子》上缓缓做着记号：

> 最好的爱情，不是终日互相对视，而是共同眺望远方。
> 他们眺望着的，始终是一个方向。

2

  2019年夏天,陆以名代表其兼职的跆拳道馆,作为带队教练参加了一场韩国青少年跆拳道冠军赛。
  小孩子的赛场人才辈出,一个个腿法干脆,步法灵巧,战术如神,哪里有他十六岁那年没出息的样子。
  也难怪,正是因为当年那副没出息的样子,才有如今这般不好不坏的处境。
  他如是嘲笑自己。
  可就像是老天爷成心安慰他一般,上午第二场,陆以名还真就遇见了个和他当年像极了的孩子。
  对面腼腆的小男孩还没上场就哭了,长头发的女教练把他抱上高高的椅子,蹲在他跟前儿好言安慰着。那根马尾辫晃啊晃的,在陆以名眼里几乎变成了一只催人入眠的老式怀表,让色彩明亮的喧闹氛围都温柔地模糊成了一片。
  别怕。
  他猜她是这么说的。
  女教练站起来,高高瘦瘦的。她贴近男孩的耳朵,好像在重复什么制胜秘诀。然后,她将自己的左手举起来,男孩抽抽噎噎地说了句韩语,她举起右手,男孩又说了句什么,抽噎声却小了。
  他分明看到,那男孩子的眼睛里闪烁着坚定的光。
  陆以名呆住了。
  "当我举起右手,你就攻击右侧,举左手就攻击左侧,如果举双手,那就攻击头部。"他喃喃地重复,"跆拳道是一个人的赛场,也是一个团队的战斗。"
  时光在周身飞速倒退着,从仁川机场,到大满贯的赛场,到陈英俊与陈月霞的家乡,到那棵昂然立于杂草坡之上的小树,再到那些五彩斑斓的旧时光，然后定格在那间小小的、老旧的、积灰的道馆里，那些昏昏欲睡或是意气风发的晚上。

他好像重新变成了一个六岁的少年，对面的少女目光炯炯，定定地告诉他，所谓制胜法宝就是——都听我的。

他们相互鞠躬，两颗不小心碰在一起的毛茸茸的脑袋，擦出迷人的静电，那静电迸发出火星，沿着他传入神经烧遍全身。

"陆以名，这道题究竟是用向量法还是画图法？"

"陆以名，你这腿踢得烂极了。"

"陆以名，我不但能帮你训练，还能帮你赢。"

"陆以名，我们要一起去打一场真正的比赛。"

…………

好像此生再不会有如此强烈的震撼，又好像世间之情至此已臻圆满，再无遗憾。

他什么都忘了。

直到耳边又恍恍惚惚地响起了主裁判的哨声……

他站起来，面朝那个瘦瘦的、熟悉的背影，开始穿越整座赛场，短短十几米，走得跋山涉水，走得披荆斩棘，就像在穿越大半个地球。

3

那一年，陆以名与教练陈英俊重逢。